T0243757

En tierras lejanas

SANTA MONTEFIORE

EN TIERRAS
LEJANAS

TITANIA

Argentina • Chile • Colombia • España
Estados Unidos • México • Perú • Uruguay

Título original: *The Distant Shores*
Editor original: First published in Great Britain by Simon & Schuster UK Ltd.
Traducción: Nieves Calvino Gutiérrez

1.ª edición Noviembre 2022

ISBN: 978-84-17421-89-2
E-ISBN: 978-84-19413-15-4
Depósito legal: B-17.019-2022

Fotocomposición: Ediciones Urano, S.A.U.
Impreso por Romanyà-Valls, S.A. – Verdaguer, 1 – 08786 Capellades (Barcelona)

Impreso en España – *Printed in Spain*

A mi querido amigo Peter Nyhan

POR QUÉ

Señor, te ruego que me des la respuesta a la pregunta de
por qué nos pusiste en esta tierra para vivir un
pequeño día y después morir.
Venimos a este mundo, fruto del amor y del dolor.
Y vivimos sufriendo hasta el momento de abandonarlo
de nuevo.
Solos llegamos. Solos caminamos por la vida. Solos nos
vamos.
Y, sin embargo, desconocemos la finalidad de todo
cuanto hacemos.

ANÓNIMO

Kitty

1980

Sabía qué esperar de la muerte. Siempre lo he sabido. Por lo que, cuando vino, no me asustó ni me sorprendió. Llegó como una amiga, con los brazos extendidos y el rostro rebosante de luz y de amor, como sabía que haría. Había llegado al fin de mi vida; era hora de volver a casa.

Era una agotada viajera de ochenta años, con el corazón desgarrado por el amor y la pérdida que lo habían llenado y destrozado en igual medida. Mi cuerpo frágil y mi fortaleza se marchitan con cada nuevo amanecer que me acerca más a mi liberación. Reconozco que una parte de mí anhela este descanso, como un corredor que se aproxima a la línea de meta anhela que termine la carrera. Una parte de mí ansía el reposo.

Cuando era pequeña, la abuela Adeline me contó que nacer el noveno día del noveno mes del año 1900 significaba que era una hija de Marte y tendría una vida turbulenta. Bueno, así fue. La guerra, la traición, el dolor y la pena me han acompañado en mi viaje como espectrales sabuesos en constante búsqueda. Pero jamás permití que esas dificultades me definieran o me mantuvieran prisionera. Jamás perdí de vista mi principal propósito espiritual, quién era en realidad y de dónde venía. Me habían repartido una mano de cartas complicada y, sin embargo, en ellas había corazones en abundancia; eso tampoco lo perdí de vista.

De hecho, he amado. He amado de verdad. Pero cuando la muerte vino para llevarme a un amor aún mayor, no fui con ella. Estaba muy apegada a mi casa, amaba demasiado las torres y torreones del castillo Deverill; la ira por su pérdida era avasalladora. ¿Cómo podía cruzar las puertas del Cielo con el alma cargada de amargura y resentimiento? No podía.

Así que decidí quedarme.

Rechacé la luz, la promesa de reunirme con mis seres queridos y el plácido descanso que sé que aguarda a quienes lo merecen; y yo lo merezco. Pero no estoy preparada. Puede que haya completado mi vida, pero no la he consumado. Dios me ha tendido su mano y yo la he rechazado gracias a su regalo del libre albedrío.

Lo mismo que mi abuela antes que yo, nací con el don psíquico de ver las vibraciones más sutiles del espíritu. Ahora que estoy muerta, moro aquí como uno de esos espíritus, en este sombrío limbo entre los dos mundos. No puedo regresar al plano material y he rechazado el Cielo. Pero es mi decisión y no me arrepiento. Ni un solo instante. Tengo trabajo pendiente y debo hacerlo. Te sorprenderían las cosas que los espíritus podemos hacer cuando nos lo proponemos.

Verás, en realidad es muy sencillo: no descansaré hasta que el castillo Deverill les sea devuelto a los Deverill. Ahí está, ese es mi trabajo, mi propósito, la razón de que haya elegido quedarme. ¡Mi abuela no mencionó lo obstinados que somos los hijos de Marte!

Mi hermanastro JP Deverill vendió nuestro hogar familiar. El hogar que, a excepción de catorce desafortunados años en que fue de la condesa Di Marcantonio, nos ha pertenecido desde 1662, cuando el rey Carlos II recompensó a mi antepasado Barton Deverill con un título y tierras en el condado irlandés de Cork por su lealtad. El castillo le ha pertenecido a mi familia durante más de trescientos años. ¡Trescientos años! Como símbolo de dominio de la clase protestante anglo-irlandesa, la «casa grande» ha resistido siglos de amenazas de los irlandeses que clamaban por la independencia; ha sobrevivido a la rebelión, a las intrigas y al fuego, para renacer de las llamas como un ave fénix junto con mi asediada familia. Ha sobrevivido a todo eso y entonces, un frío día de febrero de 1976, JP la vendió. Una floritura con el bolígrafo y se acabó.

Han convertido el castillo Deverill en un hotel y yo estoy en él y no me marcharé. No, no lo haré. Sembraré el caos, infundiré miedo, haré toda clase de cosas terribles a fin de doblegar a esta gente que cree que puede sacar provecho de la historia de mi familia, del dolor de mi familia. Los Deverill no hemos sufrido para que la gente sin escrúpulos gane dinero convirtiendo nuestro amado hogar en un circo.

Soy hija de Marte y estoy lista para luchar por lo que amo.

Castellum Deverilli est suum regnum es el lema que Barton Deverill grabó en piedra encima de la gran puerta del castillo; «El castillo de un Deverill es su reino».

Al menos una vez lo fue.

No descansaré hasta que vuelva a ser el reino de un Deverill.

1

Ballinakelly, Condado de Cork, 1985

Margot Hart redujo la velocidad hasta ir a paso de tortuga cuando entró en la pequeña localidad de Ballinakelly en su Volkswagen Escarabajo azul. La densa niebla procedente del mar que se había extendido tierra adentro hacía que fuera casi imposible distinguir adónde iba. El asfalto brillaba bajo la luz de los faros, los limpiaparabrisas despejaban la ligera lluvia. Un granjero con su perro ovejero se detuvo fuera del *pub* O'Donovan's para verla pasar, sacudiendo la cabeza por su imprudencia, ya que ¿lo prudente no sería esperar en el *pub* hasta que se disipara la niebla? Pero Margot no le prestó atención y continuó. A fin de cuentas había conducido desde Londres y cruzado el Mar de Irlanda en ferry, y no estaba dispuesta a que un poco de niebla la detuviera. No obstante, la niebla parecía espesarse cuando más se aproximaba, como si el castillo se estuviera ocultando de forma deliberada, como si no quisiera que lo encontraran. Pero habría sido necesario algo más que niebla para desanimar a Margot Hart. Ver el muro de la antigua propiedad le levantó el ánimo con un chute de excitación y la impulsó a continuar. Estaba cerca. Muy cerca. Inspiró hondo y a continuación lo siguió, hasta que, para su deleite, llegó a la entrada, anunciada por un llamativo letrero verde con unas elaboradas letras doradas que rezaban: «Castillo Deverill. Hotel y Alta cocina».

Las negras puertas de hierro eran tal y como las había visto en las fotografías antiguas. Magníficas y llenas de esplendor, con un par de leones de piedra apostados en pedestales a cada lado, mostrando sus fauces y preparados para defender esta majestuosa residencia de los intrusos. Pero esos leones eran ahora inofensivos, su fiereza ya no era necesaria, puesto que la Guerra de la Independencia y la guerra civil que le siguió habían llegado a su fin hacía unos sesenta años y la paz se había instalado en la finca de los Deverill. Margot era una apasionada de la historia, sobre todo la de los castillos antiguos. Y, como cabía esperar, la historia era la razón por la que estaba allí. Mientras atravesaba la verja y subía el camino que describía una poco pronunciada curva entre densos rododendros, sonrió para sí.

—Aquí estás, Margot Hart, escritora residente —dijo en voz alta.

La primera imagen del castillo fue impresionante. A fin de cuentas se construyó para transmitir poder, riqueza y posición. Se construyó para ser magnífico. Y sin duda lo era. Margot detuvo el coche un poco más allá del patio y contempló con asombro los relucientes muros grises y las altas torres y parapetos almenados y la asaltó en el acto una sensación de permanencia, como si siempre hubiera estado ahí y siempre lo estaría. La bruma procedente del mar vendría y se iría, igual que el virulento viento invernal, la suave lluvia y las estaciones, una tras otra, pero este castillo permanecería para siempre, inalterable y desafiante.

Inspiró hondo, agradecida, pues ya estaba por fin aquí, en el corazón de la historia familiar de los Deverill. En el lugar en que todo ocurrió. Imaginó a Barton Deverill, el primer lord Deverill de Ballinakelly, montado con orgullo en su corcel, con una pluma en el sombrero y una espada a la cadera, conduciendo a la partida de caza al bosque y los campos que ahora le pertenecían por cortesía del rey. Imaginó los bailes. Damas vestidas de seda, apeándose de elegantes carruajes, tendiendo sus manos enguantadas a los lacayos presentes, ataviados con librea, y buscando con cuidado a tientas los peldaños con sus zapatillas de raso. En su imaginación podía ver la luz de las velas brillando en la oscuridad y oír la música y las risas procedentes del salón de baile, junto con el tintineo de las copas mientras los Deverill y sus amigos brindaban por su buena salud y su aún mayor fortuna. Levantó la vista a las ventanas superiores y quiso saber qué citas secretas habían tenido lugar detrás de ellas, qué intrigas y artimañas sucedieron en las sombras. Iba a descubrirlo todo. Todos los dramas. ¡Qué libro tan fascinante iba a escribir!

Margot se había apuntado para pasar nueve meses en el castillo Deverill; algo que, en un principio y en cuanto a compromisos se refería, a una tímida joven de veintiocho años como ella le había parecido bastante abrumador. Al fin y al cabo, no paraba quieta, siempre andaba haciendo la maleta, poniendo rumbo a un nuevo horizonte, apurada por dejar atrás lo anterior. Sin embargo, había calculado que terminar de investigar el tema y escribir el libro le llevaría al menos nueve meses. El tiempo pasaría volando y sería un placer porque eso era lo que más le gustaba hacer, sumergirse en la investigación y en la palabra escrita. Al principio le pareció una coincidencia haber conocido a la propietaria del hotel en un cóctel en Londres, pero ahora no estaba tan segura; le parecía más bien cosa del destino.

Margot estaba fascinada con los Deverill desde niña debido a las historias de su abuelo. El abuelo Hart añoraba su pasado, ya que había crecido en el condado de Cork y había sido muy amigo de Harry Deverill. En 1919, cuando tenía veinticuatro años, su familia vendió la casa y se instaló en Inglaterra para escapar de los disturbios. Nunca regresó. Había fallecido hacía poco, con noventa años, después de vivir un sinfín de capítulos diferentes en una vida larga y variada, pero parecía que el más vívido y especial era ese capítulo de su juventud en Cork, cuando los veranos parecían interminables y los días, ociosos y llenos de frivolidad. Sus historias se volvieron un poco repetitivas al final. Pero el carisma, el dramatismo y la absoluta jovialidad de esta extraordinaria familia tenían algo que la atraía y nunca la aburría. Había que escribir este libro y ella iba ser quien lo hiciera. Le sorprendía y le alegraba que la historia de los Deverill no se hubiera escrito antes.

Se dirigió al patio delantero y aparcó frente a las grandes puertas. Mientras apagaba el motor, un anciano ataviado con un uniforme verde y negro se apresuró a salir con un gran paraguas adornado con el

logotipo del hotel con las iniciales y el trébol. Lo sostuvo sobre su cabeza y Margot se bajó del coche y se plantó en la mojada gravilla.

—*Céad míle fáilte* al castillo Deverill —dijo con un acento tan
suave como la lluvia irlandesa—. Hace un día como para quedarse en
la cama o junto al fuego. Debe de estar helada. ¿Cómo nos ha encontrado con esta niebla?

—No empeoró hasta que llegué a Ballinakelly —respondió Margot, encaminándose con paso rápido hacia la entrada del hotel.

—Me temo que la niebla es una trampa del diablo —me informó
el hombre, sacudiendo la cabeza, y añadió de forma alegre—: Tan
cierto como que una aguja tiene un ojo, como que el sol saldrá mañana
y la disipará, y que anoche la luna tenía un anillo.

Margot entró en el vestíbulo y se quedó boquiabierta de placer al
ver su esplendor. Y pensar que tan suntuoso palacio fue en otro tiempo el hogar de una familia. Recorrió el vestíbulo con la mirada, presa
del asombro, contemplando su tamaño y majestuosidad, y preguntándose cómo sería vivir en un castillo como ese y tenerlo todo para ti. El
fuego crepitaba en la chimenea señorial y el gigantesco retrato de Barton Deverill colgado encima de ella, montado con maestría a lomos de
un encabritado semental y vestido de amarillo chillón y dorado, con
una pluma escarlata en el sombrero, le recordó la gloria perdida de
esta desafortunada familia. ¡Cuánto resentimiento debieron de albergar los lugareños irlandeses por la riqueza y los privilegios de sus se-
ñores, los Deverill! Aun hoy en día, transcurridos sesenta años de la
Guerra de la Independencia, la impresión de lujo chocaba de forma
manifiesta con el agreste paisaje irlandés. La luz era dorada, el aire olía
a lirios y el destello del cromo y del cristal resultaba opulento. Era
como ser acogido en un mundo paralelo de desenfrenada extravagan-
cia y confort mientras afuera la grisácea niebla se arremolinaba sobre
los acantilados azotados por el viento y las trémulas colinas y el frío
calaba los huesos de las casas humildes.

El hotel era un hervidero de actividad. Había una joven pareja
sentada de forma cómoda en sillones de terciopelo púrpura, bebiendo
café en bonitas tazas de color turquesa al tiempo que estudiaba un

mapa. Tres hombres ataviados con bombachos y jerséis de punto pasaban el rato junto a la chimenea, fumando puros y riendo a carcajadas de lo que, a la vista de sus coloradas caras, parecía haber sido un buen día en las colinas, mientras que el ligero tintineo de la vajilla de porcelana hizo que Margot desviara la atención hacia los huéspedes que disfrutaban del té en el comedor de al lado. Se detuvo en el pulido suelo de mármol a contemplar la hermosa escalera. Era la atracción principal y ascendía con elegancia hasta un amplio descansillo antes de bifurcarse en dos brazos que describían una elegante curva y subían hacia el primer piso. Alfombras de color carmesí, cuadros con marcos dorados, paredes de un blanco níveo y relucientes arañas de cristal dotaban al lugar de un aire de glamur de antaño. En ese momento pensó en Hubert Deverill, al que imaginó de pie en el rellano, con una mano en el bolsillo de su chaqueta y una copa de *whisky* en la otra mientras veía a los invitados entrar en su casa para el baile de verano de 1910, y sonrió con placer, pues durante los siguientes nueve meses iba a residir en este lujoso palacio. De repente, nueve meses le parecieron poco tiempo.

Mientras cruzaba el ajedrezado suelo de mármol en dirección al mostrador de recepción, oyó por casualidad a una anciana quejándose al gerente del hotel, un hombre alto de aspecto paciente, vestido con un traje azul marino y corbata verde, con una sonrisa comprensiva, pensada para momentos como ese. La señora, ataviada con un traje de chaqueta de *tweed*, unos cómodos zapatos de cordones de color marrón y unos gruesos calcetines del mismo color, se retorcía las manos con nerviosismo, sin duda alterada por algo. Margot, con la curiosidad de una periodista en constante búsqueda de una buena historia, puso la oreja.

—Le aseguro que el hotel no está encantado —le decía el hombre, inclinando la cabeza y sosteniendo su furibunda mirada con expresión serena—. Es un castillo viejo y cruje mucho, sobre todo con el viento, pero le prometo que no se encontrará con ningún fantasma. —Su acento irlandés resultaba muy tranquilizador, pensó Margot.

—Pero he visto a alguien con mis propios ojos —explicó la mujer, bajando la voz, tal vez temerosa de que el fantasma pudiera oírle y ofenderse—. Una mujer mayor como yo, con un uniforme antiguo de criada, limpiando la habitación. La he visto con claridad. Tan claro como si fuera una persona real.

El gerente frunció el ceño.

—¿Limpiando la habitación, dice? Si el castillo estuviera lleno de criadas fantasmas no tendría que emplear ni un céntimo en contratar a personal vivo, señora Walbridge. —Rio con diversión, mostrando unos grandes dientes blancos.

A la señora Walbridge no le gustó su humor. Levantó la cabeza y apretó los dientes, lo que hizo que pareciera mucho más formidable.

—Sé que piensa que me lo invento, que estaba soñando o alucinando, pero le aseguro que estaba lúcida, señor Dukelow —añadió con más seguridad esta vez—. Muy lúcida. Puede que sea vieja, pero sepa que conservo todas mis facultades. Su hotel está encantado y no pienso quedarme ni una noche más. Me gustaría que me reembolsara las dos noches que no voy a necesitar la habitación. ¡Esta noche me alojaré en otro lugar y regresaré a Inglaterra de inmediato!

Margot dejó de escuchar al verse interrumpida por la sombra de una eficiente joven morena, con el pelo a lo *garçon* y ojos azules, que desde detrás del mostrador de recepción le preguntaba en qué podía ayudarla.

—¡Ah, hola! —dijo Margot, dejando a regañadientes el drama que estaba teniendo lugar—. Soy Margot Hart, la escritora residente.

A la mujer se le iluminó la cara.

—Señorita Hart, bienvenida a su nuevo hogar. Soy Róisín. —Lo pronunció «Rousín». En sus rojos labios se dibujó una bonita sonrisa, que reveló un amplio hueco entre los dientes incisivos—. Avisaré de inmediato al gerente de que está aquí. ¿Verdad que es emocionante? Nunca hemos tenido a un escritor residente. —Salió de detrás del mostrador y fue a interrumpir la conversación entre la señora Walbridge y el señor Dukelow. Unas discretas palabras al oído y el señor Dukelow se acercó con celeridad a recibir a Margot, dejando que la recepcionista condujera a la descontenta señora Walbridge hasta el comedor al otro lado del vestíbulo. Sin duda tenía la esperanza de que la convencería para que se quedara con una taza de té y un bizcocho.

—Señorita Hart —dijo el señor Dukelow, tendiéndole la mano—, bienvenida al castillo Deverill. —Le estrechó la mano con energía, aliviado por librarse de la airada señora Walbridge.

Margot sonrió de oreja a oreja.

—¡Espero que no haya criadas fantasma en mi habitación! —dijo, guiñando el ojo.

El señor Dukelow rio, conquistado ya por su encanto y belleza.

—Me temo que recibimos alguna que otra queja extraña, pero es la primera que hemos recibido sobre un fantasma.

—A lo mejor es una astuta forma de recuperar el dinero —sugirió, suponiendo que el señor Dukelow tenía sentido del humor y no se opondría a que ella siguiera con la broma.

—Me temo que cree de veras que ha visto un fantasma. Pero descuide, señorita Hart, que en su habitación no habrá ningún fantasma, ni de criada ni de otro tipo. Tenemos una de las mejores *suites* para usted. La señora De Lisle fue muy precisa. Quiere que esté cómoda y que experimente lo mejor que el hotel puede ofrecer.

Margot recordó a Angela de Lisle en el cóctel; pelo corto, traje formal, caros anillos de oro y collar de perlas, perfume Rive Gauche a mansalva, manicura impecable y un estiramiento facial que parecía haber sido realizado por un cirujano estadounidense demasiado entusiasta. Era la clase de mujer que esperaba que las montañas se movieran si chasqueaba los dedos. Margot sospechaba que las montañas se movían, sin dudas ni vacilaciones.

—Permita que le enseñe su habitación. —El señor Dukelow le indicó que le siguiera y se encaminó hacia la escalera—. Deduzco que ha venido conduciendo desde Londres. Son muchos kilómetros y además los ha hecho sola.

Margot sonrió con paciencia; estaba acostumbrada a que los hombres la trataran con condescendencia. Su largo cabello rubio parecía gritar «indefensa», pero Margot distaba mucho de estar indefensa. Había ido en coche desde Buenos Aires hasta la Patagonia sin inmutarse; el viaje por carretera y en ferry de Londres a Ballinakelly había sido pan comido.

—Imaginé que necesitaría mi coche, señor Dukelow —respondió con frialdad.

—No cabe duda de que Cork es un lugar precioso y que hay mucho que ver, sobre todo siendo historiadora como usted. Por cierto, su biografía de Eva Perón tuvo muy buena acogida aquí. Tenemos un ejemplar en la biblioteca. Tal vez pueda firmárnoslo.

Margot estaba encantada. Su primera biografía, que había tardado tres años en escribir, fue un éxito de ventas cuando se publicó el pasado verano. Sabía que le debía gran parte de su éxito al musical *Evita* de Andrew Lloyd Webber, que se había estrenado hacía siete años y le había dado la idea para el libro. En realidad, de no ser por el libro, la mayoría de la gente en Reino Unido ni siquiera sabría quién fue Eva Perón. Pero Margot también sabía que, a pesar de esa ventaja, el libro era bueno y merecía su éxito.

—Por supuesto que se lo firmaré —repuso de manera distraída, recorriendo con la mirada los cuadros con elaborados marcos dorados colgados en la pared—. ¿Estaban aquí cuando la señora De Lisle compró el castillo? —Examinó una de las inscripciones, sin reconocer el nombre del joven de la reluciente armadura. Por desgracia, no era un Deverill.

El señor Dukelow se detuvo en el descansillo y puso los brazos en jarra.

—Me temo que, a excepción del retrato de Barton Deverill que está en el vestíbulo y del de Tarquin, su nieto, que está en el salón, lord Deverill subastó los cuadros más valiosos antes de vender el castillo. Por suerte, la señora De Lisle pudo adquirir los de Barton y Tarquin, pero los demás forman parte de su propia colección y están cedidos al hotel. Como seguro ya sabrá, es una ávida coleccionista y una mujer que cuida mucho los detalles. Quería que el castillo conservara su auténtico estilo. Parecen retratos familiares, ¿no cree? Pero no lo son. No sabría decirle de quién son.

—¿Es posible que haya alguien aquí que sepa cuáles son las características originales y cuáles las aportaciones de la señora De Lisle? Me encantaría hacerme una idea de cómo era el castillo cuando era un hogar.

El señor Dukelow perdió un poco la compostura y se mostró inseguro.

—La única persona que conoce de verdad el castillo es su anterior propietario, lord Deverill. Vive en el antiguo pabellón de caza de la finca. Creo que no entraba en el acuerdo cuando le vendió el castillo a la señora De Lisle. Pero dudo que quiera hablar con usted. Es un ermitaño.

Margot no se sorprendió.

—Debió de ser duro vender el hogar familiar —reflexionó—. A fin de cuentas, hacía más de trescientos años que pertenecía a los Deverill. Debió de causarle una enorme vergüenza ser el Deverill que tuvo que venderlo. El Deverill que lo vendió a un De Lisle para que pudiera convertirse en otro hotel más de su larga lista de hoteles de lujo. Me pregunto qué piensa el resto de la familia ahora que está lleno de gente como yo, pisoteando sus recuerdos sin la menor consideración.

El señor Dukelow la miró con una expresión de admiración.

—Tiene un don con las palabras, ¿sabe, señorita Hart? Jamás lo había visto de ese modo. Supongo que para tener en cuenta a las personas que vivieron antes aquí hay que tener la mente de un historiador. Yo tengo la cabeza puesta en el presente y en el futuro. Este es uno de los mejores hoteles del mundo y mi cometido es asegurarme de que lo siga siendo. La señora De Lisle no se conformaría con menos. —Continuaron subiendo la escalera—. Quedaban muy pocas obras de arte cuando se vendió el castillo, pero creo que las camas con dosel y algunos de los muebles se compraron con el castillo. La señora De Lisle lo vació y lo reformó, conservó lo que estaba bien y se deshizo de lo que no. Se tardó seis años en concluir el proyecto. El edificio estaba en muy mal estado a pesar de que fue reconstruido en la década de 1920, después de que un terrible incendio lo arrasara. La señora de Lisle es estadounidense, así que le gusta cierta calidad, razón por la que el hotel es un éxito. Verá cómo ha logrado conservar el sentido de la historia y de la familia al tiempo que lo lleva a la era moderna, señorita Hart.

Margot sonrió para sí mientras él soltaba la declaración de objetivos de la empresa.

—Eso ya lo veo —dijo—. ¿Lord Deverill vive solo?

—Así es —respondió el señor Dukelow.

—Y ¿queda cerca el pabellón de caza?

—Sí, puede intentar llamar a su puerta, pero no puedo garantizarle que le abra, señorita Hart.

—No soy una persona que se desanime con facilidad cuando sigo el rastro de una buena historia. —Estaba segura de que conseguiría ganarse la confianza de lord Deverill.

—El problema es que se trata de su historia y no estoy seguro de que quiera que se publique para que la lea todo el mundo. Sin embargo, en Ballinakelly hay personas que han vivido aquí durante generaciones y que es posible que estén dispuestos a ayudarla en su investigación. Puedo ponerle en contacto con ellas si quiere. Sería un placer para mí. Sé que a la señora De Lisle le gustaría que la ayudara en lo que pueda. Es un honor tener a una escritora residente y queremos que su estancia sea lo más productiva posible.

La habitación de Margot se encontraba en la torre oeste, subiendo un angosto tramo de escaleras. El ambiente cambió en cuanto el señor Dukelow abrió el cerrojo de la pesada puerta de madera. Parecía que estuvieran entrando en la parte más antigua del castillo, y en la más secreta. Gracias a su investigación sabía que los rebeldes nacionalistas habían incendiado el castillo en 1921 y que solo una pequeña parte había resistido. Imaginaba que esa torre debía de ser una sección de esa afortunada parte. Consistía en una salita, un dormitorio y un cuarto de baño, con una ventana con vistas a los jardines. Con sus techos bajos, sus paredes curvadas, su suelo irregular y ese sentido intenso, casi deferente, del pasado, resultaba encantadora. Margot no creía que hubiera un conjunto de habitaciones mejor en todo el castillo. En la sala de estar había una gran chimenea, en la que ardía un acogedor fuego, y las combadas vigas de oscura madera del bajo techo revelaban su gran antigüedad, así como una hastiada satisfacción de haber sobrevivido cuando todo a su alrededor había fenecido.

—¡Me encanta! —exclamó, volviéndose hacia el señor Dukelow—. Es preciosa. No podría estar más feliz.

—Hay un escritorio en la salita, pero nos gustaría que dedicara algo de tiempo a escribir en el salón de abajo. Los huéspedes estarán encantados de presenciar el trabajo de la gran artista.

Margot se echó a reír.

—¡Oh, me halaga, señor Dukelow! Por supuesto, tiene razón. Trabajaré abajo y ahuyentaré a mis seguidores con mi pluma.

El señor Dukelow rio. El entusiasmo de Margot era contagioso, igual que lo era la chispa en sus ojos verde oliva.

Se distrajeron al oír jadeos, resoplidos y murmullos que decían: «Ayúdame, Señor», procedentes de las escaleras. El señor Dukelow se apresuró a sujetarle la puerta abierta al botones, que se las estaba viendo con la maleta de Margot.

—Siento que sea tan grande —dijo cuando el anciano, con la cara hinchada y sudando, la metía en la habitación—. Me temo que son todas mis posesiones terrenales.

—Lo que no te mata te hace más fuerte —dijo el botones entre resuellos, con un acento tan irlandés como una Guinness, arqueando la espalda con un gruñido. Margot estaba segura de que había oído un crujido. Era demasiado viejo para realizar un trabajo tan duro, pensó.

—Esa es la actitud, señor Flannigan —repuso el señor Dukelow, haciendo caso omiso del malestar del hombre.

—Al menos no habrá que bajarla hasta septiembre —apostilló Margot, esperando sacarle una sonrisa al brindarle la más encantadora de las suyas.

El señor Flannigan la miró con recelo.

—En realidad, no seré yo quien lo haga, si puedo evitarlo. ¡Que Dios nos asista! No estaba tan cansado desde mi noche de bodas.

El señor Flannigan miró al señor Dukelow. Fue una comunicación sutil, pero Margot era demasiado avispada como para no darse cuenta.

—¿Desea que le suban algo a su habitación? ¿Tal vez una taza de té? ¿Una comida ligera? —preguntó el señor Dukelow.

—Voy a deshacer el equipaje y bajaré a cenar al comedor. Me muero de ganas de ver más del castillo.

—En ese caso, la dejamos tranquila. —Los dos hombres salieron de la habitación y cerraron la puerta.

Margot suspiró de placer. No podía creer que estuviera de verdad allí, en el castillo Deverill. Se acercó a la ventana y contempló el jardín. El escenario de tantísimas fiestas en el jardín de pasados veranos, cuando los Deverill inspiraban lealtad en sus arrendatarios y empleados con té y pastas, palabras elegidas con sumo cuidado y sonrisas amables, evitando la rebelión con los dardos del encanto. Ahora se estremece, grisáceo y empapado, con el recuerdo de sus días de gloria perdido en la niebla. Las plantas hibernaban en los parterres, los árboles parecían tristes sin sus bonitas hojas y solo un enorme cedro, con sus ramas verde tinta vigilaba de forma constante; un gigante que velaba el castillo igual que un viejo y devoto sirviente que ha jurado defenderlo hasta el final. Margot se alegraba de poder verlo en verano, cuando los parterres estuvieran rebosantes de flores y los árboles cubiertos de un espeso follaje. Su abuelo le había hablado mucho de los jardines. Que jugaban al croquet en el jardín por el día y por las tardes a Buscar al Diablo, que era la versión de los Deverill del escondite. Y con un brillo travieso en los ojos le había contado que había besado a una chica en uno de los invernaderos. «Asegúrate de echarles un buen vistazo —le había dicho—. Eran igual que palacios, con una selva dentro.»

Los Deverill celebraban todos los años un gran baile estival. Invitaban a todos los anglo-irlandeses de la región. El abuelo de Margot le había hablado de eso más que de cualquier otra cosa, incluso de la caza, que él adoraba. Margot tenía la sensación de que había sido un auténtico donjuán, que bailaba con todas las jóvenes. Por lo que le había dicho, el secreto de su éxito era reservar los bailes pronto para no perderse ni uno. Según él, los Deverill eran tan salvajes como las serpientes. No solo eclipsaban a los demás jinetes con su temeridad cuando cazaban, sino también en la pista de baile. Bertie Deverill, que había sido amigo y coetáneo de su padre, y que más tarde se convertiría en lord Deverill, era el más apuesto y todas las jóvenes querían bailar con él. «El problema era que a menudo engañaba a las damas para llevárselas arriba —le había dicho su abuelo, enarcando una ceja—. Por eso mi padre no dejaba que mi hermana Abigail bailara con él. A Abigail le molestaba muchísimo tener que rechazar al anfitrión, pero mi padre era muy insistente y además tenía mucha razón.»

Entonces Bertie tuvo un lío con una criada y la dejó embarazada. Más tarde reconoció al muchacho y, cuando su hijo legítimo, Harry, murió en la Primera Guerra Mundial, Jack Patrick, conocido como «JP», se convirtió en el heredero de Bertie. Margot no alcanzaba a ver el pabellón de caza desde su ventana, pero estaba ahí, en alguna parte, y JP, el actual lord Deverill, estaba dentro, guardando todos los secretos de la familia. Sabía que para investigar los últimos sesenta años de la historia de su familia tendría que hablar con él.

Deshizo la maleta y guardó su ropa mientras tarareaba de forma alegre *The power of love*, de Jennifer Rush, que estaba en el número uno de las listas y sonaba sin parar en todas las cadenas de radio. Colocó la máquina de escribir en el escritorio, junto con sus cuadernos, que estaban llenos de las historias de su abuelo y relatos que había encontrado en viejos artículos de periódico. El incendio de 1921 había tenido una amplia repercusión en la prensa inglesa de la época. Había una fotografía de Rupert Deverill, el padre de Bertie, que falleció en el incendio, e imágenes de la Policía Real Irlandesa recogiendo los escombros todavía humeantes. Nunca se ajustició a los criminales. Por supuesto, las autoridades sabían quiénes eran los responsables. Era la época de los disturbios. El IRA estaba arrasando los castillos británicos y las grandes mansiones por toda Irlanda en su lucha por la independencia. Margot había descubierto con asombro que entre 1919 y 1923 se incendiaron o volaron por los aires doscientas setenta y cinco de estas preciosas casas. Los Deverill no fueron los únicos, aunque eso no suponía ningún consuelo. Los autores eran libres para continuar con su purga del dominio británico sin ningún tipo de restricción.

Durante su búsqueda en los periódicos encontró un artículo sobre Celia Deverill, una prima que había comprado el castillo y lo había reconstruido con un gran desembolso económico. En la fotografía que acompañaba el artículo se veía a una hermosa rubia con un abrigo de pieles y diamantes, de pie junto al inútil de su marido, con cara larga y seria. Celia, una «rutilante joven» del Londres de 1920, había provocado un escándalo cuando se escapó a Escocia con el padrino de su boda. El abuelo de Margot le había contado que se decía que el padre de Celia le había regalado una fortuna a su marido, Archie, para que la acogiera de nuevo, y que Celia había reconstruido el castillo con esa fortuna. Entonces, justo cuando las cosas les estaban yendo bien a Celia y a Archie, la tragedia les golpeó de nuevo. La Gran Depresión de 1929 supuso su ruina económica y Archie se ahorcó en un árbol allí mismo, en los jardines del castillo. Celia desapareció en Sudáfrica y vendió el castillo a un misterioso conde italiano. La esposa del conde Cesare Di Marcantonio resultó ser Bridie, la criada a la que Bertie dejó embarazada, la madre de JP. Margot palmeó los cuadernos amontonados con satisfacción. Apenas había empezado a indagar y ya tenía historias más que suficientes para llenar la mayor parte del libro. Iba a ser una lectura apasionante.

A Margot le dieron una mesa redonda en el rincón durante la cena en el comedor. Desde allí podía ver toda la estancia, y qué impresionante era. Imaginaba que debía de ser el comedor original en el que los Deverill disfrutaban de las comidas en familia, servidas por lacayos vestidos con libreas rojas y doradas. El techo contaba con elaboradas molduras de escayola, había lámparas de estilo art déco de cristal esmerilado y cromo, y altas ventanas ocultas tras pesadas cortinas de terciopelo de un vívido color púrpura. En lugar de obras de arte había enormes paneles con paisajes pintados a mano. El efecto era impresionante y Margot, que amaba la belleza, fuera del tipo que fuese, se sintió atraída por las montañas de un morado intenso y los campos de vivas tonalidades verdes. Imaginaba que debió de encargarlos la propia Celia Deverill, ya que formaban parte de la estructura del castillo y no se podían eliminar.

Había pedido una copa de vino y estaba empezando a disfrutarla, cuando se aproximó a su mesa la señora Walbridge, la mujer que había visto antes en el vestíbulo. También se había cambiado y había reemplazado sus cómodos zapatos para andar y su traje de *tweed* por una áspera falda y una blusa de seda, con un broche de oro y amatistas adornando su garganta. Llevaba el canoso cabello recogido en un moño flojo que dejaba su rostro despejado y detrás de las gafas, que le daban el aire de una vieja maestra, sus pequeños ojos castaños poseían una gran agudeza e inteligencia. Le brindó una sonrisa a Margot y se presentó.

—Perdone que la moleste, pero tengo entendido que es usted escritora residente y quisiera estrecharle la mano —dijo—. Su libro sobre Eva Perón fue una muy buena lectura.

Margot no se oponía a que la gente hablara con ella, de hecho lo veía con buenos ojos. La mayoría poseía algo de interés, aunque hubiera que indagar para encontrarlo. Le ofreció a la vieja dama una silla y una copa de jerez.

—Crecí en Argentina y en 1940, cuando yo tenía ya treinta y cinco años, Perón estaba en la cima —dijo la señora Walbridge, poniéndose cómoda y esperando con impaciencia esa copa de jerez. Margot pudo situar su acento al oír hablar de Argentina en la década de 1940. Era la inflexión entrecortada de la clase alta de una raza en extinción de anglo-argentinos que vivían en Hurlingham, Buenos Aires, y que solo se casaban dentro de su pequeño círculo de expatriados británicos—. Así que conozco de primera mano a esa espantosa mujer. Fue muy justa en su libro, equitativa, diría yo, porque si bien para los británicos fue una ambiciosa aventurera, para los argentinos era una santa. Como es natural, hay que reconocer que ambos bandos tienen buena parte de razón, y creo que usted lo manejó bien.

—Gracias —respondió Margot.

—Podría haberle contado algunas historias condenatorias sobre ella si nos hubiéramos conocido cuando realizaba su investigación. Tal vez entonces no hubiera sido tan ecuánime. —Le brindó una sonrisa de complicidad a Margot—. Es una lástima que no nos hayamos conocido antes. ¿En qué trabaja ahora?

—En la historia de la familia Deverill.

A la señora Walbridge se le iluminaron los ojos.

—¡Ah! Por eso está usted aquí. Tienen una historia interesante, ¿no cree?

—Sin duda.

—Mucho drama. Eso es lo que necesita un libro. Mucho drama, pues de lo contrario los lectores se aburren. Aunque a mí nunca me han gustado demasiado las vidas dramáticas. Prefiero la paz y la tranquilidad. Me gustan las aguas tranquilas.

El camarero le trajo enseguida la copa de jerez a la señora Walbridge y Margot la miró mientras tomaba un sorbo y se relamía de placer. Decidió ser atrevida.

—Espero que no le moleste, pero no pude evitar oírle hablar antes con el gerente. Creía que iba a marcharse a Inglaterra.

La señora Walbridge frunció los labios y bajó la voz.

—No se equivoca. Por supuesto que pensaba irme, y lo antes posible. He pasado aquí dos noches y apenas he pegado ojo por culpa de los extraños sucesos que han ocurrido en mi cuarto. Pero el señor Dukelow tiene un encanto tremendo. Ha conseguido convencerme para que me quede, sugiriendo que me traslade a otra parte del hotel. —Se arrimó y susurró—: No me ha cobrado las dos últimas noches. ¿No le parece considerado por su parte?

—Cuando habla de extraños sucesos, ¿se refiere a fantasmas?

La mujer bajó la voz.

—Así es, Margot.

Margot rio.

—Siento curiosidad. ¿Qué es lo que vio con exactitud?

La expresión de la señora Walbridge se tornó tensa.

—A una anciana de uniforme, con vestido negro y delantal blanco, moviéndose de manera afanosa por mi habitación.

—¿Limpiando?

—Bueno, no estoy segura de que haya limpiado demasiado —repuso con un respingo—. Al día siguiente aún había polvo debajo de la cama.

—Supongo que el señor Dukelow no la creyó.

La señora Walbridge entrecerró los ojos.

—Si no me creyó, ¿por qué ha excluido las dos primeras noches de mi cuenta?

—Porque no quiere que hable de ello y moleste a los demás huéspedes.

—Es posible —reconoció la señora Walbridge—. Aunque cabría suponer que no es la primera vez que un huésped se ha quejado de sucesos extraños por la noche.

—Bueno, a mí eso no me molestaría, señora Walbridge —declaró Margot—. Yo no creo en fantasmas.

La copa de vino rebosó y se derramó sobre el mantel blanco justo cuando las palabras escaparon de sus labios.

—¿Ha visto eso? —jadeó, llevándose una mano a la garganta.

—La he golpeado con el codo —alegó Margot, agarrando la copa y poniendo la servilleta sobre la mancha carmesí.

—Yo no he visto que usted la tocara. —La anciana puso los ojos en blanco mientras buscaba al culpable a su alrededor—. Está aquí —susurró con aire lúgubre—. Puedo sentirlo. Es lo que hacen los fantasmas. Hacen que el aire se enfríe.

—Vamos, señora Walbridge, si fuera el fantasma de la criada, no causaría ningún desastre que le tocara limpiar. —Margot rio con despreocupación—. Yo tengo la culpa. ¡Típica torpeza por mi parte! Bueno, ¿por dónde íbamos?

La señora Walbridge bebió un trago de jerez.

—¡Me decía que no creía en fantasmas!

2

Margot no esperaba dormir demasiado esa noche. El episodio con la copa y la reacción de la señora Walbridge la había puesto nerviosa. No creía en fantasmas, pero apagar la luz y oír los crujidos y gemidos del castillo le provocó cierta aprensión, por extraño que pudiera parecer. Sin embargo, el viaje había sido largo y estaba cansada. Poco después de apoyar la cabeza en la almohada, que era muy confortable, puesto que la señora De Lisle no había reparado en gastos, se sumió en un sueño profundo y plácido.

Por la mañana pidió el desayuno al servicio de habitaciones y se bebió el café en el escritorio, revisando sus notas y calculando dónde tenía que centrar su investigación. Había ocho lores Deverill: Barton, Egerton, Tarquin, Peregrime, Grenville, Hubert, Bertie y, por último, Jack Patrick, el actual lord Deverill. Dado que se trataba de una prominente familia con influencia política, Margot había conseguido investigar bastante a fondo a los cinco primeros lores. Todos fueron personajes pintorescos y muy ricos, con oscuros secretos, incluyendo las habituales relaciones extramatrimoniales e hijos ilegítimos a los que tan proclives eran en la aristocracia. Barton fue un tirano; Egerton, un bravucón que se portaba de forma terrible con su esposa, y el peor, Tarquin, era cruel con su hijo discapacitado, que en su décimo cumpleaños se ahogó en la fuente ornamental de los jardines del castillo. Se rumoreaba que su padre hizo la vista gorda y dejó que ocurriera porque el niño había traído la vergüenza al buen nombre de la familia. La esposa de Tarquin murió poco después con el corazón roto.

El objetivo principal de Margot eran ahora los últimos sesenta años, desde Hubert Deverill hasta la actualidad. Pero iba a suponer un reto porque muchos de los personajes principales seguían con vida. Estaba JP, el actual lord Deverill, y su exesposa, Alana, que se fue a vivir a Estados Unidos tras su divorcio. Al parecer le había dejado seco en los tribunales y no le había quedado otra alternativa que vender el castillo. Tenía tres hijos entre los veintitantos y los treinta años. Margot no estaba segura de dónde estaban. También estaba Celia Deverill y su segundo esposo, Boysie Bancroft, que pasaban de los ochenta y vivían en París. Y la hermana gemela de JP, Martha, y su marido, Joshua, que repartían su tiempo entre California y Cork. Si Margot quería información iba a tener que ser sibilina. Era muy improbable que alguno de esos personajes quisiera ayudarla.

Para alivio de Margot, la niebla se había disipado durante la noche y había dejado un cielo despejado y azul con mullidas nubes blancas. La escarcha cubría con su velo el jardín. Algún tipo de animal había correteado por él durante la noche y dejado sus huellas como testigo de lo mucho que había disfrutado mientras el castillo dormía. Margot decidió echar un vistazo a la ciudad. Si iba a escribir sobre los Deverill, era importante poner el castillo en contexto. A fin de cuentas, la familia y Ballinakelly siempre habían tenido una relación incierta. La familia había inspirado odio y lealtad en los irlandeses; era importante proporcionar un relato ecuánime, como diría la señora Walbridge.

Entusiasmada por estar en el feudo de los Deverill, se puso su abrigo rojo chillón y su gorro con pompón y bajó a toda prisa. La señora Walbridge estaba en el vestíbulo delante del fuego, con un abrigo color camel y un gorro de punto, que parecía un cubretetera.

—Buenos días —dijo Margot con tono alegre.

A la señora Walbridge se le iluminaron sus sagaces ojillos.

—Buenos días, querida —respondió—. ¿Va a salir?

—Sí, voy al pueblo.

—Yo también —declaró la señora Walbridge—. Estoy esperando al taxi.

—Puede venir conmigo si quiere —le ofreció Margot—. Tengo coche.

—¡Oh! Es muy amable. Voy a visitar a una amiga que vive justo al otro lado de Ballinakelly, junto al mar.

—¡Qué bien! Podré ver más cosas del campo. Pediré que anulen su taxi.

Al cabo de un momento, la señora Walbridge se puso los guantes y siguió a Margot al sol.

—¡Qué día tan bonito! —exclamó con entusiasmo—. Irlanda es impredecible. Tan pronto un día resulta imposible ver a dos palmos de distancia por la niebla como al siguiente está como hoy. Tan azul como los acianos.

Margot abrió la puerta de su Escarabajo, tan azul como el cielo aciano de la señora Walbridge, y se montó en él. La señora Walbridge esperó con paciencia mientras recogía los periódicos y las revistas, paquetes de patatas fritas y botellas de cola que había dejado en el asiento del copiloto y los echaba atrás de cualquier manera.

—Listo, señora Walbridge —dijo.

La señora Walbridge subió al coche con rigidez y tardó un rato en acomodarse y en abrocharse el cinturón.

—Por cierto, me llamo Dorothy. Puedes llamarme Dorothy si quieres.

—Gracias —dijo Margot, girando la llave—. Lo haré. —Justo cuando estaban a punto de ponerse en marcha, un petirrojo revoloteó frente al parabrisas y se posó en el capó del coche—. ¡Vaya, mira eso! —exclamó con asombro.

—¡Oh! Es algo que me pasa a menudo —dijo Dorothy con indiferencia—. Tengo algo con los petirrojos. Es extraordinario. Siempre intentan llamar mi atención. No sé muy bien qué significa, pero parece que se sienten atraídos por mí.

—San Francisco de Asís, santa Dorothy… —dijo Margot riendo.

El petirrojo se acercó dando saltitos y se posó en el limpiaparabrisas para picotear el cristal con su afilado pico.

—¿Lo ves? —declaró Dorothy con un suspiro—. Parece que intente decirme algo.

—Bueno, no puedo irme hasta que salga volando —dijo Margot, soltando el volante.

—Vamos, petirrojo —dijo Dorothy, inclinándose hacia delante para golpear el cristal. El petirrojo se quedó mirando durante largo rato y luego alzó el vuelo—. Extraordinario —repitió, sacudiendo la cabeza—. Y solo con los petirrojos. A los demás pájaros no les intereso.

Margot arrancó y se puso en marcha.

—¿Te gustaría acompañarme? —preguntó Dorothy, deseosa de corresponder a la amabilidad de Margot—. Voy a visitar a mi querida amiga Emer O'Leary. Es la suegra de JP Deverill, aunque desde el divorcio apenas se hablan. Pero al estar emparentada con la familia sobre la que escribes, podría serte de ayuda. Nunca se sabe. Vale la pena intentarlo.

—¿De veras? ¿Crees que no le importará que me presente contigo, sin invitación?

—¡Oh, no! Esto no es Inglaterra, querida. Los irlandeses son muy hospitalarios. Estoy segura de que le encantará conocerte. ¡Una escritora famosa como tú!

Margot no podía creer la suerte que había tenido. Solo llevaba una noche en el castillo y ya tenía una cita con alguien cercano a la familia Deverill. Si la señora O'Leary estaba enfadada con su yerno, tal vez estuviera dispuesta a compartir algunos secretos familiares. Mientras recorría las sinuosas callejuelas, Margot sintió que la felicidad se propagaba por su pecho. El día no podía empezar mejor.

Esta vez pudo apreciar la belleza natural del paisaje. No había niebla que ocultara los verdes pastos y las escarpadas colinas ni llovizna en el parabrisas que estropeara la vista. Las ovejas pacían al sol en los pastos silvestres y en los brezos y deambulaban tan tranquilas entre las ruinas de las casas abandonadas y los muros de piedra seca. Los milanos reales volaban en círculos, con sus enormes alas desplegadas, listos para abalanzarse sobre alguna criatura desprevenida que anduviera tan tranquila entre la maleza. Aquellas colinas poseían un aura de dramatismo que apelaba a la afición de Margot por las historias. Exudaban historia. Como si los ecos de siglos de conflicto perduraran aún en la tierra. Como si su mancha no pudiera eliminarse por mucho que lloviera.

El hogar de los O'Leary era una modesta casa blanca con tejado de pizarra gris, enclavada en una resguardada bahía protegida con vistas al mar. La marea había bajado y había dejado la arena húmeda y plagada de pequeñas criaturas por las que las gaviotas se peleaban. Las aterciopeladas colinas y los escarpados acantilados poseían un encanto gótico aun en los meses más crudos del invierno.

—¡Qué lugar tan hermoso para vivir! —dijo Margot, más para sí misma que para su compañera. Una parte de ella anhelaba ese aislamiento.

Aparcó el coche delante de la casa.

—Emer tiene una vida estupenda. Ha vivido en todas partes. En Estados Unidos y en Argentina, que es donde la conocí, y aquí durante la mayor parte de su vida. Cuando su hija se trasladó a Estados Unidos, pensé que se iría con ella, pero su marido es irlandés hasta la médula. No creo que quiera estar en otro sitio que no sea Ballinakelly. Luchó por la independencia, ya sabes. Era valiente, apasionado y muy idealista. Todo un héroe romántico. No se puede sacar ese tipo de patriotismo de un hombre como Jack O'Leary, y colocarlo al otro lado del mundo y esperar que prospere. Se le marchitaría el corazón. Moriría de añoranza. —Dorothy se detuvo un momento y suspiró con aire pensativo—. Ya es viejo, tiene casi noventa años, pero aún posee un aire de misterio, como verás.

Margot sospechaba que Dorothy estaba un poco enamorada de Jack O'Leary.

La siguió hasta la puerta principal y la miró mientras llamaba de forma enérgica. Al cabo de un momento, se oyó el sonido de pasos que se arrastran al otro lado y luego se abrió. Una mujer mayor con el pelo corto y gris y rostro amable paseó la mirada de Dorothy a Margot y enarcó las cejas con sorpresa.

—He traído a mi nueva amiga para que te conozca, Emer —dijo Dorothy—. Margot Hart es la escritora residente en el castillo. Es famosa.

Margot extendió la mano y sonrió con timidez.

—Yo no me atrevería a decir que soy famosa...

—¡Oh! Pues lo eres, Margot. Bien lo sé yo, que he leído su libro —repuso Dorothy riéndose—. Además es muy buena escritora. ¡Soy su seguidora!

Emer estrechó la mano de Margot.

—Bienvenida —dijo, sonriendo con diversión ante el entusiasmo de Dorothy. Abrió la puerta de par en par y se hizo a un lado para dejar que pasaran—. Cualquier amigo de Dorothy es amigo mío.

Las tres pasaron al salón. La luz del sol entraba por las ventanas y el fuego crepitaba en el hogar de manera hospitalaria. Dorothy no esperó a que le ofrecieran un asiento, sino que se sentó en uno de los cómodos sillones con un suspiro, como si se sintiera en su casa. Se alisó la falda y sonrió con satisfacción.

—¡Qué bien huele! —exclamó.

—He estado cocinando —respondió Emer—. Mi nieto viene hoy a comer y le gusta mi tarta de manzana. Tiene casi treinta años, pero quiere que le prepare sus platos favoritos como si aún fuera un niño. Bueno, ¿os apetece una taza de té?

—Sería estupendo —dijo Dorothy.

—¿Puedo ayudarla? —preguntó Margot.

—Si no te importa, puedes llevar la bandeja —dijo Emer.

—Ya que me he sentado, seguiré sentada —dijo Dorothy con decisión—. Se está muy bien aquí, junto al fuego. Se está muy bien.

Margot siguió a la señora O'Leary hasta la cocina. Era una habitación luminosa y bonita, con el suelo de pino, desgastado en los lugares más transitados. Había un antiguo aparador de madera apoyado en la pared del fondo y frente a él, una larga mesa de comedor cargada de periódicos. Habían dejado un cesto de mimbre para la ropa sucia encima de una silla, rebosante de ropa lista para que la plancharan.

—Perdona el desorden. No esperaba compañía. O mejor dicho, no esperaba la visita de una famosa. —Emer enarcó una ceja y Margot sospechó que era menos fácil de impresionar que Dorothy.

—Dorothy me ha contado que se conocieron en Argentina —comentó.

—Así fue, hace siglos. Es una amiga muy querida desde hace años. —Emer trajinaba sin prisas por la cocina, abriendo armarios, sacando tazas y platos de porcelana y colocándolos de forma ordenada en una bandeja. Vertió leche en una jarra y colocó galletas en semicírculo en un plato. Mostraba un aspecto elegante, pero sin pretensiones, ataviada con un pantalón, una camisa de flores y una larga chaqueta de punto. Margot la imaginó como una mujer joven. Tal vez nunca fue una gran belleza, pero poseía una cierta serenidad que confería encanto a su rostro. Sus ojos eran de un delicado tono azul y su expresión era amable, con un toque de humor. Intuía que Emer era una mujer paciente e inteligente, que sin duda era justo lo que necesitaba un hombre apasionado como Jack O'Leary—. Dime, Margot, ¿qué estás escribiendo en el castillo? —preguntó Emer, de pie junto a los fogones mientras la tetera hervía.

Margot se preparó para la reacción de Emer.

—La historia de los Deverill —respondió, y luego contuvo la respiración.

Emer habló sin vacilar.

—Supongo que hay suficiente para un libro —repuso, entrecerrando los ojos de forma reflexiva.

—Voy a remontarme hasta Barton Deverill.

—Y ¿hasta cuándo? —Emer clavó la mirada en ella y Margot percibió la sospecha que había detrás de su sonrisa.

—Puede que hasta la Segunda Guerra Mundial —mintió Margot y luego se arrepintió. Tenía toda la intención de llegar hasta la actualidad y deseaba haber sido sincera al respecto.

—Sería prudente.

—Mi abuelo era anglo-irlandés e iba de caza con los Deverill de joven. Los recordaba con cariño.

Este dato disipó de inmediato cualquier incomodidad. La señora O'Leary asintió y su sospecha se desvaneció tras una sonrisa de
alivio.

—¡Oh, bueno! Eso lo cambia todo —dijo con aire alegre—. Eres
amiga, no enemiga.

Margot pareció horrorizada y se llevó una mano al corazón.

—Por supuesto, señora O'Leary. Soy una gran admiradora de la
familia y en especial del castillo. Lo que en realidad me interesa escribir es la historia del castillo.

—Fue el hogar de mi hija durante diecisiete años y el de sus hijos.
Se les rompió el corazón cuando JP lo vendió. Pero así es la vida. No
siempre podemos tener lo que queremos y debemos conformarnos. Al
fin y al cabo, no es más que ladrillos y cemento. La verdad es que el
hogar está donde está el amor. Y allí no quedaba mucho amor. Esa es
la verdadera tragedia.

—Lamento oír eso —declaró Margot, que sentía curiosidad por
saber más.

—¿Por qué no le llevas la bandeja a la pobre Dorothy? Se pregun-
tará qué hacemos aquí mientras ella está sentada allí sola.

Margot hizo lo que le decía. Emer O'Leary era una mujer directa
y práctica, y sin embargo su tono era amable y sensato. Margot creía
que si ella y su yerno, JP Deverill, no se hablaban era porque él no
quería hablar con ella y no al revés. Margot no creía que Emer fuera
una mujer rencorosa.

Dejó la bandeja en la mesa frente al fuego. Un momento después,
Emer entró con la tetera.

—Dime, Dorothy, ¿dormiste bien anoche? ¿Volviste a ver a ese
fantasma?

—Dormí como un bebé, Emer. El señor Dukelow, el gerente, tuvo
la amabilidad de trasladarme a otra habitación.

—¡Qué amable por su parte! —Emer le pasó una taza de té.

—¡Oh, qué bueno! —Dorothy suspiró con placer—. El señor
Dukelow me ha descontado las dos primeras noches de la cuenta
—añadió encantada con una sonrisa—. ¡Menuda sorpresa!

Emer sirvió té en la taza de Margot, luego se sirvió ella y se sentó en un sillón junto al fuego.

—Yo diría que el señor Dukelow no quiere que difundas historias de fantasmas. La gente podría dejar de venir si se enterara de que el lugar está encantado.

—Eso es lo que he dicho yo —convino Margot—. Aunque yo habría pensado que la gente estaría más dispuesta a venir. Los fantasmas están de moda. Tengo un amigo en Londres que es médium. No estoy segura de que se comunique de verdad con los muertos, pero es un gran negocio.

—Yo prefiero que los muertos sigan muertos —dijo Dorothy con un resoplido—. Desde luego no quiero apariciones extrañas en mi habitación. Si hubiera sabido que el hotel estaba plagado de ellos, habría elegido otro.

—Te invité a que te quedaras aquí —dijo Emer.

—A Jack no le gustan las visitas. Aunque dice que no le molestan, yo sé que sí. Y me gusta ser independiente y no ser una carga para nadie.

—No tardará en llegar. Ha salido a pasear al perro.

—Por eso va a vivir hasta los cien años —repuso Dorothy—. El secreto de la longevidad es hacer mucho ejercicio.

—Y la suerte —añadió Emer—. Pero al final la suerte se acaba.

Las tres charlaron en el acogedor y soporífero ambiente de la pequeña sala de estar. La chimenea de hierro fundido irradiaba calor mientras las motas de polvo danzaban como luciérnagas en los rayos de sol que se colaban por las ventanas. Margot se terminó el té, se comió un par de galletas y escuchó a Dorothy y a Emer mientras recordaban Argentina. Desvió la mirada hacia las fotografías en marcos sobre las mesas auxiliares. Gente atractiva y feliz, sonriendo a la cámara. Ansiaba preguntarles quiénes eran, pero no quería dar la impresión de que estaba curioseando… o investigando para su libro.

La puerta de la calle se abrió un rato después y una ráfaga de aire frío invadió el salón desde el vestíbulo. Un perro entró en la habitación, jadeando.

—Espero que no estés mojado —dijo Emer con reproche.

Mojado o no, el perro olfateó a los invitados, después de lo cual se dio la vuelta y salió trotando al salón para reunirse con su amo. Poco después apareció Jack O'Leary. No era un hombre corpulento, pero poseía un poderoso carisma que llenaba la sala. De repente, le pareció demasiado pequeña para los cuatro.

—Hola, Dorothy —saludó a la amiga de su esposa con un movimiento de cabeza, como si la viera todos los días y no necesitara molestarse en hacer ningún comentario amable. Dorothy lo miró, con una expresión de asombro y deleite que encendió un pequeño fuego en sus ojos. Luego se volvió hacia Margot. Ella se levantó y le tendió la mano.

—Es un placer conocerle, señor O'Leary —dijo.

—Esta es Margot Hart, la amiga de Dorothy —le informó Emer—. Es la escritora residente en el castillo. Imagínate, Jack, ahora tienen una escritora.

—Genial —repuso Jack con su rudo acento irlandés, que trajo a la mente de Margot vientos azotando los acantilados y violentas olas rompiendo contra las rocas. Dorothy tenía razón; ese hombre era tan irlandés como los tréboles.

Puede que Jack O'Leary tuviera casi noventa años, pero Margot se dio cuenta de que en su día fue un hombre muy guapo. Tenía el pelo gris y el rostro tan ajado como el de un viejo pescador que se ha pasado la vida a la intemperie, pero sus ojos eran del profundo azul del vidrio de mar, insondables y llenos de secretos. Margot intuía que había vivido intensamente y que había sufrido. Su piel delataba toda una vida de turbulencias en los cientos de líneas grabadas en ella. Pero sobre todo hablaba de pérdida.

—Y ¿qué está escribiendo? —preguntó.

—Una historia sobre la familia Deverill —respondió ella, sosteniéndole la mirada y viendo cómo el interés hacía que se tornara más penetrante.

—¿De veras? —musitó a la vez que una pequeña sonrisa le cruzaba los labios—. Bueno, hay más que suficiente para llenar un libro. Es más, diría que podría escribir una trilogía.

Margot percibió que, por alguna razón, la idea de un libro sobre los Deverill le divertía.

—Necesito hablar con personas como usted que los conocieron a principios de este siglo —añadió. Valía la pena intentarlo.

Jack rio entre dientes.

—Sí, los conocí bastante bien y de paso pagué las consecuencias. Ahora que nuestras familias están relacionadas entre sí, para bien o para mal, no hablaré de los Deverill con nadie. Pero hay quienes lo harán. Solo tiene que preguntar por ahí. Hay muchos que arrojarán luz sobre esos lugares oscuros y secretos.

—Nuestra hija estuvo casada con JP Deverill —medió Emer. Suspiró con pesar—. Creímos que era un buen partido. Pero la gente cambia con el tiempo y a menudo no cambian juntos ni de la misma manera. Se distancian.

—Pero tienes tres nietos encantadores de ese matrimonio —intervino Dorothy, que percibió cierta tensión en la habitación y decidió disiparla—. Y Colm vive aquí, en Ballinakelly. Es estupendo que lo veas tan a menudo.

—Sí, no cabe duda de que somos muy afortunados. —Emer sonrió. Se volvió hacia Margot—. Nuestro nieto es veterinario como lo fue Jack, Margot. Tenemos suerte de que decidiera quedarse en Irlanda. Sus hermanas siguieron a su madre a Estados Unidos. Pero Colm es como su abuelo. Sus raíces están profundamente arraigadas en suelo irlandés. No la abandonará.

Jack se dirigió a la cocina, con su leal perro trotando con entusiasmo tras él. Margot tomó aire y sintió que todo su cuerpo se relajaba. Daba la impresión de que Jack se hubiera llevado su opresiva energía con él, devolviendo al salón su ambiente acogedor original. Pero por mucho que Margot escuchara la conversación de las dos mujeres, su atención también había seguido a Jack. Se sentía atraída por ese oscuro carisma, pues intuía que ahí había una historia; ojalá pudiera conseguir que se la contara.

Al cabo de un rato, Dorothy se puso en pie y declaró que ya le había robado suficiente tiempo a Emer.

—Me voy mañana —dijo—. Pero volveré pronto. —Se volvió hacia Margot—. Cuando murió mi marido, decidí que me daría un capricho y vendría a Ballinakelly siempre que quisiera. Hay que hacer todo lo que uno quiere en el tiempo que se nos da, y nadie sabe cuánto será. Así que volveré muy pronto. Ya estoy deseando hacerlo.

Emer las acompañó a la puerta. Abrazó a su amiga con afecto y estrechó la mano de Margot.

—Ha sido un placer conocerte —aseguró—. Espero que disfrutes del castillo. Seguro que los Lisle han hecho un buen trabajo de restauración.

—No cabe duda de que es lujoso —replicó Margot.

Emer asintió con tristeza.

—Era lujoso cuando JP lo heredó. —Exhaló un suspiro—. El problema es que de casta le viene al galgo.

Margot no estaba segura de lo que quería decir con eso, pero asintió como si lo supiera.

—Gracias por acogerme en su casa —dijo, y luego se adentró en el frío y se dirigió a paso ligero hacia el coche. Dorothy se quedó para intercambiar algunas palabras con Emer. Por fin, se montó al lado de Margot y bajó la ventanilla para saludar.

El coche se puso en marcha por la estrecha calle. Margot no esperaba que nadie viniera en sentido contrario, ya que el camino terminaba en la casa de los O'Leary, por lo que se relajó. Su mente pensó en Jack O'Leary y se preguntó adónde había ido y por qué no había salido para despedirse. No redujo la velocidad al acercarse a la curva. De repente dobló la curva un embarrado Land Rover, que sin duda tampoco esperaba que nadie viniera en sentido contrario. Dorothy lanzó un grito de pánico. Margot frenó en seco. El conductor del Land Rover derrapó hasta detenerse. No chocaron por unos pocos metros.

—¡Dios mío! —exclamó Margot—. ¿Estás bien, Dorothy?

—Sigo viva —respondió Dorothy, temblorosa—. Pero creo que se me ha salido el corazón por la boca.

Los dos conductores entraron en un punto muerto, pues ninguno quería cederle el paso al otro. Pero Margot no tardó en darse cuenta

de que el Land Rover difícilmente podía dar marcha atrás en una curva ciega sin poner en peligro a un vehículo que viniera en sentido
contrario. Con un suspiro de irritación, decidió que iba a tener que ser
ella la que se moviera. De mala gana, llevó el choche marcha atrás
hasta un pequeño apartadero y esperó a que el Land Rover pasara.
Mientras lo hacía, se sorprendió mirando como una boba al guapísi-
mo hombre sentado en el asiento del conductor, que levantó la mano
en señal de agradecimiento y le brindó una sonrisa sin el menor atisbo
de irritación. Condujo despacio, poniendo cuidado de no rozar su
coche, y la impaciencia de Margot se esfumó ante el encantador atractivo de su sonrisa. Sin duda se preguntaba quién era ella y por qué
estaba allí. Entonces reconoció a Dorothy y su sonrisa se hizo más
amplia. Se quitó la gorra plana y Margot se fijó en su oscuro cabello
rizado.

—Es Colm —dijo Dorothy, viendo pasar el Land Rover—. El nieto de Emer y Jack. El veterinario local. Se parece mucho a su abuelo.
—Margot se incorporó de nuevo a la angosta carretera—. Bueno, tu
primer avistamiento de un Deverill. Me va a dar pena irme mañana.
Tengo curiosidad por saber cómo te va. Deberías llamarme y mantenerme al tanto de tus progresos.

—¿Qué edad crees que tiene? —preguntó Margot, llena de un
repentino entusiasmo.

—Puedo decírtelo con exactitud. Aisling debe de tener treinta y
un años, así que Colm tiene veintinueve y su hermana menor, Cara,
veintisiete.

—Y él es el veterinario local —musitó.

—Sí, pero un día heredará el título. Por desgracia no tendrá un
castillo que heredar. Dudo que use el título. Suena un poco tonto ser
lord Deverill, el veterinario.

—¿Está casado?

—Todavía no. —Dorothy la miró—. Es muy guapo, ¿no?

—Mucho. —Margot se rio—. Pero yo no busco nada ni mezclo
los negocios con el placer —añadió, porque Dorothy estaba sonriendo en silencio para sí misma.

—Me acordaré de lo que has dicho —murmuró.

Margot se rio.

—¿Te apetece almorzar?

—¡Qué idea tan espléndida! —respondió Dorothy—. Conozco el lugar perfecto. Se llama O'Donovan's y hacen el mejor estofado irlandés.

Jack O'Leary se detuvo junto a la ventana de su habitación y miró hacia el mar. Entonces pensó en ella y algo se encogió en el tierno lugar de su corazón donde ella aún habitaba. Posó una mano allí, pero no hizo nada para aliviar el dolor constante de la pérdida. La imagen de aquel lejano horizonte, la desdibujada línea donde el cielo se fundía con el mar, se la traía de vuelta, como si estuviera allí, en ese lugar entre la tierra y el cielo. Como si no se hubiera ido, sino que le estuviera esperando tal y como había hecho en vida. Contempló aquella vista y, mientras miraba, dos ojos grises le devolvieron la mirada. Extendió los dedos sobre el cristal de la ventana. Había amado a Kitty Deverill toda su vida y ahora se había ido. Apoyó la frente en el cristal y cerró los ojos. Ella se había ido y esta vez no iba a volver jamás.

Kitty

«¡Oh, Jack!»

Te veo, buscándome junto a la ventana. No son tus ojos los que te devuelven la mirada en el cristal, sino los míos. No te he abandonado. Nunca te abandonaré. Ojalá pudieras entender que la muerte es solo el paso de una dimensión a otra. Un cambio, nada más. Sigo siendo yo, Kitty Deverill, y te quiero como siempre.

Te veo cuando paseas a tu perro por las colinas, Jack. Cuando te quedas en el círculo de piedras en lo alto de los acantilados frente al mar, donde están esparcidos mis restos mortales. ¡Cuántas veces nos encontramos allí, en ese lugar que era nuestro y solo nuestro! ¿Recuerdas que de niños jugábamos entre esas gigantescas piedras? ¿Que de adolescentes nos besábamos a su sombra? ¿Que de adultos discutíamos, nos peleábamos y hacíamos el amor, ocultos por esos megalitos, guardianes de nuestros secretos? Todavía guardan nuestros secretos.

¿Recuerdas que juramos que seríamos fieles, que nunca amaríamos a nadie más? ¿Recuerdas nuestras promesas? Las promesas de dos tontos cegados por el amor.

Lo teníamos todo en contra, como si estuviéramos condenados a no vivir jamás nuestros sueños, ¿no es así, amor mío? No pedíamos mucho. Solo que pudiéramos estar juntos, ser libres para amar sin reservas, para compartir nuestra alegría con el mundo. Pero en aquellos días estábamos en lados opuestos de cada río. Tú eras católico, yo protestante; tú eras irlandés, yo anglo-irlandesa; tú eras pobre, yo rica; tú eras un O'Leary y yo una Deverill. Pero el amor no conoce fronteras. Los seres humanos, con su estrechez de miras y sus prejuicios, son los únicos que no entienden que todos somos iguales. Que nuestro corazón está rebosante de los mismos anhelos, sea cual sea el lado del río del que procedemos.

¿Recuerdas los secretos que guardábamos? Las notas que nos dejábamos en el muro de piedra del huerto del castillo fueron solo el comienzo de años y años de mentiras. Una y otra vez nos veíamos a pesar de que no debíamos. La nuestra fue una pasión que creció hasta convertirse en algo que ni tú ni yo podíamos controlar. Una pasión que ninguna mano terrenal pudo extinguir, ni siquiera las manos de aquellos que asimos ante Dios cuando juramos amar y cuidar al otro. Y juntos luchamos por la libertad. Me infundiste valor. Recuerdo con orgullo las veces que llevé las armas de un refugio a otro porque a los Tans jamás se les ocurriría que yo, una Deverill, me pondría del lado de los irlandeses en su lucha por la independencia. Pero lo hice. Luché por lo que creía. Contigo. Creíamos en ello juntos.

¿Recuerdas cuando me pediste que me fuera contigo y empezara una nueva vida en Estados Unidos? Pero no pude. No podía dejar mi hogar. Mi amado hogar. No podía dejar Irlanda. Y te perdí, Jack. Ya ves, no eres el único que alberga arrepentimiento.

Siento tu arrepentimiento, pero te diste cuenta demasiado tarde, cuando yo ya no estaba. Mientras yo vivía, tus lazos con tu familia eran demasiado fuertes. Los dos tuvimos mala suerte. Si hubiéramos encontrado la felicidad juntos, se habría construido sobre la infelicidad de los que nos querían. Me alegro de no ser responsable de ello. Cuando siga adelante, algo que espero acabar haciendo, me iré con el corazón libre de culpa. Mi pecado no ha sido amarte, Jack; no hay pecado en amar. Mi pecado es el orgullo terrenal y la venganza. Lo sé, pero aún me aferro a ellos.

Cinco años llevo muerta y cinco años me has llorado. Sin embargo el tiempo carece de sentido donde yo estoy. Estoy en el plano intermedio, sigo siendo yo, pero soy tan transparente como el vapor. Son muy pocos, como mi abuela Adeline y yo, los que tienen la capacidad de ver las finas vibraciones del espíritu. Te veo llorar y, sin embargo, tú no me ves a mí, Jack; tan cerca que si estuviera hecha de materia podría apretar mis labios suavemente contra los tuyos en un beso. Ojalá supieras que el amor nos conecta el uno al otro. Que estaremos conectados para siempre, toda la eternidad. Estoy contigo, Jack, y siempre lo estaré.

Sin embargo, no estoy sola en el plano intermedio. Hay algunos que, como yo, no pueden seguir adelante, ya sea porque no lo desean o porque no se dan cuenta de que pueden hacerlo. La señora Carbery no se da cuenta de que está muerta. Era la criada que trabajaba en el castillo cuando yo era una niña. Solía sentarse a coser en una pequeña habitación de arriba. Me hizo todos los vestidos de mi infancia y los de mis dos hermanas, Victoria y Elspeth. Por supuesto, yo no vivía en el castillo en aquella época. Mis abuelos Hubert y Adeline vivían allí y yo vivía con mi padre, Bertie, y con mi madre, Maud, en el pabellón de caza junto al río. Pero pasaba la mayor parte del tiempo en el castillo porque deseaba estar con mi abuela Adeline, a quien quería mucho más que a mi madre. En el pequeño taller del primer piso, la señora Carbery solía compartir sus galletas conmigo y con Bridie Doyle, la hija del cocinero, que era mi amiga. Nos escondíamos allí mientras mi institutriz me buscaba por todas partes, y nos contaba historias mientras jugábamos con las cintas y los encajes. Tenía una imaginación desbordante, llena de duendes y hadas, e inventaba cuentos maravillosos mientras cosía nuestros vestidos.

La señora Carbery falleció justo después de que terminara la guerra civil. Lo recuerdo bien porque su hijo fue asesinado en los últimos días de esa terrible guerra que enfrentó a hermanos contra hermanos y ella estaba rota de dolor. Los enterraron uno al lado del otro en el cementerio de la iglesia de Todos los Santos de Ballinakelly y yo hice una corona de amapolas y margaritas silvestres y la coloqué en su lápida. Al ser intuitiva, vi espíritus durante toda mi vida, pero nunca vi a la señora Carbery. Ahora que habito en el plano intermedio me doy cuenta de que siempre ha estado aquí, un alma perdida y solitaria, haciendo su trabajo como si aún estuviera viva. Un alma que, por alguna razón, nunca encontró el camino hacia la luz o no confió en ella cuando la vio, creyendo tal vez que era el diablo que la estaba engañando. Atrapada en el plano intermedio, se siente desconcertada por las extrañas personas que ocupan las habitaciones y se queja de ellas con amargura.

Quiero animarla a seguir adelante, porque no está aquí por voluntad propia. Quiero que se reúna con el hijo que amó y perdió, pero tengo que ir con cuidado. A fin de cuentas, ¿cómo se le dice a una persona que está muerta cuando ella cree que está muy viva?

Durante los cinco años que llevo muerta la he visto deambular por el castillo, asustando a los que tienen la mala suerte de verla, sin ser consciente de que está asustando a nadie. No confía en mí y hace todo lo posible por evitarme. En cambio, yo soy consciente del impacto que tengo en el mundo de los vivos. Es sorprendente la cantidad de gente que atribuye mis apariciones a una explicación terrenal. Lo achacan al viento, a los ruidos normales de un viejo castillo, y los que quieren vivir una experiencia sobrenatural encuentran pruebas donde no las hay. Me divierte y necesito divertirme, porque aquí hay poco que me entretenga. Incluso me aburre un poco mi propia malicia. Es demasiado fácil tirar un jarrón, hacer sonar un pomo o bajar la intensidad de las luces, y ¿de qué sirve provocar el cierre del hotel si no hay un Deverill esperando entre bastidores con los medios para comprarlo?

Y entonces llega una joven que despierta mi curiosidad. Tiene la intención de escribir un libro sobre mi familia. Dice que no cree en los fantasmas, pero percibí su miedo cuando volqué su copa de vino en la cena. No voy a perderla de vista. El universo funciona de forma misteriosa e intuyo que su llegada no es casual.

3

A la mañana siguiente, Margot se quedó esperando en la puerta del pabellón de caza. No le gustaba la casa. Era austera y carecía de encanto, con frontones puntiagudos que se elevaban en el cielo y oscuras ventanas que brillaban como mezquinos ojillos en un rostro gris y severo. La energía tampoco era la adecuada, pensó, recordando a su amigo médium, Dan Chambers, porque era justo el tipo de cosas que él diría.

La puerta se abrió por fin y el rostro de una mujer asomó por la rendija. Miró a Margot con unos ojos azules llenos de recelo.

—Buenos días —dijo Margot, dedicándole su más dulce sonrisa—. He venido a visitar a lord Deverill. —Había descubierto que si desprendía confianza, la gente solía asumir que la poseía—. No me espera. Soy la escritora residente del hotel y mi abuelo era un buen amigo de la familia.

El ama de llaves la miró de arriba abajo, sin saber si debía invitarla a pasar. Al final decidió que a veces la precaución era la mejor opción e indicó a Margot que esperara mientras ella iba a hablar con su señoría. Cerró la puerta y Margot se quedó tiritando en el umbral. Al menos hacía sol, pensó. Se ciñó el abrigo y se levantó el cuello. Tal vez no lloviera, pero soplaba un gélido viento procedente del mar.

La mujer pareció tardar una eternidad en volver y abrir la puerta.

—Pase, por favor —dijo con un suave acento irlandés. Vestía una larga falda negra y una blusa blanca y llevaba el cabello gris claro recogido en un moño flojo, con algunos mechones sueltos enmarcando su rostro ancho y solemne—. Lord Deverill la recibirá.

Margot se sorprendió y se sintió más que triunfante. Estaba deseando contarle al señor Dukelow que lord Deverill no se había mostrado como un ermitaño con ella. De hecho, la había invitado a entrar sin dudarlo. El ama de llaves tomó su abrigo y su sombrero y los colgó en un armario. Margot se atusó el pelo y se miró en el deslustrado espejo colgado en la pared sobre una vieja y polvorienta consola. Tenía las mejillas enrojecidas por el frío y sus ojos verdes brillaban. Se lamió los labios por falta de brillo. La casa olía a cerrado, como si las ventanas no se hubieran abierto en mucho tiempo, y la sensación de vacío que reinaba ahí transmitía una profunda aura de soledad.

—Acompáñeme —dijo el ama de llaves, y Margot la siguió por el vestíbulo y el pasillo poco iluminado. El único sonido era el de sus zapatos junto al desolador tictac de un reloj de pie.

Cuando Margot entró en la biblioteca, lord Deverill estaba de pie junto a la ventana, mirando hacia fuera. Llevaba una chaqueta y un pantalón de *tweed* muy gastados y no se volvió hasta que el ama de llaves la anunció. Cuando lo hizo, Margot se dio cuenta de que su rostro sonrosado contrastaba horriblemente con su pelo ralo del color del óxido. Debía de tener unos sesenta años, pero podría ser mayor. Tenía el aspecto desaliñado de alguien que ya no es consciente de hasta qué punto parece desvalido. Margot se compadeció de él como de un perro abandonado y reprimió un desagradable recuerdo que afloró de forma inesperada. Ya había visto antes ese lamentable abandono.

—No conocí a su abuelo —dijo él, moviéndose con dificultad por la habitación para estrecharle la mano—. Pero es un placer conocer a una amiga de la familia.

—Yo también me alegro de conocerle —declaró, estrechándole la mano, que estaba tibia y un poco húmeda—. Mi abuelo me hablaba mucho de su familia.

—Espero que no todo fuera malo. —En sus ojos se apreciaba una actitud defensiva que indicaba que estaba acostumbrado a que la gente pensara mal de él.

Margot sonrió con amabilidad.

—Al contrario, lord Deverill. Era un admirador.

Lord Deverill pareció aliviado al oírlo.

—Siéntese. La señora Brogan le preparará una taza de té. —Mientras Margot se acomodaba en un desgastado sofá de cuero, JP le pidió al ama de llaves que les trajera el té—. También tomaremos tarta de cerveza, si queda —añadió.

—Muy bien, milord —respondió la señora Brogan y se alejó por el pasillo con paso lento y majestuoso. Margot imaginaba que por aquí nadie ni nada se movía con demasiada rapidez, ni siquiera el tiempo.

JP gimió cuando se sentó en el sillón junto al fuego y luego se revolvió hasta encontrar una posición cómoda. Margot vio un libro y un par de gafas de lectura en la mesa de al lado, junto con un paquete de galletas de queso Jacob's Cheddars y un paquete de Marlboro.

—Ahora tienen una escritora residente en el castillo, ¿no?

—Esa soy yo —contestó de forma animada, pero la amargura en el tono de lord Deverill no le pasó desapercibida.

Lord Deverill alcanzó el paquete de tabaco.

—¿Fuma? —preguntó, golpeando el paquete contra el nudillo.

—No, no fumo —respondió.

—Un feo hábito —dijo con un suspiro, sacando un cigarrillo—. Una de las muchas cosas que debería dejar.

—Estoy escribiendo un libro sobre la familia Deverill —dijo ella, consciente de que era mejor decírselo cuanto antes. Podría ofenderse si esperaba hasta que se hubiera bebido su té y comido su tarta.

Se colocó el cigarrillo entre los labios secos y encendió el mechero con mano temblorosa. El extremo se tornó escarlata cuando dio unas cortas caladas. Margot esperó su respuesta mientras tanto. Él entrecerró los ojos y exhaló una nube de humo.

—Entonces está en el lugar adecuado —aseguró.

—Siento fascinación por sus antepasados desde que mi abuelo comenzó a contarme historias de sus travesuras.

—Estoy seguro de que son exageradas.

—Tal vez. Para mi abuelo, los Deverill eran extraordinarios, así que puede que haya adornado sus historias para aumentar la leyenda. Pero yo me las creo. —Le brindó su sonrisa más rutilante.

—¿Por eso ha venido a verme, porque necesita mi ayuda? Hoy en día no somos muchos. Antes sí lo éramos. Una gran familia con una gran casa y una gran historia. Ahora tenemos poco de grande. —Suspiró con resignación—. A cada santo le llega su día.

—Prefiero oírlo de boca de los protagonistas, por así decirlo, en lugar de entrevistar a personas con una vaga relación que solo pueden contarme habladurías. Quiero que sea una historia auténtica de una de las familias más importantes de Irlanda.

—El ascenso y la caída —dijo con desazón.

—Si se refiere al castillo, yo diría que el ascenso, la caída y el resurgimiento.

—Hablo de ambos. El castillo y la familia son uno. Ninguno puede existir sin el otro. Es solo cuestión de tiempo que el castillo vuelva a ser una ruina, como lo soy yo. —Rio sin alegría.

—No creo que a la señora De Lisle le guste oír eso.

—*Castellum Deverilli est suum regnum.* —Enunció de manera lenta y pausada, como si estuviera lanzando un hechizo.

—El castillo de un Deverill es su reino —tradujo Margot.

—Conoce nuestro lema.

—Le sorprendería lo mucho que ya sé. He investigado bastante.

—Ese lema posee una magia oscura. Como he dicho, nuestros destinos están entrelazados. Pero la señora De Lisle no lo sabe; de lo contrario no habría invertido ahí su dinero.

—Y todo comenzó con Barton Deverill, ¿no? Que ambos destinos estuvieran entrelazados.

—Nunca fue solo un castillo para él. Fue la semilla que hizo brotar una planta de judías.

—En cuyo caso me gustaría pensar que los Deverill son los gigantes al final de la planta.

—Me pregunto si soy Jack, el que la corta y mata a los gigantes. —Le dedicó otra sonrisa apenada.

Margot se rio de forma compasiva.

—No, Lord Deverill. ¡Usted es uno de los gigantes!

Él también se rio entonces, halagado e incrédulo a un mismo tiempo, y Margot supo que le caía bien.

—Venga, quiero enseñarle una cosa. —La señora Brogan apareció en la puerta con una bandeja—. Deje eso en la mesa, señora Brogan. Enseguida volvemos. —La señora Brogan asintió y se apartó para dejarles pasar. Margot notó una expresión de sorpresa en su rostro. También notó una profunda tristeza en sus ojos. JP condujo a Margot al otro lado de la casa, cerca de la cocina, y abrió una puerta que daba al sótano—. Esto solía estar lleno de vino —explicó—. Ahora es un almacén. Venga. —Margot le siguió por las escaleras de madera. Hacía frío bajo las tablas del suelo y olía a ratones muertos y a aire acre y estancado. Margot imaginaba que la señora Brogan no bajaba ahí muy a menudo, si es que lo hacía alguna vez—. Todas esas cajas contienen documentos familiares. —Señaló las dos docenas de cajas de cartón apiladas de cualquier manera en torres inestables—. Ni siquiera yo sé con seguridad lo que hay en ellas. Sospecho que diarios, cartas, recortes de periódicos, álbumes de fotos. Me las traje de las entrañas del castillo cuando me mudé. Se salvaron del fuego gracias a que estaban bajo tierra. Puede que encuentre algunas cosas útiles. Por supuesto, podría encontrar un montón de basura. Pero me da que encontrará lo que está buscando. Entonces usted y yo podremos hablar.

Margot no podía creer que la dejara libre entre todas esas cajas. Ni siquiera la conocía.

—¿Por qué me ayuda, lord Deverill? —preguntó.

—Porque así tendré la oportunidad de aclarar las cosas. —Se volvió y la miró fijamente. En sus ojos grises había de repente una expresión firme y resuelta—. ¿Tenemos un trato, señorita Hart?

—Lo tenemos, lord Deverill.

—Bien. ¿Cuándo quiere empezar?

Margot salió del pabellón de caza a última hora de la tarde. El sol era un carbón ardiente que se cernía sobre el horizonte y lo teñía de incandescentes tonalidades rosadas y doradas. JP la vio alejarse y luego cerró la puerta. Se volvió hacia la señora Brogan, que estaba en el vestíbulo, tiritando a causa de la humedad que se desprendía del agua cercana. La humedad que hacía que le dolieran las articulaciones; sin embargo, no había para ello nada más que el estoicismo, una cualidad que tenía en abundancia.

—La señorita Hart va a ser una visitante habitual a partir de ahora —le informó JP—. Me gustaría que subieran esas cajas a la sala de juegos. Puedes encender el fuego allí para que esté caliente mientras trabaja.

—Pediré a los chicos que lo hagan mañana, señor —respondió la señora Brogan.

Los chicos eran Tomas y Aidan O'Rourke, que trabajaban en el jardín, cortaban leña y se ocupaban del mantenimiento general del lugar.

—Se está documentando para escribir un libro sobre los Deverill, señora Brogan. Sospecho que todos los secretos de la familia van a salir a la luz. —Enarcó las cejas y sonrió. La señora Brogan no lo había visto tan animado en mucho tiempo. Se frotó las manos—. Habrá quienes se enfaden, señora Brogan. Habrá quienes se ofendan.

La señora Brogan frunció el ceño. No sabía si poner cara de desaprobación o reflejar su regocijo con una sonrisa. No tenía mucho por lo que sonreír esos días. La casa era opresiva y la desdicha de su jefe resultaba contagiosa. Los largos días en los que no ocurría nada resultaban deprimentes. Sin embargo, había trabajado para su familia durante más de sesenta años. Permanecía allí por una mezcla de lealtad y costumbre y siempre cabía la esperanza de que las cosas mejoraran. Que volvieran a ser como cuando se habían mudado al castillo después de que Bridie Doyle, la condesa Di Marcantonio, se lo dejara a JP en su testamento. La señora B sintió pena por Leopoldo, el otro hijo de la condesa, que esperaba heredarlo. Al fin y al cabo era el único hijo del conde y de la condesa. Pero JP era un Deverill, el hijo ilegítimo de

Bertie Deverill y de Bridie, el niño criado por Kitty Deverill, su herma-nastra, y el heredero legítimo. Creía que su madre había muerto cuan-do él era joven porque Kitty le había dicho que así fue. Menuda con-moción debió de ser descubrir, después de que ella muriera de cáncer, que su madre había estado viviendo en el castillo, a poco más de un kilómetro y medio de la finca. Nunca tuvo la oportunidad de hablar con ella, de conocerla, y ella nunca tuvo la oportunidad de abrazar a su hijo perdido.

A la señora Brogan se le rompió el corazón por todos ellos. Leopoldo tenía mucho que lamentar, pero también JP. Nadie lo tuvo en cuenta. Solo pensaban en la suerte de que aquel castillo le fuera devuelto a la familia y en la fortuna que lo acompañaba, ya que la condesa era muy rica. Pero la señora Brogan conocía el valor de las cosas. Había visto el mundo de JP desmoronarse a su alrededor en los veintidós años que había vivido en aquel castillo y estaba bastante se-gura de saber por qué. Los Deverill siempre habían dado demasiada importancia a su apellido y a su ilustre historia. Pero la señora Brogan sabía que un apellido o un castillo no tenían ningún valor real. Lo sa-bía porque había sufrido una pérdida, y una vez que una persona ex-perimenta ese dolor, las cosas como los castillos y los apellidos carecen de toda relevancia. Eso es lo que la pérdida le había enseñado. Pero algunas personas tardaban toda la vida en aprender esa simple verdad.

—El pasado es historia y el futuro es un misterio. ¿Es prudente desenterrar el pasado, mi señor? —preguntó con suavidad. Era cons-ciente de que él no estaba en su sano juicio a causa de la bebida y sentía que era su deber guiarlo de la manera más sutil posible.

—¡Oh, no, señora Brogan! No es nada prudente. Pero, como sabe, nunca he sido muy sensato ni afortunado.

—Nosotros nos labramos nuestra propia suerte y la sabiduría se adquiere con la experiencia y los errores, señor. Usted ha tenido sufi-ciente experiencia y errores como para haber adquirido la sabiduría de Salomón, si me permite que se lo diga.

—Si le preocupa lo que piense el resto de la familia, sepa que me importa bien poco y que yo les importo aún menos, señora Brogan.

—¡Vaya por Dios! Eso no es cierto y lo sabe —replicó con el rostro rebosante de compasión y de lástima, porque él se había buscado la mayoría de sus problemas.

—¡Solo es un puñetero castillo! —protestó, alejándose a grandes zancadas por el pasillo.

—Ladrillos, argamasa y una casa llena de oropel —convino ella, y sin embargo sabía lo mucho que le había herido su pérdida.

JP se estaba sirviendo un gran vaso de *whisky* y deseando pasar una noche a solas junto al fuego, viendo la televisión, cuando Colm Deverill entró en la biblioteca. JP se sorprendió por esta visita inesperada, ya que no recibía muchas visitas en los últimos tiempos.

—Colm —dijo, levantando la vista de la mesa de los licores, con un vaso en una mano y una licorera con *whisky* en la otra.

—Hola, papá —repuso Colm. Su hijo siempre le hacía pensar en su exmujer, pero en realidad había sacado lo mejor de ambos padres. Pelo oscuro y ondulado, ojos de color cobalto, nariz recta y una boca sensual y sincera.

—¿Te apetece una copa? —preguntó JP, alzando la jarra para tentarle.

—No, gracias. No me quedaré mucho tiempo.

—Te invitaría a cenar, pero la señora Brogan solo ha dejado sopa y fiambre para uno.

—Está bien. Me voy a casa.

La conversación era incómoda. Estaban separados a lo ancho de la habitación y el aire entre ellos estaba cargado de culpa y reproche. Costaba creer que en otro tiempo Colm adoraba a su padre. Pero eso fue antes.

—Entonces, ¿esta no es una visita social? —JP estaba haciendo una broma, aunque fuera amarga. Nadie le visitaba.

—He venido a advertirte sobre una chica llamada Margot Hart. Se hospeda en el castillo y está escribiendo un libro sobre la familia.

JP asintió.

—Sí, ya he tenido el placer.

Una cierta inquietud ensombreció el rostro de Colm.

—¿Ya ha estado aquí?

—Sí. De hecho, acaba de irse.

—¿Y qué le has dicho?

—La he invitado a pasar y le he dado una taza de té y tarta. He sido muy hospitalario.

—Espero que eso sea todo lo que le hayas dado.

JP tomó un trago de *whisky* y se estremeció un poco cuando el calor llegó a su estómago.

—Es una amiga de la familia —añadió.

Colm exhaló un suspiro.

—Eso no significa que vaya a escribir un libro entusiasta sobre nosotros.

—No creo que esté muy interesada en ti, Colm.

Colm le ignoró. El alcohol volvía mezquino a su padre. Colm ya estaba acostumbrado.

—Por muy buenas que sean sus intenciones, será imposible escribir un libro histórico sin incluir todo lo malo.

JP enarcó las cejas.

—Bueno, tenemos una historia pintoresca —admitió.

—Sí, y por lo que veo, cada vez es más pintoresca. Así que te doy un consejo, papá. No hables con ella. Que se tome un té y un trozo de tarta en el hotel.

JP dio otro trago.

—El problema es que ya he decidido que voy a ayudarla con su investigación, Colm. No quiero que se equivoque.

Colm puso los brazos en jarra.

—Papá, no tienes derecho. No eres una isla.

—Tengo todo el derecho. Soy un Deverill.

—¿Qué diría el abuelo?

—Si esperas avergonzarme, ese barco ya ha zarpado. Estoy seguro de que todos los Deverill del pasado se revuelven en su tumba al ver que el castillo se ha convertido en un hotel y me culpan por ello. Me cae bien Margot Hart. Tiene carácter. Creo que hará un buen trabajo. Es una historia que necesita ser escrita.

—No puedo creer que permitas que esto ocurra. —Colm sacudió la cabeza—. Si estuvieras sobrio, nunca hablarías con una mujer como ella.

—¿La conoces, Colm?

—No.

—Creo que te gustará. Tiene más o menos tu edad y además es una belleza.

—No tengo ningún deseo de conocerla.

—¡Qué lástima!

—No se me ocurre una sola razón por la que puedas desear que se escriba un libro que revele nuestros secretos familiares. Además del daño que nos harás a todos. —Colm miró a su padre con desconcierto, dolido de repente al darse cuenta de que su padre podría desear causarle dolor—. ¿Es por eso? ¿Para hacernos daño? —Al ver que su padre no respondía, añadió con la mandíbula rígida y un rictus tenso en los labios—: ¿No crees que ya nos has hecho bastante daño, papá?

Mientras Colm se daba la vuelta y salía de la habitación, JP miraba fijamente su vaso.

—También a mí me han hecho daño —murmuró—. Pero nadie piensa en eso.

Margot se sentó en el escritorio de su habitación de la torre y evocó el día que había tenido. No podría haber sido más extraordinario. Lord Deverill le permitía revisar el contenido de las cajas, pero, como era lógico, no le había dado permiso para llevarse nada. Así que había pasado toda la jornada en el sótano, a pesar del frío que hacía, y la señora Brogan incluso le había preparado el almuerzo. Había abierto la primera caja con una emoción casi incontenible y había encontrado álbumes de fotos de principios de siglo. Contuvo las ganas de abrir todas las cajas a la vez y se concentró en los álbumes. Tendría mucho tiempo para revisar el resto y no quería apresurarse. Quería saborear toda esa fascinante información.

Las fotografías no decepcionaban. Eran ventanas al pasado. Gracias a ellas Margot podía ver el aspecto de la gente, la forma en que vestían y vivían. Los personajes con los que estaba familiarizada por las anécdotas de su abuelo aparecían en ellas; ya no eran ficticios, sino personas de carne y hueso que vivieron sus propias historias, llenas de dramas, de tragedias, de pérdidas, de risas y de amor. Personas que llegaron al final de sus vidas y fallecieron. Aquello la llevó a pensar en la mortalidad y en su significado. Hizo que se preguntara de qué había servido todo aquello. Se sorprendió reflexionando sobre su propia mortalidad. «Tal vez tenga una vida larga y plena como Elizabeth Deverill, y sin embargo un día no seré más que un rostro que sale en una fotografía, igual que ella. —Pensó mientras contemplaba el rostro de la bisabuela de JP—. ¿Dónde estará entonces mi conciencia?» Sin duda era una idea muy poco agradable. Margot dirigió su atención al castillo. Celia Deverill había hecho un buen trabajo al reconstruirlo, pero ¿cómo de magnífico había sido antes del incendio?, meditó.

Margot estaba tan emocionada por haber conocido al mismísimo lord Deverill y por haber sido invitada a revisar los documentos de la familia que llamó por teléfono a Dorothy. No tenía a nadie más a quien contárselo, al menos a nadie que pudiera estar interesado.

—Dorothy, soy Margot, de Ballinakelly —dijo cuando Dorothy respondió al teléfono.

—¡Margot! —exclamó Dorothy con alegría—. ¡Qué agradable sorpresa! ¿Cómo te va por allí?

—Muy bien. No te lo vas a creer, pero hoy he conocido a lord Deverill.

—¿De veras?

—Sí, me ha invitado a tomar el té, y ¿adivina qué?

—¡Vaya! Eso ya es una sorpresa de por sí. No creo que invite a la gente a tomar el té muy a menudo.

—Me ha llevado al sótano, donde hay cajas y cajas de documentos familiares.

—¡No me lo puedo creer! ¡Más vale que me siente! —Oyó ruido mientras Dorothy se acercaba a una silla.

—Me está dejando revisarlos todos. Todos. ¿A que es alucinante?

Hubo una pausa mientras Dorothy se debatía entre sentirse feliz por su nueva amiga o preocupada por los antiguos.

—Tendrás cuidado, ¿verdad, querida? Quiero decir que Eva Perón está muerta. La familia de JP está muy viva. No me gustaría que les hicieran daño.

—Por favor, no te preocupes, Dorothy. Tendré tacto. No hago esto para herir a nadie.

Dorothy suspiró.

—Claro que no. Pero tienen una historia bastante pintoresca y airearla en público causará vergüenza a los miembros de la familia que aún viven.

—Daré una versión imparcial —añadió Margot, haciendo especial hincapié en ello—. Y cuento con la bendición de lord Deverill.

Dorothy guardó silencio durante un momento. Luego volvió a suspirar.

—Sí, eso es lo que me preocupa.

4

Cuando Margot regresó al pabellón de caza a la mañana siguiente, se encontró con que habían trasladado las cajas del frío sótano a una habitación que la señora Brogan denominaba «sala de juegos». La señora Brogan había encendido el fuego de turba, que apenas desprendía calor y anegaba de humo el ambiente, pero lo que caldeaba la estancia era el sol del crudo invierno que entraba por las ventanas e iluminaba la mesa de billar cubierta con una sábana y con las cajas apiladas encima de ella.

—Es usted muy amable por traer las cajas —dijo Margot cuando la señora Brogan entró con una bandeja con té y tarta de cerveza.

El ama de llaves asintió con gesto adusto y dejó la bandeja en la consola de madera situada al fondo de la habitación, debajo de una vieja pizarra de madera en el que aún figuraba la puntuación de la última partida de billar anotada con tiza blanca. Margot se preguntó cuánto tiempo había pasado. La casa parecía haber estado dormida durante años.

—A su señoría le preocupaba que enfermara con todo el polvo que había abajo —dijo la señora Brogan con su melodiosa voz—. Por no hablar del frío.

—Es muy amable al pensar en ello. Reconozco que hacía bastante frío. Volví al hotel y me di un baño caliente.

La señora Brogan dudó al oírle mencionar el hotel. Tenía curiosidad por saber cómo era, pero no quería ser desleal con su patrón. Desde que vendió el castillo, había tenido cuidado de no mencionarlo nunca, pues sabía lo mucho que le había dolido perderlo. Sin embargo, al residir en el pabellón de caza y apenas salir, salvo para hacer la compra e ir a misa, se había aislado de los chismes del pueblo, que sabía que no debían de hablar de otra cosa. De hecho, debían de estar plagados de historias sobre los huéspedes y la formidable señora De Lisle. La señora Brogan bajó la voz; la curiosidad se impuso a la prudencia.

—Supongo que el hotel es muy bonito, ¿verdad?

Margot fue a servirse un poco de té, consciente de que se enfriaría rápidamente en aquella habitación.

—Es lujoso, señora Brogan —dijo, agarrando la tetera de porcelana—. Me imagino que es mucho más lujoso que cuando era una casa. —Como esperaba, la señora Brogan se apresuró a iluminarla.

La señora Brogan abrió los ojos como platos mientras abandonaba la cautela y permitía que afloraran sus recuerdos.

—Era mágico, como un castillo de cuento de hadas —dijo en voz baja, con el rostro suavizado por el esplendor de su pasado—. Tenía once años cuando el fuego lo arrasó, así que solo tengo vagos recuerdos de cómo era antes. Pero lo que más recuerdo es su tamaño. Para mí era un palacio. ¡Y qué caldeado estaba! Recuerdo el calor de aquellas grandes chimeneas. Mi madre era criada y a veces iba con ella y me sentaba tranquilamente en un rincón a devanar ovillos de lana o a ayudar a pulir la plata. Siempre podía hacer algo útil, y me encantaba hacerlo porque allí, en la gran casa, ¡se estaba tan caliente!

—¿Recuerda el incendio que la destruyó? —preguntó Margot.

—¿Que si me acuerdo? ¡Que Dios nos ampare! Sí. Sobre todo recuerdo la conmoción y el horror de mis padres. Fue la comidilla del pueblo y del país. Todo el mundo se vio afectado de un modo u otro, no solo los que trabajaban allí; la herrería, los carniceros, los pescadores y los toneleros. Era el alma de todo el pueblo y de más allá. El corazón que nos mantenía vivos a todos. Lord Deverill, el abuelo del actual lord Deverill, murió en el incendio y la pobre lady Deverill perdió la cabeza por el dolor, que Dios la tenga en su gloria. Solo una pequeña parte del castillo sobrevivió.

—La torre occidental, según me han dicho.

—Eso es. La parte más antigua.

—Que es donde está mi habitación —declaró Margot. Tomó un sorbo de té—. Tiene un ambiente maravilloso.

—Siempre hubo fantasmas en esa habitación —dejó caer la señora Brogan. Bien podría haber estado hablando de los muebles por la forma despreocupada en que los mencionó.

—Yo no creo en los fantasmas, señora Brogan.

—No es cuestión de creer en ellos o no, señorita Hart. Están a nuestro alrededor de todos modos. Mi madre solía hablarme de los extraños ruidos y movimientos en la torre. «Atrevidos», solía llamarlos. Sin miedo a nada ni a nadie. Atrevidos pillos. Mi madre nunca se aventuraba allí sin su agua bendita y su rosario.

—¿Cómo era el castillo después de que Celia Deverill lo reconstruyera? —preguntó Margot, deseosa de ceñirse a los hechos y no a la fantasía.

—Bueno, yo era adolescente y todos sentíamos curiosidad por las obras que se estaban realizando en el castillo. Nos colábamos por el muro y veíamos cómo avanzaban año tras año, porque tardaron años en terminarlas, señorita Hart. ¡La cantidad de dinero que se invirtió en esa tarea! La gente decía que debía de haber encontrado la bolsa del viejo Séanadh. Séanadh era un viejo del folclore cuyo monedero se volvía a llenar en cuanto estaba vacío. —Sacudió la cabeza asombrada de que alguien pudiera ser tan rico—. De hecho, era un gasto que mi madre habría desaprobado, que Dios la tenga en su gloria y a todas las pobres almas santas, porque siempre decía que es más fácil que un camello pase por el ojo de una aguja que un rico entre en el reino de los cielos. Pero yo no pensaba en otra cosa que en ir a trabajar allí, a ese hermoso lugar. Aproveché mi oportunidad cuando la señora Mayberry, es decir, Celia Deverill, se mudó y empezó a contratar sirvientes. Me presenté para trabajar de inmediato. Nunca olvidaré la primera vez que vi su casa. Parecía el paraíso en la tierra. Nunca había visto nada igual. Ni siquiera antes del incendio era tan imponente. —Sus ojos serios se animaron entonces y en sus labios se dibujó una sonrisa y Margot se dio cuenta de que tuvo que ser muy guapa de joven—. Los suelos de mármol brillaban tanto que podías verte reflejado en ellos. Y qué bonitos eran los muebles y qué suave la ropa de cama y los abrigos de piel de la señora Mayberry. Había que acariciarlos con los dedos para creerlo. Era tanta gente de la nobleza que iba y venía por allí que al final dejamos de fijarnos en ellos. —Suspiró con nostalgia—. Luego todo terminó cuando el señor Mayberry se suicidó en el jardín, que Dios le perdone.

—Tuvo que ser espantoso —dijo Margot.

—¡Qué desperdicio de vida! No debería haber nada tan malo como para tener que quitarte la vida por ello. Una solución a largo plazo para un problema a corto plazo. —La señora Brogan pensó entonces en sus propias penas. La tristeza se apoderó de su rostro y sus ojos azules, tan vivos hacía un instante, se apagaron de repente—. Todos cargamos con nuestra propia cruz en esta vida, señorita Hart. Príncipe o mendigo, todos sufrimos de igual modo. Pero el Señor siempre está a nuestro lado y solo nos da la cruz que somos capaces de llevar, ¿no es así? —Inspiró hondo y dejó escapar un fuerte suspiro, expulsando la pesadez de aquellos tristes recuerdos—. Vi a la señora Mayberry irse a Sudáfrica y vi a la condesa Di Marcantonio mudarse con su hijo, Leopoldo, y con su marido el conde, que era tan guapo y tan encantador. Jamás hubo un hombre con los dientes más blancos, que en paz descanse. Fue asesinado. Lo enterraron hasta el cuello en la arena y el mar lo ahogó cuando subió la marea. Otra vida desperdiciada, señorita Hart. De hecho, Ballinakelly ha vivido horrores más que suficientes. Algunos dicen que hay una nube sobre nosotros, que estamos malditos, y sin embargo seguimos adelante. Claro, ¿qué otra cosa podemos hacer?

—¿Sabe por qué le asesinaron? —preguntó Margot, dejando su taza de té.

La señora Brogan frunció los labios.

—Corrieron muchas historias y chismes, pero nunca se puede estar seguro de los chismes, ¿verdad, señorita Hart? El pobrecito Leopoldo fue quien lo descubrió muerto en la arena, pensando que había encontrado una pelota, que Dios nos ampare. No volvió a ser el mismo después de eso. ¿Cómo iba a serlo, pobrecito? Solo era un chiquillo. —De nuevo sacudió la cabeza y bajó los ojos—. Me fui del castillo cuando Celia Deverill se lo vendió a la condesa y vine a trabajar para lord Deverill, Bertie Deverill, aquí en el pabellón. Llevo más de sesenta años trabajando para esta familia.

—Eso es mucho tiempo.

—Sí que lo es. Llevo toda la vida al servicio de los demás. —Cerró los ojos, reprimiendo la repentina oleada de pena. Era algo que le ocurría a veces, que la asaltaba cuando menos lo esperaba—. Esta familia me ha acompañado en los momentos difíciles, señorita Hart. Cuando tuve ganas de hundir la cabeza bajo el agua, este empleo, esta casa, esta familia fue la que me ayudó a levantarme. Tengo mucho que agradecer. Como dicen, Dios es bueno y el diablo tampoco es tan malo. De nada sirve regodearse en la desgracia.

Margot se preguntó a qué desgracia se refería, pero sabía que sería una indiscreción preguntar.

—Tiene razón —convino—. Hay que intentar ser siempre positivo. —Margot lo sabía. Al fin y al cabo, también ella había sufrido desdichas.

—Bueno, es posible que encuentre recuerdos más felices en esas cajas, porque desde luego que hubo buenos momentos. Recuerdo cuando el joven señor JP se mudó con su nueva esposa, después de que enterraran a la condesa. Me mudé con ellos. Cuidé a esos tres niños, Aisling, Colm y Cara, desde el día en que nacieron. Fue una época muy feliz. De hecho, el Señor bendijo al señor JP y a su esposa, la señora Alana. Antes de que el peso del castillo y el título cambiaran las cosas...

—¿Por qué cambiaron? —preguntó Margot, pues deseaba comprender cómo había llegado JP al punto de tener que vender el castillo.

La señora Brogan ya había dicho bastante. Se calló de golpe, horrorizada de repente por haber sido tan locuaz.

—Le traeré más té, señorita Hart, y la dejaré con esas cajas llenas de cosas inútiles. Si necesita algo más, me lo pedirá, ¿verdad? ¿Quizás más turba o leña para el fuego?

—Puedo hacerlo yo, gracias —respondió Margot.

—Muy bien.

La señora Brogan agarró la tetera y salió de la habitación, dejando la puerta entreabierta. Margot la vio alejarse por el pasillo. Tal vez con el tiempo, y con un pequeño estímulo, conseguiría sonsacarle la historia que nunca encontraría en una caja de antiguos documentos familiares.

Margot se puso a ordenar los papeles, las fotografías y los documentos que estaban guardados con esmero en las cajas. Había una gran cantidad de información. Sin embargo, por fascinante que resultara para su mente curiosa, la mayoría era irrelevante para su investigación. Había certificados de nacimiento, de matrimonio y de defunción, entradas de teatro, felicitaciones de Navidad, menús, tarjetas de tiro y registros de caza, libros de contabilidad agrícola que se remontaban a mediados del siglo XVIII y listas de arrendatarios y de sus rentas. Y por supuesto había cartas. Muchas cartas. Tardaría semanas en leerlas todas. La señora Brogan regresó en ese momento con la tetera recién preparada. Entró con sigilo y la depositó en la bandeja. Esta vez no se quedó junto a la puerta, deseosa de hablar, sino que salió con la misma discreción con la que había entrado. Margot echó más turba al fuego y escuchó el sonido crepitante que producía mientras las llamas lamían la terrosa superficie, tratando de prender. Se frotó las manos y permaneció allí un momento, calentándose.

Allí fue donde JP la encontró.

—Veo que está revisando esas cajas —dijo, entrando en la habitación con el mismo raído traje de *tweed* del día anterior.

—Gracias por subirlas del sótano —dijo—. Es una habitación preciosa.

JP la recorrió con la mirada. Nunca había pensado que fuera bonita. Toda la casa era una afrenta. Un recordatorio diario de su fracaso.

—Mi padre vivía aquí —dijo—. Le gustaba jugar al billar. Yo solía jugar, pero ya no. Como puedes ver, la mesa está cubierta con una tela. Hace años que está así.

—Yo juego —repuso Margot con una sonrisa. Arqueó una ceja—. En realidad soy bastante buena, por si le apetece jugar.

JP se rio. El entusiasmo de la chica era contagioso. También era guapa, pensó mientras contemplaba su larga melena rubia, recogida en una cola de caballo, sus vivaces ojos verdes y sus rosadas mejillas. Tenía un aspecto saludable y al parecer no estaba afectada por las vicisitudes de la vida. Tenía ganas de quedarse, de bañarse en su inocencia, de olvidar sus remordimientos.

—Jamás se me ha ocurrido revisar estas cajas —declaró—. Llevaban décadas aquí, acumulando polvo, pero nunca he sentido la más mínima curiosidad.

Margot percibió el olor a alcohol en su aliento, a pesar de que estaban a más de un metro de distancia, y resurgió un desagradable recuerdo, esta vez de forma más persistente. No quería recordar su pasado. Estaba aquí para conocer el de JP y, sin embargo, su sola presencia le recordaba cosas que prefería olvidar. Era difícil imaginar que JP hubiera sido alguna vez el joven despreocupado del que se hablaba. Era difícil encontrar luz en el oscuro miasma de la adicción que parecía envolverlo. No era la primera vez que veía el insoportable cambio que se obra en una persona cuando deja de ser ella misma. Durante un segundo recordó esa sensación de impotencia. Esa sensación de impotencia absoluta. De intentar rescatar a alguien que no desea que lo salven. Ahora sabía que solo se puede ayudar a una persona si esta quiere ayudarse a sí misma. Lo sabía porque una vez lo había intentado, a su manera, y había fracasado. ¿Por qué mantener a flote la cabeza de alguien si hace todo lo posible por hundirse? Tal vez JP no quería ayudarse a sí mismo. Tal vez no tenía ninguna razón para hacerlo. Si su familia y sus amigos le habían abandonado, ¿por quién tenía que mejorar?

—Permita que le muestre algunas cosas interesantes que he encontrado —sugirió, levantando un diario de cuero rojo de la mesa.

—¿Qué es eso? —preguntó, inclinándose hacia delante con curiosidad.

—Es el diario de cenas de Adeline Deverill. Anotaba la distribución de la mesa de todas las cenas que celebró. ¿No es curioso? Puedes ver a quiénes agasajaron, dónde se sentaron. Hasta incluye algunos de los chistes que se contaron durante la cena.

—¡Dios mío! No sería una mujer muy ocupada si tenía tiempo para hacer todo eso.

Margot se echó a reír.

—Creo que tiene razón. —Pasó las páginas hasta llegar a la que quería mostrarle—. Mire esto. «12 de julio de 1903» —leyó—. «En presencia de Su Majestad, el rey Eduardo VII, y de la reina Alexandra.» —Le miró y sonrió—. ¡Imagínese!

—¡Sí, imagínese! —dijo él, tomando el libro y recorriendo con la mirada la lista de nombres.

—Encontré una fotografía de asistentes a la velada posando delante del castillo en uno de los álbumes. Es maravilloso. Las damas con sus vestidos largos y sus enormes sombreros, con sus cinturas diminutas y sus estolas de piel, y los hombres de uniforme, sacando pecho como si fueran gallos.

Él rio.

—Me encantaría verla. ¿Dónde puede estar?

—Deje que la busque. —Buscó el álbum adecuado y encontró la página de inmediato—. Mire. ¿Sabe quiénes son estas personas?

JP miró con atención las fotos en blanco y negro.

—Aparte de la familia, no tengo ni idea. Es de unos veinte años antes de que yo naciera.

—¿Verdad que la reina está espléndida?

—Sí, pero creo que mi bisabuela Elizabeth parece más regia. Mire cómo yergue la cabeza. Por lo poco que sé, estaba un poco ida, así que es muy probable que se creyera la mismísima reina.

—No cabe duda de que en su familia hay una vena excéntrica, como parece haber en la mayoría de las familias aristocráticas angloirlandesas.

Él la miró y una expresión de autocompasión nubló su rostro.

—Me temo que soy bastante aburrido en comparación, pero mi madre era una criada irlandesa, así que solo la mitad de mi sangre es azul.

—Yo diría que eso le hace más interesante y menos endogámico.

Cerró el álbum con un suspiro y lo dejó sobre la mesa de billar.

—Me gustaría poder decir lo pintoresca que era Bridie, que permitía a los pollos pasearse por el salón como mi bisabuela Elizabeth, pero no puedo porque nunca llegué a conocerla.

¿Era esta la raíz de su infelicidad?, se preguntó Margot. El hecho de no saber de dónde venía desafiaba su sentido de identidad y pertenencia.

—Debió de ser duro —dijo con compasión, esperando que se explayara, no por el libro, sino porque sentía curiosidad y porque se percató de que le importaba. No podía soportar ver a alguien sufrir.

Pero JP se limitó a encogerse de hombros.

—Muchos han sufrido mucho más que yo. Sería ingrato por mi parte quejarme cuando en realidad tuve la suerte de que me criaran Kitty, mi hermanastra, y su marido, Robert, que fue como un padre para mí. Tuve dos padres, Bertie Deverill y Robert Trench. Dos, cuando la mayoría de los niños solo tienen uno o ninguno. ¿Cuántos niños pueden presumir de eso?

—Sí que fue afortunado —convino Margot, y sin embargo su tono traslucía una amargura que insinuaba que algo le había faltado y que estaba resentido por ello.

—¿Tiene todo lo que necesita, señorita Hart? —preguntó JP, enderezándose y recuperando la compostura.

—Incluso más. Muchas gracias.

—Bien. Debe avisar si necesita algo. En esta casa hace mucho frío, así que no deje que el fuego se apague.

—Estoy acostumbrada al frío, ya que he vivido en Inglaterra.

—¿De dónde es?

—Vivo en Londres, pero me crie en Dorset.

JP asintió con la cabeza.

—¿Junto al mar?

—Por desgracia, no. Cerca de Sherborne. Pero el campo es muy bonito.

—Mucho —convino.

—Sin embargo, palidece cuando se compara con el de aquí. Creo que Irlanda es el lugar más hermoso que he visitado, y he estado en muchos lugares. La luz de las colinas me deja sin aliento.

JP la miró y una chispa de entusiasmo se encendió en sus ojos.

—¿Monta usted a caballo, señorita Hart?

—Sí —respondió. Su padre había sido un jinete entusiasta.

—Entonces le mostraré la verdadera Irlanda, si me lo permite. Tal vez podamos cabalgar por las colinas alguna vez para que así pueda ver el juego de la luz en un lienzo más grande. Las vistas desde allí arriba son formidables. Escogeremos un día soleado para que lo vea en todo su esplendor.

—Será un placer —dijo.

—Entonces es otro trato. Por ahora la dejo con su investigación. La señora Brogan está por aquí. Dele una voz si necesita algo.

JP salió de la habitación sin prisas, como si estuviera decidido a ocultar su paso inseguro. Margot se preguntó qué iba a hacer. Tenía el aire de un hombre que no hacía más que sentarse y darle vueltas a la cabeza. Sus cavilaciones parecían reverberar en toda la casa. Pero se había ofrecido a llevarla a cabalgar. Lo estaba deseando. La última vez que había montado a caballo fue en una excursión por los Andes unos años antes, con un gaucho bastante atractivo como guía. Sonrió al recordar que había hecho el amor con él bajo las estrellas, luego lo apartó y volvió a su trabajo.

Esa noche Margot fue a empaparse del sabor local en el *pub*. O'Donovan's, donde había ido a comer con Dorothy, parecía ser el corazón de Ballinakelly. No le daba miedo salir sola. Pocas cosas le daban miedo. Había vivido en suficientes ciudades extranjeras como para desenvolverse sin ayuda a la perfección y estaba más que contenta de estar sola.

El *pub* era como uno esperaría que fuera un *pub* irlandés en el centro de una localidad antigua como Ballinakelly; techo bajo y torcido, vigas de madera, fotografías enmarcadas de antaño en las paredes, taburetes con asiento de cuero en la barra, mesas de madera oscura, pequeñas ventanas con cristales en forma de rombo y un ambiente cargado de humo de tabaco. Margot pudo ver entre el aire viciado rostros cautelosos que la miraban con una mezcla de curiosidad y sorpresa, ya que no podía ser habitual que las mujeres entraran en un lugar así sin ir acompañadas. De hecho, no hacía tanto que en Irlanda no se permitía a las mujeres entrar en los locales públicos.

Margot no se inmutó. Estaba acostumbrada. Viajar sola durante diez años la había endurecido a las miradas desconfiadas de los desconocidos. Se encogió de hombros y ocupó un taburete en la barra. El camarero era un hombre de mediana edad con el pelo negro y barba de varios días. Esbozó una sonrisa torcida mientras la evaluaba y le gustó lo que veía.

—Eres una chica atrevida al venir aquí sola —dijo—. ¿Qué puedo ofrecerte?

Margot sonrió. Si él supiera en cuántos bares se había sentado sola, ni lo habría comentado.

—Vodka con lima y soda, por favor. Seguro que al tener el hotel cerca debes de estar acostumbrado a que la gente como yo se pase por aquí.

—¡Oh! Aquí no viene nadie de allí arriba —repuso, bajando la botella de vodka de la estantería que tenía detrás—. Tienen demasiada categoría para nuestro humilde *pub*.

—¿Qué te parece el hotel?

Se encogió de hombros.

—Supongo que es bueno para el turismo, aunque no lo es para nosotros.

—¿Lo conociste cuando era una casa familiar?

—Sí, todo el mundo aquí debió de conocerlo entonces. Hace solo nueve años que se vendió. —Sirvió un chupito de vodka en un vaso—. ¿Eres de Inglaterra?

—Sí —respondió—. Soy la escritora residente del hotel.

Él enarcó una ceja.

—¡Mira qué bien!

—Estoy escribiendo un libro sobre los Deverill y su castillo.

Se rio.

—Sospecho que tienes suficiente para llenar una biblioteca. Son una familia indómita. Una familia maldita.

Margot frunció el ceño.

—¿Por qué dices que está maldita?

—Han tenido más mala suerte que la mayoría, ¿no es así?

—Yo solo lo llamaría «mala suerte».

—Eso tú, pero los irlandeses somos muy supersticiosos. —Terminó de preparar su bebida y empujó el vaso hacia ella sobre de la barra.

Margot bebió un sorbo.

—Durante el conflicto incendiaron muchos castillos. ¿También estaban malditos?

—Quizás los anglo-irlandeses estén malditos. La mayoría obtuvieron sus tierras gracias a Cromwell o al rey Carlos II. ¿Quién crees que vivía en esas tierras antes que ellos? Los irlandeses. —Volvió a encogerse de hombros—. Si cabreas la gente, se vuelve contra ti. Eso es lo que yo diría. Si construyes tus casas en tierras robadas, nunca tendrás suerte.

Margot consideró sus palabras.

—¡Qué interesante! —comentó.

Él le dedicó una sonrisa torcida, con una chispa insinuante en los ojos.

—¿Vas a poner eso en tu libro?

Margot se rio.

—Es posible.

—Asegúrate de decir bien mi nombre. Seamus O'Donovan.

—¿Eres el dueño de este *pub*?

—Es un negocio familiar que se remonta a 1764.

—Pareces más joven.

Disfrutaba de su ingenio.

—Bueno, ¿cómo te llamas?

—Margot Hart.

—Eso no suena muy inglés; me refiero a Margot.

—Mi madre es francesa.

—¿Padre inglés?

—Lo era.

—¡Oh! Lo siento.

—No lo sientas. Murió hace mucho tiempo.

La puerta se abrió y una fría corriente de aire entró en el *pub* junto con Colm Deverill, a quien Margot reconoció por el accidente que casi habían tenido en la carretera de la casa de Emer y Jack un par de días antes. Llevaba una gorra inglesa y una chaqueta, una bufanda de lana y unas pesadas botas con cordones. Nada más cerrar la puerta, vio a Margot sentada en el taburete de la barra. Su rostro se ensombreció al reconocerla. Margot estaba desconcertada. Él le había sonreído en el coche, pero sin duda fue antes de saber qué hacía ella en Ballinakelly. Ahora debía de saber lo del libro que estaba escribiendo.

Colm saludó a Seamus con la cabeza y luego pasó de largo la barra para sentarse con un grupo de amigos en el otro extremo de la sala, cerca del fuego. Margot lo observó durante un momento, preguntándose si debía ir a presentarse. Estaba segura de que podría ganárselo, si tenía la oportunidad.

—Supongo que a los Deverill no les gusta demasiado tu proyecto —dijo Seamus, poniendo un vaso de cerveza bajo el grifo de Guinness. Colm era un habitual de O'Donovan's y Seamus sabía lo que le gustaba beber.

—Lord Deverill me ha invitado a su casa y me ha dado acceso a los archivos de la familia, así que no me atrevería a decir que todos los Deverill se oponen a mi libro.

—Lord Deverill no está en su sano juicio hoy en día —comentó Seamus, sin crueldad—. JP Deverill era un niño bonito, pero se ha convertido en un hombre mancillado. Eso es lo que dicen.

—Si eso es cierto, es triste.

—Sí, es cierto. He oído que su propia familia ya no le habla.

—¿Qué? ¿Solo porque perdió el castillo?

—Más que eso —dijo Seamus. Puso el vaso de Guinness en una bandeja y salió de detrás de la barra—. Mucho más que eso.

Margot lo observó mientras le llevaba la bebida a Colm Deverill. Intercambiaron algunas palabras. Colm la miró y frunció el ceño. Ella le sostuvo la mirada, lo que debió de inquietarle porque apartó la vista.

—Y dígame, señora, ¿son de su agrado los placeres de Ballinakelly? —le preguntó una voz grave a su espalda.

Se giró y vio al señor Flannigan, el portero, con la cara hinchada y roja. En su áspera mano sostenía un vaso de cerveza.

A Margot se le cayó el alma a los pies. No le gustaban los hombres borrachos.

—Mucho, gracias —contestó con amabilidad, buscando a Seamus con la esperanza de que volviera y la rescatara.

—¿Se han encontrado con algún muerto por la noche? —preguntó él, con una sonrisa torcida.

—No, todo está muy tranquilo por la noche —respondió.

Él se balanceó y sonrió de la forma en que lo hace la gente cuando sabe algo que tú no sabes.

—Ese castillo está plagado de fantasmas y de muertos que vagan por ahí sin permiso, ya sabe. No deje que el señor Dukelow le diga lo contrario.

—No creo en los fantasmas —replicó Margot, con un tono de impaciencia. Estaba harta de hablar de lo sobrenatural.

—Ya creerá para septiembre, muchacha. —El señor Flannigan se rio con ganas, exhalando una bocanada de aliento agrio, y se balanceó de nuevo.

Margot se preguntó por qué no se había apoyado en la barra. Quizás no era consciente de lo borracho que estaba.

—Le avisaré si oigo algo. —Se dio la vuelta.

—Ya lo creo que lo hará, porque le darán un susto de muerte. Está en la torre oeste. El señor Dukelow no suele poner a los invitados ahí arriba, pero la señora De Lisle insistió.

—¿Y por qué iba a hacer eso? —preguntó, irritada.

—Porque es un lugar de encuentro para los muertos, que Dios nos proteja.

—Como he dicho...

Él la cortó.

—Lo hará, como que me llamo Flannigan, recuerde lo que le digo —añadió con absoluta certeza, tratando de guiñar el ojo, pero sin conseguirlo.

Margot decidió que ya estaba harta de este *pub*. Estaba a punto de marcharse, cuando el sonido de la música se elevó por encima del zumbido de las voces. Se hizo el silencio en la sala. Un grupo de cinco músicos comenzó a tocar canciones folclóricas irlandesas. Le hubiera gustado quedarse, pues el tópico era en parte encantador. Sin embargo, su dormitorio embrujado resultaba más atractivo que ese bar con el señor Flannigan intentando asustarla con historias de fantasmas. «¡Fantasmas, por el amor de Dios! —pensó mientras salía del *pub*—. ¡Qué sarta de tonterías!»

Kitty

La escritora residente, Margot Hart, la mujer que no cree en los fantasmas, se aloja en la torre oeste. El mismo lugar que habitó Barton Deverill cuando se quedó atrapado en el plano intermedio, maldito por Maggie O'Leary, en cuyas tierras construyó su castillo y a quien hizo quemar en la hoguera por brujería. De niña pasaba mucho tiempo en esa torre, hablando con él, pero en aquella época era un cascarrabias y no era un gran entretenimiento para una niña de diez años. Llevaba allí más de doscientos años, así que supongo que tenía derecho a estar amargado. Solo fue liberado cuando Maggie lo perdonó. En ese momento me di cuenta de que la maldición nunca había tenido que ver con la tierra, sino con el amor. Fue el perdón lo que rompió la maldición e hizo que los dos desaparecieran juntos en la luz.

Pienso en el amor y en el perdón cuando veo a mi hermanastro JP confabularse con Margot Hart mientras investiga su libro. Siento el resentimiento que alberga por su familia; lo envuelve a él como si fuera niebla. Una niebla de autocompasión y reproche. Nuestro padre, Bertie, se convirtió en un patético borracho cuando mamá lo dejó. Parece que ahora el hijo está repitiendo los errores del padre. Su esposa, Alana, se ha ido y JP adormece el dolor del rechazo y la soledad con *whisky*, su fiel amigo. Lo sospechaba cuando estaba viva, pero ahora lo sé porque puedo observarlo desde donde estoy entre ambos mundos. Sin embargo, no puedo ayudarle. Podría haberlo hecho en vida, pero decidí no hacerlo. Incluso aquí, sigo resentida con él.

JP vendió el castillo en 1976 y los cuatro años siguientes me negué a hablar con él. Le repudié, como quien se amputa un miembro gangrenado. No le pregunté cómo habían llegado las cosas a este punto, sino que me limité a echarle la culpa. No traté de entenderle ni me compadecí de él. Estaba cegada por la furia y frustrada por no poder comprar yo el castillo. Mi marido, Robert, había muerto; mi padre, también, y mi familia no había tenido la riqueza necesaria para rescatarlo, como era el caso de Celia, desde que yo era pequeña. Ahora no poseemos riqueza alguna. ¡Cómo caen los poderosos!

Cuando Bridie murió, le dejó a JP el castillo y una fortuna. Me pregunto adónde fue a parar dicha fortuna. Ahora no tiene ni lo uno ni lo otro. Vive en el pabellón de caza en el que yo crecí. Una casa lúgubre y deprimente, siempre húmeda por el río que pasa junto a ella y oscura porque las pequeñas ventanas apenas dejan entrar la luz. La ha imbuido de su energía negativa, por lo que es aún más lúgubre que antes. Sin embargo, Margot parece no sentir la opresiva atmósfera, o si la siente, no le molesta. Está concentrada en su objetivo, que es escribir un libro sobre la historia del castillo y de la familia cuyas vidas ha moldeado. Podría contarle algunas cosas, si pudiera oírme. Pero no puedo contarle cómo lo perdió JP ni cómo perdió a su mujer y a su familia. Yo no puedo contarle eso. Espero que ella lo descubra y me ilumine.

Cuando entro, Margot está en la sala de juegos, sentada en la alfombra delante de la chimenea, rodeada de papeles. Por supuesto, no puede verme. Soy tan transparente como el aire. Está absorta en nuestra historia, encantada con cada nueva información que encuentra, como una niña asombrada con el mundo. Los documentos están ordenados por fecha en pilas, clasificadas según lo que es relevante y lo que no. Es guapa, con el pelo largo y rubio, despeinado por la llovizna y recogido en parte con un lápiz. Tiene unos ojos inteligentes y verdes, del color de las hojas de haya. Incluso con gafas de lectura es atractiva. La admiro, pues su energía revela a una mujer joven con ambición, empuje y vigor. Es independiente y luchadora y, sin embargo, detecto soledad en ella, enterrada bajo una fachada despreocupada y reprimida con ahínco. Cree que puede escapar de ella, pero no es así. Creo que está muy arraigada desde la infancia. Una infancia infeliz. A mí no puede ocultarme eso, ya que puedo sentir sus vibraciones. Era empática en vida, pero mis sentidos son más agudos aquí. Aquí, en el plano intermedio.

Ahora estoy a su lado. Me cierno sobre ella, tan cerca que podría tocarla si estuviera hecha de materia. Pero soy vapor, así que lanzo una onda de energía a través del aire y, como un viento, hace que los papeles vuelen por la alfombra. Alarmada, se esfuerza por recogerlos, los atrapa antes de que se precipiten al fuego y los vuelve a apilar. Mira la puerta, que está cerrada, y luego las ventanas, que también están cerradas. Sé que se pregunta de dónde viene la corriente de aire. No cree que sea un espíritu. No cree en ellos. Cuando termine con ella, lo hará.

Estoy a punto de divertirme practicando más trucos, cuando la puerta se abre y Colm entra a hurtadillas. Ni siquiera se ha quitado el abrigo y el sombrero, que están mojados por la lluvia. La señora Brogan está detrás de él, retorciéndose las manos con nerviosismo mientras le explica que su padre se ha ido a dormir la siesta, por lo que quizás debería volver más tarde. Pero no es a JP a quien quiere ver, sino a Margot.

Margot se da la vuelta y le mira fijamente. Sabe quién es y que no viene como amigo. Se levanta despacio, pero no le tiende la mano. No es una visita social. La furia domina el rostro de Colm. La ira lleva bullendo desde que su abuela le habló de Margot y del libro.

—Gracias, señora Brogan —dice de manera educada—. Ya puede dejarnos.

Colm se parece mucho a su abuelo. Es alto, tiene el mismo pelo castaño oscuro, el mismo hoyuelo en la barbilla, el mismo carácter impreso en sus rasgos. Pero a diferencia de Jack, esos rasgos delatan su honestidad, su incapacidad para mentir. Jack era el mejor mentiroso que había conocido. Cuando Colm no está furioso es encantador, ingenioso, travieso y amable. Todas las cualidades que su padre tuvo en abundancia, antes de perderlas en el fondo de una botella de *whisky*.

Me pregunto qué haría falta para revivirlas. A mi padre le rescató su primo Digby. ¿Quién va a rescatar a JP?

—Siento que no podamos encontrarnos en circunstancias más favorables —dice Colm. Va en contra de su naturaleza ser grosero.

—Yo también —declara Margot, con la vista clavada en él. Sin duda intenta encontrar una manera de ganárselo.

—He venido por su libro. Para pedirle que no lo escriba.

Margot se sorprende. Inclina la cabeza y entrecierra los ojos.

—¿Por qué cree que voy a acceder a eso? —pregunta con calma—. ¿Por qué cree que voy a abandonar mi proyecto solo porque usted me lo pida?

—Porque espero que sea una mujer decente.

—Soy escritora. Este es mi trabajo.

—Eva Perón está muerta —aduce, y Margot se sorprende de que haya investigado por su cuenta.

—Sin embargo, Argentina está llena de gente que la considera una santa. Gente en cuyas vidas influyó de una manera mágica. No han intentado impedir que escriba sobre ella.

Colm se mete las manos en los bolsillos del pantalón y levanta la vista al techo, como si esperara encontrar allí un argumento más persuasivo.

—Mire, sé que no hay razón para que sienta ninguna responsabilidad hacia una familia que acaba de conocer. Pero mi padre no está en su sano juicio.

—Bebe demasiado, pero no es un borracho empedernido. A esos los conozco y él no es uno de ellos.

—No estoy de acuerdo. Se está aprovechando de un hombre vulnerable.

Margot se sintió ofendida por la insinuación.

—Yo no me estoy aprovechando de nadie —responde, e incluso yo, que soy un espíritu inmune a los estados de ánimo, percibo el tonillo cortante de su voz y me sorprendo por ello—. Estoy escribiendo la historia de toda su familia, desde el mismo Barton Deverill. Sí, escribiré sobre su padre y sobre la pérdida de la casa familiar. La venta del castillo es el final de la historia. El lugar donde la residencia de los Deverill y la familia Deverill se separan. Si cree que voy a excluirlo de la narración, está soñando. El libro estaría incompleto.

—Está ahondando en el dolor de la gente —dice.

El dolor se apodera de su rostro. No puede ocultarlo. Sus padres se divorciaron, eso lo sé. Pero no sé la razón. ¿Qué oscuro secreto está tratando de ocultar?, me pregunto.

—No soy un monstruo, señor Deverill. Soy escritora y voy a dar información fidedigna. Admiro a su familia. Mi abuelo era amigo de su tío Harry. Su familia ha sufrido una tragedia, pero ha demostrado una gran resistencia. Sus antepasados eran extravagantes, pintorescos, temerarios y de gran corazón. El castillo ha sido propiedad de su familia durante más de trescientos años de forma casi ininterrumpida. ¿Cuántos pueden decir eso?

El rostro de Colm parece aún más agonizante al oír eso. Está pensando en su abuela, Bridie Doyle, que compró el castillo como condesa Di Marcantonio. A Colm no le preocupa que en el pasado trabajara allí como criada, no tiene aires de grandeza, pero ella murió sin conocer a su hijo, su padre, y eso le preocupa. Sabe lo mucho que eso le dolió a JP. Yo también lo sé, aunque durante mi vida no quise reconocerlo, porque fui yo quien educó a JP creyendo que su verdadera madre estaba muerta. Fui yo quien prohibió a Bridie que se reuniera con él cuando regresó a Ballinakelly desde Nueva York y fui yo quien le ocultó su existencia a su propio hijo, aunque se hubiera instalado en el castillo, a solo un par de millas de la finca. Tuve que vivir con las consecuencias de esas decisiones cuando ella le dejó una carta en su testamento explicándolo todo. Creí que Robert y yo éramos suficientes para él, y también nuestro padre, Bertie. Pensé que no le interesaba lo más mínimo saber nada de su madre biológica porque se sentía lo bastante seguro con nuestro amor. Pero estaba equivocada. Cuando JP supo por fin la verdad, era demasiado tarde. Bridie se había ido.

—Este libro va a dividir aún más a la familia —aduce Colm, acercándose a la puerta—. Espero que se dé cuenta de que lo que está haciendo echará por tierra cualquier esperanza de reconciliación entre mis padres, mis hermanos y mis abuelos. Al desenterrar el pasado, frustrará cualquier plan para dejarlo atrás. El karma se lo hará pagar.

Margot se encoge de hombros.

—No creo en el karma. Tampoco creo en maldiciones, duendes ni fantasmas.

—Entonces, ¿en qué cree?

—En mi capacidad de crear mi propia suerte.

—Y ¿cómo le ha ido hasta ahora?

—Me ha ido muy bien, gracias.

—Bien. —Colm gira el pomo de latón y abre la puerta—. Que tenga un buen día.

Colm se va y Margot se queda junto al fuego, contemplando con el ceño fruncido el lugar donde él había estado. Intenta volver al trabajo, pero las dudas y la furia la invaden. Colm la ha puesto nerviosa. La biografía de Eva Perón era fácil porque estaba muerta. Quizás no debería escribir sobre los vivos.

5

Unos días después, Margot se dirigió a Ballinakelly en busca de algo de acción. No estaba acostumbrada a vivir en un lugar tan provinciano. Había vivido en Buenos Aires, Milán, París, Ámsterdam y Oslo, todas ciudades vibrantes y en constante movimiento. En cambio, Ballinakelly era inquietantemente tranquila. Tenía demasiado tiempo para sí misma y para pensar.

No había visto a Colm desde su incómodo encuentro en el pabellón de caza. Enfadada por la insinuación de que se estaba aprovechando de un hombre vulnerable, Margot había pasado la mayor parte de la noche en vela, repasando su conversación, inventando respuestas que no había tenido el ingenio de pensar en ese momento e imaginando lo que le diría si volviera a verlo. Pero eso no parecía probable. Había evitado O'Donovan's a propósito para no toparse con él, aunque le hubiera gustado volver a ver a Seamus O'Donovan. Tenía un rudo magnetismo que la atraía. Esperaba no toparse con Colm en la ciudad. Al menos no había animales en el hotel que pudieran necesitar un veterinario.

Otros dos huéspedes del hotel se habían quejado de ruidos extraños en mitad de la noche. Margot se preguntaba por qué esos supuestos fantasmas parecían salir siempre a esa hora. ¿Por qué no aparecían durante el día? ¿Acaso eran como erizos de mar que se escondían bajo las rocas durante el día y salían cuando oscurecía? La idea era absurda. Pero el señor Dukelow se había tomado la queja con calma y había convencido a la joven pareja de que el castillo no estaba realmente encantado. La señora De Lisle incluso había contratado a un sacerdote para limpiarlo de cualquier vibración negativa, según les había dicho. Margot no estaba segura de que eso fuera cierto. La señora De Lisle no parecía alguien que creyera en esas tonterías. Era una mujer de negocios honesta, con una cabeza sensata y práctica sobre los hombros.

La pareja no había quedado convencida, pero sin duda se había sentido escuchada y se había marchado más tranquila. Margot se preguntaba si al señor Dukelow empezaba a preocuparle que esas historias de fantasmas desanimaran a los huéspedes. «Es un castillo viejo y lleno de crujidos —le había dicho cuando ella lo mencionó—. ¿Quién busca fantasmas durante el día? Nadie. Se acuestan en la cama por la noche, aguzando el oído para escuchar cada crujido y cada gemido. Si estuvieran igual de atentos por el día como por la noche, oirían los mismos ruidos y no les darían importancia.» Margot estaba de acuerdo con él.

Aparcó el coche junto a la acera y salió a la luz del sol. El cielo era ahora de un azul resplandeciente y las gaviotas revoloteaban en lo alto, produciendo blancos destellos con las puntas de sus alas al captar la luz. La calle principal estaba formada por sencillas casas de fachada plana, pintadas en un arco iris de colores, con el espectacular telón de fondo de las verdes colinas y el mosaico de los campos de cultivo. Los tejados de pizarra brillaban con la última lluvia y los grajos graznaban con fuerza desde las chimeneas. Los lugareños deambulaban por las mojadas aceras, curioseaban en los escaparates y salían de los portales con las bolsas de la compra llenas, y había tres ancianas con la cabeza cubierta por un pañuelo sentadas en un banco, cotilleando mientras un regordete zorro trotaba alegremente calle arriba, como si desafiara a los Deverill, cuyos días de caza habían terminado.

Margot entró en una *boutique*. No le interesaba mucho la moda, pero algo la atrajo allí. Nada más entrar se dio cuenta de lo que era. Emer O'Leary estaba hablando con la dependienta. Cuando vio a Margot, se le borró la sonrisa y se hizo un silencio incómodo.

—Buenos días, señora O'Leary —saludó Margot con su habitual entusiasmo, con la esperanza de suavizar la situación fingiendo alegría.

Emer se debatió entre su buen carácter y apoyar a su hija y a sus nietos.

—Buenos días —respondió con firmeza. Le brindó a la vendedora una sonrisa más cálida—. Bueno, será mejor que me vaya, Sheila. Te veré más tarde.

A Margot le pareció descortés dejarla marchar sin decir nada. A fin de cuentas, la señora O'Leary la había agasajado en su casa. La siguió hasta la acera.

—Quiero que sepa que voy a tener tacto, señora O'Leary —aseguró, dándose cuenta de lo poco convincente que sonaba. ¿Cómo iba a tener tacto al escribir sobre una familia plagada de tantas y tan desafortunadas desgracias?

Emer se acercó y bajó la voz.

—Sé que tiene buenas intenciones, querida —dijo, y sus pálidos ojos inmovilizaron a Margot con su mirada firme y suave—. Pero todo tiene consecuencias. Todo tiene repercusiones y esas repercusiones se propagarán y harán daño o curarán. No sabe nada de los Deverill. Puede pensar que sí, siguiendo su investigación, pero no es así. Si JP le va a informar, solo le contará una parte de la historia. Piense en eso cuando escriba los últimos capítulos. Y piense en mi hija, Alana, y en sus hijos, que también han sufrido. No solo han perdido su casa, sino también a su padre.

—¿Por qué no me cuenta su versión de la historia? Quiero escribir un relato ecuánime.

Emer sonrió con amarga diversión ante la sugerencia.

—Eso sería una traición, señorita Hart —dijo—. Que tenga un buen día.

Margot sabía que no obtendría nada de la señora O'Leary.

Se sentía herida mientras subía por la calle, desviando la mirada a uno y otro lado, pero sin ver nada. No había tenido en cuenta a los miembros vivos de la familia Deverill cuando le propuso la idea a su editor. A su editor le había encantado y su agente había negociado un suculento anticipo tras el éxito de su biografía de Eva Perón. Le costaría devolver el dinero y no tenía otra idea si decidía escribir sobre otra cosa. Se había comprometido a trabajar nueve meses como escritora residente en el hotel; tampoco podía echarse atrás. Estaba atrapada.

Al pasar por la iglesia de Todos los Santos, el ego herido de Margot empezó a contraatacar. ¿Por qué debería nadie decirle qué debía escribir?, pensó enfadada. Los Deverill no eran la primera dinastía en ser objeto de una biografía y no serían la última. ¿Qué hay de la familia real británica? Se escribía sobre ellos todo el tiempo y nunca montaban un escándalo. Si JP Deverill quería ayudarla en su investigación, ella no iba a impedírselo por su suegra y su hijo, a quienes no conocía. ¿Por qué tendría que guardarles lealtad? En todo caso, sentía cierta lealtad hacia JP, que la había invitado a su casa y le había permitido revisar los archivos de la familia. Además, ¿qué importaba? Dentro de nueve meses se marcharía de Ballinakelly y no volvería a ver a ninguno.

Mientras la indignación ardía en su pecho, Margot sintió un creciente sentimiento de rebeldía. Apretó el paso hacia O'Donovan's. Pasó por delante de lo que parecía ser un grupo de granjeros con gorras, botas y gruesos abrigos, y abrió la puerta de un empujón. Había unas cuantas personas dentro, disfrutando de un almuerzo temprano. Seamus O'Donovan estaba detrás de la barra, hablando con una joven que secaba los vasos con un paño de cocina. Enarcó las cejas y sonrió al ver a Margot.

—Me preguntaba cuándo ibas a volver —dijo, sonriéndole.

La indignación se enfrió.

—Es demasiado pronto para un trago fuerte, pero lo necesito. Me conformo con una lima con soda.

Él se rio.

—Esto es Irlanda, chata. Es la hora feliz en algún lugar del mundo, si te sirve de consuelo.

—Lima con soda. Estoy trabajando.

—Eso nunca desanima a nadie. Claro que hasta el viejo padre Leader está medio piripi diciendo la misa de la mañana.

—Eres un poco diabólico, sí señor. —Sentaba bien reír.

—Marchando una lima con soda. —Seamus alcanzó un vaso—. La otra noche te fuiste pitando. ¿Fue por algo que dije?

Por el brillo de sus ojos pudo ver que no creía que fuera así.

—Me aburrí de que el señor Flannigan me mirara de reojo.

Seamus se encogió de hombros.

—Es bastante inofensivo. Lo peor de él es de la boca para afuera.

—Eso de «bastante» socava su defensa, señor O'Donovan. También me había aburrido de que Colm Deverill me mirara con desprecio.

—Eso es otra cosa —dijo, sirviendo lima en el vaso y luego la soda. Margot se fijó en sus grandes y masculinas manos y en sus fuertes antebrazos y sintió un estremecimiento de deseo—. No esperarías que la familia te recibiera con historias para tu libro, revelando sus puntos débiles.

—Pues claro que no. Pero sí esperaba que fueran civilizados.

—Está enfadado.

—Yo también lo estoy.

—Mira, no es asunto mío. Conozco a Colm desde que éramos niños. Es un buen hombre. Pero también es un hombre orgulloso y protector de su familia. —Seamus empujó el vaso sobre la barra y Margot lo agarró y bebió un sorbo—. No le gusta que su padre hable contigo.

—Lo sé. Él mismo me lo dijo. Pero no voy a dejarme presionar por nadie. JP Deverill es un chico grande. Puede cuidarse solito. En otro tiempo fui periodista. Estoy acostumbrada a cabrear a la gente. —Margot se encogió de hombros—. Es la naturaleza del trabajo.

—Parece que puedes arreglártelas sola —dijo él. Luego se apoyó en la barra y la miró fijamente a los ojos—. ¿Te apetece tomar una copa tranquila en algún sitio, los dos solos?

La mirada de ella no vaciló.

—Claro, ¿dónde sugieres? —No podía invitarle al hotel.

—Puedo escaparme dentro de una hora. Podría colarte arriba a escondidas.

Ella sonrió ante su alusión al peligro.

—Somos adultos que consienten —repuso.

—Pero esta es una pequeña ciudad llena de chismes y las lenguas nunca están quietas. Acabas de llegar. Debes tener cuidado con lo que haces.

—No estás casado, ¿verdad?

Seamus negó con la cabeza.

—No estoy casado, a pesar de la insistencia de mi madre. De todas formas, ¿quién iba a aceptarme?

—Tampoco yo. Así que estamos libres. —Entonces se rio—. ¿Te preocupa mi reputación, Seamus? ¡Qué caballeroso!

Él se rio con ella. Nunca había conocido a una mujer con la despreocupación de un hombre.

—Come algo, luego seré el postre.

—Esa es una oferta que no puedo rechazar —dijo ella, dirigiendo su atención al menú garabateado en la pizarra—. Al fin y al cabo, forma parte de mi investigación.

Más tarde, en el dormitorio de Seamus situado bajo la cornisa, Margot se perdió en los brazos de un hombre al que apenas conocía, como tantas veces había hecho en el pasado. Hombres de los que podía disfrutar con distanciamiento. Hombres con los que no tenía que intimar. Seamus era fuerte y dominante y además olía bien; a humo de leña y a algo especiado que era propio de él. También era divertido y se rieron entre las sábanas mientras sus manos la devolvían al momento presente con su tacto sorprendentemente ligero.

—Ha sido genial —dijo ella con un suspiro, apartándolo de forma juguetona—. Ya lo has hecho antes.

—Unas cuantas veces —contestó él, tendiéndose de espaldas.

—Era justo lo que necesitaba.

—¿Ya no estás enfadada?

—No. —Se estiró y exhaló un suspiro—. De hecho, ahora todo está bien.

Seamus se giró hacia ella, con una expresión de admiración y perplejidad, como si estuviera contemplando a una rara criatura de otro mundo.

—Aquí no las hacen como tú —dijo.

—Espero que no. No me gustaría ser como los demás. —Margot le sonrió, disfrutando de su reconocimiento.

—Entonces, ¿podemos repetirlo alguna vez?

—Me gustaría. —Se apoyó en el codo y le miró sin pestañear—. Me parece que estás durmiendo con el enemigo, Seamus. ¿Por eso querías traerme aquí a escondidas?

—No, yo soy imparcial, Margot. Te lo prometo. No tengo ningún sentido de la lealtad hacia los Deverill. Si JP quiere hablar contigo, es asunto suyo. Si Colm no quiere, es asunto suyo. Además, si tuviera que tomar partido, diría que ahora estoy de tu lado.

—Eres fácil de comprar. —Rio, deslizando un dedo por su pecho—. Pero no te preocupes. No voy a ponerte en una situación difícil. Esto es placer, no trabajo.

—Así es —convino.

—Háblame de Ballinakelly. Tu familia vive aquí desde hace generaciones. Te has criado aquí. ¿Alguna vez has querido mudarte?

—No, siempre he estado contento aquí. No me imagino viviendo en otro sitio. Además, ahora dirijo el negocio familiar. Mi padre se ha jubilado y mi madre es una metomentodo, así que sigue en el negocio. La única manera de que se vaya es con los pies por delante.

—¿Hermanos?

—Cinco, pero yo soy el único que se ha quedado.

—¿Qué opinas del hotel? ¿Te entristeció que se vendiera el castillo? Más de trescientos años de historia desaparecieron, acabaron. El fin de una era, del feudalismo...

—El hotel proporciona empleo a mucha más gente de aquí que el castillo como casa familiar, sobre todo en sus últimos años. JP perdió dinero en el divorcio y, por lo que tengo entendido, en malas inversiones. Según he oído nunca se le dio bien manejar el dinero. No creció rico, ya sabes. Esa familia lo perdió todo en 1921, cuando el castillo fue arrasado. A partir de ahí dejaron de ser ricos. JP heredó de repente un castillo y una fortuna. Eso le echó a perder.

—¿De qué forma?

Seamus se revolvió incómodo, pero Margot acarició con los dedos la sensible zona del vientre, justo debajo del ombligo.

—Parece ser que tuvo una aventura. Eso suele ser motivo suficiente de divorcio, ¿no? Supongo que por eso los hijos se pusieron del lado de la madre. Le culpan de la ruptura del matrimonio y de la desdicha de su madre.

—Supongo que es difícil ocultar algo así en una comunidad pequeña como esta. Todo el mundo conoce los asuntos de los demás. Siempre hay alguien que ve o escucha algo. Imagino que el castillo estaba lleno de personal con la oreja puesta.

—No te equivocas. Creo que si hubiera trabajado en el castillo, habría sido igual de entrometido.

—Escucha, siempre hay dos versiones de cada historia. JP tuvo una aventura, pero tal vez se viera abocado a ella. A lo mejor él también era infeliz.

—Si quieres mi opinión, ese castillo nunca ha traído la felicidad a ninguno de sus propietarios.

—Seguro que algunos fueron felices.

—Dímelo tú. Estás escribiendo la historia.

—¿Fueron felices Bridie y su conde?

—Bueno, tiene su historia. Tienes que hablar con el hermano de Bridie, Michael. ¿Sabes que vive en la granja al final del camino? Debe de tener unos noventa años ahora. De vez en cuando viene por aquí y después de una o dos pintas se le suelta la lengua. Hablará contigo. Siempre le han gustado las mujeres hermosas.

Margot sonrió.

—Gracias, Seamus.

—No hay de qué. Si las historias son ciertas, Michael acabó con el conde. Lo enterró hasta el cuello en la arena y dejó que la marea se lo llevara. Una forma espantosa de morir. Claro que ese castillo está maldito.

Margot ya había oído esa historia a la señora Brogan.

—Tengo que hablar con Michael Doyle —dijo—. Pero no creo en las maldiciones, solo en la gente mala.

Sin embargo, al pensar en ello, se dio cuenta de que Seamus podía tener algo de razón. Ninguno de los herederos había tenido una vida pacífica y armoniosa. Habían sacrificado mucho por su hogar, quizás demasiado.

—«El castillo de un Deverill es su reino» —repitió pensativa—. ¿Crees que siempre han antepuesto su residencia familiar al bienestar de los que viven en ella? —Pero no necesitaba que él respondiera. Una ráfaga de excitación corrió por sus venas, despertándola de su apatía postcoital. Se incorporó—. Creo que ese es el tema del libro. Mientras pongan los ladrillos y la argamasa por encima del amor, nunca serán felices. El castillo en sí no está maldito, pero su apego a él trae mala suerte. —Sacudió la cabeza—. ¡Dios! Hablo como Dan.

—¿Quién es Dan?

—Un amigo mío que dice ser médium. Está metido en todas esas cosas como el karma, la conciencia universal, la ley universal, el feng shui, las cartas del tarot y la ley de la atracción. Está chalado —añadió riendo. Seamus la miró con desconcierto; se había perdido después del karma—. Pero no importa —continuó—. Creo que he dado con algo. —Se inclinó y le besó en los labios—. Vale, ya está bien de trabajo, esto tiene que ver con el placer. ¿Lo hacemos de nuevo?

La señora Brogan abrió la puerta de la sala de juegos y encontró a lord Deverill de pie junto a la chimenea, hojeando un libro encuadernado en cuero rojo, con un cigarrillo humeando entre los dedos. Se sorprendió de verlo allí. La sala de juegos era una de las muchas habitaciones en las que nunca entraba.

—Hola, señora Brogan —dijo cuando la vio—. La señorita Hart no ha venido hoy, ¿verdad?

—No, señor, no ha venido.

Levantó la vista del diario.

—¿Crees que hace suficiente calor aquí? No quiero que trabaje con frío.

—Cuando el fuego esté encendido, dejará de hacer frío.

—¿Y hay suficiente luz? —Miró las grandes ventanas, enmarcadas por pesadas cortinas de terciopelo verde—. Ahora oscurece temprano. —Suspiró—. Este lugar es deprimente en invierno. Siempre lo ha sido.

—Yo diría que hay buena iluminación aquí. Ella no se ha quejado.

Dio una calada al cigarrillo y expulsó un chorro de humo.

—No se queja. Tiene un temperamento fácil. Alegre. Eso me gusta. Es agradable tener una persona alegre en casa, ¿no es así, señora Brogan?

—Lo es, señor. Es muy alegre.

JP miró el libro.

—¿Sabe qué es esto, señora Brogan?

—No, no lo sé, milord. ¿Qué es?

—El diario de mi tatarabuela. Es una lectura fascinante. Puedo entender por qué a la señorita Hart le atrae tanto la historia. Resulta increíble descubrir cosas sobre aquellos que vivieron en el pasado. Mi tatarabuela Hermione rescataba burros. Tenía docenas. Cada uno de ellos tenía una cinta de color diferente atada a las orejas para poder llevar la cuenta de sus nombres. También tenía un poni de Shetland llamado Billy que solía entrar en el comedor durante el desayuno y beber té de un cuenco de porcelana.

La señora Brogan sonrió y su rostro serio se tornó suave y bonito.

—Es impresionante.

—Pero su marido murió joven. Se ahogó y la dejó con cinco hijos pequeños que criar sola.

—¡Oh! Eso es muy triste.

—Lo es. Pero era una inglesa dura y se ganó el respeto de sus arrendatarios y de sus empleados y dirigió el castillo con la eficiencia de un coronel. Me atrevo a decir que era el tipo de mujer que construyó el imperio. Dura e imperturbable en una crisis. Cuando murió, todo el pueblo vino a presentar sus respetos y colocaron su ataúd en un carro lleno de flores tirado por un par de sus burros. Parece que los hombres de Deverill tienen la tradición de casarse con mujeres fuertes.

—Podría decirse que su abuela Adeline era una gran mujer.

—Lo era. —JP pensó en su propia esposa, su exesposa, y luego alejó la imagen antes de que pudiera arraigar de forma dolorosa—. ¿Crees que la señorita Hart volverá mañana? preguntó, dejando el libro. De repente, todo su cuerpo deseaba un trago de *whisky*. Se dirigió a la puerta.

La señora Brogan se apartó para dejarle pasar.

—Estoy segura de que lo hará, milord.

—Bien. Dele un repaso a este sitio y tal vez los muchachos puedan traer más leña. Leña de verdad, no turba. Solo la madera calentará este lugar y no quiero que la señorita Hart pase frío.

La señora Brogan lo vio dirigirse a grandes zancadas a la biblioteca, donde sabía que se serviría un vaso de *whisky*. No se conformaba solo con uno, sino que se servía otro y otro más. A menudo lo encontraba dormido en su butaca, con el fuego reducido a ascuas y el frío invadiendo la habitación. Exhaló un suspiro, esperando que la señorita Hart volviera mañana. Lord Deverill se animaba cuando ella estaba cerca.

Esa noche Margot se acostó en la cama, mirando al techo. Afuera resplandecía la luna llena, una bola luminosa en un centelleante cielo estrellado. Las cortinas estaban un poco abiertas, lo que permitía que entrara un haz de acuosa luz, que hacía que los muebles y las vigas adquirieran un relieve espeluznante. Reinaba el silencio, salvo por el ulular intermitente de un búho o el chillido de un animal asustado. Incluso el viento estaba en calma. Margot tuvo la extraña sensación de que la observaban. Sabía que era absurdo. No había nadie más que ella en la habitación. Estaba completamente sola. Sin embargo, era como si una presencia estuviera al lado de su cama, observándola. Se dio la vuelta y trató de dormir. Dorothy le había metido ideas en la cabeza. Si no hubiera sido por ella y por sus historias de fantasmas, Margot nunca habría pensado en ellas. Tan pronto como empezó a quedarse dormida, JP Deverill apareció en su mente. Una criatura patética y perdida. Una oleada de compasión la invadió de repente y abrió los ojos. No quería sentir compasión. No quería que su adicción la arrastrara. No podía ayudarle. Tampoco quería hacerlo. Volvió a cerrar los ojos y pensó en Seamus. Sin embargo, JP seguía emergiendo en su mente como un corcho en el agua, persistente y suplicante.

6

Margot pasó la mañana siguiente en el salón, que había sido rebautizado como «*suite* Lady Adeline», aunque a Margot le hubiera gustado señalar que Adeline nunca fue una dama por derecho propio, por lo que «lady Adeline» era técnicamente incorrecto. No obstante, se sentó allí, en un escritorio que el señor Dukelow había traído especialmente para ella y colocado frente a una de las grandes ventanas que daban al jardín. El césped estaba cubierto de blanca escarcha, que brillaba como mil perlas bajo un cielo despejado y un sol invernal. Los árboles, desnudos y temblorosos, se recortaban contra el cielo azul en un entramado de enjutas ramas, cuyas finas líneas se veían alteradas solo por una ruidosa bandada de grajos negros como la tinta que se había posado sobre ellas.

El salón tenía unas proporciones armoniosas, con paredes de color verde claro y cortinas adamascadas con flecos del mismo tono y sujetas por grandes apliques en forma de concha. Habían encendido la chimenea, mullido los cojines de los sofás y las luces brillaban con intensidad. Todo en el hotel era lujoso, extravagante y de la mejor calidad. Sin embargo, todo aquello palidecía ante la impresionante mirada del formidable Tarquin Deverill, cuyo retrato colgaba sobre la chimenea con dos pesadas cadenas. Margot se detuvo ante él y lo examinó con interés. Era magnífico, como parecían serlo todos los retratos de los Deverill. Sin embargo, si bien Barton tenía un rostro ancho y apuesto, el de Tarquin era alargado, delgado y mezquino. Posaba delante de un paisaje desvaído, con una chaqueta de terciopelo azul añil, encima de seda carmesí. Su pelo era una cascada de rizos castaños y en el pecho llevaba una enorme medalla de diamantes con forma de estrella. En la garganta llevaba un corbatín blanco que acentuaba su arrogante barbilla y su mirada escrutadora. Al observarlo más de cerca, Margot se percató de la desagradable mueca en su boca y de la expresión vacía e impasible de sus ojos, que no parecían capaces de albergar grandes sentimientos, mucho menos compasión o amor. Tenía toda la pinta de ser el señor del castillo y de ser un hombre capaz de una gran crueldad. Podía imaginarlo dejando que su hijo discapacitado se ahogara en el estanque ornamental y el alivio que le invadió cuando la mancha en su buen nombre desapareció para siempre. El retrato desprendía una energía oscura. Se alejó, pero mientras lo hacía, casi podía sentir los ojos de él siguiéndola por la habitación.

Margot se presentó en la puerta principal del pabellón de caza a primera hora de la tarde. Había humedad en el ambiente y el viento estaba cargado de hielo. El sol ardía como un carbón lejano tras los árboles. Se estremeció, deseando llegar a la sala de juegos y a su crepitante fuego. También estaba deseosa de seguir con esas cajas llenas de tesoros.

La señora Brogan entreabrió la puerta. Al ver a Margot la abrió de par en par y su rostro se suavizó con una tímida sonrisa.

—Entre de inmediato, señorita Hart. Hoy el viento es cortante.

—Gracias, señora Brogan.

Margot la vio cerrar la puerta, impidiendo el paso del invierno. Se quitó el abrigo y el sombrero y metió los guantes en uno de los bolsillos.

—Imagino que querrá un té. Le diré a lord Deverill que está aquí.

—Por favor, no le moleste —dijo Margot, siguiendo los rápidos pasos del ama de llaves por el pasillo.

—Se alegrará de que esté aquí. La casa ha estado tan silenciosa como una tumba toda la mañana.

JP ya salía de la biblioteca cuando llegaron. Se le iluminó el rostro al ver a Margot.

—¡Ah, qué bien que haya vuelto!

—Sí, he vuelto —respondió ella, sorprendida de que él no considerara su visita una imposición. Había dejado más o menos un día entremedio para no ser pesada.

—La señora Brogan encendió el fuego en la sala de juegos por si acaso venía. Ya debería estar bastante caldeado. Lleva encendido desde las nueve. —Margot le siguió—. Quería decirle que he estado leyendo el diario de mi tatarabuela.

—¿Hermione Deverill? —dijo Margot.

—Sí, Hermione. ¡Qué vidas tan interesantes tenía esta gente! —Entraron juntos en la sala de juegos—. Me ha inspirado usted, señorita Hart —continuó—. Ayer pasé todo el día aquí, leyendo.

Hoy JP hacía gala de un vigor del que había carecido en sus anteriores visitas. Un entusiasmo que reemplazaba la energía patética y abochornada que había transmitido. Le alegraba pensar que ahondar en su historia familiar podría haberle animado.

—¿Le importaría llamarme Margot? —dijo, dejando el bolso sobre la mesa de billar—. Me parece ridículamente formal que me llame «señorita Hart». Hace que me sienta como un personaje de una novela de Jane Austen.

—Entonces tú debes llamarme JP —repuso.

—Lo haré. Gracias, JP. —Se dio cuenta de que habían colocado otro sillón frente al fuego. Ahora había dos. Uno para ella y otro para JP. Había algo conmovedor, algo que le llegaba al corazón y la hacía sentir triste. Toda la casa rezumaba soledad. Aquellos sillones eran como un pequeño oasis de compañía en un desierto de soledad.

JP abrió el diario y le leyó algunos extractos.

—¿No te parece fascinante?

—Hermione tenía una gran capacidad de expresión, ¿verdad?

—Sí, le encantaba la poesía. Citaba mucho a sus escritores favoritos. Fascinante —repitió.

La señora Brogan entró con la bandeja de té y la colocó sobre la mesa de billar, en un hueco que había entre las cajas. Sirvió el té y JP se llevó su taza a uno de los sillones y se sentó con un suspiro de satisfacción. La señora Brogan le cortó un trozo de tarta y se lo dio. Él le sonrió con gratitud y le dio las gracias. Ella le miró con afecto. Margot observó su relación con interés. Parecía que la señora Brogan era la única persona que se preocupaba por JP en estos momentos.

Fuera, unas nubes púrpuras oscurecían el cielo. Dentro, las luces eléctricas se añadían a un fuego intenso. Las llamas lamían los troncos con lenguas carmesí y crepitaban con fruición cuando encontraban trozos de turba con los que darse un festín. Margot se sentó en el sillón frente a JP. Se acomodaron para pasar la tarde igual que un par de viejos amigos.

—¿Dónde vivías de pequeño, JP? —preguntó.

—En una gran casa que había en la finca con Kitty, mi hermanastra, y su marido, Robert. No muy lejos de aquí —respondió—. Se llamaba la Casa Blanca. Aún sigue allí, pero no soy el dueño. La perdí cuando vendí el castillo. El único lugar que conservé fue esta casa y un pequeño terreno que la acompaña.

—¿Aún vivía Kitty cuando vendiste el castillo?

—Tenía setenta y seis años. Murió cuatro años después. Me temo que le rompí el corazón. Ella lo amaba más que a nada en el mundo. La señora De Lisle la dejó vivir en la Casa Blanca, pagando un alquiler simbólico. Pero no nos hablamos después de eso. Nunca me perdonó.

—Eso es muy triste.

Se encogió de hombros.

—Los dos estábamos muy resentidos. —Margot no dijo nada, consciente de que cualquier pregunta sobre la relación con su hermanastra podría considerarse una intromisión. Pero JP tenía ganas de hablar—. Kitty fue una madre para mí. Como te he dicho, mi verdadera madre era una criada que llamó la atención de mi padre. Mi hermana gemela y yo... —Se volvió hacia Margot—. ¿Te he hablado de Martha?

Margot negó con la cabeza, llena de interés.

—No, no me has hablado de ella.

—Martha y yo nacimos en un convento de Dublín. A Martha la adoptó una pareja estadounidense y se la llevó a Connecticut. A mí me robó el hermano de mi madre antes de que me ocurriera lo mismo y me dejó en la puerta de Kitty en una cesta.

—Como Moisés —comentó Margot con una sonrisa.

—Bueno, ahí terminan las semejanzas, Margot. Mi madre, Bridie Doyle, empezó una nueva vida en Estados Unidos. Trabajó para una mujer muy rica que al morir le dejó una fortuna en su testamento. Se casó con el conde Di Marcantonio y compró el castillo, al que se mudó en 1940, unos veintitrés años después de haber trabajado en él como criada. Crecí creyendo que mi madre había muerto. Kitty me dijo que era así y no tenía motivos para no creerla. Solo supe la verdad cuando Bridie murió de cáncer. Dejó dos cartas, una para mí y otra para Martha, que había venido a Ballinakelly en busca de su verdadera madre.

—¿Conociste a Martha?

—Nos conocimos por casualidad en un restaurante de Dublín y nos enamoramos. Los dos teníamos diecisiete años. Unos críos, en realidad.

—¿Te enamoraste de tu hermana?

—No sabíamos que éramos hermanos. No éramos idénticos. Una cruel jugarreta del destino. —JP la miró de nuevo, con los ojos vidriosos y llenos de tristeza—. Fue un golpe terrible cuando mi padre nos lo dijo. No creíamos que existiera ninguna razón por la que no pudiéramos estar juntos. Pero la había, y ahí se acabó todo. —Se encogió de hombros—. Esa fue mi primera decepción. Hasta ese momento había vivido sin preocupaciones.

—¿Cómo lo superaste?

—Lanzándome a la guerra. Pilotaba Spitfires y no me importaba si vivía o moría. No fui especialmente heroico, pero me dieron una medalla al valor. —Se rio, y luego perdió la concentración en las llamas—. ¿Sabes? Tengo un extraño recuerdo de la primera infancia. Es probable que sea uno de mis primeros recuerdos. Estoy en la sala de juegos y una mujer desconocida se asoma por la ventana y me da un oso de peluche. Lo agarro, pero me alejo. No sé quién es y hay algo en ella que me asusta. Intenta agarrarme y yo grito. Grito fuerte y sin parar. Ella parece horrorizada y se va de manera tan misteriosa como ha venido.

—¿Crees que era Bridie?

—Sí, sí, eso creo. Creo que era mi madre que venía a reclamarme.

—¿Se lo dijiste a Kitty?

—No recuerdo si lo hice o no en ese momento, pero no recordé aquello hasta después de leer su carta. No se lo mencioné a Kitty en ese momento. Creo que estaba tratando de entenderlo y no quería compartir mis pensamientos con nadie. Necesitaba tiempo. —Suspiró y bebió un sorbo de té.

—¿Cómo te sentiste cuando leíste la carta de tu madre?

—Para serte sincero, no pensé mucho en ello. Había crecido con dos padres y con Kitty como figura materna. Me querían. De hecho, me adoraban. Tenía todo lo que quería, excepto a Martha, por supuesto. Me había casado con Alana, a quien amaba profundamente. El hecho de que Bridie se revelara de repente como mi madre me impresionó poco al principio. —Sonrió con tristeza—. Pero entonces la mente empieza a dar vueltas sin parar, como un escarabajo en el estiércol, haciendo la bola cada vez más grande, hasta que empuja este gran peso de un lado a otro, tratando de darle sentido. Ahí es cuando el sentimiento de traición comenzó a filtrarse. El sentimiento de injusticia y de dolor. De pérdida. Nunca conocí a mi madre. Si Kitty hubiera sido sincera conmigo… Si mi padre hubiera sido sincero…

—Podrías haberla conocido antes de que muriera.

—Sí. Eso es algo que lamento en el alma.

—Tienes mucho que lamentar —convino Margot—. Pero todas las decisiones se tomaron con buenas intenciones.

—El camino al infierno está pavimentado de buenas intenciones —añadió JP con ironía.

—Supongo que ninguno de los secretos se guardó para hacerte daño.

—Supongo que no. Pero los secretos siempre acaban saliendo a la luz y, al igual que las flechas, hieren.

Margot sonrió con compasión.

—No cabe duda de que tu historia es mejor que el diario de Hermione.

—Y solo has oído el principio. —Se levantó con rigidez—. ¿Te apetece otro trozo de tarta?

—Me encantaría, gracias. Está muy buena.

—La señora Brogan es una experta. Tampoco escatima con la Guinness. —Cortó la tarta y la dejó en su plato—. Cuando crecí, siempre había una tarta de cerveza en la cocina.

Cortó un trozo para él y volvió a su silla. Hacía años que no disfrutaba tanto. Además de su buena compañía, había una luz cálida en los ojos de Margot que lo sacaba de la oscuridad. Una compasión que prometía comprensión, y JP deseaba mucho que le comprendieran.

—Háblame de Bertie, JP —le pidió.

JP se recostó en su sillón y cruzó las piernas. Tomó un sorbo de té. El fuego crepitaba y Margot escuchaba. Era agradable tener a alguien con quien hablar. Pensó en su padre.

—Era, en esencia, un hombre de campo —comenzó—. Como todos los Deverill, tenía una vena atrevida y le gustaban las damas...

Colm y Jack subieron por la playa hacia su casa. La noche llegaba temprano y con cierta prisa. Los nubarrones se acumulaban en lo alto, oscureciendo el mar que se agitaba de cara a la tormenta que se aproximaba. Colm se levantó el cuello del abrigo al sentir las primeras gotas de lluvia. Su abuelo, encorvado para protegerse del viento, se metió las manos en los bolsillos. El perro, mojado y salpicado de arena, trotaba junto a ellos, intuyendo que un buen té y una chimenea encendida no quedaban lejos.

—Vive como tu abuela y nunca serás infeliz, Colm. —Jack jamás le aconsejaría a su nieto que viviera como él, lleno de pasiones incontrolables. Emer había sido la fuerza estabilizadora en su vida. Un amor constante e incondicional que lo avergonzaba—. No permite que la amargura y el resentimiento la aflijan. Los deja atrás.

—Mientras esa mujer engatusa a mi padre para ganarse su confianza y saca a relucir nuestros secretos familiares para que los lea todo el mundo, no puedo sentir otra cosa que no sea furia. —Colm estaba hablando de Margot Hart.

—Me has pedido consejo. Bueno, yo diría que tienes dos opciones. Una, no hacer nada y olvidarte de la ira. Dos, hacer algo al respecto. Lo que no debes hacer es quedarte en medio, sin hacer otra cosa que pasearte airado mientras dejas que la furia te carcoma. Así no vas a conseguir nada.

—Entonces, ¿qué es lo que puedo hacer al respecto?

—Intenta una táctica diferente. Apelar a sus buenos sentimientos no funcionó y ¿por qué habría de hacerlo? ¿Qué te debe ella, que no te conoce de nada? ¿No sería mejor llegar a conocerla? Así podrás trabajártela desde dentro, en lugar de hacerlo desde fuera.

Colm se rio.

—Es el viejo espía el que habla.

—Tienes que ser astuto, Colm. Si te conviertes en su amigo, tal vez puedas pedirle que excluya ciertas cosas. De hecho, tendrás más idea de lo que sabe. Estarás en mejor posición para hacer algo al respecto.

Colm siguió adelante. El viento se estaba levantando. Tenían que gritar por culpa del rugido de las olas.

—Es un buen consejo, abuelo. Aunque no va a ser fácil fingir que me cae bien.

—Puedes hacer cualquier cosa cuando te lo propones, Colm. Si así consigues lo que quieres, puedes representar el papel que quieras.

Colm conocía algunas de las historias de su abuelo de cuando luchó en la Guerra de la Independencia y era consciente de los diferentes papeles que había desempeñado para conseguir lo que quería. Por supuesto, lo que entonces estaba en juego era mucho más importante. Colm se sintió un poco tonto al hacer semejante drama por un libro. Pero su abuelo no sabía lo que él sabía. Nadie lo sabía. Solo su padre y él, y no podía confiar en que JP mantuviera ese conocimiento en secreto. Mientras estuviera adormeciendo su cerebro con *whisky*, había muchas posibilidades de que divulgara toda la historia.

—Tienes razón, abuelo —dijo mientras se encaminaban hacia la casa que brillaba de forma tentadora bajo la luz crepuscular—. Haré de mi enemigo un amigo.

—Mata de amabilidad, Colm —repuso Jack—. Esa es la manera de avanzar en el mundo. Deja que tu enemigo piense que eres su amigo. —Jack había hecho eso lo suficiente en su vida como para saber que daba resultado.

Era tarde y llovía a cántaros cuando Margot regresó al hotel. Aparcó el coche lo más cerca posible de la puerta principal y entró corriendo. El señor Dukelow estaba en el vestíbulo.

—Señorita Hart, tengo una noticia emocionante.

Margot no podía imaginar qué podía ser. ¿Acaso había librado al hotel de los fantasmas de las amas de llaves?

Se puso delante de ella y bajó la voz, adoptando un aire deferente, como si estuviera a punto de hablar de la realeza o del Papa.

—La condesa Di Marcantonio ha llegado hace una hora y ha pedido verla —dijo.

Margot frunció el ceño. Debía de ser la nuera de Bridie, casada con Leopoldo.

—¿Ha dejado una nota? —preguntó.

—Ha dejado un sobre en la recepción. Róisín se lo traerá. —Señaló con la cabeza a Róisín, que se estaba limando las uñas detrás del escritorio. Al ver que no reaccionaba, la llamó por su nombre—. Róisín, la carta para la señorita Hart, por favor.

Róisín levantó la vista con sorpresa, dejó caer la lima y giró en su silla para recuperar el sobre blanco que había guardado en el casillero de Margot.

—Es una dama muy guapa —le dijo a Margot mientras se lo entregaba—. Tal y como uno se imagina que es una condesa. ¿Sabe que su marido vivió aquí?

—Sí, lo sé —respondió Margot, distraída ahora que estaba abriendo el sobre.

El señor Dukelow se paseó por detrás del escritorio y empezó a aparentar que estaba ocupado, pero tenía curiosidad por saber qué decía la carta.

Margot sacó la carta y la desdobló. Debajo de un elaborado escudo dorado de tres grandes abejas, la carta estaba escrita a mano, con tinta.

Estimada señorita Hart:

Me he enterado de que está escribiendo un libro sobre el castillo y la familia Deverill. Como bien sabrá, mi marido, el conde, creció allí, hasta que su madre murió y decidió dejárselo en su testamento a su hijo ilegítimo, JP Deverill. Creo que puedo ayudarla en su investigación. Estaría encantada de conocerla. Dejo aquí mi número de teléfono para que se ponga en contacto conmigo. Dividimos nuestro tiempo entre nuestras distintas residencias, pero en estos momentos estamos en nuestra casa de Dublín. Estaría dispuesta a ir a verla. No tengo muy a menudo una excusa para visitar la casa familiar de mi marido.

Atentamente,
La condesa Di Marcantonio

Margot volvió a meter la carta en el sobre y sonrió al señor Dukelow.

—La condesa Di Marcantonio desea ayudarme en mi investigación —dijo, y vio que se le iluminaba la cara—. Quiere venir aquí. ¿Hay alguna sala privada que podamos utilizar?

El señor Dukelow se frotó las manos con la idea de ser agraciado por la aristocracia.

—Por supuesto. La sala de estar de la señora De Lisle será el lugar perfecto para tener un tranquilo *tête-à-tête*. La señora De Lisle solo querrá la mejor habitación del castillo para la condesa. Se lo haré saber de inmediato.

—Gracias.

—Es un placer, señorita Hart. —Y descolgó el teléfono, hinchó el pecho y esperó a que respondieran en el despacho de la señora De Lisle.

Margot subió a su habitación en la torre oeste. Tenía curiosidad por conocer a la condesa Di Marcantonio. Ya tenía una idea de su personalidad por lo poco que había escrito en su carta. A la condesa le molestaba mucho que su marido no hubiera recibido el castillo en el testamento de su madre. Quizás arrojara algo de luz sobre esos lugares oscuros y secretos.

Kitty

Margot es como un cerdo trufero en un bosque de hongos escondidos. Una vez ha captado el rastro no hay quien la pare. Averigua por medio de Seamus dónde vive Michael Doyle y va hasta allí en su pequeño coche azul sin previo aviso, armada con una caja de su cerveza favorita. Esto me divierte. Sé que Michael, ahora ya un anciano, que vive de los restos putrefactos de una vida disoluta, será fácil de comprar.

Vive solo. Nunca se casó, pero vivió durante un breve período con una mujer llamada Grace, que se fue a vivir con él cuando su marido, sir Ronald Rowan-Hampton, descubrió su aventura y la echó. Después de la humillación, por no hablar de la caída en desgracia, que fue desde una gran altura ya que Grace había sido una de las damas más respetadas del país, se dio a la bebida. Michael, que había estado sobrio durante muchos años, se unió a ella. Los dos se convirtieron en una pareja lamentable, aunque conmovedoramente fiel. Grace y yo habíamos sido amigas por poco tiempo una vez, pero esa es otra historia.

Michael llega a la puerta de la granja en la que crecieron su hermana Bridie, su hermano Seán y él, con paja por colchón y vacas al lado para calentarse. La misma casa en cuya cocina Jack, los demás rebeldes y él planeaban sus incursiones y sus emboscadas mientras bebían jarras de cerveza negra y fumaban cigarrillos. La casa se reformó gracias al dinero de Bridie, pero sigue siendo la misma, solo que con agua corriente, electricidad y el tipo de comodidades que la mayoría de la gente da por sentado. Michael tiene noventa y cuatro años y goza de una salud sorprendentemente buena. Después de todas las cosas atroces que hizo durante la Guerra de la Independencia, y me atrevo a decir que también después de que terminara, habría esperado que estirase la pata hace mucho, pero el karma no se limita a esta vida. No me cabe duda de que pagará sus deudas kármicas en la otra vida que él mismo se ha creado.

Mira a Margot con una expresión de irritación en el rostro. Sospecha que quiere venderle algo, aunque los lugareños saben que no deben aventurarse tan lejos por ese camino. La mira y puedo ver la vieja chispa del donjuán iluminando sus oscuros ojos. A Michael siempre le han gustado las chicas guapas. Esboza una sonrisa torcida, más bien una mueca, o una mirada lasciva. Hoy en día es un hombre amargado.

—Señor Doyle, soy Margot Hart. Estoy escribiendo un libro sobre la historia de la familia Deverill y me encantaría hablar con usted, si tiene tiempo.

Tiempo es algo que Michael tiene en abundancia. No tiene nada que hacer en todo el día más que darle vueltas a la cabeza. Mira la caja de cerveza y abre la puerta de par en par.

—Entre —dice.

Margot es una mujer valiente. No duda. Eso sí, Michael no es la amenaza que solía ser. En su juventud era alto y corpulento, como un toro, con ojos amenazantes y una imaginación a la altura. Tenía una reputación en esta ciudad y los que querían ocuparse de algún problema acudían a él. Conocían su forma de trabajar. Todo el mundo lo sabía, incluso la Garda. Pero nadie se metía con Michael Doyle. Ahora está encorvado y delgado como un junco. Sus músculos se han consumido y le tiemblan las manos. De hecho, es tan débil como un gatito mientras se acerca al final de su vida. Me pregunto si al volver la vista atrás se arrepiente de las cosas que hizo. Me pregunto si los demonios que le persiguieron durante toda su vida le pisan ahora los talones. De un modo u otro, las cosas malas que hacemos acaban pasándonos factura al final. Esos perros deben de estar cerca. Muy cerca.

Acompaña a Margot a la cocina. Huele a tabaco y a col hervida. Las ventanas están cerradas. No creo que Michael piense en ventilar.

Margot pone los botellines de cerveza en la mesa, agarra una silla y se sienta. Michael se acerca a la tetera y la enciende.

—Supongo que bebe té —dice.

—Sí, gracias. ¿Prefiere un vaso de cerveza? —Margot saca un botellín de la caja y la sostiene en alto—. ¿Es buena? No estaba segura y, como no soy irlandesa, no sabía qué marca comprar. Pero la mujer de la tienda me ha ayudado mucho.

La mira y noto que saliva. Siempre prefiere un vaso de cerveza negra a un té.

—Así que está escribiendo sobre los Deverill, ¿no? —dice, acercándose y agarrando el botellín.

—Sí, es un libro sobre la familia, desde Barton Deverill hasta la actualidad.

Gruñe. No le gustan los Deverill.

—No escuchará nada positivo de mí.

—Es usted el tío de JP Deverill..., y de Leopoldo, por supuesto, que creció en el castillo.

—Y no veo a Leopoldo, y en cuanto a JP, entonces no lo veía y no lo veo ahora. No tengo relación con ninguno de los dos. Me temo que está perdiendo el tiempo al venir aquí.

—¿Conoce a la mujer de Leopoldo?

Michael sirve la cerveza en un vaso. Busca una taza limpia y la llena de agua hirviendo.

—Una mujer con muchos aires de grandeza, pero Leopoldo siempre ha sido un imbécil.

Margot se ríe.

—No tiene pelos en la lengua, ¿verdad, señor Doyle?

—Hablo sin tapujos. —Se bebe la mitad del vaso de un trago y se limpia la boca con la manga—. Mi hermana y el canalla de su marido le malcriaron. Luego Bridie le negó su herencia y le dejó el castillo a su bastardo. ¿Qué esperanza tenía?

Lleva su taza de té a la mesa, pone una botella de leche medio vacía al lado y se sienta enfrente.

—¡Qué historia tan triste! —dice.

—Toparse con un Deverill nunca trae nada bueno. —Sonríe—.
Pero eso ya debe de saberlo. ¿Cómo va su investigación?

—JP ha accedido a ayudarme.

—No se engañe. Ninguno se lo agradecerá cuando salga el libro.
Margot sonrió con dulzura.

—Bueno, ¿qué me importa eso? Para entonces ya me habré ido.

Él asiente, impresionado. Admiro la forma en que manipula a la
gente para que sirva a sus fines. Si Michael siente que puede darles
una lección a los Deverill, estará más dispuesto a hablar con ella. Le
conozco y sé cómo funciona su mente. Está amargado, es vengativo y
no tiene nada bueno que decir de nadie. Aunque ahora tengo claro
que de todas las personas con las que ha tenido contacto en su vida, él
mismo es la que menos le gusta.

Beben y hablan y Michael disfruta de su compañía. Hoy en día
está solo la mayor parte del tiempo. Había olvidado lo que es tener
compañía. Sienta bien y esa agradable sensación le vuelve locuaz.

—¿Qué pasó con el padre de Leopoldo? —pregunta Margot y lo
mira fijamente.

Michael ha encendido un cigarrillo. Le da una larga calada y ex-
pulsa el humo por un lado de la boca.

—El conde era un oportunista. Se casó con mi hermana por su
dinero y luego la trató como una mierda. Trataba con prepotencia al
pueblo, se pavoneaba como si fuera el dueño, y los que se dejaban
seducir por su superficialidad eran unos idiotas. Pero este pueblo está
lleno de idiotas, ¿no es así? —Se ríe sin humor y da otra calada. Sus
nudosos dedos están manchados de amarillo por el tabaco.

—He oído que fue usted quien lo mató —insinúa Margot de forma astuta.

—Como he dicho, ¡idiotas! Pero no puedo decir que culpe a la
persona que lo hizo. Cesare era un impostor. Esas puñeteras abejas
Barberini de las que hablaba, ¡que Dios nos pille confesados!

—¿Abejas? —Margot frunce el ceño.

—El emblema de la familia Barberini eran las abejas. Cesare afirmaba descender del cardenal Maffeo Barberini, que se convirtió en el

Papa Urbano no sé cuántos. Tenía tanto que ver con ese Papa como yo. Incluso puso unas puñeteras abejas de piedra sobre la puerta del castillo, aunque me produjo cierta satisfacción ver que destruían el lema de la familia Deverill. Estaba huyendo con la fortuna de Bridie y con una joven a la que había conseguido seducir, la pobrecita, cuando se lo cargaron. Si no lo hubiera hecho alguien, lo habría hecho yo mismo. —Arroja la ceniza en un cenicero—. Un buen final para un problema.

—Me han dicho que lo enterraron en la arena hasta el cuello y lo dejaron morir.

—Es cierto. La marea subió y se ahogó. Tuvo que ser lento. Muy lento.

—Una forma horrible de morir —comenta Margot con una mueca.

—Nada menos que lo que el muy canalla se merecía.

—¡Pobre Leopoldo!

—Estaba mejor sin él. Y su madre, también.

—Aun así, no sé cómo puede recuperarse una persona después de encontrar a su padre asesinado y de esa manera tan espantosa.

—Me imagino que Leopoldo jamás se recuperó de eso ni de que le desheredaran. Es un hombre trastornado, con una esposa estridente y engreída que sueña con ser la reina del castillo que su marido debería haber heredado. —Vuelve a sonreír y mira a Margot a través del humo que sale de sus fosas nasales—. ¿Está casada, Margot Hart?

—No —responde ella—. No es algo en lo que crea.

Él sacude la cabeza.

—Se sentirá sola por su cuenta. —Luego, como si leyera su mente, añade—: Los amantes van y vienen, señorita Hart. No soy nada sabio cuando se trata de cuestiones del corazón, pero le diré una cosa: la aventura, la independencia, la vida egoísta está muy bien, pero al final, solo quieres que alguien se preocupe por ti.

A medida que Michael Doyle se acerca al final de su vida, se da cuenta de que nadie se preocupa por él.

JP espera con ilusión las visitas de Margot. Se preocupa por el fuego, echa troncos nuevos y lo atiza para evitar que haga humo, deteniéndose para disfrutar de las chispas que danzan sobre las llamas como si fueran luciérnagas. Quiere que la habitación le resulte agradable. Quiere que esas cajas la mantengan aquí de forma indefinida. No quiere que deje de venir. A continuación espera. El reloj de pie suena con fuerza en el vestíbulo, acentuando con su eco hueco el vacío de la casa, pues el lugar está en silencio salvo por ese sonido. Tan silencioso como una cripta.

JP revisa las cajas, saca documentos y los recorre con la mirada, tratando de matar el tiempo. Algunos se los lleva al sillón donde se sienta y los lee, pero no es lo mismo sin Margot para compartirlos. Cuando por fin aparece y aparca su pequeño coche azul delante de la casa, JP salta del sillón y se dirige al pasillo para recibirla en el vestíbulo. Todo su cuerpo se ilumina como una bombilla. Me pregunto si no está un poco prendado de ella; al fin y al cabo, es una joven imponente. Desde luego, es lo bastante mayor como para ser su padre, pero eso no importa. Es un hombre y siempre le han gustado las mujeres hermosas.

Puedo ver que Margot también le está tomando cariño. Pero tal vez sea porque le da pena. Hay que reconocer que ofrece una imagen lamentable, aunque he notado que ahora cuida más su aspecto. Pasa mucho tiempo frente al espejo, buscando al joven apuesto que fue una vez y preguntándose adónde ha ido. Podría decirle adónde ha ido, pero aunque pudiera oírme no me escucharía.

Durante la semana siguiente, los dos establecen una rutina. La señora Brogan trae el té y tarta. Margot rebusca dentro de las cajas y saca cosas mientras JP mira los objetos de interés que ella le pasa y le cuenta sus propias historias. Margot está fascinada. Lo anota todo en su cuaderno, y yo también estoy fascinada. Mucho de lo que le cuenta a Margot es nuevo para mí. Y, por supuesto, la experiencia personal es subjetiva. Estoy escuchando su historia desde su punto de vista por primera vez y me doy cuenta de lo diferente que es esa perspectiva de la mía, como dos caras de una misma moneda. Todas las decisiones que tomé por él fueron de corazón, puedo decir con toda honestidad que eso es cierto, y sin embargo las tomé desde mi punto de vista, no desde el suyo. Le dije que su madre había muerto porque no quería tener que explicar por qué no se había quedado con él. Nunca pensé que ella volvería a Ballinakelly. Nunca imaginé que ella compraría el castillo. Nunca, ni siquiera en sueños, pensé que podría haber dado a luz a gemelos. Esperaba que JP estuviera satisfecho conmigo, con mi marido, Robert, y con nuestro padre, Bertie. Y lo estaba, hasta que Bridie reveló el agujero en su vida que nunca supo que existía.

Al cabo de unos días su rutina cambia y JP le pide a la señora Brogan que les prepare el almuerzo. Se sientan juntos en el comedor, en un extremo de la larga mesa donde solía sentarse con mi hermano y mis hermanas cuando éramos pequeños, y hablan como viejos amigos. Margot siente curiosidad por todos los aspectos de su vida y él está dispuesto a ilustrarla. Hace años que nadie se interesa por él. Le pregunta por mi hija Florence, que está casada y vive en Edimburgo con sus hijos. Le pregunta por mí y él le habla de mi heroísmo durante la Guerra de la Independencia, que es muy exagerado, de mi afición a los caballos y a cabalgar por las colinas y de nuestra vida familiar con Robert. Pero me pregunto si le hablará de Jack. Ese es uno de los muchos temas dolorosos que Colm espera que su padre evite. Verás, cuando JP se enamoró de la hija de Jack, Alana, ella descubrió que yo, su hermanastra, había tenido una aventura con su padre y canceló el compromiso. JP quedó devastado y me culpó de destruir su oportunidad de ser feliz. La verdad era que Jack y yo nos habíamos amado toda la vida. Cuando me eché atrás en nuestro plan de huir juntos a Estados Unidos, él se fue por su cuenta y acabó conociendo a Emer, con quien se casó. Volvieron a Ballinakelly años más tarde y tuve que hacer frente a la verdad: que mi decisión de no acompañarle le había abierto la puerta para encontrar el amor con otra persona. Y la amaba. Nos amaba a las dos.

Pero eso no era suficiente para mí. Quería el amor de Jack y lo quería todo para mí. No podía culpar a nadie más que a mí y el arrepentimiento ardía en mi corazón como un trozo de carbón; todavía lo hace.

Emer es mejor mujer que yo. Perdonó a su marido y a la postre Alana se casó con JP y se mudó al castillo. Después de eso, JP y yo no volvimos a hablar de Jack. Observaba desde lejos a ese hombre al que siempre había amado, ocultando mi verdadero corazón, fingiendo que los sentimientos que una vez había albergado habían muerto como brasas en una chimenea fría. Lo vi comprometerse con su esposa de forma incondicional y renunciar al pasado para siempre. Pero no pueden borrar del alma ese tipo de experiencias. Son indelebles. Nos convierten en lo que somos. Jack y yo éramos uno solo y, sin embargo, a pesar de ello, no volvió a mirarme con ojos llenos de comprensión y de amor. Me dio la espalda para dedicarse a su mujer, a su familia y a su futuro. Fue un sacrificio que tuvo que hacer. Los dos tuvimos que hacerlo. El amor de JP y Alana floreció y durante un tiempo su felicidad fue completa. De algo roto floreció algo completo.

Me quedo mirando mientras JP delibera cuánto de mi historia debe divulgar. Y entonces deja el cuchillo y el tenedor, se limpia la boca con una servilleta y se acomoda en su silla. Es la posición de alguien que se pone cómodo para comenzar un largo relato. Pienso en Colm. Colm, que desea de forma desesperada proteger a su familia del sufrimiento que se le infligirá si se desentierran los fantasmas del pasado.

—Kitty era una mujer apasionada y obstinada —comienza—. Amaba a un hombre pobre al que no podía tener, así que se casó con Robert Trench, que había sido su tutor cuando era joven. Era gentil y amable, pero carecía del desparpajo del otro.

Entonces sé que va a contar mi historia. Lo poco que sabe basta para herir. No puedo permitirlo. Por el bien de Colm, no lo permitiré. Lanzo una onda a la atmósfera y las dos copas de vino caen sobre el mantel. La de Margot se rompe. La de JP vierte clarete sobre el blanco algodón. Ambos miran las copas con desconcierto. Mi historia muere en la garganta de JP. Margot frunce el ceño. Ella, que no cree en los fantasmas, intenta encontrar una explicación lógica a lo sucedido. Puedo sentir su mente trabajando, como un ratoncito correteando por una habitación en busca de un agujero. Pero no hay ningún agujero.

Se trasladan de nuevo a la sala de juegos, sobresaltados, pero ambos tratan de ocultar su miedo. JP enciende un cigarrillo.

—¿Qué te parecería ir a montar a caballo? —pregunta, apartando de su mente la idea de los fantasmas y centrando su atención en cosas más agradables.

—Me encantaría —responde Margot.

—¿Sabes? Hubo un tiempo en que montar a caballo me gustaba más que nada en el mundo. Lo llevo en la sangre. Pasaba todo el tiempo que podía en las colinas montando a caballo. Era estimulante. —Hace una pausa y una expresión ausente se apodera de su mirada—. Conocí a Alana a caballo —añade en voz baja—. Estaba cabalgando y a lo lejos vi a una niña que vagaba perdida por las rocas. Cuando llegué hasta ella, se mostró orgullosa y no quiso que supiera que no podía encontrar el camino de vuelta. Pero, por la expresión de ansiedad de sus ojos, me di cuenta de que tenía miedo. La subí a la montura y volvimos juntos a Ballinakelly. Entonces era una niña pequeña. Fue antes de que me fuera a la guerra. Cuando volví se había convertido en una joven. Una joven hermosa y formidable. —Se ríe, pero no con alegría, sino con amargo pesar y con nostalgia por algo preciado en el pasado, ahora perdido.

Están de pie frente al fuego, que se ha reducido a cenizas y al último tronco que queda, de un intenso color carmesí. JP saca un tronco de la cesta y lo arroja a la chimenea. Chisporrotea, crepita y se prende.

—¿Qué pasó con Alana? —pregunta Margot en voz baja y me llama la atención lo atrevida que es al preguntarle así, sin miedo.

Para mi sorpresa, no pone objeciones. Da una larga calada a su cigarrillo, se rasca la cabeza, donde el pelo es más ralo, y respira hondo. Siento curiosidad. No sé por qué se acabó su matrimonio. Esta vez me quedo muy quieta. No envío ninguna onda para sacudir su mundo. Escucho, agradecida por su intrepidez.

En ese momento crucial, la señora Brogan abre la puerta.

—Milord, el señorito Colm ha venido a verle. —La señora Brogan le llama así desde que era un niño.

JP mira a Margot y suspira. Margot sonríe con esa despreocupación típica de ella, pero sé que está decepcionada. Ha perdido la oportunidad de descubrir por qué tuvo que vender el castillo. Finge que no le importa. También finge que la aparición de Colm no la inquieta.

—Lo siento, Margot —dice JP—. Será mejor que vea lo que quiere.

—Por favor, no te disculpes. Tengo mucho trabajo que hacer aquí. —Tira de una de las cajas hacia ella para demostrar que ya ha dejado atrás su conversación.

—Iremos a montar mañana por la mañana, si hace buen tiempo.

—Será un placer. Vendré preparada —responde. Me pregunto qué habrá traído en su maleta que sea adecuado.

JP encuentra a Colm en la biblioteca. El salón es demasiado grande y frío para sentarse en él. Hace años que nadie enciende la chimenea allí. Hace años que no se llena de gente. Mi padre solía recibir a la gente, pero JP siempre está solo. Solo la señora Brogan, con su plumero, desafía al frío y al silencio. En cambio, la biblioteca es cálida y acogedora. Colm está de pie junto a la ventana, mirando al jardín, cuando su padre entra. Se gira y sonríe. Hacía años que no mostraba ningún tipo de amabilidad hacia su padre y eso me hace sospechar de inmediato. Aquí, en el plano intermedio, mis sentidos son agudos; he tenido mucho tiempo para perfeccionarlos.

—Hola, papá —dice.

—¿Un trago? —pregunta JP, dirigiéndose directamente a la bandeja de bebidas para servirse un *whisky*.

—No, gracias —responde Colm y observa a su padre mientras se llena el vaso. Ha soportado demasiados años presenciando la caída de JP en el alcoholismo como para sorprenderse. En cambio, solo siente decepción y resignación, porque no puede hacer nada al respecto.

—Supongo que no es una visita social —dice JP, pero hoy se siente bien por su almuerzo con Margot. No va a permitir que la visita de Colm lo desanime.

—He venido a disculparme.

—¿A disculparte? —Esto es una sorpresa para JP.

—He pensado en el libro para el que esa mujer está investigando y, bueno, quizás me he pasado. —Colm se mete las manos en los bolsillos y encoge los hombros. Noto que disculparse no le resulta fácil.

—Sí, bueno, tal vez lo hicieras. —JP bebe un trago de su *whisky*—. Pero todos cometemos errores.

Colm aprieta los dientes.

—Me gustaría ver algunas de las cosas que hay en esas cajas, si te parece bien. He pensado que tal vez podría dejarme llevar por el espíritu del proyecto, en lugar de condenarlo sin saber nada de él.

—Creo que sería una excelente idea.

Colm asiente.

—Bien. Esperaba que dijeras eso.

—¿Por qué no vienes a conocer a Margot? Está en la sala de juegos. —Apaga el cigarrillo.

—Ya la conozco.

JP enarca las cejas.

—¿De veras?

—Sí, y no fui muy educado. Quizás también debería disculparme con ella.

—Sí, deberías hacerlo. Es una invitada en mi casa y me gustaría que se la tratara como tal.

—Por supuesto.

Colm está siendo muy amable hoy. Me pregunto qué estará tramando.

Con el *whisky* en la mano, JP nos precede por el pasillo hasta la sala de juegos. Llama a la puerta. Margot le dice que entre. Él gira el pomo de latón y abre. Margot levanta la cabeza de los papeles y sonríe. Su sonrisa se congela al ver a Colm.

—Deduzco que ya os conocéis —dice JP.

—Me temo que la señorita Hart me ha visto en mi momento más temperamental. Lo siento —se disculpa Colm. Su sonrisa es tan superficial como la de Margot.

Se levanta del suelo donde ha estado leyendo frente al fuego. No sabe qué hace Colm aquí. Espera que uno de ellos hable.

—Me gustaría enseñarle a Colm algunos de los tesoros que hay en estas cajas —dice JP.

Margot se siente visiblemente aliviada. Imagino que pensaba que había venido a reñirla de nuevo.

—Si quieres, te dejo y vuelvo mañana.

—No, por favor, no te vayas por mí. —Colm se apresura a detenerla—. Seguro que sabes mejor que mi padre qué es interesante y qué no.

Margot ha empezado a hacer montones sobre la mesa. Se acerca para mostrarlos.

—Todo esto está ordenado por fecha. Empezando por aquí, con las escrituras de las tierras, fechadas en 1662. —Va palmeando cada pila, avanzando por la mesa—. 1700, principios de 1800, finales de 1800, 1900 y 1910, 1910 1920 y así sucesivamente.

Colm se sorprende al ver tal cantidad de información sobre su familia. Ha estado tan obsesionado con la historia de su propia vida que no ha considerado el pasado lejano. La curiosidad se apodera de él. Se dirige a la primera pila y abre un viejo libro de contabilidad encuadernado en cuero, con el escudo de armas de la familia Deverill grabado en oro. Se queda boquiabierto al ver las ordenadas filas de cuentas escritas a mano. Los gastos de la casa, desde la comida hasta la mano de obra, y cada partida está escrita con tinta negra y letra clara.

La sonrisa de Margot es ahora más cordial.

—¿No es fascinante? —dice.

Colm asiente. Se olvida de su desconfianza hacia ella al verse arrastrado al pasado.

—Es asombroso —afirma, hojeando las páginas—. Es increíble pensar que esto se escribió hace más de trescientos años. —Pasa los dedos por la tinta—. Parece muy real, ¿verdad? Muy inmediato.

—Luego lee en voz alta algunas de las anotaciones que le parecen curiosas—. Barton disfrutaba entreteniéndose a lo grande —comenta con una sonrisa—. No escatimaba en gastos. Imagínate gastar cincuenta libras en velas, que debía de ser una fortuna en aquella época.

—Mientras los habitantes de Ballinakelly pasaban hambre —añade Margot con ironía.

—No estoy de acuerdo. Sospecho que mantuvo el pueblo en pie —argumenta Colm—. ¿Quiénes componían el batallón de lacayos, sirvientes, cocineros, criadas, jardineros y pajes? Los lugareños, por supuesto. Puede que antes de que estuviera el castillo pasaran hambre, seguro que los ejércitos de Cromwell los habían diezmado, pero que Barton Deverill construyera su castillo fue un salvavidas. Apuesto a que estaban agradecidos. No hay pruebas de conflicto entre la gente de Ballinakelly y el castillo, ¿verdad?

—Solo Maggie O'Leary y su ejército de exaltados que intentaron quemarlo, pero no lo consiguieron.

—A mi prima lejana Maggie la quemaron en la hoguera por brujería.

—Sí, la sangre de ambos corre por tus venas —dice Margot pensativa—. ¿Quién iba a imaginar que tres siglos después de que Barton tomara las tierras de los O'Leary para su castillo y los enviara a las marismas, su descendiente se casaría con una O'Leary y uniría a las dos familias? —Sonríe, disfrutando del romanticismo—. Es una historia preciosa.

Colm mira a su padre. Sería una historia preciosa si JP y Alana no la hubieran arruinado. Aun así, Margot tiene razón, Colm es la flor que crece de la tierra carbonizada del campo de batalla de Barton Deverill y Maggie O'Leary. Sin duda sería un símbolo de redención si viviera en el castillo. Pero no vive allí porque su insensato padre perdió su derecho de nacimiento. ¿Cómo pudo hacerlo?

Me sobreviene un repentino estallido de ira. Lanzo una onda al aire y los trozos de papel revolotean por el suelo como si fueran hojas. Colm y Margot se miran. Están tan asustados como los conejos que acaban de oír el estruendo de la pistola del granjero. Se tiran al suelo para recoger los papeles. JP se acerca a las ventanas, donde ve que la noche cae temprano a través del cristal.

—Aquí hay corriente —dice, pero sabe que no hay ninguna corriente de aire, desde luego no lo bastante fuerte como para agitar una pila de papeles. Percibo su desconfianza mientras corre las pesadas cortinas de terciopelo. A fin de cuentas se ha criado conmigo y con mi sexto sentido. Está familiarizado con los espíritus y con los fantasmas en tránsito y conoce muy bien la diferencia. Me pregunto si sospecha que no me he ido. Que no me iré hasta que el castillo sea devuelto a un Deverill; a Colm. Me pregunto si a un nivel profundo, quizás inconsciente, lo sabe.

Ninguno de ellos menciona la palabra «fantasma», aunque es lo que todos están pensando. Margot mira su reloj y dice que debe irse. JP le recuerda que mañana irán a montar a caballo. Margot se despide de Colm y él le responde con incomodidad. Ahora que no está mirando el libro de contabilidad, se pone rígido, como si de repente recordara qué hace allí y que no debe bajar la guardia.

Margot se va. Ahora se siente allí como en su casa y se marcha sin que la acompañen a la salida. JP y Colm se quedan solos. JP se ha terminado el *whisky* y ya se revuelve inquieto con ganas de más. Ninguno de los dos dice nada. Permanecen juntos, incómodos, frente al fuego. Entonces entra la señora Brogan.

—¿Se ha ido la señorita Hart? —pregunta.

—Se ha ido hace un momento —responde JP.

—Es una pena. Sé que le gusta mi tarta de cerveza.

—Sí que le gusta.

—Me apetece un poco de su tarta de cerveza —dice Colm de repente. Su padre no se lo esperaba.

—¿Te quedas a tomar el té? —pregunta.

—Claro —responde Colm—. ¿Por qué no? Hace años que no pruebo la tarta de la señora Brogan.

La señora Brogan sonríe. Su rostro se suaviza al mirar a Colm con ternura. Lo conoció de pequeño. Sospecho que este distanciamiento familiar le ha dolido tanto como a todos ellos.

—¡Enseguida te la traigo! —dice, y desaparece.

Colm se vuelve hacia la mesa de billar.

—¿Qué más has encontrado aquí que sea interesante?

JP le da el diario de Hermione Deverill.

—Vuelvo en un momento —dice.

Colm se acomoda en el sillón y empieza a leer. Un momento después, JP llena su vaso de *whisky* y se lo bebe de un trago. Siento una oleada de tristeza cuando mira fijamente el vaso, deliberando si lo llena o no por segunda vez. También siento una sensación de impotencia. Es poco lo que puedo hacer para ayudarle desde aquí. Solo puedo observar cómo intenta ahogar cualquier sentimiento de culpa o arrepentimiento, pues deben de ser esos nocivos compañeros de cama los que le atormentan. Una persona solo bebe así si encuentra poco en sí misma que amar.

7

Margot había venido preparada para montar a caballo. Sabía lo suficiente sobre Irlanda, y sobre todo acerca de los Deverill, como para suponer que era muy probable que acabara montando a caballo. Su abuelo fue un cazador experto en su época y Margot había recibido clases de equitación de niña. A su madre no le gustaba el campo, pero se esforzaba por adaptarse al estilo de vida de su marido, al menos al principio, de modo que accedió a que Margot se apuntara al campamento del Pony Club y a alguna que otra carrera ecuestre campo a través. Para su octavo cumpleaños, su padre le compró un poni llamado Sargento Percy, que llegó con su mejor amigo, un burro llamado Charlie, y durante unos años Margot pasó horas felices trenzando las crines de su poni, cepillándolo, puliendo los aperos y limpiando el establo. Charlie observaba las cosas con leve interés y solo se animaba cuando Margot sacaba a Percy del campo. Entonces el burro rebuznaba de forma frenética hasta que le devolvían a su amigo. Margot sentía pasión por su poni, hasta que descubrió a los chicos. Entonces, el Sargento Percy engordó y se quedó en el campo sin hacer nada y Charlie fue feliz.

Margot puso rumbo al pabellón de caza en su Escarabajo, vestida con un par de pantalones de montar y chaqueta azul marino, botas de montar negras y sombrero. Esas botas y el sombrero eran los que hacían que la maleta pesara tanto cuando el señor Flannigan la subió por las escaleras hasta su habitación. La última vez que montó a caballo lo hizo cruzando los Andes desde Argentina hasta Chile, durmiendo bajo las estrellas. Esperaba disfrutar de un día glorioso en las colinas de Ballinakelly. Prometía hacer un buen día, pero eso podía cambiar rápidamente en la costa; los vientos marinos podían levantarse de forma inesperada y arrastrar las nubes hacia el interior para que desataran sus chubascos sobre los desprevenidos turistas. En este momento, el cielo tenía el color de la tela vaquera lavada. El sol brillaba en todo su esplendor, bañaba los campos de una luz dorada y resplandeciente y teñía la hierba de un verde casi fosforescente.

JP estaba esperando a Margot en el vestíbulo, con un aspecto mucho menos glamuroso, con un largo impermeable verde oliva y una gorra de *tweed*. No llevaba pantalones de montar, sino un par de pantalones de piel de topo, y en los pies calzaba un viejo par de botas de montaña con cordones. La señora Brogan había preparado un termo de té y JP había llenado una petaca de *whisky*, cuya perspectiva le calentaba como si fuera una patata caliente en el bolsillo.

—Pareces toda una amazona, Margot —dijo al verla. Tenía un rostro bonito, con forma de corazón, con el pelo recogido en una trenza. También parecía más joven sin maquillaje.

—Quería ir apropiada —respondió con una sonrisa.

—En Irlanda es imposible hacer nada mal. ¿No es así, señora Brogan?

—¡Oh, sí, milord! Los irlandeses no siempre hacemos las cosas de la forma establecida.

—Espero que hayas desayunado bien —preguntó.

—Tanto como puedo tolerar a esta hora de la mañana.

—Prepararé un buen almuerzo para cuando regresen —dijo la señora Brogan—. Haré un faisán asado.

La señora Brogan se sintió animada al ver a JP tan lleno de entusiasmo. Su tono de voz era alegre; había recuperado el ánimo. Este era el hombre que conocía, no el extraño melancólico y desolado que se había apoderado poco a poco de él durante la última década. Los vio salir, cerró la puerta y se dirigió a la cocina para preparar el faisán. Hacía mucho tiempo que no se sentía tan optimista, incluso andaba con paso alegre. Mientras se ponía el delantal y bajaba ollas y sartenes de la estantería, se dio cuenta de que estaba deseando preparar esa comida y dar con formas de hacerla más interesante. La presencia de Margot estaba sacando la casa de las sombras y llenándola de luz.

Entonces, la señora Brogan hizo algo radical. Llena de optimismo, se dirigió a la despensa y sacó la vieja radio del cuarto. Le quitó el polvo, pues hacía años que no se usaba, y la enchufó a la toma de la pared. La encendió. El sonido de la música clásica emergió al instante y la señora Brogan se quedó mirando con asombro. Resultaba mágico la forma en que ahuyentaba el silencio, el temido silencio al que la señora Brogan se había acostumbrado tanto que había dejado de notarlo. Ese silencio se había convertido en parte de ella, como un triste y estancado remanso de soledad en lo más hondo de su ser, donde yacían enterradas todas sus heridas. Ahora la música lo agitaba, provocando ondas en él, animándola a que se preguntara cómo lo había soportado durante tanto tiempo. Subió el volumen y suspiró de placer. Las cosas iban a cambiar; podía sentirlo en los cambios internos que se estaban obrando en ella. Y lo notaba en la música. No iba a permitir que ese silencio volviera a invadir su cocina.

JP condujo a Margot a los establos, situados en la parte trasera de la casa, más allá del huerto. En esta época del año no crecía nada y los jardines tenían un aire de nostalgia, como si en otra época los hubieran cultivado de forma profusa y ahora estuvieran reducidos, menospreciados y se limitaran a mantenerlos. Las huertas estaban sin sembrar, con la tierra marrón chocolate bien rastrillada. El invernadero estaba vacío y el moho empañaba los cristales, acosado por la misma desolación que perseguía la casa. Imaginaba que JP no salía demasiado. Imaginaba que no se interesaba por los invernaderos. Margot se preguntó cómo habría sido el lugar cuando estaba lleno de amor.

Llegaron a los establos y JP le presentó a Tomas y Aidan O'Rourke, que habían ensillado los caballos. Margot creyó reconocerlos del *pub*. Los hermanos eran morenos y guapos, con ojos azul claro, rostro delgado y sin afeitar y con los dientes caninos más largos que los demás, lo que les daba un aspecto astuto. Margot no necesitó ayuda para subir a la silla de montar. Colocó el pie izquierdo en el estribo y se aupó con facilidad. En cambio JP era menos ágil. Tomas colocó el caballo junto a un bloque de piedra construido de manera específica para este fin y JP se subió con un gemido.

—Hacía tiempo que no montaba —dijo, tomando las riendas.

—Cuando dices «tiempo», ¿a cuánto te refieres? —preguntó Margot. Él se encogió de hombros.

—A años.

Margot se sorprendió.

—¿Tienes dos caballos preciosos y nunca sales a montar?

—Tengo seis caballos preciosos —la corrigió. Luego se encorvó, derrotado—. No he tenido ganas, Margot.

—¿Quién los ejercita si tú no lo haces?

—Estos muchachos —respondió, señalando a Tomas y a Aidan—. Ellos mantienen el lugar en funcionamiento.

—Si no fuera escritora, me gustaría vuestro trabajo —dijo ella, viéndolos sonreír con orgullo. Sin embargo, imaginaba que era un trabajo solitario.

—No nos vendría mal otro par de manos —dijo Aidan con una sonrisa, y esos dientes puntiagudos le daban a aquella un encanto pícaro.

—Sí, y alguien que monte tan bien como usted, señorita Hart —añadió Tomas. Acarició el flanco de su caballo—. Les va a hacer una buena mañana allí arriba. El tiempo es bueno. No va a llover.

—Si te equivocas y me mojo, tendrás que invitarme a una copa esta noche en O'Donovan's —repuso mientras apretaba los tobillos y el caballo se ponía en marcha.

—Así que ahí es adonde vas por las noches —dijo JP.

—He estado varias veces. Es un buen lugar para observar a la gente.

JP rio entre dientes.

—Es el corazón de la ciudad. Siempre lo ha sido. ¿Sabes? Cuando era joven no se permitía a las mujeres entrar allí.

—Bueno, parecieron sorprenderse bastante al verme entrar sola.

—No me cabe duda. Resulta complicado cambiar las viejas costumbres en lugares como este.

Salieron de la finca y emprendieron un camino que serpenteaba con suavidad por la periferia del terreno y que los llevó a campo abierto. No tardaron en adentrarse en las aterciopeladas colinas verdes salpicadas de rocas, ovejas pastando, muros de piedra seca, pastos y brezos. Desde allí podían ver el mar. Del agua surgían escarpados acantilados con capas horizontales, como porciones de tarta, contra los que rompían las olas, arrojando nubes de espuma. Las gaviotas gritaban al viento, que llevaba en su gélido aliento aromas de ozono y de sal. Margot se sintió de repente invadida por el entusiasmo. Resultaba estimulante estar allí arriba, a la intemperie, en esa tierra salvaje e ingobernable. Esto liberó algo en su interior que hizo que sus ojos se llenaran de lágrimas. En ese momento pensó en su padre. En lugar de expulsarle, dejó que se quedara un momento. Imaginó su rostro, con forma de corazón como el suyo, y su alegre sonrisa, y se sorprendió de que la imagen que su mente evocaba fuera positiva. Tomó aire, inspirando los intensos olores a tierra húmeda y a brezo, respirando el sabor de Irlanda, permitiendo que el antiguo encanto sembrado en lo más profundo de la tierra surgiera y se abriera paso en su corazón.

JP debió de sentirlo también, porque se volvió hacia ella y le brindó una sonrisa tan llena de gratitud que Margot sintió que un sentimiento de gratitud surgía también dentro de ella, como el oleaje ascendente del mar.

—Vamos a galopar —propuso.

JP volvió la cara hacia el viento.

—¡Sígueme! —gritó, y se puso en marcha. El estruendo de los cascos de su caballo se apagó al dejarla atrás.

Margot apretó los dientes y espoleó a su caballo. Al instante voló sobre la hierba tras él, con el aire frío en la cara y la adrenalina corriendo por sus venas como si fuera fuego. Se rio a carcajadas, la alocada y desenfrenada risa de alguien que acaba de descubrir algo dentro de sí misma que no sabía que estaba ahí. En ese momento de libertad absoluta se sintió más viva que nunca. Ni siquiera la travesía de los Andes le había proporcionado esta emoción, ya que el placer estaba en la tierra, en el viento y en el estruendo de las olas. Esa sensación desatada dio rienda suelta a su locura y no trató de contenerla, sino que dejó que se expresara con libertad. Cuando se reunió con JP, que había detenido su caballo y la esperaba en la cima de una loma, estaba sin aliento y sonreía tanto que le dolía la cara.

Él le tendió su petaca.

—Esto te dará fuerzas —dijo.

Margot bebió un trago. El *whisky* le quemó hasta que llegó a su estómago.

—Ha sido increíble —jadeó—. Creo que nunca me había reído así.

A JP le brillaban los ojos y tenía las mejillas sonrosadas. Parecía haberse quitado diez años de encima. Ya no era la sombra del joven despreocupado que había sido, sino una versión con más edad de él, como correspondía. Encendió un cigarrillo, protegiéndolo del viento con las manos mientras encendía el mechero y chupaba hasta que el pequeño extremo adquirió un brillante color carmesí. Luego se acomodó en su silla de montar y miró a su alrededor, contemplando la belleza del vasto horizonte, sintiéndose pequeño bajo el cielo pero no insignificante. Sacudió la cabeza.

—Debería haber venido antes —dijo—. De haber sabido que me haría sentir así, lo habría hecho.

Margot le devolvió la petaca. Él la vació. Ambos suspiraron con satisfacción.

—Cuando has dicho que habías perdido las ganas, ¿a qué te referías, JP?

—Perdí las ganas de hacer nada. De ver a alguien. De ir a cualquier sitio. Me invadió una especie de apatía.

—¿Porque vendiste el castillo?

—Por la ruptura de mi matrimonio. —Frunció el ceño y dejó que su mirada se perdiera en el lejano horizonte. La sensación de alivio que había encontrado aquí, en las colinas, le inspiraba ahora a compartir su dolor—. Me sentí muy culpable, Margot. Hice daño a las personas más cercanas a mí. A las personas a las que más quería en el mundo. Por mi culpa perdieron su familia y su hogar. Si no fuera por mí, aún seríamos una familia y nuestro hogar seguiría siendo nuestro hogar.

—¿Tal vez el castillo era demasiado para ti? A fin de cuentas te habías criado en una casa pequeña y sin grandes riquezas. ¿Acabó siendo una carga insoportable?

La miró fijamente y sonrió.

—Eres muy perspicaz, Margot, ¿verdad? No tienes un pelo de tonta.

—Solo siento curiosidad. No por mi libro, sino porque somos amigos, JP. —Sonrió con aire guasón—. Hemos compartido una galopada.

JP se rio con ella.

—Eso lo cambia todo —convino—. Una galopada es un vínculo.

—Mira, yo lo veo así. Te criaste sin ninguna preocupación en el mundo. Eras un Deverill, lo cual es sinónimo de «especial». Te mimaban, te consentían y la vida no tenía complicaciones. Entonces conoces a tu hermana gemela y tu mundo da un vuelco. De repente, la vida que habías vivido es una mentira. Descubres la verdad sobre tu madre. La terrible verdad. Y Kitty, la mujer en la que has confiado por encima de todos, te ha mentido. Además, su aventura con el padre de Alana casi te priva de la felicidad. Y entonces heredas el castillo de forma inesperada. La casa de la familia que tiene un precio; el gran peso de la responsabilidad. Este no es un hogar corriente. Es el corazón mismo de la familia Deverill y de ti depende que siga latiendo. Si no lo haces, tu familia no sobrevivirá. Todos los herederos de los Deverill se revolverán en sus tumbas y tú estarás maldito. ¿Me equivoco? «El castillo de un Deverill es su reino.» Pero algo falta. Centrar la atención en el castillo es estrecho de miras. Eso es todo lo que uno ve: el castillo, su legado, su futuro, su enorme importancia. Pero es solo un castillo. Lo más importante es la gente que está dentro. ¿Es posible que estuvieras tan obsesionado con el castillo y con lo que significaba para los Deverill que descuidaras a tu mujer y a tus hijos?

JP consideró sus palabras. Reflexionó sobre ellas como si fueran verdades amargas y desagradables expulsando humo al viento.

—Empecé a beber —confesó en voz baja.

Se quitó el sombrero y se rascó la cabeza. El viento se enredó en algunos mechones de pelo y los agitó con picardía. No dijo nada durante un rato. El estridente graznido de un zarapito se elevó por encima del susurro del mar y Margot esperó, sintiendo que él necesitaba compartir su historia, pero no estaba seguro de cómo contarla.

JP suspiró, expulsando el aire de sus pulmones de manera ruidosa, como si le hubiera costado admitir su hábito de beber y al mismo tiempo le hubiera liberado de la carga de un oscuro secreto.

—Alana y yo tuvimos tres hijos. Tres hermosos hijos. Pero Alana quería otro. Una ocurrencia de última hora. Para entonces Aisling tenía catorce años y el más pequeño, diez. Yo no quería más. Ya me esforzaba por lidiar con mi pasado, pero nadie quería reconocerlo. Nadie quería saber. Nadie me escuchaba. —La furia encendió su rostro. Inspiró otra bocanada de aire y sacudió la cabeza. Apretó los labios y le tembló la barbilla. Alana y él llevaban catorce años divorciados y la herida que le había infligido aún dolía como entonces—. A Alana no le importaba —continuó, sin inflexión en la voz—. Solo pensaba en los niños. Habría dado lo mismo que yo no hubiera estado allí. Mi padre buscó alivio en la botella y supongo que seguí sus pasos; no lo voy a negar. Pero Alana me engañó. Aceptó que no tendríamos más hijos, pero solo lo dijo para salirse con la suya. Cuando me contó que esperaba un bebé, no lo celebré como debía. Reaccioné mal. Me sentí traicionado y furioso. Dolida, dejó de hablarme. Me retraje. Los aparté a ella y a su bebé nonato y me encerré en mí mismo. —Agachó la cabeza y posó la mirada en sus manos—. Busqué consuelo en otra mujer.

—Así que el rumor era cierto. ¿Y Alana se enteró?

—Solo después de que abortara a los seis meses.

Margot inspiró entre dientes.

—¡Ay!

—Su padre tuvo una aventura con Kitty, lo que la afectó mucho.

—Y tú se lo hiciste a ella. Entiendo por qué no te perdonó. ¿Con quién fue?

JP sacudió la cabeza. No quería dar más detalles.

—Con nadie relevante. —Se puso de nuevo el sombrero y tiró la colilla en la hierba—. Desde entonces, todo ha ido cuesta abajo. Cometí un error. Un grave error. Un error del que me arrepentiré el resto de mi vida y no hay nada que pueda hacer al respecto. —Recobró la compostura. Se había levantado viento y un muro de nubes grises se abría paso despacio hacia ellos, tapando la luz del sol y cargando el aire de humedad. Suspiró y Margot intuyó que no iba a decir nada más. ¿Qué más podía decir?—. Debemos volver para la comida de la señora Brogan —señaló—. No queremos hacerla esperar. —Espoleó a su caballo y se dirigieron colina abajo hacia su casa.

—Lo siento, JP —dijo Margot.

Él agradeció su compasión con una inclinación de cabeza.

—Yo también lo siento, pero no puedo culpar a nadie más que a mí.

—¿Culpas a Alana por querer tener otro hijo?

—La culpo por haberme atraído con falsos pretextos. Supongo que pensó que podría conquistarme una vez que se quedara embarazada. Cuando perdió al niño, rechazó mi compasión por considerarla falsa porque yo nunca lo había querido. Cuando intenté consolarla, me rechazó. No pude convencerla.

—La aventura hizo que la perdieras —repuso Margot.

—No pude recuperarme de eso.

Siguieron cabalgando en silencio.

El argumento de que Alana solo había tenido en cuenta su versión de la historia hizo que se desvaneciera cualquier sentimiento de culpa que JP pudiera haber tenido por haber confiado en una mujer a la que apenas conocía y que estaba escribiendo un libro sobre su familia. Le había contado a su familia y a sus hijos su versión de los hechos y nadie le había escuchado a él. Se apresuraron a culparle, cuando solo conocían la mitad de la historia. Bueno, si se negaban a escuchar sus palabras, podían leerlas por escrito en el libro. Si no les gustaba, que se aguantaran. No tenía nada que perder; ya lo había perdido todo.

Margot le dio vueltas a lo que JP acababa de contarle. Era toda una historia. Íntima y condenatoria, pero muy humana. Era la historia que Colm no quería que conociera. Mientras seguía a JP por el camino, se preguntó si Colm tenía razón. No debería conocerla. Era demasiado personal. Le daba escalofríos imaginarla impresa. Luego se recordó que debía mantenerse imparcial. Si JP se dedicaba a contar su historia, su trabajo era escribirla. No tenía ninguna responsabilidad con nadie, solo consigo misma. Su objetivo era escribir el mejor libro sobre la familia que pudiera escribir y no permitir que nada, ni siquiera las emociones ni un equivocado sentido de la lealtad, se interpusiera en su camino. Este era su trabajo. A esto se dedicaba. Se dijo que debía centrarse en la historia y no dejar que su empatía con los protagonistas la distrajera.

La señora Brogan había preparado un delicioso almuerzo, tal como había dicho. Había puesto la mesa con cuidado y había encendido la chimenea. JP bebió una botella entera de vino tinto. Margot no bebió nada. No le gustaba beber alcohol durante el día porque le provocaba sueño y era contrario a su naturaleza perder el tiempo durmiendo la siesta, a menos que encontrara a alguien atractivo con quien compartirla. JP estaba eufórico por el viaje y el vino y volvió a contarle a Margot que de joven le encantaba montar a caballo.

—Si era infeliz, me dirigía a los acantilados con mi caballo. Si era feliz, hacía lo mismo. Aquello definía mi vida. Es lo que hacíamos los Deverill.

Después de comer, pasaron a la biblioteca. JP le quitó el tapón a la botella de *whisky*. Había confesado que recurría a la botella para consolarse cuando era infeliz durante su matrimonio. Estaba claro que no reconocía que ahora tenía un problema. No intentó ocultárselo a Margot ni a la señora Brogan. No se avergonzó ni se disculpó cuando se bebió el vaso de un trago y lo llenó de nuevo. Margot sintió una creciente sensación de malestar en el estómago. Ya había visto todo esto antes. Intentó distanciarse, no sentirse responsable, pero empezaba a resultarle imposible porque se había encariñado con él. Llevaba poco más de dos semanas en Ballinakelly y, sin embargo, sentía que conocía a JP desde siempre. No era solo que sentía que conocía al hombre, sino que conocía su dinámica. Había vivido antes este patrón de alcohólico y salvador.

Cuando JP se sentó junto al fuego, se excusó.

—Te vas, ¿verdad? —dijo, sin levantarse. Margot no estaba segura de que pudiera levantarse.

—Sí, tengo trabajo que hacer.

—Por supuesto —dijo y la miró con expresión soñolienta, como si se esforzara por mantenerse despierto.

—Volveré pronto. Todavía hay mucho que revisar en esas cajas.

—Bien. Puedes venir cuando quieras. La señora Brogan se ocupará de ti. Tal vez sea buena idea llamarla por teléfono para que pueda encender el fuego. No quiero que pases frío. Puede hacer mucho frío ahí dentro. Siempre lo ha hecho.

—Gracias, JP.

Le dejó cabeceando frente al fuego. Encontró a la señora Brogan en el vestíbulo.

—Los dos se han divertido mucho, ¿verdad? —dijo con una sonrisa—. Hacía años que no le veía tan feliz.

—Creo que ha estado solo.

—Sí que lo ha estado, el pobre.

—Claro que usted está aquí para hacerle compañía.

—Las dos sabemos que no es lo mismo —repuso la señora Brogan, mirando a Margot con expresión amable—. La sangre es más espesa que el agua.

—Lo sé. Por supuesto que lo es.

La señora Brogan sacudió la cabeza.

—Tiene que reconciliarse con su familia. Eso es lo que hay que hacer y tengo las rodillas peladas de tanto rezar para que ocurra.

—¿Tiene usted familia, señora Brogan? —preguntó.

La anciana sonrió con ternura.

—Lord Deverill es toda la familia que tengo ahora —dijo—. Por eso me importa, señorita Hart. Que Dios le guarde y le proteja de todo mal. —Se persignó—. Aunque no estoy segura de que ni siquiera Dios pueda protegerle de sí mismo y de la atracción de la botella.

Margot salió de la casa y la señora Brogan cerró la puerta y recorrió el pasillo hasta la biblioteca. Allí encontró a su señor desplomado en su sillón, roncando con fuerza. Tenía el vaso de cristal apenas sujeto en la mano y la botella de *whisky* en la mesa, a su lado. Ambos estaban vacíos. Miró su reloj. Acababan de dar las tres y ya había perdido el conocimiento. La señora Brogan suspiró. La ansiedad le encogió el estómago con su habitual gelidez. Beber tanto no era bueno para la salud, pero era irlandés. Conocía a muchos que habían vivido hasta una avanzada edad a pesar de consumir grandes cantidades de alcohol. Sin embargo, había otros tantos cuyas vidas se habían visto truncadas por el alcohol. La señora Brogan esperaba que lord Deverill se animara a vencer la adicción, pero no parecía probable; habían pasado años y hasta ahora la inspiración no había llegado.

Le dejó dormido y se llevó la radio al ático, donde estaba su pequeño y ordenado dormitorio bajo el alero. La enchufó a la toma de la pared y la encendió. Una vez más, la música clásica llenó su corazón con sus edificantes armonías. La música era un bálsamo para su alma. La hacía sentir optimista. Colocó la radio en la cómoda, alcanzó una caja de cerillas y encendió una. Delante de cuatro fotografías en blanco y negro en sencillos marcos de cuero había cuatro velas votivas. Las encendió una a una, murmurando una oración por cada alma difunta. «Hasta que volvamos a encontrarnos, que Dios te acoja en su seno.» Los rostros de su familia se fueron iluminando uno tras otro a la luz de las velas. Su madre y su padre; su hermano mayor, que había perdido la vida en la guerra civil cuando solo tenía diecisiete años, y su marido, que había muerto de leucemia hacía veintisiete años. Alfie y ella no habían sido bendecidos con hijos. Había hecho todo lo posible, pero su cuerpo había sido incapaz de retenerlos. Doce abortos.

Doce decepciones. Doce almas que habían intentado venir al mundo y no lo habían conseguido. Pero Dios trabaja de forma misteriosa y quizás ella no estaba destinada a tenerlos. Estaba destinada a cuidar a los hijos de otras personas. Los hijos de Deverill.

Ahora se ocupaba de JP.

Se quitó los zapatos y se tumbó en la cama. Acto seguido cerró los ojos y dejó que la música la envolviera, eliminando el dolor, liberando la ansiedad y restaurando su afligido espíritu. Echaba de menos a sus padres y a su marido, pero sobre todo a su hermano. El hermano de pelo dorado que había admirado y amado y que le habían arrebatado cuando ella solo tenía trece años. Cerró los ojos y sintió que una lágrima resbalaba por su sien hasta su cabello. Todavía le dolía después de todos estos años. Una herida que nunca se curó. «Si puedes oírme, que sepas que te quiero, Rafferty. Que siempre te querré y que el día que muera me reuniré contigo en el Cielo. ¿No es eso lo que nos enseña la Biblia? ¿Una cruz en esta vida, una corona en la siguiente?»

¡Qué relajante era la música! ¡Qué maravilloso es no tener que soportar el silencio! Casi podía ver a Rafferty ahora, en su mente, de pie junto a ella, tomando su mano. Casi podía sentirlo. Su piel contra la suya, tibia, suave y muy tranquilizadora. Igual que cuando era niña. La música siguió sonando y Bessie Brogan se quedó dormida.

8

Por extraño que pareciera, aquella noche Margot se sentía desanimada. Le había encantado cabalgar por las colinas, pero el almuerzo posterior con JP había sido deprimente. No se debió a la conversación y ni mucho menos a la comida. No le molestaba la atmósfera de soledad de la casa; le atraía la tranquilidad que se respiraba en ella. Lo que le afectó fue ver que la embriaguez se iba apoderando de él poco a poco. No se comportó mal, simplemente se fue apagando de manera paulatina. Al final de la comida supo que le había perdido. Había entrado en la biblioteca arrastrando los pies, fue tambaleándose hasta su silla y se sumió en un sopor etílico. La asaltó una sensación de impotencia tan familiar que no le quedó más remedio que marcharse lo antes posible. Huir de ella. Encontrar a alguien sano a quien aferrarse.

Seamus no puso ninguna pega al respecto. En sus brazos se transportó sana y salva al presente. El pasado se desvaneció, junto con toda la infelicidad asociada, y se sintió de nuevo la persona que era ahora, la persona que quería ser.

Margot había quedado con la condesa Di Marcantonio a la mañana siguiente en el hotel. Unos días antes había telefoneado a su despacho y había hablado con su asistente. Habían concertado la cita y la asistente, una joven de voz temblorosa y sin aliento, le había contado a Margot las ganas que tenía la condesa de volver a ver la «casa familiar» de su marido. Margot había hecho todos los sonidos oportunos y la asistente personal se había mostrado aliviada y había confirmado la reunión para las once.

Margot esperaba en el vestíbulo a las 10:45. Era una mañana tranquila. Fuera, la niebla se había instalado en la finca, apagando los colores y dando al hotel un aire inquietante. Dentro, el fuego crepitaba y las luces eléctricas brillaban en un tono cálido. El señor Dukelow deambulaba por allí; sus pulidos zapatos negros se deslizaban con suavidad por la alfombra mientras fingía estar ocupado. Róisín estaba tan alerta como un conejo vigilante; sus ojos se desviaban cada poco tiempo hacia la puerta para ver si llegaba la invitada especial. El retrato de Barton Deverill atrajo la mirada de Margot. Se preguntó qué haría él ahora en su casa. Al menos la señora De Lisle había hecho un buen trabajo, pensó. Quizás no es el hogar que él quería que fuera, pero sigue siendo magnífica.

Por fin, un brillante Mercedes se detuvo delante del hotel. Un portero se apresuró a salir para ayudar. El chófer, vestido con traje negro, gorra y guantes, salió con brío y abrió la puerta trasera del pasajero. La condesa no parecía tener prisa. Se preparó mientras el mozo aguardaba con paciencia en la grava y el señor Dukelow y Róisín observaban con nerviosa expectación desde el vestíbulo. Margot tenía curiosidad por ver el aspecto de la condesa. A juzgar por la carta y por el tono reverencial de la asistente, esperaba que fuera elegante.

Cuando la condesa salió, Margot se sorprendió al ver que era mucho más joven de lo que había imaginado. De unos cuarenta años, tal vez. Mucho más joven que su marido, que debía de tener sesenta y tantos años. Llevaba un abrigo de visón que le llegaba a las rodillas y un casquete a juego. Tenía un rostro largo y anguloso, de pómulos marcados y finos labios de color carmesí. El negro cabello, tan reluciente como el ala de un cuervo, era visible bajo el sombrero, recogido en un elegante moño en la nuca. Se comportaba de forma regia. El portero abrió la puerta principal y ella entró. El señor Dukelow le tendió la mano y le dio la bienvenida con una efusiva retahíla de términos superlativos. Margot estaba segura de que había hecho una reverencia. La delgada boca de la condesa sonrió de forma gentil y con su imperiosa mirada gris pizarra le examinó como un halcón a su presa. Resultaba evidente que estaba acostumbrada a este tipo de recibimiento y no lo encontraba en absoluto teatral ni se sentía inclinada a agradecerlo. Era lo que le correspondía. Margot no se dejó impresionar. La condesa había sido secretaria en la embajada austriaca en Londres antes de casarse con Leopoldo, así que no tenía mucho de qué alardear.

—Usted debe de ser la señorita Hart —dijo, extendiendo la mano para estrechársela. Se despojó del abrigo y se lo tendió al señor Dukelow. Después se quitó el sombrero de la cabeza y se lo tendió también. El señor Dukelow le dio ambas cosas a Róisín, que había dejado el mostrador de recepción desatendido en su afán por ser útil a su distinguida invitada. Su rostro se llenó de asombro al ver a esta llamativa mujer, que tenía el antiguo glamur de una estrella de cine de Hollywood. Llevaba un elegante vestido negro con lunares blancos, un cinturón negro brillante y una gran gargantilla de perlas en el cuello. El broche central estaba formado por tres grandes abejas de oro y diamantes. Se llevó la mano al pecho y suspiró—. Estoy emocionada —declaró con un brusco acento austriaco, recorriendo la sala con la mirada—. Este fue el hogar de la familia de mi marido. Habría sido nuestro hogar si las cosas se hubieran hecho como debían. Pero la vida no siempre es justa, ¿verdad? —Brindó una sonrisa tensa a Margot—. Bueno, ¿dónde vamos a hablar?

El señor Dukelow las acompañó por el castillo hasta el salón privado de la señora De Lisle, alejado del bullicio del hotel. Había sillones y sofás dispuestos de manera ordenada alrededor de una chimenea. Habían encendido un acogedor fuego.

—¡Qué tiempo tan espantoso! —se quejó la condesa—. El pobre Roach ha tenido que conducir tan despacio como una tortuga para llegar aquí. —Las dos mujeres se sentaron. La condesa en uno de los sofás; Margot en un sillón, más cerca del fuego. Margot abrió su cuaderno de notas y mantuvo la pluma preparada—. Así que está escribiendo la historia de la familia Deverill —comenzó, mirando a Margot con ojos fríos e impasibles—. Cuando Angela de Lisle me lo contó, aproveché la oportunidad para hablar con usted. Es importante que hable con todos los implicados. Que no hable solo con los Deverill.

«Conque eso le dijo la señora De Lisle», pensó Margot con desconfianza. Se preguntó cuál sería su motivo para hacerlo.

—Estoy de acuerdo —respondió—. Quiero escribir un relato imparcial.

El rostro de la condesa se endureció.

—La madre de mi marido le estafó su herencia, lo que le dejó muy tocado. ¿Se imagina a su propia madre haciendo algo así? Estoy segura de que no.

Tener una herencia que pudieran estafarte era para Margot algo imposible de concebir.

—JP era su primogénito y un Deverill, así que supongo que pensó que estaba haciendo lo correcto —dijo.

La condesa se apresuró a salir en defensa de su marido.

—El padre del conde, el conde Cesare, le adoraba. Si hubiera vivido, jamás habría permitido que su casa pasara a manos de un Deverill.

Margot entrecerró los ojos.

—No quiero hablar de más, pero ¿no es cierto que fue el dinero de Bridie el que compró el castillo?

La condesa se puso rígida y levantó la barbilla.

—Deje que le cuente un poco sobre la familia de mi marido, señorita Hart. El conde Leopoldo desciende del cardenal Maffeo Barberini de Roma, que se convirtió en el Papa Urbano XIII en 1623. Su abuela era una princesa. El palacio Barberini de Roma lo terminó el famoso Bernini en 1633 y es ahora la *Galleria Nazionale d'Arte Antica*. Su familia era ilustre y muy rica. —Colocó sus largos dedos sobre el broche de abeja en su garganta—. El escudo de armas de la familia son tres abejas. Las famosas abejas Barberini, que están talladas en la arquitectura de toda Roma, ilustrando su poder. Esta gargantilla era uno de los tesoros de la princesa, transmitido de generación en generación hasta llegar a mi Leopoldo. —Margot quiso señalar que solo habían pasado dos generaciones, pero no creyó que la condesa agradeciera su pedantería—. ¿Ha estado en Roma, señorita Hart?

—Sí, he estado —respondió Margot.

—Entonces habrá visto el famoso *Baldacchino di San Pietro*, *L'Altare di Bernini*.

—El Baldaquino de San Pedro —tradujo Margot. No tenía paciencia para la pretenciosidad, aunque la condesa hablaba sin duda un italiano fluido.

—Entonces sabrá que hay cuatro pedestales que sostienen los pilares de ese magnífico dosel. En cada uno de los dos lados exteriores de cada pedestal están las abejas Barberini. Es imposible no verlas. Son enormes y llamativas, como el baldaquino entero. Esas abejas están ahí como símbolos de la supremacía e influencia de la familia Barberini.

—Bueno, hace trescientos años. No estoy segura de que tengan ninguna influencia ahora.

—La cuestión, señorita Hart, y me sorprende tener que insistir en ello, es que la familia de mi marido es rica por derecho propio. Como dicen, dinero llama a dinero. Ese fue el caso de los padres del conde. —Margot deseó que le hubiera llamado simplemente Leopoldo. La condesa echó un vistazo al cuaderno de Margot—. ¿Está escribiendo esto? —preguntó, con cara de indignación.

—Por supuesto —dijo Margot, garabateando con rapidez en la página las palabras «Barberini», «Urbano XIII» y «abejas».

—Volviendo a la herencia y dejando a un lado las emociones —continuó—, JP es un Deverill, así que ¿no era correcto que heredara el castillo? Al fin y al cabo lo construyó un Deverill y ha estado casi trescientos años en la familia.

—¡Por supuesto que no! —replicó la condesa con impaciencia—. JP es ilegítimo. Su padre se comportó de forma atroz. ¡Bridie solo tenía diecisiete años cuando la tomó para su placer! Si no fuera por el hermano de Bridie, Michael, JP habría acabado en Estados Unidos y Ballinakelly y los Deverill no habrían vuelto a saber de él. Pero lo sacaron del convento y lo dejaron en la puerta de Bertie Deverill. Estoy segura de que usted conoce la historia. El caso es que Bridie le dejó el castillo porque se sentía culpable, señorita Hart. Eso es todo, culpa. Ella estaba enferma. Se moría de cáncer. En ese momento, cuando su vida se apagaba, decidió hacer lo que creía correcto. Pero no estaba en su sano juicio. ¡Sabe Dios quién la convencería! Apuesto por Kitty Deverill. ¿Por qué Bridie desheredaría al hijo que compartía con su amado esposo, el hijo que había criado desde su nacimiento, en favor del hijo que nunca conoció, abrazó ni amó? ¿Cómo puedes amar a alguien que nunca has conocido? No se puede. Amas la idea, pero eso no es amor, es una fantasía. Verá, a mi marido se le negó el hogar que le correspondía, por no hablar de la fortuna que lo acompañaba, solo por remordimiento. —Sus fosas nasales se dilataron y sus labios se contrajeron en una pequeña línea apretada.

—¿Fue excluido completamente del testamento?

—Le dejaron dinero en un fideicomiso —contestó la condesa, considerando la cuestión una nimiedad—. Tenía que pedirle a su tío cada vez que quería dinero. ¿Se imagina? ¡Qué humillación! Si conociera al conde lo entendería. Es un hombre orgulloso y su madre le humilló.

—¿Por qué Bridie le dejó el castillo y el dinero a JP sin condiciones, pero le dejó dinero en un fideicomiso a Leopoldo con muchas condiciones? ¿No confiaba en él para administrar su dinero? —Margot sospechaba que conocía la respuesta, pero tenía curiosidad por saber lo que la condesa tenía que decir al respecto.

—Era extravagante. Le gustaba llevar una vida lujosa. —La condesa sonrió y en sus ojos apareció un brillo febril—. Mi marido tiene más carácter que todos los Deverill juntos. Se creen muy audaces y fascinantes, pero mi marido los deja a todos en la altura del betún, señorita Hart.

—Puede que en el fondo no fuera tan buena idea dejarle el castillo a JP. Lo perdió y perdió su fortuna.

—Tiene razón —respondió la condesa con brío, complacida de que Margot lo entendiera—. El conde nunca lo habría soltado. Nunca se habría convertido en un alcohólico ni habría despilfarrado todo su dinero. ¡Es una vergüenza! Eso es lo que es. ¡Es vergonzoso!

—Está claro que a su marido le ha ido bien. Tienen casas por todo el mundo. Llevan una vida envidiable. Si no heredó una fortuna, debe de haberla amasado.

—Es empresario, como su padre y su abuelo antes que él. Convierte en oro todo lo que toca.

—Entonces, ¿por qué no compró su hogar cuando JP se vio obligado a venderlo?

La condesa se revolvió entonces y Margot sintió que la había sorprendido. La mujer sacudió un poco la cabeza, como si estuviera ganando tiempo o intentando pensar en una razón convincente. Margot no estaba segura de haber escuchado mucha verdad en el relato de la condesa.

—Cuando el conde se enteró de la venta, la señora De Lisle ya había hecho su oferta y JP la había aceptado. Demasiado tarde. *Tant pis.* —Se encogió de hombros y dio un pequeño respingo. La clase de respingo que se da después de decir una mentira atroz.

—¿Conoce a JP, condesa?

De nuevo la mujer irguió la cabeza una vez más y apretó los dientes.

—Le conozco. Al fin y al cabo es el hermanastro de mi marido. Pero no le conozco de verdad. Nunca han sido amigos. Después de que Bridie le dejara el castillo a JP, mi marido abandonó Irlanda y fijó su residencia en Londres.

—Pero compró una casa en Dublín.

—Yo le convencí de que la comprara. Pasó catorce años de su vida en Ballinakelly. Le dolía dejarla. Hemos estado pendientes de su antigua casa todos estos años. Se ha convertido en una especie de obsesión. Es comprensible, teniendo en cuenta las circunstancias, ¿no le parece? —Suspiró con pesar y recorrió las paredes con la mirada—. Ahora es un hotel. Angela de Lisle ha hecho un buen trabajo, pero debería haber seguido siendo un hogar. Nuestro hogar. ¿Se ha fijado en el lema de Deverill grabado en piedra sobre la puerta? El padre del conde, el conde Cesare, lo cubrió con las abejas Barberini, pero cuando JP se mudó, las quitó y volvió a poner el lema de los Deverill. Esas abejas tienen más prestigio del que podrían tener esas palabras en latín. —Se terminó su taza de té. —Habría sido una magnífica anfitriona. Habría llenado este castillo con lo mejorcito de la tierra y le habría devuelto todo su esplendor.

Margot sonrió.

—Ahora está lleno de gente y, en cierto modo, vuelve a ser esplendoroso. Todavía es relativamente nuevo, pero yo diría que tiene el potencial de ser uno de los mejores hoteles del mundo.

—Nunca volverá a pertenecer a un Deverill. Esa era ha terminado. Los Deverill están acabados.

La temperatura de la habitación descendió de repente y un escalofrío recorrió la piel de Margot. La condesa frunció el ceño con irritación y se volvió hacia las ventanas para ver de dónde venía la corriente. Sin embargo, las ventanas estaban bien cerradas. Ambas mujeres se miraron desconcertadas, con las palabras atascadas en la garganta, como si presintieran que algo extraño estaba a punto de suceder. Algo vibró en el aire; una fuerza invisible, pero ambas sintieron el frío y el movimiento. Las llamas de la chimenea chisporrotearon y luego ardieron con fuerza.

—El conde siempre ha dicho que este lugar está encantado —susurró la condesa.

—No está encantado —aseguró Margot con firmeza, pero empezaba a dudar de su convicción—. No creo en lo sobrenatural.

—Yo tampoco, pero los fantasmas no son sobrenaturales, son parte de la vida. Personas que han fallecido y no han encontrado el camino al otro mundo. Personas perdidas. Personas tristes. —La condesa alzó la cabeza e inspiró por las fosas nasales dilatadas.

—Creo que tiene razón en que los Deverill nunca volverán a ser dueños del castillo, aunque esa familia tiene el don de resurgir de las cenizas, ¿no es así? —continuó Margot, intentando recuperar la compostura.

—Esta vez no habrá ningún fénix. JP está perdido; perdido en el fondo de su botella de *whisky*. Es una lástima. De joven era muy guapo y elegante, ¿sabe? Pero es débil. Perdió a su esposa gracias a su debilidad.

—Los hombres de la familia parecen llevar la infidelidad en la sangre, ¿no es así?

—De hecho, así es —convino la condesa—. Su padre estuvo con una criada. Él, con la institutriz. —Margot no reveló su sorpresa. Se limitó a asentir con la cabeza y a dar espacio a la condesa para que se explayara—. Si vas a tener una aventura no lo haces en la puerta de tu casa. Lo haces lejos y preferiblemente con alguien que tenga tanto que perder como tú. La institutriz, nada menos. Esos niños la adoraban. ¡Qué traición! No me sorprendería en absoluto que Colm terminara siendo también alcohólico. Verá, son tóxicos. Todos ellos. —Sacudió la cabeza y clavó los ojos en Margot, sosteniéndole la mirada—. Ha estado tomando notas, ¿verdad, señorita Hart?

—Sí —la tranquilizó Margot—. Además tengo muy buena memoria. ¿Puedo preguntar si es de dominio público que la aventura de JP fue con la institutriz?

—Por supuesto que no —dijo la condesa, dedicando a Margot una sonrisa socarrona y conspiradora—. Tengo mis fuentes, así que puede confiar en que no la engañaré. La gente sospechaba que había una infidelidad, pero yo lo sé con certeza.

—Esta institutriz, ¿dónde está ahora?

—Me temo que no conseguirá nada de ella. Se fue a vivir a Canadá. Ni siquiera sé en qué parte de Canadá está.

—Entiendo. —Margot estaba decepcionada. Le hubiera gustado hablar con ella.

—Era una joven inglesa de buena familia. Una chica de campo. No era ligera de cascos. Ella no fue la que sedujo a su jefe, ni mucho menos, sino que fue él quien la sedujo a ella. Como usted ha dicho, la infidelidad se da en la línea masculina de esa familia.

Margot imaginó a JP acudiendo a la institutriz por infelicidad y necesidad de consuelo.

—En toda historia hay siempre dos versiones —arguyó.

—Pero cada versión no tiene necesariamente el mismo peso. Compadezco a la pobre Alana, la esposa de JP. No me sorprende que se haya divorciado de él. ¡Menudo desastre!

—Me parece que el castillo no ha traído mucha felicidad a nadie.

—Si está insinuando que está maldito, se equivoca. Es la familia Deverill la que está maldita, no el castillo. O quizás sea el karma. Jamás debieron dejar el castillo en manos de JP y al final pagó por esa injusticia.

—No creo que el karma funcione así. Si fue una injusticia, no la cometió él, sino su madre.

La condesa sacudió la cabeza con impaciencia.

—Fue un error y *punto*. —Vio a Margot escribir algo—. Debe mantenerme al tanto de su investigación. Si necesita más ayuda, llámeme. Ya sabe dónde estoy.

—Pero usted viaja mucho, entre todas sus casas —alegó Margot.

—Vamos a estar en Dublín en un futuro próximo. Estaré encantada de volver. Me encanta pasar tiempo en la casa ancestral del conde, aunque me duele cada vez que la visito.

—Y ¿qué opina el conde? —preguntó Margot.

El rostro de la condesa se endureció.

—Jamás perdonará a su madre ni a su hermanastro. JP debería haber compartido su herencia, pero no lo hizo. Se lo quedó todo para él. ¡Qué vergüenza! Ponga eso en su libro. Espero que no sean todo banalidades y sandeces, señorita Hart. Espero que escriba una historia que se ciña a la verdad.

—Esa es mi intención.

—Bien. —La condesa se levantó—. Bueno, ha sido un placer conocerla. Espero haber sido de ayuda.

—Ha sido de mucha ayuda.

—Me alegra mucho. Mi marido es demasiado decoroso para hablar de la injusticia que ha sufrido, pero yo no. Eso no quiere decir que no sea decorosa, no encontrará una mujer más decorosa en toda Irlanda. Pero la verdad significa mucho para mí y no puedo tolerar la injusticia en ningún sitio. Tengo que hablar claro. Está en mi naturaleza ser franca.

—Es importante contar con la versión de JP y de Leopoldo —repuso Margot.

La condesa se estremeció cuando Margot utilizó el nombre de pila de su marido sin su título.

—Estoy segura de que los Deverill han borrado al *conde* de su historia —declaró haciendo hincapié en la palabra «conde»—. Me alegro de haber tenido la oportunidad de aclarar las cosas. Bueno, ¿dónde está el gerente? Tengo que comunicarle a Roach que estoy lista para partir. Espero que la niebla se haya disipado.

Kitty

Estoy furiosa. La furia me corroe. ¡Cuánto desprecio a esa mujer pretenciosa y embustera! ¿Cómo se atreve a insinuar que Leopoldo debería haber heredado el castillo? ¡¿Cómo se atreve?! El padre de Leopoldo, el conde Cesare Di Marcantonio, era un fraude. No tenía dinero propio y el título se lo había inventado el canalla de su padre, que llevó una vida disoluta a su costa, engañando y diciendo a todos los que conocía que era un rico aristócrata italiano. Leopoldo está tan emparentado con la familia Barberini de Roma como yo con el Papa. Y a su padre le asesinó Michael Doyle tras pillarle in fraganti huyendo con el dinero de Bridie y con su amante. El hermano de Bridie, Michael, no iba a consentir que eso sucediera. Se ocupó del conde de la manera que mejor sabía, con una muerte horrible. Pero Michael se había especializado en eso.

Sin embargo, la condesa me ha aclarado una cosa: que JP tuvo un romance con la institutriz de sus hijos. No me extraña que Alana estuviera enfadada y dolida. Pero no soy quién para emitir juicios después de la forma en que me comporté en vida. Quizás Margot y la condesa tengan razón en que la infidelidad es cosa de familia, aunque no solo en la línea masculina. He pecado al amar a Jack, pero no me arrepiento. Ni por un instante. Solo lamento que hiciéramos daño a la gente. Nunca me arrepentiré de mi amor.

Pasan tres días y Margot no visita el pabellón de caza. JP está inquieto e irritable. La casa vuelve a sumirse en el silencio. El único sonido es el habitual y lúgubre tictac del reloj de pie, que es un ultraje para la señora Brogan ahora que ha redescubierto la radio.

—¿Ha llamado la señorita Hart? —pregunta JP, esperanzado, cada vez que pasa por la biblioteca—. No debemos dejar que esa habitación se enfríe.

—No, señor. No he tenido noticias —responde la señora Brogan.

JP encorva los hombros en señal de decepción.

No es el único que está decepcionado. Colm se presenta todos los días, afirmando estar interesado en la historia de la familia, pero JP no se molesta en encender la chimenea en la sala de juegos para él.

—¿Dónde está la señorita Hart? —pregunta a su padre una tarde, después de llevar el diario de Hermione Deverill a la biblioteca para leerlo junto al fuego.

—Sospecho que está ocupada investigando —responde su padre desde el sillón donde lee *The Irish Times*.

—Hace días que no viene.

—Tres —apostilla JP, que ha estado llevando la cuenta.

—Todavía no ha terminado con esto, ¿verdad? —inquiere Colm, sujetando el diario—. Quiero decir que no parece que ni siquiera haya llegado a la mitad de esas cajas.

JP sonríe.

—He estado distrayéndola de su trabajo. Le gusta hablar. Es una buena compañía. He estado bastante hambriento de buena compañía.

Colm no permite que su padre le haga sentir culpable por ser un hijo desatento. En su opinión, JP ha alejado a su familia él solito.

—La llevaste a montar a caballo —dice.

—Sí, así es. Es una amazona sorprendentemente buena.

Colm enarca las cejas. No se lo esperaba.

—Es muy segura de sí misma.

JP mira fijamente su vaso de *whisky*, asombrado de que se haya vaciado tan rápido. Parece que no recuerda haber bebido. Se levanta del sillón y recorre el suelo despacio para servirse otro.

—¿Qué quieres decir? Es una mujer moderna, eso es lo que es. Independiente. Tiene cerebro y opiniones. Muchas opiniones. Desde luego no es un pasmarote.

Noto una absorción de energía alrededor de Colm mientras hablan sobre Margot. A él le molesta que ella engatuse a JP para ganarse su confianza y sacar a la luz secretos que no deberían salir a la luz. Pero Colm es lo bastante inteligente para saber que distanciarse de los dos solo los convertirá en una isla y fomentará la connivencia. Necesita acercarse y ver si puede influir desde dentro.

—Me equivoqué con ella —dice.

Su padre se ha llenado su vaso de nuevo y se ha vuelto a acomodar en su sillón.

—Me alegro de que seas lo bastante decente como para reconocerlo, Colm —responde.

—Al fin y al cabo, solo hace su trabajo. Supongo que debería aceptar que nuestra familia fue grande en otros tiempos y sentirme halagado de que alguien quiera escribir sobre nosotros.

—Solo me sorprende que nadie haya querido escribir sobre nosotros antes. Por supuesto que ha habido pequeños artículos aquí y allá. Breves relatos en algún libro sobre los anglo-irlandeses y los castillos. Pero esta es la historia de la familia Deverill desde el principio. Desde el momento en que se construyó el castillo, y el nombre de nuestra familia se forjó con él. Será muy interesante de leer. Sospecho que es una chica inteligente.

—Tengo entendido que escribió un libro sobre Eva Perón de Argentina. Podría ver si puedo conseguir una copia.

—Buena idea.

—Aunque creo que prefiero leer sobre el marido de esa mujer —dice Colm.

—No le digas eso a ella —añade su padre. Colm le mira. Cuando ve el brillo jocoso de sus ojos, sonríe. Hace años que no se aliaban.

Esa noche, cuando Colm va a O'Donovan's a por su habitual vaso de cerveza negra, para su sorpresa se encuentra a Margot encaramada a un taburete de la barra, hablando con Seamus mientras este sirve bebidas al otro lado. Colm ha dejado claro que no le gusta, sin embargo, intuyo que lo que le disgusta es su trabajo, no la persona. No puede evitar sentirse intrigado por ella. A fin de cuentas es un hombre y ella es una mujer atractiva. Yo fui una mujer atractiva en mi época, incluso hermosa, y conozco bien esa expresión en el rostro de un hombre cuando está interesado. Colm está interesado. Margot es menos fácil de interpretar. De hecho, está cerrada como una almeja.

—¿Le importa que la acompañe? —pregunta, quitándose la gorra y pasándose los dedos por el pelo. Tiene abundante cabello, como todos los hombres Deverill; cabello abundante, buena apariencia y talento para complicarse la vida.

—Si le apetece... —responde.

No es exactamente una invitación, pero Colm se sienta de todos modos y coloca su gorra en la barra.

Seamus llena un vaso de cerveza negra. Observa a los dos conversar y noto que le sale una vena posesiva, como un perro territorial que detecta a un rival que entra en sus dominios.

—He estado en casa de mi padre —dice Colm—. Echa de menos su compañía.

—Parece estar bastante solo —declara.

—Tiene que salir más.

—Tiene que dejar de beber —dice con seriedad.

—Eso también —dice Colm, desviando la mirada. Se hace un silencio incómodo. Colm no quiere hablar del problema de su padre con la bebida. Es consciente de que cualquier cosa que diga podría aparecer en su libro. Seamus desliza el vaso de cerveza negra por la barra. Colm cambia de tema y le pregunta a Margot por ella—. ¿Le gustó el paseo a caballo?

—Me encantó. —Sonríe. Es hermosa cuando sonríe. Cabría pensar que no tiene ninguna preocupación en el mundo. Sin embargo, empiezo a darme cuenta de que tiene muchas, solo que sabe ocultarlas—.

Estas colinas tienen algo muy especial. He viajado mucho, pero hay algo profundo y mágico en este lugar que no he encontrado en ningún otro sitio.

Colm le devuelve la sonrisa y no está fingiendo. Le alegra de verdad que ella perciba el encanto de la tierra que los irlandeses siempre hemos sabido que existe.

—Me alegro de que usted también lo sienta.

—Experimenté un gran alivio. Sentí que me quitaba un peso de encima. Un torrente de locura, de temeridad. —Le brillan los ojos al recordarlo—. Fue maravilloso.

—Mi abuela me dijo que tiene usted sangre irlandesa.

—Así es. Mi abuelo era anglo-irlandés, si es que eso cuenta.

—Sí cuenta. Mi tía Kitty siempre se refería a sí misma como irlandesa, aunque técnicamente era anglo-irlandesa.

—No creo que yo pueda decir que sea ninguna de las dos cosas.

—Pero es innegable que esa vena salvaje y temeraria está ahí. Sin duda heredada de su abuelo. Tal vez le diera rienda suelta en las colinas.

—Tal vez. Me gustaría volver a hacerlo.

—A mi padre también le gustaría. Dice que es buena amazona. Le encantará volver a cabalgar con usted.

—Entonces se lo pediré. Puede que si cabalgo con frecuencia, descubra a la irlandesa que llevo dentro.

—Todo es posible. —Colm sonríe a su pesar.

—A mi abuelo le habría encantado. La época en la que iba a cazar con los Deverill fue para él la mejor de su vida.

—Entonces, ¿Harry y él eran buenos amigos?

—Así es. Mi abuelo murió no hace mucho. Pero recuerdo todas las maravillosas historias que contaba sobre su tío Harry y su padre Bertie.

—Me gustaría escucharlas.

A medida que Margot comparte las anécdotas de su abuelo, percibo que crece la simpatía entre ellos. Colm no quiere que le caiga bien y Margot es consciente de que a él le molesta que escriba sobre su familia. Sin embargo, a pesar de ello, entablan una agradable conversación mientras Seamus sirve a sus clientes habituales con un ojo puesto en el trabajo y el otro en ellos dos. Margot no mira a Seamus. No siente ninguna obligación hacia él solo porque se acuesten. Es obvio que es una mujer que disfruta del placer donde lo encuentra y no le da más vueltas. Seamus, que procede de un pequeño pueblo irlandés como Ballinakelly, no está acostumbrado a mujeres como ella. El cura la llamaría «pecadora», otros la llamarían «zorra», pero son los años ochenta, así que quizás simplemente sea moderna; no obstante, el hecho de que Seamus no pueda retenerla hace que la desee aún más.

—¿Dónde está su hogar, señorita Hart? —pregunta Colm.

Ella se encoge de hombros.

—No tengo un domicilio fijo, señor Deverill.

La risa desbordaba sus ojos, lo que le llevó a decir:

—¿No resulta absurdo? Lo de «señorita Hart» y «señor Deverill».

—Si vas a sentarte en el taburete de la barra a mi lado y a hablarme como a una amiga, llámame Margot.

Colm bebe un trago de cerveza negra y se limpia la espuma del labio superior con la manga.

—Margot, si no tienes casa, ¿dónde cuelgas el sombrero?

—Mi madre es francesa y vive en París. Mi padre vivía en Dorset, pero murió cuando yo era adolescente, así que hace años que no lo considero mi hogar.

—Lo siento.

—No lo sientas. La vida no es un camino de rosas para nadie. La clave es vivir el momento, ¿no?

—Esa es la idea, pero no es tan fácil cuando tienes cosas en el pasado que duelen.

—No pienso en ellas. —Margot se encoge de hombros y con un bufido despectivo deja claro que tampoco quiere pensar en ellas ahora.

—Entonces, ¿eres nómada?

Sonríe, porque le gusta cómo suena eso.

—Tengo un pasaporte inglés y un pequeño piso en Londres. Vuelvo de vez en cuando para abrir el correo, sobre todo las facturas, y para asegurarme de que sigue ahí. Por lo demás, me gusta moverme. Viajar me resulta estimulante.

—¿Nunca te sientes sola?

—A veces. Pero he hecho amigos por todas partes. Mira, solo llevo unas semanas en Ballinakelly y ya he hecho uno nuevo. —Le obsequia con una sonrisa encantadora y candorosa.

Colm no sabe muy bien cómo responder, pero levanta su copa de todos modos.

—Por los nuevos amigos —dice.

—Por los nuevos amigos —repite Margot y choca su copa con la de él.

Margot vuelve a su torre sintiéndose más ligera tras haber compartido una copa con Colm. Ya no lo considera el enemigo. Se quita los zapatos y se tumba en la cama. Luego llama por teléfono a la señora Walbridge. Casi todas las tardes habla con ella para ponerla al corriente de los últimos acontecimientos. Hablan durante un buen rato y Margot le cuenta que se ha tomado una copa con Colm en O'Donovan's. Margot se ríe de algo que dice la señora Walbridge y percibo que crece un verdadero afecto entre estas dos mujeres.

Margot no llama a su madre. Empiezo a preguntarme por sus raíces o por su aversión a ellas. Me pregunto por qué va por la vida evitando forjar lazos duraderos con la gente, yendo de ciudad en ciudad, de país en país, sin quedarse mucho tiempo en ningún sitio. Por fuera parece contenta, encantadora, despreocupada y sin complicaciones. Empiezo a darme cuenta de que eso es solo una fachada, un disfraz, un señuelo. ¿Quién es Margot Hart y cuál es su historia?

9

A principios de febrero, las campanillas de invierno comenzaron a asomar sus delicadas cabezas blancas de la tierra y los jardines del castillo se impregnaron del dulce aroma de la *Daphne odora*. Los días parecían más largos, la luz un poco más intensa y el sol más audaz en sus intentos de librar a la tierra del frío y de las oscuras mañanas de invierno. Margot se sentía ahora como en casa en Ballinakelly. Avanzaba en su investigación y disfrutaba de sus excursiones a caballo por las colinas con JP y de sus escarceos entre las sábanas con Seamus. Se encontraba con Colm en la casa de su padre, donde poco a poco se iba sumergiendo en el fascinante abismo de la historia de su familia. Parecía haber olvidado su animosidad hacia ella. Tal vez empezaba a darse cuenta de la extraordinaria historia de su familia y ya no le guardaba rencor por querer escribirla.

La mayoría de las noches se entretenía en O'Donovan's. Normalmente había música en directo, una banda de folk o pop o un músico en solitario con un acordeón que cantaba baladas románticas con lágrimas en los ojos. Todo el mundo se sabía las canciones y la velada solía terminar con la participación de todo el *pub*. Empezaba a conocer a los lugareños. Tomas y Aidan O'Rourke, que trabajaban para lord Deverill, estaban deseando jugar con ella a los dardos. El señor Flannigan le hablaba de fantasmas e intentaba ponerle la mano en el trasero; ella lo evitaba como podía, sobre todo después de que se hubiera bebido unas cuantas pintas. Seamus siempre estaba allí, atareado tirando pintas, vigilándola de manera posesiva cuando Colm la hacía reír y contándole divertidas historias de sus aventuras como veterinario. Le gustaba el ambiente agradable y un tanto soporífero del *pub*, el humo de los cigarrillos y la chimenea, el hecho de que la gente la acogiera poco a poco y ya no la mirara con recelo cuando entraba sola.

Un domingo decidió ir a misa. No era católica. En realidad no era nada. A su madre la habían educado en el catolicismo sus estrictos padres franceses, pero su padre perteneció de la Iglesia de Inglaterra hasta que la guerra le arrebató la fe en Dios. ¿Cómo podría existir Dios en un mundo donde hay tanto odio y violencia?, argumentaba. Tenía treinta y cinco años cuando nació Margot y no había pisado una iglesia en dieciocho años. Se había casado en un registro civil y Margot no estaba bautizada ni había hecho la confirmación. Fue a misa a la iglesia católica de Todos los Santos de Ballinakelly por curiosidad, no porque tuviera el más mínimo deseo de rezar ni de escuchar a un sacerdote cuya única misión parecía ser la de hacer que todos se sintieran culpables por haber nacido. Pero las iglesias eran lugares exóticos y misteriosos para Margot debido a que se le habían negado. Eran lugares en los que se respiraba la oración, el rezo y la esperanza en el ambiente, impregnados del embriagador olor del incienso y de la tradición, y llenos de amargas contradicciones. Margot se preguntaba por el conflicto entre las enseñanzas espirituales de Jesús, que en esencia trataban sobre el amor, el perdón y la vida después de la muerte, y la mentalidad de club de la religión, que segregaba a las personas y las convertía en enemigas. Se sentó en su asiento y contempló la belleza y la armonía del antiguo edificio, y sin embargo no pudo conciliar esa belleza, que era espiritual, con el dogma, que no lo era.

Al final de la misa permaneció en su asiento mientras todos salían. Se fijó en Jack, en Emer O'Leary, en Colm y en varios vecinos del *pub*. Róisín estaba allí con sus padres y sus hermanos; los niños más pequeños estaban ansiosos por salir al sol, encantados una semana más de que la misa terminara. Una vez que la mayor parte de la congregación hubo salido, y más concretamente Jack y Emer

O'Leary, que no creía que se alegraran de verla, Margot se puso de pie. Fue entonces cuando se fijó en la señora Brogan, que encendía velas votivas en la mesa de la parte delantera de la iglesia, a la derecha de la nave. Parecía pequeña ahí, a solas con sus oraciones, pasando la vela encendida de mecha en mecha. Vestía falda larga y camisa negra y llevaba un chal del mismo color sobre la cabeza y los hombros. Tenía un aire de antaño. Bien podría haber salido de una de esas fotografías victorianas que Margot había visto en el pabellón de caza. Se preguntó cuántos años tendría la señora Brogan y decidió que, aunque parecía más joven debido a su gordura, probablemente tendría más de setenta años.

Al cabo de un rato, la señora Brogan se colocó delante del altar y realizó una genuflexión. Luego se volvió y recorrió el pasillo con lentitud hacia las puertas. Margot fue a saludarla.

—Hola, señora Brogan —dijo.

La señora Brogan enarcó las cejas con sorpresa y sonrió.

—Este es el último lugar en el que habría imaginado que la encontraría, señorita Hart.

—Lo sé. No soy católica. No soy nada. Solo quería venir a disfrutar de la paz y de la tranquilidad. Es una iglesia preciosa, ¿verdad?

—Sí, es realmente preciosa.

—Es un buen lugar para venir a reflexionar sobre las cosas.

—Lo es. Yo vengo mucho aquí a reflexionar. Siento que es un lugar en el que Dios escucha lo que tengo que decir.

—¿Habla a menudo con Dios, señora Brogan? —preguntó Margot mientras se dirigían a la puerta, desde donde se veía el camino de grava y el cementerio bañado por la luz del sol.

—¿No habla usted con Dios, señorita Hart?

—La verdad es que no.

—Pues debería hacerlo. Debería mostrar su gratitud por las cosas buenas que tiene y rezar por sus seres queridos, tanto vivos como difuntos.

—Me siento un poco ridícula hablando con alguien a quien no puedo ver.

—Entonces, cierre los ojos.

Margot se ríe.

—No sé por qué no se me había ocurrido.

Una vez fuera, Margot preguntó a la señora Brogan dónde estaban enterrados los Deverill.

—La mayoría de la familia está enterrada junto a sus compañeros protestantes en la calle. No tenían aires de grandeza. No hay un gran mausoleo ni cripta familiar. Algunos están dispersos, como Kitty y Arethusa. Querían que se las llevara el viento. Eran espíritus libres, ya ve. No encontrará sus lápidas.

—¿Su familia está enterrada aquí, señora Brogan?

—Sí, aquí está. —Caminó despacio por la hierba, pasando junto a antiguas lápidas ennegrecidas por el paso del tiempo; la acción del viento y de la lluvia durante años había corroído las palabras grabadas en ellas hasta tal punto que apenas se podían leer. Algunas estaban inclinadas de forma precaria; otras se alzaban orgullosas. Las había de todos los tamaños, desde las más pequeñas y modestas hasta las más grandes y vistosas, y algunas estaban cubiertas de musgo verde y de liquen. La señora Brogan se detuvo—. Aquí está enterrado mi hermano —dijo en voz baja.

Margot se unió a ella. Leyó las palabras inscritas en la sencilla piedra. «Rafferty Brandon Carbery 1906-1923.»

—Murió joven —comentó Margot.

—Así es. Solo tenía diecisiete años, que Dios lo tenga en su gloria. —La señora Brogan respiró hondo, pues todavía le chocaba ver su muerte expuesta de un modo tan flagrante en esas dos fechas grabadas en la piedra—. Murió en la guerra civil. Irlandés contra irlandés. Hermano contra hermano. El joven que lo mató era solo un niño. Habían ido juntos a la escuela. Habían compartido la misma mesa, el mismo pan. —Sacudió la cabeza con incredulidad y los ojos le escocieron. Los recuerdos, como las rosas, tienen espinas.

—¿Qué edad tenía usted?

—Trece años. Éramos solo nosotros dos, Raffie y yo. Y yo adoraba el suelo que él pisaba.

—Lo siento mucho —dijo Margot—. Debe de llevar el peso de la pérdida siempre consigo.

—Así es, señorita Hart. Es una carga que llevo con gusto. Es un calvario.

Margot le asió la mano. La señora Brogan se estremeció. No estaba acostumbrada a que la tocaran. De hecho, no recordaba la última vez que alguien le había tomado la mano. Pero la de Margot era cálida y suave y el gesto era sincero. La señora Brogan se sintió reconfortada y encorvó los hombros.

—No creo que uno se recupere nunca de la pérdida de un hermano —declaró Margot.

—El dolor siempre está presente —coincidió la señora Brogan—. Resulta extraño, pero hay una parte de mí que sigue sin poder creer que se haya ido. Si cierro los ojos y me lo imagino, es tan real para mí como si cierro los ojos y pienso en usted. Sin embargo, tengo setenta y cinco años. Él se fue hace sesenta y dos años. En mi mente sigue siendo el joven de cabello dorado que acaba de empezar a afeitarse. Si hubiera vivido, ahora tendría tantas canas como yo.

—Apuesto a que era guapo.

—Lo era, señorita Hart. Era un diablo guapo. Él lo sabía, además. Se salía con la suya gracias a su aspecto, a su sonrisa.

—Seguro que amaba a su hermana pequeña.

En ese momento a la señora Brogan se le entrecortó la respiración. Se llevó una mano a la boca y ahogó el sollozo que siguió. Margot vio que su rostro se sumía en la pena. Le apretó la mano, lo que liberó algo en el interior de la anciana, ya que empezó a llorar. Margot se quedó a su lado. Quería rodearla con sus brazos, pero no creía que la señora Brogan se sintiera cómoda con una muestra de afecto tan moderna. En lugar de eso, le asió la mano con fuerza y esperó a que su dolor se abriera paso. Al final la soltó. La señora Brogan buscó en su bolsillo un pañuelo y se sonó la nariz.

—Lo siento —se disculpó—. No sé qué me ha pasado.

—No pasa nada —la tranquilizó Margot—. A veces la pena te pilla por sorpresa, ¿no es así? —La señora Brogan asintió—. ¿Ayuda hablar con Dios? —preguntó.

—No habría sobrevivido si no fuera por mi fe —respondió.

—Me gustaría tener fe —repuso Margot de repente.

—No tiene que ir a la iglesia para encontrarla, señorita Hart. Dios está en la belleza y hay belleza en todo. En la música, en la naturaleza, en la luz. La próxima vez que esté en un lugar hermoso, por ejemplo, allá arriba en la colina con lord Deverill, búsquelo allí. Estoy segura de que la encontrará. Él es amor y usted tiene un gran corazón, señorita Hart. Él ya está dentro de usted, esperando tan solo que le reconozca.

—Puede llamarme Margot, ¿sabe?

La señora Brogan sonrió y se secó los ojos.

—Y tú puedes llamarme Bessie. Pero no cuando estemos en el pabellón. Entonces tendrás que llamarme señora Brogan como todo el mundo. Podríamos avergonzar a su señoría y los lugareños pensarían que soy una engreída.

—De acuerdo —respondió Margot—. Me gusta el nombre de Bessie. Te queda bien.

—Gracias. A mí también me gusta.

—¿Regresas ya al pabellón de caza?

—Desde luego.

—¿Quieres que te lleve?

—Eso sería estupendo.

—Gracias por mostrarme la tumba de tu hermano.

La señora Brogan se guardó el pañuelo en el bolsillo.

—Gracias a ti por escuchar, Margot —respondió.

Esa tarde, Margot dejó de lado su investigación y fue en busca de JP. No estaba en la biblioteca, aunque el fuego estaba encendido y su libro y sus gafas de lectura estaban en el lugar de costumbre, en la mesa junto a su silla. Le llamó por su nombre, pero no obtuvo respuesta. Al final se encontró a la señora Brogan en la cocina, escuchando la radio mientras preparaba un guiso para la cena. Era alentador escuchar música en lugar del tictac del reloj de pie y el silencio.

La música llenaba la casa de vida, como si fuera capaz de filtrarse por las rendijas de las tablas del suelo y devolver la salud a los huesos del edificio. La señora Brogan sonrió al verla. La música también la había reanimado a ella y en sus mejillas se apreciaba un leve rubor. Cuando Margot preguntó por lord Deverill, la señora Brogan le dijo que lo había visto ir al jardín.

—Ha empezado a interesarse por él de repente —le informó con el ceño fruncido—. Antes le encantaba estar en la naturaleza, pero eso era antes... —Su voz se apagó, dejando en el aire los detalles del divorcio y de su alcoholismo—. Pero últimamente parece haber encontrado una nueva motivación —dijo, y estaba segura de saber por qué. Sin embargo, pensó que podría avergonzar a Margot si le atribuía su renacimiento y se limitó a añadir—: Se ha hecho esperar. —Agarró su cuchara de madera y empezó a remover el guiso.

Margot salió al sol. Franjas de campanillas de invierno cubrían el suelo en forma de charcos blancos y los brotes de narcisos de color verde oscuro brotaban ya de la tierra. El canto de los pájaros inundaba el aire y alegraba el espíritu de Margot, pues la primavera traía días más largos, una luz más brillante y una brisa cálida de azucarado aroma que agitaba con suavidad a los árboles y a los arbustos de su largo sueño invernal. Mientras caminaba por el césped estaba segura de que podía sentir una profunda agitación bajo los pies, antes de descartarlo como una fantasía. Sonrió ante su locura. Llevaba poco más de un mes en Ballinakelly y ya se estaba volviendo loca. ¡Si no tenía cuidado, lo próximo que vería serían duendes!

JP estaba en el jardín, recortando un viburno cuyas flores de invierno se habían marchitado ya. Llevaba unos pantalones de pana amarillos y un jersey de pico, con una bufanda a rayas en el cuello. Margot le llamó al acercarse.

—¡Vaya, fíjate! —exclamó, sonriendo de oreja a oreja.

Él interrumpió su trabajo y le correspondió con otra alegre sonrisa.

—¡Qué bien sienta estar al aire libre!

—Hace un día precioso. Sería una pena desperdiciarlo dentro.

—¿Quieres ser útil?

—Claro, aunque confieso que no soy nada manitas.

—Yo antes lo era, hace mucho tiempo. Estoy volviendo a ello poco a poco. Hay otro par de tijeras de podar en esa bolsa. Puedes ayudarme a recortar estos arbustos.

—¿Por qué los podas ahora?

—Para estimular el crecimiento, prevenir enfermedades y mantener la forma. Ven, te enseñaré a hacerlo bien.

Margot rio y buscó en la bolsa de lona marrón las tijeras de podar.

—Es curioso, nunca te había tomado por un aficionado a la jardinería —declaró.

—En otro tiempo fui muchas cosas, Margot. Fui divertido, elegante, guapo…, aunque sé que te cuesta creerlo... Y tenía mucho talento.

—Y ahora te estás encontrando a ti mismo de nuevo —añadió, uniéndose a él en la linde y blandiendo el par de tijeras de podar.

—Una parte de mí. La parte guapa y la parte elegante me temo que se han ido para siempre.

—No son importantes.

—Tú no crees eso. Una chica guapa como tú, no.

—¡Oh! En la juventud parecen muy importantes, pero cuando eres viejo, ¿no se vuelven irrelevantes? Me gustaría pensar que cuando sea vieja ya no me importará. Comeré tarta sin sentirme culpable.

—No creo que nunca dejes de preocuparte. Cuando estás acostumbrada a ser hermosa, debe de ser difícil renunciar a ello.

—Todos acabamos envejeciendo. Es nos hace iguales a todos en la vida.

—Algunos envejecen con más gracia que otros —añadió JP—. Me temo que yo he envejecido de forma bastante vergonzosa.

—Bueno, tú mismo te lo has buscado, ¿no? —aventuró Margot con atrevimiento—. Deberías dejar de fumar. —Quiso añadir que también debería estar sobrio, pero por alguna razón ese tema le pareció demasiado delicado para mencionarlo.

—Tienes razón, debería. Pero pasito a pasito, ¿eh?

Margot frunció el ceño ante la insinuación de que él ya había dado uno.

—¿A qué pasito te refieres exactamente?

—Me complace informarte de que ya he dado dos —repuso con una sonrisa altiva.

—¡Oh! ¿En serio? —Sonrió de forma cínica. Por lo que podía ver, el aliento le seguía oliendo a *whisky* y a tabaco.

—He vuelto a montar a caballo y ahora me dedico a la jardinería. Poco a poco voy recuperando mi antiguo yo. Pasito a pasito, ¿no? —Margot no podía discutirlo. Él levantó las tijeras de podar—. Ahora, déjame que te enseñe a podar un viburno.

Ya era de noche cuando Colm los encontró a los dos en la biblioteca, bebiendo té. La señora Brogan se apresuró a ir a la cocina a por otra taza, con un discreto aunque perceptible aire alegre. Durante años, Colm y su padre apenas se habían dirigido la palabra, el distanciamiento entre ellos era casi tangible, como un muro de hielo, pero ahora el muro se había descongelado y el ambiente se estaba volviendo incluso más cálido a medida que se redescubrían. Se preguntó si Colm era capaz de entender más a su padre y sus fracasos ahora porque era un hombre. Ya no era el niño que había visto desmoronarse el matrimonio de sus padres. El niño que no sabía nada del amor, de la pérdida, de la decepción ni del dolor. Tal vez era capaz de tomar distancia y juzgarlo con objetividad en lugar de con pasión porque él mismo había experimentado parte de las vicisitudes de la vida y había aprendido a sentir empatía. No estaba segura, pero esperaba que aquello fuera el comienzo de la reconciliación entre lord Deverill y todos sus hijos. Tal vez, con el tiempo, también con Alana.

Alcanzó la taza del estante y volvió a la biblioteca; su felicidad todavía era frágil debido a la costumbre, ya que en parte esperaba encontrárselos peleando como antes. Lo que escuchó fueron risas. En medio de las risas se escuchaba el tono femenino de Margot relatando una anécdota sobre JP, imitando su voz de manera irreverente. La señora Brogan entró en la habitación y encontró a Colm tumbado en el sofá, llorando de risa, mientras su padre sonreía divertido y complacido en su sillón. Margot estaba delante de la chimenea con los brazos en jarra, entregándose por completo a su imitación, pero llevándola a cabo con cariño. La señora Brogan no quiso interrumpir, así que se quedó en la puerta mientras Margot terminaba su imitación.

—¿Qué le parece, señora Brogan? —dijo JP con una risita cuando terminó—. Creo que Margot sería una buena actriz, ¿no cree?

—¡Oh, sí! Lo sería —respondió la señora Brogan. Sonrió a Colm—. Recuerdo cuando era pequeño, señorito Colm, y solía representar obras de teatro con sus hermanas.

—Aisling siempre se llevaba los mejores papeles, si mal no recuerdo —intervino Colm.

—Creo que te fue mejor que a Cara —añadió su padre.

—La pobre Cara solía hacer de gato o de ratón —repuso la señora Brogan, recordando con deleite aquellos tiempos repletos de inocencia y despreocupación antes de que los muros del castillo se cerrasen sobre ellos.

—Al menos tenías hermanos con los que jugar. Yo siempre estaba sola —dijo Margot.

—Bueno, nosotros somos un buen público —dijo Colm.

Ella hizo una reverencia teatral.

—Gracias. —Y se sentó—. Además de montar obras de teatro, ¿qué más hacíais?

—Solíamos jugar al billar. La mayor parte del tiempo jugábamos al *Conejo en la madriguera*.

—¿Qué es eso?

—¡Ah, el *Conejo en la madriguera*! —suspiró JP con nostalgia.

—Es un juego que se juega alrededor de la mesa de billar. Suele jugarse con mucha gente. La idea es mantener la bola blanca en movimiento golpeándola con la bola negra, que solo puedes hacer rodar desde cualquier extremo de la mesa. Un jugador tras otro agarra la bola negra, corre hasta el final de la mesa y la hace rodar por el terciopelo para golpear la blanca y mantenerla en movimiento. Si la bola blanca deja de moverse, pierdes.

—En mi época, si perdías tenías que quitarte una prenda de ropa —dijo JP.

—Esa es la idea, papá —dijo Colm.

Margot se rio.

—Parece muy divertido. Vamos a jugar.

—¿Ahora? —preguntó Colm.

—Sí, ahora.

—No estoy seguro de querer quitarme la ropa —dijo JP, con cara de incertidumbre.

—Jugaremos con puntos —propuso Margot—. Hace demasiado frío para quitarse la ropa.

—Iré a poner otro tronco en el fuego —declaró la señora Brogan, saliendo de la habitación.

—Estoy entusiasmada —dijo Margot, sentándose al lado de Colm—. El *Conejo en la madriguera* es la clase de juego que me gusta. —Luego sonrió a Colm—. A la manera tradicional.

Colm le sostuvo la mirada.

—Nunca he jugado con dos.

—Quizás deberías averiguar si se puede.

Margot sonrió y Colm frunció el ceño. No estaba seguro de si le estaba haciendo una proposición o simplemente una broma.

—¡Oh! No tengo ninguna duda de que se puede —respondió, decidiendo tomarse su comentario a la ligera—. Aunque imagino que terminará bastante rápido.

—Estoy intrigado. Date prisa, Colm, o tu padre se quedará dormido.

—¿Qué? ¿Yo? Estoy tan despierto como un centinela de guardia.

Margot se dio cuenta de que JP estaba bebiendo té. La licorera con *whisky* seguía en la bandeja de las bebidas, sin tocar. Pasito a pasito, pensó para sí.

Mientras el fuego crepitaba en el hogar y las luces eléctricas arrojaban su cálida luz, Colm y JP demostraban a Margot las reglas del *Conejo en la madriguera* en la mesa de billar, después de despejarla de la investigación de Margot. Al ser joven, Colm era más rápido moviéndose alrededor de la mesa que su padre, pero menos hábil. Los años de experiencia habían enseñado a JP todos los trucos. Colm se lanzó por la habitación, deseoso de mostrar a Margot su destreza. JP se acordó de su juventud y recordó con agridulce nostalgia las veces que había corrido por la habitación con Bertie y con Kitty, y más tarde, cuando Colm era solo un niño y jugaban al *Conejo en la madriguera* en la mesa de billar del castillo. Margot observó con fascinación a los dos hombres mientras su afecto mutuo, latente durante tanto tiempo, se materializaba de nuevo en la lucha por la pelota y la reaparición de viejos y familiares patrones.

—¡Ah, me acuerdo de esa maniobra! —exclamó Colm encantado—. ¡Pero no creas que vas a superarme, viejo zorro!

—La edad siempre gana. El secreto es hacerla rodar despacio —dijo JP, dejando que la bola negra se deslizara por la mesa, justo fuera del alcance de Colm, y rozara la blanca con suavidad, haciendo que se detuviera y dándole el punto a JP—. ¡Has perdido, joven zorro! —declaró, triunfante.

Margot se dio cuenta de que esos debían de ser los apodos que habían tenido el uno para el otro. Se preguntó cuánto tiempo hacía que no los usaban.

—¿Preparada, Margot? —preguntó Colm, con una expresión competitiva en los ojos.

—Por supuesto —contestó, arremangándose la camisa.

—Empieza tú, ya que es tu primera vez. —Le entregó la bola negra y colocó la blanca en el centro de la mesa—. Vale, cuando estés lista.

Margot apuntó y luego lanzó la bola por el terciopelo, golpeando la blanca de refilón. Colm agarró la negra y se dirigió sin prisas al otro extremo para golpear la blanca con facilidad. Su padre se apresuró a golpear la bola blanca con firmeza, para dar a Margot más posibilidades.

—Te vas a arrepentir. —Se rio ella, agarrando la bola negra y lanzándola para que solo rozara la blanca.

—¡Ah, tú sabes lo que haces! —bramó JP—. ¡Así que la próxima vez no seré tan amable!

Corrieron alrededor de la mesa, peleándose en los extremos y sin parar de reír. En la habitación empezaba a hacer calor. JP se quitó el jersey. A Colm se le salió la camisa de los vaqueros. Margot se ató el pelo con una goma. Les brillaban las mejillas, tenían la respiración acelerada; la rivalidad se intensificó. Cuando la señora Brogan apareció para preguntar si querían cenar, se quedó un momento en el marco de la puerta, observándolos. Jamás imaginó que volvería a ver algo así. Pero ahí estaban, padre e hijo, jugando al *Conejo en la madriguera*, como en los viejos tiempos.

Después de la cena, cuando Margot anunció que más le valía volver al hotel, JP agarró la licorera de la mesa y le ofreció a su hijo un vaso de *whisky*.

—¿Quieres acompañarme? —preguntó.

Colm miró su reloj. Era tarde.

—¿Por qué no? —contestó, y se sentó en el sillón frente al de su padre.

—Buen hombre —dijo JP—. ¿Margot?

—Gracias, JP, pero creo que os dejaré a los dos. No hace falta que me acompañéis afuera.

—Conduce con cuidado —dijo JP, viéndola marchar. Se volvió hacia su hijo—. Dime, Colm, ¿cómo va el negocio? —Llenó su vaso y se lo entregó—. Por lo que he oído, te va bastante bien.

—Bastante bien —respondió Colm. Bebió un sorbo—. Aunque nunca me haré rico.

—Pero estás haciendo lo que te gusta y creo que ese es el secreto de la felicidad.

—Desde luego es uno de ellos.

—No voy a entrometerme en los demás. Eso se lo dejo a tu madre. —JP enarcó las cejas, esperando que su hijo se lo dijera de todos modos.

Colm bajó su vaso.

—Respecto a mamá…, supongo que no sabes que va a venir dentro de unos días —dijo.

JP bajó la mirada a su *whisky*.

—No, no lo sabía —respondió con desgana. Su entusiasmo se vino abajo ante la mención de Alana. Se esfumó, se evaporó—. Supongo que quiere verte a ti y a sus padres. Jack no se hace más joven, ¿verdad?

Colm lamentó haber arruinado la velada.

—Tal vez no debería habértelo dicho —repuso con pesar—. Te he estropeado el día.

JP sonrió con amargura.

—Nunca podrías estropearme el día, querido muchacho. Ha sido mágico, ¿verdad? Ahora estamos los dos aquí, tú y yo, y hablamos como antes. No, Alana no puede estropear nada, a menos que yo se lo permita. Bebe. La noche aún es joven. Hablemos de los secretos de la felicidad. ¿Alguna chica guapa de la que hablarme?

Colm sonrió y bebió otro sorbo de *whisky*.

—Has dicho que no ibas a preguntar.

—Te he mentido.

—El viejo zorro de siempre.

JP se rio y le brillaron los ojos.

—Me alegro de que sigas viéndome así.

10

Margot contempló el horizonte, donde el mar se fundía con el cielo en una hipnótica neblina gris azulada, y se preguntó si el Dios del que hablaba la señora Brogan residía allí, en las puertas del Cielo, si es que existía. Del mar soplaba un fuerte viento, que subía por el acantilado y atravesaba el alto pasto donde crecían silvestres amarillos tusilagos y aulagas, y unas densas nubes grises cubrían el cielo, ocultando el sol.

—Estás muy callado —dijo, mirando a JP.

Estaban montados en sus caballos al borde del acantilado. Abajo, las olas rompían contra las rocas, cubriendo el agua de espuma.

JP encendió un cigarrillo y suspiró.

—Alana llegará en un par de días. —Sacudió la cabeza y lanzó una bocanada de humo al fuerte viento—. Colm me lo dijo anoche después de que te fueras. Me ha dejado sin energía.

—Estoy segura de ello. ¿Querrá verte?

—Lo dudo. Nunca quiere. Ya no tenemos nada que decirnos.

—Pero la idea de que esté en Ballinakelly te intranquiliza.

—Desde luego.

—¿Cuándo fue la última vez que os visteis?

JP se encogió de hombros.

—No lo recuerdo. Hace años. Puede que dos, quizás tres, y solo de pasada. Evito ir a la ciudad cuando ella está aquí y estoy seguro de que ella me evita de igual modo.

Se giró para mirar de nuevo al mar y Margot decidió decir algo optimista al ver la tensión en su rostro.

—Lo de anoche fue divertido —se aventuró a decir—. Me alegro de que Colm y tú os llevéis tan bien.

—Sí, ha sido un cambio agradable. No sé a qué se debe, pero a caballo regalado no pienso mirarle los dientes.

—Tal vez solo necesitabais pasar tiempo juntos.

—Creía que le había perdido. Pero lo de anoche me demostró que es posible reconciliarse. Que no hay ninguna relación que no se pueda arreglar si de verdad quieres arreglar las cosas.

—A veces se quiere lo suficiente como para permitir que uno deje de lado los viejos agravios. La vida es demasiado corta para guardar rencores.

—Cabría pensar que catorce años son más que suficientes.

—¿Desde tu divorcio?

—Sí.

—¿Por qué no intentas arreglar tu relación con Alana? Así también arreglarías las cosas con el resto de la familia. Siento que ella es la guardiana de tus hijos y de tus suegros.

La aversión le desencajó la cara.

—Cincuenta años no serían suficientes para ella —dijo—. Dudo que me perdone, en esta vida o en la siguiente.

—Lo siento. Fue una tontería por mi parte sugerirlo. Estoy segura de que lo has intentado.

La miró con los ojos oscurecidos por la desilusión.

—Al principio nos peleamos. Luego nos enfadamos y nos negamos a hablarnos. Después nos separamos y nos comunicábamos solo a través de nuestros abogados. Más tarde parecía que habíamos olvidado cómo hablarnos. Se abrió un abismo entre nosotros y era demasiado grande y peligroso intentar salvarlo siquiera, así que dejamos que siguiera ahí, haciéndose cada vez más grande. Ahora ella está en un lado y yo en el otro y así son las cosas. Sospecho que siempre será así.

—¿Ha encontrado a alguien?

—No que yo sepa.

—¿Y tú?

Margot sabía que era una pregunta tonta. JP estaba más aislado y más solo que cualquier otra persona que ella hubiera conocido.

JP sonrió con amargura.

—¿Quién querría estar conmigo, Margot? —Ella frunció el ceño, horrorizada por su autocompasión—. No tengo nada que ofrecer a nadie.

—Eso no es cierto.

—Eres muy amable, Margot. Pero ya no soy el hombre que era antes. Ahora soy una persona totalmente diferente.

—Puedes ser quien quieras ser, JP. Está claro que se necesita fuerza de voluntad, pero, como dijiste, hay que ir pasito a pasito. Has retomado la equitación y la jardinería, ¿por qué no intentas cambiar tu estado de ánimo? Deja de verte como una víctima, así los demás también dejarán de verte como tal.

JP se rio.

—Eres demasiado joven para entender lo que es perderlo todo. Te envidio, Margot. Eres joven y hermosa. No tienes preocupaciones. Puedes ir adonde quieras. No tienes ataduras ni compromisos. Puedes escribir tu libro en cualquier lugar que elijas. Tu mundo está lleno de luz. Es pan comido. No tienes ni idea de lo que es ser yo.

Margot apartó la mirada con brusquedad. Estaba haciendo demasiadas suposiciones sobre ella. No tenía ni idea de si había sufrido o no. No sabía nada de su vida. Estaba tan obsesionado con sus propios problemas que creía tener el monopolio del sufrimiento.

El súbito reflejo de la luz en el punto donde el cielo se fundía con el mar, el lugar que ella imaginaba que era la puerta del Cielo, atrajo la atención de Margot. Tan cautivadora visión disipó al instante su irritación, como si la lejana luz la alejara de sus preocupaciones.

—¡Mira qué maravilla! —murmuró—. Dios nos da una pequeña muestra del otro mundo.

JP levantó la cabeza y lo observó. La tensión de su mandíbula se fue relajando poco a poco y él también se vio arrastrado hacia la luz. Inspiró hondo sin pretenderlo.

—En lo que a belleza se refiere, Irlanda es única. No sé qué es, pero es mágica.

—Imagino que todos los inmigrantes se habrán llevado consigo imágenes como esta cuando empezaron sus nuevas vidas en Estados Unidos y en cualquier otro lugar. Lo habrán echado de menos con todo su corazón.

—Estoy seguro de que sí y de que todavía lo hacen. Me pregunto si Alana añorará alguna vez su hogar. Ella amaba a Irlanda tanto como yo.

—No tenía por qué irse.

—Sí, si quería estar lo más lejos posible de mí.

—Es curioso que Colm no se fuera con ella a Estados Unidos, que se quedara contigo.

—Una pequeña corrección: se quedó con sus abuelos. No podía soportar verme. Me culpó por completo del divorcio.

—¿Cómo es tu relación con Aisling y Cara?

—Eran menos críticas que su hermano. De adolescentes acostumbraban a venir a pasar las vacaciones escolares. Teníamos una buena relación y solía verlas mucho más. No tomaban partido y su madre no intentaba obligarlas. Le reconozco el mérito por eso, por no intentar ponerlas en mi contra. Ahora que han crecido y tienen sus propios maridos e hijos, les resulta más difícil encontrar tiempo para venir. Lo irónico es que veo mucho más a Colm, cuando él siempre ha sido el hijo que más resentido estaba conmigo.

—Pero ¿no es eso típico de los chicos? Se ponen del lado de sus madres. Sienten que, al ser hombres, tienen que protegerlas.

—No lo sé. Nuestra historia es un gran tópico probablemente. El divorcio parece ser lo mismo en la mayoría de los casos, ¿no? Pero nada es blanco o negro. Siempre hay dos versiones de una misma historia y tanto el marido como la mujer se creen víctimas de una ofensa.

—Yo solo conozco tu versión de la historia.

JP la miró y sonrió.

—Si te acercas a Alana, a lo mejor consigues que te cuente la suya.

—¡Eso hace que me vea menos como una escritora y más como una terapeuta familiar!

—Creo que cumples con los requisitos para ser terapeuta.

—Bueno, he leído suficientes libros de autoayuda como para conocer bien la naturaleza humana.

Parecía sorprendido.

—¿Tú? ¿Libros de autoayuda? ¿Por qué los necesitarías?

Margot descartó su pregunta con un movimiento de cabeza. Ni siquiera sabía por dónde empezar.

—Vamos, galopemos. Tengo frío aquí arriba y los caballos están inquietos.

Su rostro se iluminó.

—Te echo una carrera.

Margot rio al oír que la desafiaba y apretó los flancos de su caballo.

—¡Atrápame si puedes!

Colm había tenido una mañana muy ocupada. La consulta se había llenado de animales que necesitaban tratamiento, entre ellos un labrador cojo, un gato con el estómago revuelto y un terrier que se había comido un calcetín. Se tomó un descanso durante el almuerzo y cerró la puerta de su despacho, dejando que su compañero se encargara del fuerte. Mientras estaba sentado en su mesa comiéndose un sándwich, abrió el libro de Margot que había comprado esa mañana. Sentía curiosidad por ver cómo escribía. Esperaba hacerse una idea de cómo iba a escribir sobre ellos. Se había empeñado en que no le cayera bien, pero ahora se daba cuenta de lo absurdo que había sido juzgar a alguien sin conocerlo. El hecho de que ella estuviera investigando para escribir un libro sobre su familia no la convertía en una mala persona. Se había equivocado al rechazarla con tanta rapidez. A fin de cuentas, si no fuera un Deverill le habría resultado simpática desde el principio. La verdad era que sus intenciones se habían visto destrozadas por su encanto, que era inesperadamente irresistible. Claro que era encantadora, pero también lo eran muchas otras chicas de Ballinakelly. Lo que Margot tenía era diferente. Era afectuosa y poseía un espíritu independiente, inteligencia y un agudo ingenio. Además, era esquiva. Nunca hablaba de sí misma. Parecía que quisiera mantener a la gente a distancia, como si no quisiera acercarse a nadie. Esa cualidad solo hacía que él quisiera acercarse. Empezó a leer la primera página y, mientras lo hacía, podía oír su voz como si se la estuviera leyendo en voz alta en su cabeza. No le interesaba lo más mínimo Eva Perón, pero a medida que pasaba la página descubrió que se interesaba cada vez más por Margot Hart.

Cuando Margot regresó al hotel aquella tarde, enseguida notó un cambio en el ambiente. Estaba electrizado. El personal se mantenía en posición de firmes como soldados, con la espalda recta, los hombros erguidos y el rostro alerta, como si en cualquier momento su coronel en jefe pudiera gritar una orden. Nadie holgazaneaba, charlaba o se entretenía. Se movían con determinación y energía, como si todo el lugar hubiera recibido una especie de descarga. Por eso no le sorprendió a Margot encontrar una invitación escrita a mano esperándola en su habitación, en la que se solicitaba su compañía para tomar una copa en el salón privado a las seis. La formidable señora De Lisle estaba en el hotel.

—Y bien, ¿cómo va la investigación, querida? —La señora De Lisle, con una chaqueta escarlata de doble botonadura y una falda de tubo, la besó en ambas mejillas, envolviéndola en una nube de Rive Gauche—. Espero que mi personal te esté cuidando.

—Me tratan como a una reina —respondió Margot—. Tiene un hotel precioso.

—Me alegro mucho de que te guste. Es la joya de mi corona. Venga, siéntate. ¿Qué quieres beber? ¿Tal vez una copa de vino? ¿Un gin-tonic?

Margot se acomodó en el sofá en el que se había sentado con la condesa Di Marcantonio y observó el pelo rojo lleno de laca y las rojas y brillantes uñas de la señora De Lisle y pensó en lo estadounidense que parecía. Las mujeres inglesas no conseguían alcanzar ese nivel de refinamiento.

—Una copa de vino blanco estaría bien, gracias —respondió.

La señora De Lisle hizo un gesto con la mano al miembro del personal que rondaba la puerta. Unas pesadas pulseras de oro tintineaban en su muñeca y un gran anillo de diamantes brillaba en su dedo. Le dio la orden con brío, como hace alguien acostumbrado a mandar, alguien que considera que los comentarios amables son una pérdida de tiempo. Pero podía ser encantadora cuando le convenía. Tomó asiento en uno de los mullidos sillones y encogió las piernas a un lado de manera pulcra, un tobillo sobre el otro, con los tacones de aguja carmesí a la misma altura. Luego miró a Margot con unos ojos gris plomo cargados de inteligencia y sonrió mostrando una dentadura blanca y perfecta.

—Dime, querida, ¿cómo va tu investigación? Me muero por saberlo.

—Bueno —comenzó Margot—, lord Deverill ha sido sorprendentemente servicial al permitirme revisar cajas de documentos familiares.

La señora De Lisle enarcó sus finas cejas.

—Eso es sorprendente. Pensé que encontrarías oposición.

—No estoy segura de que el resto de su familia esté tan dispuesta a ayudarme.

—Si lo tienes a él, no necesitas a nadie más, ¿verdad?

—Bueno, la condesa Di Marcantonio vino a verme.

La señora De Lisle asintió con conocimiento de causa.

—Supuse que lo haría.

—Ella cree que debería ser la señora de este lugar.

—Tiene razón.

—Y quiere que incluya los dramas en el libro.

—Y así deberías hacerlo. Un buen periodista explora todos los ángulos. Además, necesitas un poco de tensión, un poco de animación, si quieres que el libro se venda.

—¡Oh! Se venderá bien. La historia de esa familia es lo bastante jugosa como para condimentar un mercado indio. ¿Conoce a Leopoldo? —preguntó Margot.

—No. No creo que haya puesto un pie en la propiedad en años.

—Pero la condesa la visita de vez en cuando, ¿no es así?

—Sí, creo que le gusta traer a sus amigos y enseñar el hogar ancestral de su marido.

Margot se rio al oír la palabra «ancestral».

El joven regresó con dos bebidas en una bandeja. Margot le dio las gracias mientras le entregaba la copa de vino. La señora De Lisle se limitó a extender una mano.

—Es una mujer muy decidida —dijo Margot, eligiendo sus palabras con cuidado.

—Tan dura como el cuero viejo —añadió la señora De Lisle con menos contención—. Los aristócratas siempre atraen a mujeres ambiciosas que ascienden en la escala social como ella. Por lo que tengo entendido, Leopoldo fue un *playboy* en su juventud y derrochó grandes cantidades de dinero apostando, divirtiéndose a lo grande, dando fiestas lujosas y básicamente satisfaciendo todos sus caprichos. En realidad no es de extrañar que su madre le dejara el castillo y la mayor parte de su fortuna a JP Deverill. Lo irónico es que si Leopoldo lo hubiera heredado, lo más seguro es que su esposa le hubiera metido en cintura y habría dirigido este lugar de forma muy eficiente.

—Y no habrías tenido la oportunidad de comprarlo.

La señora De Lisle se rio.

—Lord Deverill me hizo un favor. Verás, lo que distingue a este lugar es la historia. Eso es lo que le gusta a la gente. ¿Cuántos hoteles pueden presumir de haber pertenecido a una misma familia durante trescientos años? Barton Deverill lo construyó y JP Deverill lo perdió. Los años intermedios están llenos de escándalos, tragedias, pérdidas y amor. Es una historia maravillosa y tú, querida, vas a escribir un libro brillante, que se venderá en todo el mundo y hará que la gente venga en masa. —La ambición brillaba en sus ojos grises—. He invertido mucho dinero en este proyecto porque conozco su potencial, Margot. Estados Unidos adora a Irlanda. Muchos provienen de aquí. Les tenemos un afecto especial a los irlandeses. El hotel solo lleva cinco años abierto, pero tenemos una reputación muy buena. Verás, el hecho de que lord Deverill viviera tiempos difíciles y tuviera que venderlo solo hace que la gente lo ame. No es el antiguo y despiadado aristócrata que explotaba a sus pobres arrendatarios y los mandaba a la tumba durante la hambruna o a Estados Unidos en barcos ataúd, sino un hombre que luchó bajo la carga de su enorme hogar ancestral y se vio obligado a renunciar a él. Es una historia con un gran patetismo. Su tragedia me beneficia. La gente quiere venir aquí para probar un poco de la vida privilegiada de estos aristócratas y no sienten celos, sino que se compadecen de ellos.

—Creo que a lord Deverill no le gustaría nada saber eso.

—Mejor a que le aborrezcan. Debería aceptarlo. Nos encantaría que viniera a hablar con nuestros invitados. Podríamos cobrar una fortuna por las cenas. Podría ponerse en pie y contarle a la gente cómo era la vida cuando él vivía aquí. Quedarían fascinados. Podría hacer que se sintiera mejor por todo el asunto si todavía formara parte de él.

—¿Se lo has propuesto alguna vez?

La señora De Lisle arrugó la nariz y negó con la cabeza.

—No creo que esté en condiciones de hablar con nadie. Por lo que sé, se ha perdido en el fondo de su botella de *whisky*. Es una pena, la verdad. Podría ganar mucho dinero. Le pagué de forma espléndida por este lugar, pero el dinero no dura eternamente. Esperaré hasta que ya no pueda pagar las facturas y entonces haré un trato. Con tu libro y con lord Deverill hablando en mis cenas, ¡no voy a dar abasto!

Su ambición resultaba tan desagradable que hacía temer a Margot por JP.

Alana Deverill llegó a su hogar, a la casa junto al mar en la que había nacido, con sentimientos encontrados. No había cambiado mucho. La casa era la misma, con su tejado de tejas grises y sus paredes encaladas, al igual que la bahía y las resplandecientes olas que se alzaban en la superficie del agua. Se acordó de las muchas veces que había paseado por la playa cuando era niña, buscando cangrejos en la arena y erizos en los charcos de las rocas. Había reído al viento mientras jugaba a perseguir a sus hermanos y había sollozado bajo la lluvia cuando se habían peleado, como hacen todos los niños. Sin embargo, cuando más lloró fue el momento en que descubrió las cartas de amor de Kitty Deverill en el maletín veterinario de su padre. Entonces juró que jamás le perdonaría por haber traicionado a su madre, para luego enterarse de que su madre siempre lo había sabido y que había esperado de manera paciente a que la pasión se extinguiera. Alana acabó perdonando a Jack, porque ¿quién era ella para guardar rencor si su madre no lo hacía?

Jamás imaginó que sufriría la misma clase de traición, pero volvió a sollozar en aquella playa cuando se enteró de la aventura de JP con la institutriz. A diferencia de su madre, ella ni lo aceptó, ni lo toleró ni esperó a que terminara. Se lamentó, lloró y arrojó todos los objetos a su alcance a la cabeza del infiel y declaró que esa vez cumpliría con su juramento y jamás le perdonaría. Habían pasado catorce años desde el divorcio y, sin embargo, al contemplar ahora el mar, el inmutable mar, bien podría haber sido ayer cuando arrojó al agua sus sueños rotos.

Se sentó en la mesa de la cocina con sus padres, ya más mayores y frágiles, y con su hijo Colm, que se volvía más guapo con los años, y compartió sus noticias. Cuando estaba en casa, Alana siempre se sentía como si nunca se hubiera ausentado. Era cómodo y familiar. Un refugio. Se preguntaba por qué había cruzado el Atlántico para forjarse una vida allí cuando podía haberse quedado en el lugar que conocía y amaba. Pero no podía quedarse en la misma ciudad que JP, temiendo encontrarse con él cada vez que iba a hacer la compra. Irse a Nueva York era lo que hacían los irlandeses, y los estadounidenses habían hecho que sus hijas y ella se sintieran bienvenidas. ¿Acaso su madre no había nacido allí y su padre no había hecho de ese lugar su hogar durante una breve temporada? Llevaba Estados Unidos en la sangre al igual que Irlanda. Y, sin embargo, sentada ahora en aquella mesa, la misma en la que había comido, estudiado y cotilleado durante las dos primeras décadas de su vida, Alana sentía una sensación de pertenencia sin par, así como pesar por haberla perdido.

Los cuatro disfrutaron de un abundante almuerzo a base de estofado con patatas. Emer había preparado tarta de manzana de postre, haciendo desde cero las natillas que tanto le gustaban a Jack. Se resistía a comprar cosas en paquetes cuando podía cocinarlas ella misma.

—Tenemos que decirte una cosa, Alana —dijo Emer, dejando la cuchara y el tenedor.

Alana sabía que tendría algo que ver con JP.

—¿Qué pasa? —preguntó, con una familiar sensación de temor que le oprimía el estómago.

Jack se zampó el resto de las natillas directamente de la jarra con una cuchara.

—Hay una escritora residente en el castillo —anunció Jack—. Y está escribiendo un libro sobre los Deverill.

No era partidario de envolver las duras verdades entre algodones.

—JP le ha dado acceso a los documentos de la familia —añadió Emer.

Alana se encogió de hombros.

—Está en su derecho. Al fin y al cabo, es un Deverill. ¿Qué tiene que ver conmigo?

—Tendrá mucho que ver contigo cuando llegue a los últimos veinte años —intervino Jack.

Colm guardó silencio. Se sentía como un traidor entre ellos. No quería reconocer que no solo se había hecho amigo de la escritora, sino también de su padre. Sabía lo mucho que su madre contaba con su apoyo. Siempre se había puesto de su lado. Ahora deseaba no haber tomado nunca partido.

Alana miró a su hijo.

—¿Conoces a esa mujer?

—Sí —respondió.

—¿Cómo es?

Colm dudó. Levantó el vaso de agua y se lo llevó a los labios.

—No lo sé, supongo que inteligente y...

—Es hermosa —interrumpió Jack—. Hermosa y astuta como un zorro. Tiene a JP comiendo de su mano. —Posó la mirada en su nieto—. Sospecho que también te tiene a ti comiendo de su mano —añadió—. Los hombres son masilla en manos de mujeres como Margot Hart.

Alana frunció el ceño.

—¿Me estás diciendo que JP está contando todos los secretos de la familia?

Colm se apresuró a defender a su padre.

—Creo que la está ayudando a investigar el pasado lejano. La última vez que estuve allí estuvieron hablando de Hermione Deverill.

Los ojos de Alana se oscurecieron.

—Si va a utilizar este libro para vengarse de mí, tengo que saberlo.

—No se sabe lo que hará —dijo Emer.

—En mi experiencia, no hay nada más peligroso que un borracho con la lengua suelta y un montón de secretos —dijo Jack.

—Margot está escribiendo un libro de historia, no uno sobre la vida privada —puntualizó Colm. Sintió el calor bajo el cuello de la camisa y se preguntó por qué de repente la cocina estaba tal caldeada—. Escribió una biografía de Eva Perón. La estoy leyendo ahora y es buena. Es historiadora, no chismosa.

Jack sonrió.

—Bueno, has cambiado de opinión, Colm —reflexionó. Entonces pensó en Kitty Deverill—. Hay mujeres a las que es imposible resistirse. —Escudriñó la cara de su nieto y al hacerlo se dio cuenta de que había visto esa expresión antes, en su propia cara en el espejo.

—Voy a hablar con JP —dijo Alana—. Voy a averiguar qué está pasando. No podemos permitir que hable de mí, de nosotros y de nuestra relación de forma oficial. No voy a consentir que me humille públicamente.

—Estoy seguro de que no lo haría —dijo Colm.

Su madre lo miró, incrédula.

—¿Lo estás? —replicó. No era propio de Colm defender a JP. Se apartó de la silla—. Voy a verle ahora.

—Iré contigo —se ofreció Colm.

—No, iré sola —respondió—. Esto es entre tu padre y yo. —Suspiró—. Siempre ha sido entre él y yo.

Kitty

Se avecinan problemas en el castillo y por una vez no tienen nada que ver conmigo. La responsable de las apariciones es la señora Carbery. El señor Dukelow ha contratado a una nueva chica de Kinsale llamada Annie Dineen, una dulce y apocada criatura de pelo castaño lacio, ojos de un marrón apagado y una boca pequeña y tímida de la que nunca sale nada interesante. Su aspecto es poco llamativo y se dedica a hacer las camas y a limpiar las habitaciones de forma silenciosa y eficiente, sin llamar nunca la atención. De hecho, el resto del personal apenas se fija en ella. Sin embargo, destaca por una cosa: es intuitiva. Es una de esas pocas personas que perciben las vibraciones más sutiles de las que la mayoría no es consciente, pero a diferencia de mi abuela y de mí (que en vida fuimos muy indiferentes a nuestro don), ella le tiene miedo. Tararea en voz baja cuando siente que la temperatura de la habitación desciende o percibe una presencia detrás de ella porque se le eriza el vello de la nuca. Si estuviera viva, le explicaría que no hay nada que temer. Aquí no hay espíritus malignos, solo entes bondadosos que velan por sus seres queridos que van y vienen en el hotel o por aquellos que, como la señora Carbery y yo, se encuentran en el plano intermedio, ya sea por elección o por sistema. Sin embargo, Annie no conoce la diferencia entre fantasmas, espíritus en tránsito y espíritus, y yo no estoy en condiciones de decírselo. Ella cree en fantasmas con sábanas blancas y entes sin cabeza que podrían hacerle daño. Me gustaría susurrarle al oído que el castillo Deverill podría no ser el lugar de trabajo indicado para ella, pero necesita el dinero y está dispuesta a soportar los chirridos y gemidos que acompañan a sus tareas diarias. Sin embargo, la señora Carbery, en el cuarto de la ropa blanca, es otra cosa.

La señora Carbery va aceptando poco a poco la idea de que está muerta. Después de haber vivido décadas en un estado onírico, realizando su rutina habitual en la realidad que ella misma ha creado, está empezando a despertar. La ilusión tiembla y se desvanece como los reflejos en el agua. Empieza a habitar el mismo reino que yo y no le gusta nada.

—¿Dice que el castillo Deverill es un hotel? —me preguntó confundida cuando intenté explicarle la verdad—. ¡Qué cosas tiene, señorita Kitty! Supongo que con todos los huéspedes de su señoría a veces puede parecer un hotel. Aunque, ¿qué voy a saber yo? Nunca he estado en un hotel.

—El castillo ya no pertenece a un Deverill... —comencé.

Se persignó al oír eso, con una expresión de horror en su rostro.

—Entonces, ¿qué ha sido de lord y lady Deverill? ¡Que Dios los guarde y los libre de todo mal!

—Murieron hace mucho tiempo. Se acuerda del incendio, ¿verdad, señora Carbery?

Ella frunció el ceño y una expresión afligida oscureció su rostro.

—El incendio... —murmuró, sacando el recuerdo de algún rincón en su interior. Seguro que lo había enterrado, junto con la muerte de mi abuelo Hubert, que era su señor.

—Y ¿se acuerda de mi abuela Adeline, que se volvió loca en la torre oeste, la única parte del castillo que sobrevivió al incendio? Seguro que recuerda su muerte.

Las arrugas de su frente se estremecieron mientras sacaba también ese recuerdo de las aguas silenciosas y tranquilas de su subconsciente. Entonces me di cuenta de que el incendio, la muerte de mis abuelos y la de su amado hijo habían hecho que perdiera la cabeza y que al morir habitara de algún modo este mundo ilusorio.

Me miró entonces con terror en los ojos mientras la niebla se despejaba y las imágenes afloraban una a una para revelar la verdad que había ocultado de manera voluntaria.

—Sí que recuerdo el incendio —susurró, asombrada de haber podido olvidarlo—. Recuerdo haber formado una cadena humana y haber pasado cubos de agua, pero no servían de nada contra las llamas. Todo el edificio ardía y no podíamos hacer nada más que ver cómo destruía el lugar que amábamos. —Se llevó una mano a la boca—. ¿Qué pasó después? No recuerdo... No puedo...

Me arrodillé junto a su silla y le tomé la mano. Era como si despertara de un coma y tuviera que hacer frente al trauma que la había llevado hasta allí.

—Usted se quedó en casa, señora Carbery —dije con suavidad—. Su hija Bessie la cuidó. Se acuerda de Bessie, ¿verdad? Era solo una niña, pero la cuidó como una pequeña madre.

La señora Carbery entrecerró los ojos, esforzándose por recuperar y afrontar esos dolorosos recuerdos.

—Bessie, sí, recuerdo a mi Bessie. ¿Dónde está ahora?

—Todavía vive.

—Pero a mi hijo lo mataron. —Sus ojos se oscurecieron—. Me quitaron a mi hijo. —Volvió a llevarse una mano a los labios, sofocando el sollozo que acompañaba al dolor.

—Su hijo murió en la guerra civil y usted murió poco después.

Exhaló un suspiro, resignada.

—Así que es cierto. Estoy muerta de verdad. —Sacudió la cabeza con incredulidad—. No me siento diferente. Me sigue doliendo el corazón. —Apartó la mano de la boca y se la llevó al pecho—. Todavía me duele, aquí. ¿Debería dolerme ahora que estoy muerta?

—El corazón es su alma, señora Carbery. Su alma nunca puede morir.

—¡Oh! Si esto es la muerte, entonces no la quiero —se lamentó—. ¿Y qué hay del Cielo? ¿Qué pasa con eso?

Y no pude ayudarla. Ella sabía que estaba muerta, pero la luz no llegó como yo esperaba. Creí que sabía bien cómo hacer que siguiera su camino, pero no fue así. No pude. Ella me miró con espanto.

—Vas a ir al Cielo... —empecé, pero no me creyó.

—He sido mala. Debo de haber sido mala —murmuró.

—Usted no es mala, solo está perdida, señora Carbery —le dije.

—¿Y usted? —preguntó—. ¿Y usted?

—Yo también estoy perdida —respondí, y por primera vez dudé de mí misma. Me había negado a seguir adelante. ¿Era posible que cuando decidiera que estaba lista no encontrara el camino a casa?

Ahora la señora Carbery está causando estragos. La pobre Annie Dineen se niega a entrar en el cuarto de la ropa blanca. Dice que está encantado. Se queja de que hace frío y está habitado por una mujer furiosa que le grita que la deje en paz cada vez que entra a buscar ropa limpia para las camas. Ahora que la señora Carbery sabe que está muerta, está decidida a hacer que todos sean tan desgraciados como ella. Si yo hacía sonar algún pomo para asustar a la gente, ella aporrea todas las puertas como una loca. Por suerte para el hotel, la mayoría de las veces es incapaz de hacerse oír. No está centrada y no entiende cómo se hace. No voy a explicárselo. Pero para la pobre Annie Dineen, que puede verla, el miedo de la señora Carbery es un verdadero problema. Escuché a la señora De Lisle hablando con el señor Dukelow y dándole instrucciones estrictas para que resolviera esos supuestos sucesos sobrenaturales.

—No quiero que mi personal asuste a los huéspedes —dijo con firmeza—. ¡Haga algo al respecto de inmediato!

No sé muy bien cómo lo va a hacer.

Me siento atraída al pabellón de caza, donde Alana se ha presentado de forma inesperada para hablar con JP. Cuando la señora Brogan abre la puerta, la exmujer de JP no espera a que la inviten a entrar. Saluda a la anciana ama de llaves con afecto pero con brío y entra directamente antes de que a la señora Brogan se le ocurra algo que decir para impedírselo. Observa alarmada mientras Alana avanza por el pasillo hacia la biblioteca. Sabe dónde encontrar a JP.

Él la oye acercarse antes de verla y su energía se retrae. Si tuviera caparazón como las tortugas, se refugiaría en él. Se queda paralizado en su escritorio, con la pluma encima de la carta que está escribiendo y con los ojos abiertos como platos por la expectación. Sabe que es ella. Ha estado esperando, no, temiendo, esto. Y no le cabe duda de por qué ha venido.

Un momento después, está en la puerta. JP yergue la cabeza.

—Hola, Alana —dice con frialdad.

Ella pone los brazos en jarra. Su ira es un miasma a su alrededor que puedo ver con tanta claridad como la niebla.

—Tenemos que hablar —dice.

Se levanta con rigidez y se acerca al fuego. Agarra un tronco de la cesta y lo echa en la chimenea. Está haciendo tiempo. Pero solo puede retrasar lo inevitable.

—¿Quieres beber algo? ¿Un té?

—No me quedaré mucho tiempo —responde de manera escueta. Creo que siente que tiene más poder de pie, así que no se sienta. Al fin y al cabo, no está aquí como invitada. Hace más de veinte años que estuvo en esta biblioteca como invitada, cuando mis padres vivían aquí. Entonces eran felices. Entonces todos éramos felices—. He oído que hay una escritora residente en el castillo —dice—. Y que está escribiendo un libro sobre tu familia.

—Es cierto —responde JP. Se pone de espaldas al fuego. El tronco crepita y chisporrotea detrás de él mientras las llamas lo envuelven. Enciende un cigarrillo con manos temblorosas.

—Tengo entendido que le has permitido revisar tus documentos familiares. Es muy generoso por tu parte.

—Así es.

—¿Por qué lo has hecho? —La furia se apodera del rostro de Alana—. No entiendo por qué permites que el enemigo entre en tu casa y le das carta blanca para que rebusque en la historia de tu familia. ¿Por qué harías eso?

—Creo que hará un buen trabajo —responde. Da una calada a su cigarrillo. Los dedos de su otra mano se mueven con agitación. Sé que está desesperado por tomarse una copa. Si hubiera sabido que venía Alana, se habría bebido media jarra de *whisky* para prepararse. Tal como están las cosas, está sobrio y en apuros.

—Tú no sabes nada, JP —le interrumpe cuando se disponía a hablar—. ¿Hasta qué punto conoces a esta mujer? No la conoces. Acabas de conocerla. No sabes lo que va a hacer con la información que le des. Seguro que querrá escribir un libro que se venda. El escándalo vende y ella querrá llenar su libro con eso, JP. ¿Está al tanto de la aventura de Kitty con mi padre? ¿Va a aparecer en el libro? —Me he centrado tanto en el desmoronamiento del matrimonio de JP y de Alana y en la venta del castillo que no he tenido en cuenta mi aventura con Jack. Pero Alana tiene razón; si Margot se entera de eso, la pobre Emer se sentirá herida de nuevo. Aunque esté muerta, estoy segura de que la herida que su traición le infligió en el corazón nunca ha sanado del todo. ¿Cómo podría? Alana está velando por su madre—. ¿Y qué hay del suicidio de Archie? —continúa—. Celia aún vive. ¿Has pensado en ella? No querrá que desentierren y escriban sobre esa tragedia para que todo el mundo la lea. ¿Y la homosexualidad de tu hermanastro Harry? Si crees que esta mujer va a excluir todo eso del libro, piénsalo mejor. Si hace bien su trabajo, lo sacará todo a la luz. Hay mucha gente que le contará las habladurías. No te equivoques; no es tu amiga. Solo será tu amiga mientras te necesite. Luego regresará a Inglaterra, desaparecerá y no la verás ni por asomo. Se hará de oro con el libro y tú te quedarás con cara de tonto. ¿Y qué pasa con nosotros? ¿Quieres que todo el mundo sepa por qué se rompió nuestro matrimonio? ¿De verdad? Porque yo no, JP. —Él la mira fijamente. Está buscando palabras, pero no las encuentra. Ella lo ha dejado con la cara roja y tambaleándose como un pez en la playa—. Por el bien de nuestros hijos, cesa todo contacto con ella de inmediato, JP. —Entonces su expresión cambia. Lo mira fijamente y veo verdadera compasión en sus ojos—. No me casé con un tonto —dice con suavidad—, pero me temo que en eso es en lo que te has convertido.

—¡No tienes derecho a entrar aquí y decirme lo que tengo que hacer, Alana! —exclama, y me imagino a un perro acorralado que refunfuña y gruñe, con la espalda pegada a la pared y ningún sitio al que huir.

—Tengo derecho, porque soy la madre de tus hijos. Tengo todo el derecho a protegerlos. Y también te estoy protegiendo a ti, aunque nunca me lo agradecerás.

—¿Protegerme de qué? —pregunta con una risa amarga.

—De ti mismo. —JP la fulmina con la mirada—. No tengo nada más que decir —añade.

—La señora Brogan te acompañará a la salida.

—Saldré yo sola —le corrige y abandona la habitación.

Los ojos de JP se quedan fijos en el lugar donde ella estaba, como si hubiera dejado una huella allí. Se balancea un poco y se dirige a la bandeja de las bebidas. Se sirve un generoso vaso de *whisky* y se lo bebe. La ceniza de su cigarrillo cae sobre la alfombra, pero no se da cuenta. Se sirve otro trago. La culpa le invade. Está claro que quiere que Margot cuente su versión de la historia, pero ahora tengo claro que también quiere hacer daño. Es una criatura herida que arremete contra los más cercanos, esperando que ellos también sufran como él lo está haciendo. Eso es lo que hace la gente infeliz.

Se lleva la licorera y su copa vacía al sillón y se sienta a contemplar el fuego. Se llena de nuevo el vaso, se recuesta y exhala un profundo suspiro.

Alana tiene razón; no se casó con un tonto. ¿Cómo ha llegado a esto?

11

Aquella tarde se desató una tormenta que azotó los acantilados y embraveció el mar, provocando olas tan altas como edificios. Los vientos huracanados aullaban alrededor de los muros del castillo y la lluvia aporreaba los cristales de las ventanas como si fueran miles de pequeñas garras que intentaban entrar. Una sensación de inquietud reinaba en el hotel. Los huesos del edificio crujían y gemían y todos hablaban en voz baja, como si estuvieran nerviosos por alguna presencia invisible que acechara en los pasillos. Margot había decidido quedarse junto al fuego en el salón del castillo a leer algunas de sus notas. Una doncella de rostro pálido entró para correr las cortinas, bloqueando la oscuridad y la tormenta. Margot levantó la vista de la página y la observó. Ya conocía a la mayoría del personal del hotel y se consideraba parte del mobiliario. La joven le sonrió, pero sabía que no debía ponerse a charlar. Sin embargo, por la expresión de cansancio de su rostro, Margot intuyó que algo pasaba.

—¿Va todo bien, Evie? —preguntó cuando la criada se acercó a echar otro leño al fuego.

Evie miró a su alrededor para asegurarse de que no la iban a oír.

—Es Annie otra vez —susurró—. Está teniendo otro de sus ataques.

—¿Otra vez fantasmas?

—Creo que es la tormenta. Las tormentas siempre asustan a la gente. Los irlandeses somos muy supersticiosos. —Esbozó una sonrisa pícara—. El problema es que un lugar antiguo como este siempre va a estar encantado, ¿no?

—En realidad, no es tan antiguo —la corrigió Margot—. Celia Deverill lo reconstruyó en los años veinte.

—Pero esa es la cuestión. Está en el lugar del antiguo castillo, que se construyó en el siglo XVII. No importa cuántas veces se reconstruya porque la energía del edificio original sigue siendo la misma, como un plano. Debajo de todo esto hay una magia muy antigua.

«¡Dios mío!», pensó Margot, pero se abstuvo de poner los ojos en blanco.

—Entonces, ¿no le da miedo esa magia tan antigua?

—¡Claro que no! Ese tipo de cosas me parecen fascinantes. Es decir, ¿cuántas cosas hay ahí fuera que no podemos ver? Todavía no he visto ningún fantasma, pero juro que a veces me siento observada.

Margot pensó en su amigo Dan Chambers. ¿Por qué pensaba en él cada vez que alguien mencionaba a un fantasma? Cerró el cuaderno y se levantó. Tal vez hubiera una forma de aprovechar esos supuestos fantasmas, de aprovecharlos en favor del negocio de la señora De Lisle. Si todo el mundo creía que el lugar estaba encantado, ¿por qué no sacar provecho de ello?

Encontró a la señora De Lisle en su sala de estar privada, reunida con el señor Dukelow y con su asistente personal, Jennifer, una joven estadounidense con gafas y piel aceitunada sin un solo defecto. Parecía una reunión informal. Estaban tomando té y al menos el señor Dukelow estaba dando buena cuenta de un plato de galletas. Jennifer estaba sentada en una silla, con el cuaderno abierto y la pluma estilográfica preparada. La propia señora De Lisle estaba en el sillón, con la taza de té en una mano y el plato en la otra, y daba la impresión de estar disfrutando de una agradable tarde entre amigos.

—¿Puedo molestarla un momento? —preguntó Margot desde la puerta. Supuso que, si no se habían molestado en cerrar la puerta, no les importaría que les interrumpieran.

—Entra, por favor —dijo la señora De Lisle con una sonrisa—. Estamos hablando de la tormenta. Me alegro de no tener que volar esta noche.

El señor Dukelow la tranquilizó.

—Mañana habrá pasado.

—El pronóstico para mañana es bueno —añadió Jennifer con seriedad—. De hecho, dice que las nubes se despejarán a primera hora de la mañana y que el sol saldrá a mediodía.

—Tengo una idea que podría interesarle —comenzó Margot.

—Siéntate, Margot —dijo la señora De Lisle. Margot se sentó en el sofá, al lado del señor Dukelow, que alcanzó otra galleta. Margot sintió que estaba nervioso. No tenía la figura de un hombre que se atiborra de galletas—. Bueno, ¿qué idea es esa, Margot? —preguntó la señora De Lisle, con la cabeza ladeada y el ceño fruncido a causa del interés.

—Bueno, me parece que hay muchos que piensan que el castillo está encantado —respondió—. Y a mucha gente le gusta la idea de los fantasmas. Tal vez eso sea algo que pueda explotar.

La señora De Lisle entrecerró los ojos.

—Continúa.

—Tengo un amigo que es médium. Está muy solicitado. Fui a uno de sus eventos hace unos años en la Real Sociedad Geográfica de Londres y no cabía un alfiler. Yo misma soy escéptica, pero hasta a mí me sorprendió la información que le daban los espíritus del más allá. Enseguida busco explicaciones para este tipo de cosas, pero puedo decir con sinceridad que en esa ocasión no encontré ninguna. Fue extraordinario.

La señora De Lisle lo pensó por un momento. Si creía o no en el mundo de los espíritus carecía de importancia. Si podía ganar dinero con ello, creería en cualquier cosa.

—No es una mala idea. En lugar de intentar negar las extrañas apariciones, podríamos hacer un reportaje sobre ellas. Bien pensado, Margot. Me gusta. Podríamos invitar a ese amigo tuyo a venir aquí; hasta podríamos tener un médium residente. —Sonrió con astucia—. Y tal vez, si es realmente bueno, pueda deshacerse de los fantasmas menos atractivos que parecen molestar a mi personal. —Se rio y el señor Dukelow y Jennifer rieron con ella—. ¿Cómo es ese amigo tuyo? —continuó.

—Se llama Dan Chambers. Supongo que tiene unos sesenta y tantos. Guapo, elegante, encantador. Justo el tipo de persona que mejorará su hotel. Es como una luz para las polillas. La gente lo adora.

—¿Cómo le conoció? —preguntó el señor Dukelow, tratando de recuperar terreno.

—Nos conocimos hace unos siete años en Montana. Estaba haciendo una reseña sobre Ralph Lauren y él estaba organizando un retiro allí. Es una buena persona. Si alguien puede convencerte de que los espíritus son reales y están presentes, es él.

La señora De Lisle se volvió hacia Jennifer.

—Que Margot te dé su número, ¿quieres? Averigua si está disponible para venir una semana en primavera. Estoy de acuerdo con Margot. —Le sonrió—. Podríamos aprovechar estas supuestas apariciones en nuestro beneficio.

En ese momento llamaron a la puerta. Era Róisín.

—Disculpe, señora De Lisle, pero hay una llamada telefónica para la señorita Hart. La mujer dice que es urgente.

Margot no imaginaba quién podía ser. No sería su madre y era poco probable que fuera Dorothy, ya que habían hablado la noche anterior.

—¿Dónde puedo atender la llamada? —preguntó, levantándose.

—Puedo pasarla a este teléfono —sugirió Róisín.

Pero Margot sabía que aquí no tendría mucha privacidad.

—Lo haré en la recepción —dijo, excusándose y siguiendo a Róisín al pasillo.

Cuando se acercó el auricular a la oreja oyó la voz temblorosa y cargada de pánico de la señora Brogan.

—Margot, soy yo, Bessie. Es su señoría. Está en un estado terrible. No sé qué hacer. He intentado telefonear al señorito Colm, pero me ha saltado su contestador automático. Le he dejado un mensaje, pero no puedo estar segura de que lo reciba y necesito ayuda urgente. Su señoría ha estado bebiendo, Margot. Está disgustado. No sé qué hacer. No sabía a quién más llamar.

—Está bien, Bessie. Ahora mismo voy.

—Lamento hacerte salir en una noche como esta, pero está en un estado lamentable.

—Un poco de viento y lluvia no me molesta, Bessie. Quédate con él y llegaré tan pronto como pueda.

—Que Dios te bendiga, Margot.

Margot se apresuró a ir a su habitación para recoger su abrigo y su sombrero y cambiarse los zapatos por un par de botas de cuero. Al bajar las escaleras, la asaltó una familiar sensación de inquietud, que le encogió el estómago y le formó un nudo en la garganta. Sin embargo, sabía que tenía que acudir en ayuda de JP. No podía dejar a la pobre señora Brogan sola con ese drama. Sabía muy bien lo que era eso. Y una parte de ella quería acudir en su rescate; incluso lo necesitaba.

Salió en medio del vendaval. Con la cabeza agachada y el gorro de lana bien calado, se abrió paso hasta el coche. Hacía mucho frío y la noche era tan oscura como boca de lobo. Metió la llave en la cerradura y se montó en el coche. Los faros iluminaban la lluvia, los arbustos y los árboles cercanos que el viento había doblegado. No era una noche para estar a la intemperie, pero no tenía otra opción. A Margot no le faltaba valor y no había nada como una llamada de auxilio para impulsarla a hacer algo. Ahora era una mujer, no una niña. Esta vez tenía la oportunidad de cambiar las cosas.

Cruzó las puertas y enfiló la angosta carretera. Había ramitas y hojas empapadas esparcidas por todo el asfalto y los charcos brillaban con las luces de los faros y salpicaban de forma ruidosa cuando pasaba por encima de ellos. Procuró conducir despacio, sin perder de vista los árboles que flanqueaban su ruta por si el viento arrojaba alguna rama hacia ella. No tardó mucho en llegar al pabellón de caza. Aparcó lo más cerca posible de la puerta principal. La señora Brogan debía de estar esperándola en el vestíbulo porque nada más salir del coche se abrió la puerta principal y su rostro pálido y redondo asomó con inquietud por la rendija.

Margot se apresuró a entrar.

—¡Menuda nochecita! —exclamó la señora Brogan, ayudándola a quitarse el abrigo y el sombrero—. Estás calada, querida.

—Estoy bien, gracias. ¿Dónde está?

—En la biblioteca.

Margot casi corrió por el pasillo, con el corazón en la garganta a causa de la expectación y del miedo. Esperaba encontrar a JP desplomado en su sillón en estado de embriaguez, pero lo que encontró fue mucho más alarmante.

La habitación estaba desordenada, como si hubiera agarrado todo lo que estaba a su alcance y lo hubiera tirado al suelo. Libros, adornos, lámparas, cuadros. El fuego era lo único que se había salvado. Ardía de manera apacible en el hogar y las llamas doradas y carmesí lamían los troncos y la ceniza con suavidad, como si se tratara de otra tranquila tarde de invierno. JP estaba sentado en el centro de la habitación, desplomado sobre la alfombra, con la espalda apoyada en el sofá, los pies extendidos y la barbilla contra el pecho. De su mano pendía una botella de *whisky* vacía.

Margot se agachó a su lado y le palmeó el hombro con cautela.

—JP —dijo, con la esperanza de reanimarlo. Lo zarandeó—. Vamos, JP. Despierta. —La señora Brogan se unió a ella—. ¿Qué ha pasado? —preguntó Margot.

—La señora Brogan apretó los labios.

—Lo que ha pasado es que ha recibido una visita de la señora Alana.

—Entiendo. Supongo que se pelearon.

—No me gusta escuchar, pero no he podido evitar oír algunas cosas, Margot.

Margot la miró fijamente.

—Imagino que trataban de mí y del libro que estoy escribiendo.

La señora Brogan asintió.

—Me temo que sí. La señora Alana estaba muy enfadada.

—¡Vaya dos! —Exhaló un suspiro—. Esto tenía que pasar. Imagino que ella considera una terrible traición que él colabore. No la culpo. A mí me pasaría lo mismo. ¿Sabes? No pretendo hacer daño a nadie al escribir este libro, Bessie —añadió—. No quiero separar a la familia.

—No puedes empeorar las cosas —dijo la señora Brogan, pero Margot sabía que eso no era cierto.

Una ráfaga de viento recorrió el pasillo y entró en la biblioteca cuando la puerta principal se abrió de golpe y se cerró con un portazo. Margot miró a la señora Brogan y frunció el ceño. Pero la señora Brogan sabía de quién se trataba y no se sorprendió en absoluto cuando Colm entró con paso decidido en la habitación un momento después.

—¿Qué ha pasado? —preguntó.

La señora Brogan se apartó para dejarle pasar.

—Se ha desmayado —dijo Margot.

Colm se arrodilló junto a su padre y le tomó el pulso. Sacudió la cabeza y suspiró. No expresó su decepción con palabras, pero la expresión de su rostro cansado dejaba claro que se sentía muy afectado.

—Veamos si podemos llevarlo arriba y acostarlo —dijo.

—¿Ha sucedido esto antes? —preguntó Margot.

—No que yo sepa —respondió Colm.

—Así no —añadió la señora Brogan en voz queda—. Nunca lo había visto tan consternado. Es como si de repente hubiera perdido la voluntad.

Colm sabía lo que le había hecho beber. Le dirigió a la señora Brogan una mirada cómplice. Ella le devolvió la sonrisa con comprensión y compasión; una sonrisa que contenía todo el amor y la lealtad que había sentido por él desde su infancia. Una sonrisa que, mientras el caos del matrimonio de sus padres le arrebataba todo lo demás en su vida, había permanecido constante.

—¿Te sientes con fuerzas, Margot?

—Lo intentaré —respondió ella.

Se pasaron los brazos de JP sobre sus hombros y medio arrastraron, medio cargaron con él por las escaleras. Si bien se despertó a causa del movimiento, la bebida le había nublado la cabeza. Intentó hablar, pero arrastraba las palabras y resultaban incoherentes. Al menos intentó caminar, lo que fue de ayuda mientras Colm y Margot se esforzaban por llevarlo a su dormitorio.

Una vez tumbado en la cama, Margot dejó a la señora Brogan y a Colm para que le quitaran la ropa sucia y lo metieran bajo las sábanas. Fue al piso de abajo y comenzó a ordenar la biblioteca. Una sensación de malestar se agitaba en la boca de su estómago, como un charco de alquitrán que hubiera empezado a burbujear. Parecía que siempre hubiera estado ahí, bajo un velo de negación, como un volcán dormido a la espera de que algo provocara una erupción. Una vez más, aquí estaba ella, tratando de salvar a alguien a quien probablemente no se podía salvar y haciendo suyos los problemas de otra persona.

Margot comenzó a llorar mientras volvía a colocar los libros en la estantería y los adornos en las mesas sin prisas. El fuego había quedado reducido a brasas que brillaban en la rejilla de manera reconfortante. Echó otro tronco y durante un rato observó mientras humeaba, crepitaba y al fin prendía. Allí la encontró Colm, contemplando con pena las llamas, luchando contra una horrible sensación de *déjà vu*.

—Gracias por venir, Margot —dijo, paseando la mirada por la habitación con una sensación de impotencia. ¿Cómo podía curar a alguien que estaba tan roto?

Margot se secó los ojos y se volvió hacia él.

—No está bien, ¿verdad? —dijo.

—No es problema tuyo. ¿Por qué no vuelves al hotel? La señora Brogan y yo recogeremos esto. Ya has hecho suficiente.

—No, te ayudaré. No tengo nada más que hacer. Además, me siento un poco obligada con tu padre.

—No tienes ninguna obligación hacia él en absoluto. Probablemente no debería haberte invitado a su casa tan rápido. No estoy seguro de por qué lo hizo. Mi madre ha montado en cólera.

—Eso imaginaba. Lo lamento.

—Era inevitable. —No añadió que le había hecho prometer que no vería a Margot.

La señora Brogan apareció pálida.

—Jamás le había visto tan mal —dijo, con los ojos humedecidos por la tristeza. Agarró una lámpara de la alfombra y la colocó sobre la mesa. Buscó la pantalla—. No sé qué hacer. Es muy doloroso verlo autodestruirse, conociendo al hombre que fue.

Margot cerró los ojos durante un segundo. Este sería el momento de marcharse, pensó. Colm le había dicho que los dejara en paz. Una persona sensata haría lo que le habían dicho. En realidad no era su problema. Pero algo en su interior le impedía abandonar a JP.

—Te diré lo que tienes que hacer —repuso con firmeza, con los brazos en jarra, dando un paso del que no habría vuelta atrás—. Encuentra todas las botellas de alcohol de la casa y vacíalas en el fregadero. Luego le dices la verdad sobre lo que el alcohol le ha hecho y le avergüenzas. Y lo más importante —añadió con suavidad—: le das algo por lo que desee recuperarse.

—No tiene nada —dijo la señora Brogan con desesperación.

—Sí tiene algo —respondió Colm, levantando la cabeza—. Me tiene a mí.

Margot se llevó una mano a los labios y sintió que las lágrimas volvían a brotar.

—Lo siento —murmuró. Se dio la vuelta y encontró un trozo de porcelana rota en el suelo que había que recoger.

—¿Podría prepararnos un té, señora Brogan? —preguntó Colm. La anciana asintió con comprensión y salió de la habitación en silencio—. ¿Estás bien, Margot?

Ella inspiró hondo.

—Mi padre me tenía a mí —dijo con franqueza—. Solo a mí.

Colm se acercó y le quitó el trozo de porcelana.

—Ven a sentarte. Podemos recoger esto más tarde. —La vio limpiarse la nariz con el dorso de la mano—. Si tuviera un pañuelo, te lo daría.

Margot sonrió.

—Si tuvieras un pañuelo, no lo aceptaría porque prefiero mi manga.

Él se rio de su broma y fue a instalarse en el sillón de su padre. Margot se sentó con las piernas cruzadas en la alfombra frente al fuego. Estuvieron en silencio durante un momento, escuchando el relajante chisporroteo del fuego y preguntándose cómo proceder.

—Así que por eso te preocupas tanto por mi padre. Porque tu propio padre era alcohólico —dijo al fin, eligiendo cuidadosamente sus palabras por si ella quería cerrar el tema.

Ella asintió y, en lugar de guardárselo para sí misma como siempre hacía, se sorprendió contándole todo. Tal vez fue el fuego o tal vez fue Colm y su forma de ladear la cabeza y escuchar de verdad lo que hizo que se abriera. Pocos tienen la capacidad de escuchar. Sea como fuere, Margot comenzó a hablar.

—Mi padre fue alcohólico durante la mayor parte de mi vida —comenzó—. Tenía catorce años cuando murió. Fui yo quien lo encontró una mañana cuando estaba a punto de ir a clase. Había muerto mientras dormía. Fue la ginebra la que se lo llevó. Siempre la ginebra. Mi madre hacía tiempo que le había abandonado y se había ido a vivir a París con su amante, un músico de mala muerte siete años menor que ella. Papá y yo estábamos solos. Intenté salvarle. —Miró fijamente a las llamas y suspiró—. Pero no puedes ayudar a alguien que no quiere que le ayuden. —Se volvió y miró a Colm. Tenía los ojos brillantes y llenos de dolor—. JP me recuerda mucho a él. Mi padre no era un borracho malo. Claro que tenía sus momentos, pero en general era un borracho patético. Se limitaba a sentarse en su sillón como hace tu padre. Es lamentable, triste y un gran desperdicio. No paraba de vaciar las botellas en el fregadero, pero era hábil escondiéndolas. Las encontraba en los lugares más extraños. Incluso las metía en la cisterna del baño. Era demencial. Cuando no intentaba salvarle, estaba en clase; iba retrasada en mis tareas escolares y me costaba hacer amigos porque nunca podía invitar a nadie a casa. Me avergonzaba de él y me sentía contaminada por su culpa. —Se rio con amargura—. Así que me inventaba historias. Le decía a la gente que era un padre increíble.

Que me mimaba y me consentía, que éramos como dos guisantes en una vaina, pero la verdad era que se preocupaba más por la ginebra que por mí. Creo que al final ya ni me veía. Yo era una molestia, el obstáculo que le impedía disfrutar de lo que le gustaba, la villana. Y lo único que yo quería era que él estuviera bien, como los padres de los demás.

—¿A qué se dedicaba?

—Era periodista, y muy bueno. Tenía una columna en un periódico nacional y era muy respetado. Durante mucho tiempo fue lo que se denomina un «alcohólico funcional», como JP, pero luego le dominó. Supe con exactitud lo que era tu padre nada más verle. Pensé que podría distanciarme, documentarme para el libro y no involucrarme, pero no puedo darle la espalda a un hombre que necesita ayuda como él, como la necesitaba mi padre. No pude salvar a mi padre, pero tal vez pueda salvar a JP. —Se rio con amargura, sabiendo lo ridículo que sonaba eso. Salvar a JP no le devolvería a su padre.

—No estoy seguro de que eso sea posible, Margot —repuso Colm con suavidad—. Es muy noble que quieras hacerlo, pero no creo que sea capaz de dar un giro a su vida a estas alturas.

Margot se giró hacia él, con una expresión repentinamente apasionada.

—¿Ves? Es ahí donde te equivocas. En las últimas semanas ha vivido una gran transformación. Ha salido a cabalgar, ha estado en el jardín. Se interesaba por la vida y le gustaba la persona en la que se estaba convirtiendo. Todo iba tan bien… No puedes fingir que la otra noche, cuando jugamos al *Conejo en la madriguera*, no era el mismo de siempre.

—Es cierto, me di cuenta. Ciertamente hubo un cambio en la forma en que él y yo nos llevábamos.

—Entonces tu madre entró en escena, y aunque ignoro qué le dijo, me hago una idea. Ahora se odia tanto a sí mismo y se siente tan culpable que todos los progresos que ha estado haciendo se han echado a perder por culpa de una terrible borrachera. Pero nunca ha dejado de beber, Colm, ni por un momento. Creo que es hora de que le digas lo que es y le obligues a dejarlo. No hay medias tintas para un alcohólico; lo sé por experiencia. Es todo o nada, y tiene que ser nada.

La señora Brogan apareció con una bandeja de té. Se había tomado su tiempo adrede para que los dos pudieran hablar. Dejó la bandeja.

—Bueno, quiero decirles una cosa a los dos. Hace mucho tiempo que lo llevo guardado dentro y tiene que salir. Mi pobre madre siempre decía que es mejor tener una casa vacía que un inquilino sucio. —La señora Brogan se quitó el delantal, se llevó las manos a la barriga y jugueteó con los pulgares. Colm y Margot la miraron sorprendidos, preguntándose qué secreto iba a revelar. Entonces sus pálidos ojos se posaron en Margot y se suavizaron—. Lord Deverill la aprecia mucho, señorita Hart. No quiero hablar de más, pero desde que usted vino a verlo en enero, espera sus visitas como un niño en Navidad. —El rostro de Margot se transformó en una sonrisa al recordar las molestias que él se había tomado para hacer que se sintiera como en casa. Y que esta nueva visitante que traía luz, calor, compasión y, sobre todo, compañía, había conseguido sacarle de su caparazón—. El fuego siempre tenía que estar encendido en la sala de juegos, viniera o no —dijo—. Le horrorizaba que usted tuviera frío. Quería que estuviera cómoda y que se sintiera como en casa. Me atosigaba para que hiciera tarta y comprara galletas y para que no corriera las cortinas antes de tiempo para evitar las corrientes de aire. ¡Que Dios nos ayude! Si supiera cómo era antes, se daría cuenta del cambio que ha obrado en él. ¡Alabado sea Dios! Su cara siempre se ilumina como el faro de Fastnet cuando usted llega, y cuando no lo hace, da vueltas como si estuviera en trance, como un corcho en el océano. Podría llegar a decir que, sin darse cuenta, está un poco enamorado de usted, pero no creo que sea un amor de tipo romántico. Creo que se debe a que usted es una persona alegre y amable y se interesa por él. Es la única persona que le ha escuchado en años y bien sabe Dios que ha sufrido muchas desgracias y tragedias. Como decía mi pobre madre, todos tenemos nuestra propia cruz y nuestro propio calvario. Y

no, señorito Colm, yo no me incluyo, ya que soy como un mueble
—añadió, volviéndose hacia él—. Si alguien puede conseguir que
deje la bebida, es usted, señorita Hart. Me aterra que vuelva a emborracharse. Después de esta, dudo que sobreviva y, a decir verdad,
tampoco sé cómo lo haría yo sin él.

Margot estaba asombrada. No tenía ni idea de que JP se hubiera encariñado tanto con ella. Una pequeña chispa de esperanza se
encendió en su corazón y la sensación de malestar en su estómago
menguó.

—Podemos unirnos los tres para ayudarle —dijo emocionada.
Miró a Colm. Su expresión estaba llena de dudas—. Prometo que no
lo incluiré en el libro —le aseguró—. Tienes que confiar en mí.

Él suspiró, abandonando toda resistencia.

—Muy bien. No tengo más remedio que confiar en ti, Margot. Por
favor, no me falles.

Colm envió a la señora Brogan a la cama y Margot y él se quedaron
ordenando la habitación y eliminando todo rastro de alcohol que pudieran encontrar en la casa. Vaciaron las garrafas en el fregadero y
llevaron las botellas de *whisky*, vino y otros licores en cajas hasta el
coche de Colm, luchando contra el viento y la lluvia mientras la tormenta no daba señales de amainar. Era medianoche cuando terminaron. La biblioteca había recuperado casi por completo su orden original, salvo por algún que otro adorno hecho añicos y por los cristales
rotos que no se podían arreglar. Una buena aspiradora le daría el último toque. A estas alturas el fuego se había apagado en el hogar, y solo
las brasas brillaban en silencio mientras los últimos trozos de leña carbonizada se iban reduciendo a cenizas.

—No sé cómo darte las gracias —dijo Colm. Parecía cansado y
nervioso mientras la acompañaba por el pasillo hasta la puerta principal—. Voy a quedarme a dormir para estar aquí por la mañana cuando
mi padre se despierte. Puedes quedarte si quieres. Hay muchas habitaciones. No es noche para andar por las carreteras.

—Gracias, pero estaré bien. El trayecto hasta el castillo es corto y mi coche es más resistente de lo que parece. —Le puso una mano en el brazo, conmovida de repente por la descarnada emoción en sus ojos—. Lo siento mucho, Colm.

Ahora sabía que lo decía en serio.

—Es de gran ayuda contar con tu apoyo, Margot. —Exhaló un suspiro—. Desde que mi madre y mis hermanas se fueron a Estados Unidos, he tenido que lidiar con mi padre yo solo y no ha sido fácil.

—Bueno, ya no estás solo. Me tienes a mí. —Sonrió de manera compasiva.

Los ojos de Colm se detuvieron en su rostro. Parecía que se adentraban en su interior. Margot no apartó la mirada. Había revelado demasiado de sí misma esta noche como para ser tímida ahora.

—Oye, siento haberte juzgado mal —dijo con suavidad—. Ahora me doy cuenta de lo equivocado que estaba.

—Entiendo por qué lo hiciste, Colm —respondió—. No pensé en tu familia cuando emprendí mi proyecto. Pero ahora sí lo hago.

Él asintió.

—Sé que es así.

La abrazó con fuerza. Margot no esperaba que lo hiciera y por un segundo sintió que habían cruzado una línea. Ya no eran periodista y sujeto, sino dos personas unidas por un dolor común. Dos personas que se necesitaban mutuamente. Margot cerró los ojos. Resultaba agradable sentir sus brazos rodeándola, renunciar a su resistencia y sucumbir. Estaba demasiado cansada para resistirse esta noche. Colm la estrechó durante largo rato y Margot se dio cuenta de lo cansada que estaba, no por la falta de sueño, ni siquiera por el agotamiento provocado por tantas emociones, sino por aferrarse a la coraza con la que había blindado su corazón. También se dio cuenta de que Colm necesitaba ese abrazo tanto como ella. Le rodeó la cintura con los brazos y apoyó la cabeza en su pecho. Se lo había contado todo. No tenía nada que ocultar.

Entonces los labios de Colm buscaron los suyos y la besó. No lo había planeado y ella no lo esperaba. Pero fue una sensación cálida y excitante, y a medida que el beso se tornaba más profundo, la ansiedad de Colm desapareció y Margot dejó de sentirse cansada. Abrazarse así, besarse así parecía algo natural, como si estuvieran destinados a unirse de esta forma desde su primer encuentro.

Inmersos en el momento, ninguno de los dos pensó en las muchas razones por las que no debían hacerlo.

12

Colm y Margot solo pensaron en las razones por las que no deberían haberse besado a la mañana siguiente.

Margot había vuelto al hotel poco después, desafiando la tormenta a pesar de que Colm intentaba convencerla de que se quedara. Durante todo el camino sonrió para sí misma y se aferró a la sensación de los labios de Colm sobre los suyos, saboreando su recuerdo, haciendo que perdurara. Sin embargo, cuando el amanecer se coló débilmente por el hueco de las cortinas de su dormitorio en la torre, trayendo consigo una aguda sensación de realidad, se dio cuenta de que no debería haber dejado que la besara. ¿Cómo iba a escribir el libro si estaba intimando con uno de los protagonistas? Parecería que se estaba aprovechando de él para conseguir la historia interna. Y si él le contara la historia interna, ¿podría escribirla? Se acostaba con hombres con los que sabía que no se encariñaría. Eso era lo que más le convenía. Pero Colm Deverill no era ese tipo de hombre. Margot podía sentirlo en sus entrañas. Si lo dejaba entrar, se quedaría allí para siempre.

«Mejor no dejarle entrar», pensó mientras se levantaba y se vestía. Esperaba que él hubiera llegado a la misma conclusión. A fin de cuentas, desde el punto de vista de su familia, ella era el enemigo. Y tonto aquel que se acostaba con el enemigo. Ella seguiría su camino en unos meses. No quería que nada le impidiera marcharse.

Margot desayunó en el comedor, en una pequeña mesa para ella sola, y leyó *The Irish Times*. El IRA había lanzado un ataque con mortero contra la base de la Policía Real del Úlster en Newry, en Irlanda del Norte, matando a nueve agentes e hiriendo casi a otros cuarenta. Se preguntaba si la cuestión irlandesa iba a resolverse alguna vez. Pero ella tenía sus propios problemas en los que pensar. Cerró el periódico, apuró su taza de café y miró su reloj. Era hora de ir al pabellón de caza y enfrentarse a JP y a Colm.

Colm sabía que no debería haber besado a Margot. Mientras estaba tumbado en la cama, viendo la luz abrirse paso con lentitud en el dormitorio, se dio cuenta de que, aunque sabía que no debía hacerlo, lo había deseado con fuerza. No se arrepentía. Ni por un segundo. Tumbado bocarriba de espaldas, se estiró mientras los fragmentos de la noche anterior afloraban a su mente, dándole placer de nuevo. Quiso llevársela a la cama, pero ella se escabulló en la tormentosa noche y había desapareció en la oscuridad. Se aferró a las imágenes que ahora se consolidaban en su imaginación. Su piel tenía esa rara química, cuando dos personas tienen una poderosa conexión sexual, como un acorde que se toca en perfecta armonía. Se preguntó si ella también lo había sentido. Le había dejado en el vestíbulo, presa del deseo, y sin embargo, a pesar de los traumáticos acontecimientos de la noche, feliz. Sabía lo que sentiría su madre si se enterara. Imaginaba también lo que sentiría su padre si lo supiera. Si la señora Brogan no se equivocaba, el propio JP estaba un poco encaprichado de Margot. Pero Colm apartó de sus pensamientos esos obstáculos a su felicidad; no tenía que pensar en ellos ahora. Se imaginó llevando a Margot a su cama y haciéndole el amor. Cerró los ojos y paladeó la fantasía. Era un hombre adulto de veintitantos años; en realidad no importaba lo que pensaran sus padres.

Al final se vistió y bajó a desayunar. La señora Brogan no se sorprendió al verlo. Había visto que su coche seguía aparcado en el patio cuando abrió las cortinas esa mañana. Supuso que se había quedado a dormir para poder vigilar a su padre. Lord Deverill seguía durmiendo. La señora Brogan se había asomado a su habitación de camino al piso de abajo y respiraba de forma plácida, olvidada la agonía de la noche anterior en un sueño tranquilo.

—¿Qué va a desayunar, señorito Colm? —le preguntó cuando entró en la cocina.

Él sonrió de oreja a oreja. La señora Brogan no le había visto sonreír así en mucho tiempo y sus sospechas se dispararon.

—Me gusta la música, señora Brogan —dijo, refiriéndose a la radio.

La anciana ama de llaves le devolvió la sonrisa, sintiéndose mejor por la noche anterior gracias a la vibrante energía del señorito Colm, que resultaba contagiosa.

—Es magnífica, ¿verdad? Me alegra el corazón.

—A mí también. —Colm rio y la señora Brogan rio con él. Pensó en lo atractivo que era cuando reía—. Tomaré huevos y tostadas, señora Brogan. Gracias.

—¿Vendrá hoy la señorita Hart? —Observó a Colm con atención.

—Va a ayudar con lo de papá. Como bien dijo usted, es probable que sea la única que pueda hacerlo.

—Creo que los dos juntos formarán una pareja poderosa, señorito Colm. —Sacó un par de huevos de la cesta del aparador y echó un poco de aceite en una sartén—. Le pido a Dios que les permita ayudarle.

—Creo que necesitamos algo más que oraciones, señora Brogan —respondió Colm, con expresión dudosa.

Se comió el desayuno. La señora Brogan había comprado los periódicos como todas las mañanas y había pasado por la iglesia para encender velas votivas para sus seres queridos de camino a la tienda. Sin embargo, no pudo concentrarse en las palabras. Margot y el reto que iban a afrontar juntos ocupaban su mente. Aguzó el oído para escuchar el ruido de su coche, sintiéndose de repente nervioso por volver a verla. Se preguntaba cómo se sentiría ella esta mañana y esperaba que no se arrepintiera.

La señora Brogan recogió su plato.

—He encendido el fuego en la biblioteca —dijo—. Sospecho que bajará en un minuto. Conociéndole, habrá olvidado todo lo que pasó anoche.

—Margot y yo se lo recordaremos con delicadeza —contestó Colm, dejando la servilleta sobre la mesa.

El sonido de un motor alertó a ambos de la llegada de Margot.

—Voy yo —declaró la señora Brogan y salió de la habitación.

Colm respiró hondo y la siguió.

—Acompáñela a la biblioteca y tráiganos un poco de té, ¿quiere, señora Brogan?

Margot se detuvo frente al pabellón de caza. El viento seguía soplando con fuerza, pero las nubes de lluvia se habían desplazado en las primeras horas de la mañana, permitiendo ver trozos cada vez más amplios de cielo azul. Se apeó del coche y vio que había ramitas y hojas empapadas diseminadas por toda la grava, así como un árbol que se había caído sobre el río. La señora Brogan abrió la puerta. Margot se apresuró a entrar para guarecerse del frío.

—Buenos días, señora Brogan —dijo frotándose las manos—. ¿Se ha levantado?

—¿Cuál de los dos? —preguntó la señora Brogan.

—Lord Deverill.

—Todavía no. El señor Colm está en la biblioteca, esperándole.

—Genial. Gracias. Iré a buscarlo.

Margot se encaminó por el pasillo, preocupada por lo que le iba a decir. No debería haberle besado. Había sido una imprudencia. Uno de esos arrebatos de los que a menudo uno se arrepentía.

Colm estaba de pie en la ventana cuando entró, contemplando el jardín, igual que su padre cuando le conoció hacía ya varias semanas. Sonrió al verla. Una sonrisa de alegría atemperada por la esperanza, entrañable y encantadora a un mismo tiempo. De hecho, era tan atractiva que la pilló desprevenida. De repente, ya no estaba tan segura de su arrepentimiento.

—Hola —dijo.

—Hola —respondió Colm. Se miraron, buscando confirmación.

Margot no sabía qué decir. Antes estaba muy segura de haberse equivocado, pero ahora, al verlo allí, tan guapo y alegre, tenía dudas.

Nunca había dudado de sí misma. Siempre sabía con exactitud lo que quería y, para ser más precisa, lo que no quería.

Colm deseaba besarla de nuevo para disipar la incomodidad, pero su padre apareció de repente en la puerta detrás de Margot, y por su aspecto parecía que la noche anterior había sido una velada más junto al fuego con un libro y un vaso de *whisky*, así que tuvo que desviar su atención de Margot.

—Hola a los dos —dijo JP sorprendido. Aparte de la tez rojiza y los ojos vidriosos y llorosos, no tenía tan mal aspecto, teniendo en cuenta la devastación que había causado tanto en la biblioteca como en su persona.

Colm y Margot lo miraron atónitos. Ninguno de los dos esperaba verle tan animado. Se miraron el uno al otro. El beso tendría que esperar.

—Buenos días, JP —saludó Margot.

—¿Queréis desayunar? —Se dirigió tanto a Margot como a Colm—. La señora Brogan puede preparar lo que queráis, dentro de lo razonable.

—Acabo de hacerlo —respondió Colm—. Pero tomaremos una taza de té o de café para hacerte compañía, ¿no es así, Margot?

—Claro. Me vendría muy bien un café —respondió ella.

JP se dirigió al pasillo en dirección al comedor.

—Anoche hubo una tormenta terrible —comentó, como si no lo supieran—. Acabo de mirar por la ventana y he visto que un árbol ha caído sobre el río. Por suerte, no es un árbol valioso, solo un viejo fresno. Es probable que ya estuviera marchito. Esos fresnos lo están pasando mal luchando contra las enfermedades, los estamos perdiendo por todo el país. Haré que los chicos lo hagan leña.

Margot le siguió. Sintió la presencia de Colm detrás de ella y supo que él pensaba lo mismo que ella. ¿Cómo iban a abordar el tema de su alcoholismo cuando él no recordaba lo que había sucedido la noche anterior?

JP ocupó su lugar habitual en la cabecera de la mesa. Margot y Colm se sentaron a cada lado. La señora Brogan se encogió de hombros cuando le vio. Sabía que sería así. Siempre había sido así. Lo

206   Santa Montefiore

llamaban «amnesia selectiva». Trajo el desayuno de JP, acompañado de una tetera. Margot y Colm entablaron una conversación intrascendente mientras se bebían un café como si fuera una mañana normal. JP no preguntó qué hacía Colm allí a esas horas. Si sabía que su hijo se había quedado a dormir, no comentó nada. Margot suponía que, si reconocía la inusual secuencia de acontecimientos, tendría que reconocer lo que había hecho la noche anterior, y ella sabía que lo evitaría a toda costa, tal y como solía hacer su padre. Mientras hablaban del tiempo y de la investigación de Margot, ella y Colm hacían lo posible por no mirarse a los ojos, no fuera que JP percibiera su connivencia y sospechara.

—En fin —dijo JP con un suspiro al tiempo que dejaba la servilleta sobre la mesa. Agarró su paquete de cigarrillos y sacó uno—. ¿Qué plantes tienes para hoy, Margot? —Encendió el cigarrillo y exhaló el humo.

Margot sonrió con dulzura y Colm se dio cuenta de que iba a soltar la bomba ya mismo, en la mesa. Se puso rígido.

—Hoy es el primer día de tu sobriedad, JP —declaró.

JP tardó un momento en asimilar sus palabras.

—Lo siento, Margot, ¿qué has dicho?

—Vas a dejar de beber, JP. Colm y yo te vamos a ayudar.

Posó una mano sobre la suya. Él la miró fijamente, sin saber si debía retirarla o dejarla. Colm no se atrevió a hablar. Sabía que cabía la posibilidad de que su padre estallara en cólera si intervenía.

JP frunció el ceño, debatiéndose entre la indignación y la calma. Pasó un momento que parecieron minutos y luego esbozó una sonrisa forzada.

—No sé de qué hablas, Margot, pero es muy gracioso. Eres muy graciosa. —Retiró la mano—. Sospecho que la señora Brogan ya ha encendido la chimenea en la sala de juegos.

Colm se preparó y se lanzó de cabeza.

—Papá, no está de broma. ¿Recuerdas algo de anoche?

JP endureció el rostro. Se volvió hacia su hijo.

—¿De anoche?

—¿Recuerdas lo que pasó?

Entonces vio el miedo en sus ojos.

—No pasó nada. No sé de qué estás hablando —espetó—. ¿De qué hablas, Colm?

—Te emborrachaste, tiraste todo lo que pudiste al suelo de la biblioteca y perdiste el conocimiento.

Estaba a punto de negarlo. La rabia le subió al pecho, hirviendo y rezumando indignación. ¿Cómo podía su propio hijo acusarle de algo así? Sin embargo, poco a poco, el recuerdo emergió de la niebla como una horrible criatura, o quizás siempre había estado ahí, solo que él había decidido no verlo. Se le cayó la cara de vergüenza. ¿Qué sentido tenía negarlo cuando sabía bien que era cierto?

—Y supongo que tú me llevaste a la cama. Por eso estás aquí a la hora del desayuno —dijo en voz baja.

—Margot también estaba aquí —añadió Colm.

JP miró a Margot, horrorizado.

—Siento que hayas tenido que verme así.

La expresión herida en sus ojos hizo que la compasión anegara el corazón de Margot.

—No pasa nada, JP —le tranquilizó con amabilidad—. Me crie con un padre alcohólico. Ya lo he visto todo antes. Poco me sorprende.

—Mira, eso nunca había pasado antes. Estaba molesto —comenzó, volviéndose hacia Colm—. Tu madre vino por aquí, los dos dijimos cosas terribles y agarré la botella. Es normal. —Rio, restándole importancia como si fuera un incidente raro—. Sé que bebo demasiado. También fumo demasiado. —Miró el cigarrillo entre sus dedos y se encogió de hombros—. Nadie es perfecto.

—Eres alcohólico, JP —dijo Margot—. Y, si no te recuperas, te vas a morir.

JP le dio una palmadita en la mano.

—No nos pongamos melodramáticos.

—Tiene razón, papá. Sabes que tiene razón.

—No volverá a ocurrir. Siento haberos preocupado.

—Claro que nos has preocupado —dijo Colm.

JP miró a su hijo con sorpresa.

—¿Estabas preocupado, Colm?

—Por supuesto que estaba preocupado. Eres mi padre.

JP buscó las palabras, pero no las encontró.

—Cuando te vi en el suelo, pensé que estabas muerto —añadió Margot—. Me has dado un buen susto.

—Lo siento. Beberé menos en el futuro. —Retiró su silla, indicando el fin de la conversación.

—No, no vas a beber más —dijo Colm con firmeza, y se levantó—. No queda ni una gota de alcohol en la casa.

La cara de JP enrojeció.

—¡¿Has vaciado mi casa?! —exclamó—. ¿Estás loco, Colm?

—Colm no lo ha hecho solo, JP. Yo le he ayudado —dijo Margot—. Lo hemos hecho juntos porque queremos que te pongas bien.

—¡Esto es inaceptable! —dijo él, levantando la voz. No miró a Margot. Era incapaz de dirigir su ira contra ella—. ¿Quiénes os creéis que sois para entrar como ladrones y robar en mi propiedad? No podéis agarrar lo que os dé la gana sin pedirlo.

—Papá, tienes que aceptar que tienes un problema. No somos el enemigo. Estamos aquí para ayudarte.

JP tomó aire con furia. Paseó la mirada entre ellos como un toro acorralado por un par de toreros.

—Quiero que os vayáis —dijo—. Quiero que os vayáis los dos ahora mismo. —Nunca había necesitado tanto una copa como ahora. Sintió que el pánico le atenazaba el pecho.

—No vamos a irnos, JP —replicó Margot con suavidad—. Vamos a la biblioteca y hablemos de esto con calma. Es un lugar agradable y acogedor.

JP no discutió. Apagó el cigarrillo en el cenicero que había al lado. Con los hombros encorvados y las manos en los bolsillos, recorrió despacio el frío pasillo hasta llegar a la biblioteca, donde la señora B había encendido un buen fuego. Se hundió en su sillón. Sabía que no había *whisky* en la habitación, pero lo buscó con la mirada de todas formas. Colm ocupó el otro sillón y Margot el sofá. JP buscó a tientas otro cigarrillo y lo encendió.

—Soy todo oídos. Decid lo que queráis. Sé que no me libraré de vosotros hasta que lo hagáis.

—Hasta que no reconozcas que la bebida se te ha ido de las manos, no vas a mejorar, JP. No podemos ayudarte a menos que quieras ayudarte a ti mismo.

—No necesito ayuda, Margot —replicó de forma airada.

—¿Debo explicarte lo horrible que fue lo de anoche? ¿Que te encontramos cubierto de vómito y…?

JP levantó la mano, miró a Margot y luego a Colm.

—Está bien, está bien. Entiendo lo que quieres decir. No fue una imagen agradable —espetó—. ¡Dios mío! ¿Acaso no tengo dignidad?

—La dignidad la perdiste anoche. No es la primera vez, papá. No eres el mismo hombre de antes.

—Todos envejecemos, Colm. A ti también te pasará, ¡y ya verás si te gusta!

—No tiene nada que ver con la edad, sino con el alcohol.

Margot se inclinó hacia delante.

—¿Recuerdas que me dijiste que lamentabas la pérdida del hombre que fuiste? —intervino, con una voz suave y llena de amabilidad. Él gruñó, reacio a reconocer nada—. Todavía está ahí, dentro de ti, JP. Sigues siendo guapo, encantador, ingenioso e inteligente. Puedes volver a ser él, si tú quieres. Pero tienes que querer, porque nadie más puede hacerlo por ti. Mi padre nunca quiso ponerse bien. Prefirió morir joven y no renunciar al alcohol antes que envejecer y renunciar a él. Fue decisión suya. Yo tenía catorce años cuando murió. Perdí a la persona que más quería en el mundo. Pero en realidad le había perdido años antes, cuando dejó de ponerme en primer lugar. Nadie era más importante para él que su ginebra, ni siquiera yo, su hija. Podría haberme ahogado y él habría preferido echar mano de la botella antes que tenderme una mano a mí para salvarme. —Margot se secó una lágrima con los dedos. JP la miraba fijamente, con el rostro lleno de compasión—. El caso es que no creo que estés tan mal como lo estaba mi padre, JP. Tú no escogerías la botella si Colm se estuviera ahogando. Has ido a cabalgar conmigo y has disfrutado con el reflejo de la luz en el agua y con las florecillas que crecen en la hierba. Has empezado a trabajar en el jardín, has sembrado plantas y esperas con impaciencia a que crezcan. A mi padre no le interesaba la naturaleza. No disfrutaba de la belleza porque ya no veía más allá de su próximo trago. Pero tú no eres así. Puedes dejarlo todo hoy y, con nuestro apoyo, volver a encontrar al viejo JP. Tu viejo amigo, al que todo el mundo amaba.

A JP le temblaban los labios a causa de la autocompasión.

—¿De veras creéis que puedo recuperar al antiguo JP? ¿Es eso posible? —Cuando los miró a ambos, sus ojos ya no brillaban de furia, sino de arrepentimiento.

—Puedes porque, como dice Margot, todavía está ahí, papá.

—De acuerdo —contestó él, con un tono animado y cargado de intenciones—. Empezaré hoy. Mi primer día de sobriedad. —Le dedicó a Margot una pequeña sonrisa contrita—. Pasito a pasito, ¿eh?

—Pasito a pasito —repitió.

Margot se levantó.

—¿Adónde vas? —preguntó Colm.

—Voy a dar un paseo por el jardín. Vosotros vais a hablar. —Los dos la miraron confusos. Colm se revolvió con incomodidad en su silla—. Tú, JP, vas a contarle a Colm por qué se rompió tu matrimonio y por qué vendiste el castillo. Tú, Colm, no vas a interrumpir ni a acalorarte, sino que vas a escuchar con compasión y comprensión, porque la razón por la que JP empezó a beber se encuentra en el fondo de su historia. Vais a ser sinceros el uno con el otro, sabiendo que a ninguno se os va a juzgar. Yo me quedaría, pero no es apropiado. Tenéis que poder hablar entre vosotros en privado, sabiendo que lo que se diga quedará entre estas cuatro paredes.

JP miró a Colm.

—¿Le pido a la señora Brogan que nos prepare un té?

—Sería una buena idea —dijo Colm.

Margot salió de la habitación. Se cruzó con la señora Brogan en el pasillo.

—Creo que estamos progresando, Bessie —susurró.

La señora Brogan se cruzó de brazos.

—¡Gracias a Dios! —respondió con seriedad.

—Creo que sería una buena terapeuta —añadió Margot con una sonrisa.

Pero la señora Brogan era más sabia que todos ellos juntos. Le dio una palmadita en el brazo a Margot.

—Creo que necesitas la terapia tanto como ellos —declaró y continuó por el pasillo hacia la biblioteca.

Margot la vio partir, pero no se le ocurrió nada que decir, excepto que sin duda tenía razón.

Margot echó a andar por el césped. Los rayos de sol se abrían paso entre los jirones en las nubes y proyectaban largas sombras sobre la hierba. Sentía un comedido optimismo. JP aún no estaba fuera de peligro, ni mucho menos, pero había dado su primer paso. ¿Acaso en su primer encuentro no había dicho que quería contar su versión de la historia? ¿No se había quejado de que nadie le escuchaba? ¿De que no les interesaba escuchar lo que tenía que decir? Bueno, esperaba que ahora la estuviera contando y que Colm estuviera escuchando.

Se metió las manos en los bolsillos y vio que su aliento formaba nubes de vaho en el aire húmedo. Su mente retornó al beso. Exhaló un hondo suspiro cuando el peso del dilema volvió a recaer sobre sus hombros. Por muy reacia que fuera a encariñarse con alguien, le había gustado mucho besarle. Ya estaban colaborando, ¿qué importaba si se acercaban un poco más en el proceso? ¿Desde cuándo se había vuelto tan sensata? Había disfrutado de muchos hombres y Colm era uno más, ¿no? Margot pensó en la señora Brogan y sonrió para sus adentros. Se preguntó qué diría al respecto en su extraordinaria sabiduría.

Kitty

Alana y su padre están en la playa. Dos pequeñas figuras frente a la vasta inmensidad del mar, bajo el infinito cielo, azotados por vientos empapados de humedad y por el frío del agua. Unos grises nubarrones se revolvían sobre ellos, como si la furia y el dolor de Alana se hubieran materializado en vapor, tapando el sol, oscureciendo el día, adelantando la noche antes de tiempo.

Ella está llorando. Jack la rodea con su brazo mientras caminan con el fuerte viento de frente. Vuelve a ser como una niña, apoyándose en él, confiando en que su padre arregle las cosas. Pero ni siquiera Jack, con toda su sabiduría, puede hacerlo.

—¿Qué pasó con el hombre del que me enamoré, papá? —pregunta. A todos nos gustaría saber la respuesta a eso—. ¿Qué pasó con las risas y con la picardía, con la diversión?

—La vida —dice Jack—. La vida es lo que pasó.

La vida también nos pasó a nosotros, ¿no es así, Jack?

—Las cosas eran menos complicadas cuando éramos jóvenes.

—Parecen menos complicadas cuando las recuerdas desde cierta distancia, pero en ese momento, tus problemas eran tan grandes como lo son ahora, solo que diferentes.

—Yo no recuerdo ningún problema —dice.

—Porque los problemas a los que te enfrentas ahora los han eclipsado. Al volver la vista atrás uno ve el pasado de color de rosa. Pero la vida no era de color de rosa. Era dura y nos enseñó a todos algunas duras lecciones.

Alana sigue caminando en silencio. Jack ha desencadenado un os-curo recuerdo que sale de su letargo y enseña los dientes. Sé que am-bos están pensando en mí.

—Tienes razón —dice—. Cancelé mi compromiso con JP por tu aventura con Kitty Deverill. Lo recuerdo.

—Lo hiciste, en efecto.

—No quería tener nada que ver con los Deverill. Pensé que tenían mala sangre. Debería haberme mantenido firme. Seguí adelante y me casé con uno de ellos, ¡y mira cómo acabé!

—¿Y qué hay de mí, Alana? ¿No debería asumir alguna responsa-bilidad por mi aventura? ¿También tengo mala sangre?

—Es diferente.

—No, no lo es. Tuve tanta culpa por romper mis votos matrimo-niales como Kitty por romper los suyos. JP rompió los suyos y te hizo daño, igual que yo le hice daño a tu madre. Hay muy poca diferencia cuando se trata de ambas.

—Soy la mitad de mujer que mamá —dice Alana con la voz cargada de derrotismo.

—Eso es porque una mitad de ti soy yo. Testaruda y obstinada, como suelen ser todos los O'Leary.

—Me gustaría parecerme más a mamá —dice.

—Sí que es una buena mujer —conviene. Y tiene razón, lo es; mejor de lo que yo jamás lo fui.

—¿Recuerdas que prometí no hablarle a mamá de las cartas de Kitty que encontré en tu maletín de veterinario? Bueno, pues rompí mi promesa y se lo conté —confiesa.

—¿De veras? —dice Jack, aunque eso ya no le preocupaba. Al fin y al cabo se terminó hace más de treinta años.

—¿Sabes lo que dijo?

—¿Qué dijo?

—Que siempre supo que querías a Kitty.

Jack se detiene y la mira con sorpresa.

—¿Eso dijo?

—Pues sí. No te culpó ni aclaró las cosas contigo. Se limitó a esperar de forma paciente a que el enamoramiento muriera, que fue lo que pasó al final, ¿no? Prometí que nunca te lo diría.

—¿Así que rompiste ambas promesas?

—Supongo que sí.

—Algunas promesas deben romperse por un bien mayor.

—¿Dónde está el bien mayor en estas promesas rotas? —Jack suspira, sin duda recordando el momento en que tuvo que elegir entre su esposa y yo y eligió a su esposa. Pero nuestro amor nunca murió, como cree Alana, solo tuvimos que honrar a quienes habíamos jurado amar y cuidar ante Dios. Teníamos que cumplir nuestro compromiso con ellos. Nuestro romance había llegado al final del camino y no iba a ninguna parte. Teníamos que hacer lo correcto—. Has dicho que querrías parecerte más a tu madre. Bueno, tu madre sabe cuándo olvidar —dijo—. Tú también tienes que perdonar y olvidar, Alana.

A ella no le gusta eso. Toma aire por la nariz y aprieta los labios. Son pocos los que, como Emer O'Leary, tienen la capacidad de vencer su ego. Alana está dolida. Está enfadada y decepcionada. Y JP está colaborando en un libro sobre su familia que teme que exponga todos sus secretos a la luz del escrutinio público.

—No estoy preparada para eso —dice en voz baja—. No se merece mi perdón.

—Yo no merecía el de tu madre.

—Mamá es mejor persona que yo. Es mejor persona que los dos.

—Por las decisiones que toma —añade Jack con sensatez.

—Yo me ciño a mis decisiones. No fue decisión mía que mi marido se acostara con otra mujer.

—Pero sí es decisión tuya estar resentida con él. Han pasado, ¿cuántos?, ¿catorce años desde que os divorciasteis? ¿Vas a permitir que un desliz se interponga entre vosotros durante el resto de vuestras vidas?

Alana levanta la voz:

—No es decisión mía que se haya convertido en un borracho empedernido. No es decisión mía que esté ayudando a esa escritora a investigar su libro sobre nuestra familia. Y no fue decisión mía que vendiera la casa familiar. Nada de eso fue decisión mía.

Jack la mira con el rostro colmado de compasión y de amor, pero también de lástima, porque puede ver sus flaquezas, que ella es incapaz de ver por sí misma.

—Nunca serás feliz hasta que no asumas la responsabilidad por el papel que has jugado en todas esas decisiones, Alana.

Y ahí está la sabiduría de un hombre que de verdad entiende el significado de la humildad y el valor del perdón.

13

Margot se paseaba de un lado a otro en la sala de juegos cuando Colm vino a buscarla. Había intentado trabajar, sentarse en el sillón junto al fuego, leer, pero su mente volvía una y otra vez a la biblioteca mientras esperaba que Colm permitiera a su padre contar su versión y que ambos estuvieran siendo empáticos. Colm empujó la puerta para abrirla un poco.

—¿Puedo pasar? —preguntó.

—Por supuesto. Solo tenía la puerta cerrada para impedir que se escapara el calor —contestó mientras se acercaba, deseosa de que le pusiera al corriente.

—¿Vienes a dar un paseo conmigo? Necesito salir de casa. Necesito espacio.

Colm tenía un aspecto serio y cansado, lo cual no era una sorpresa, ya que JP y él llevaban más de tres horas hablando.

Enfilaron el sendero que proporcionaba sombra al río, pasaron por el fresno caído que lo cruzaba como un puente y por los arbustos de hoja perenne, cuajados de gotas de lluvia que parecían finas piezas de joyería. Colm inspiró hondas bocanadas de aire frío, como si necesitara el oxígeno para recuperar las fuerzas. Margot le siguió en silencio, dándole el espacio que había dicho que necesitaba, hasta que el camino se ensanchó lo suficiente como para que pudieran continuar uno al lado del otro.

—Eres una chica atrevida, Margot —dijo—. No podría haberme enfrentado a mi padre sin ti.

—Me alegro de haber podido ayudar.

—Puede que no hayas conseguido salvar a tu padre, pero sin duda estás ayudando a salvar al mío.

—No creo que nadie hubiera podido salvar a mi padre. La diferencia es que JP quiere ponerse bien. Eso lo cambia todo.

—Creo que estaba muy avergonzado de que le vieras en ese estado.

—Siento que tuviéramos que decirle eso, pero la vergüenza era la única manera de conseguir que deseara cambiar. Nosotros no podemos hacerlo por él; debe ser él quien dé los pasos.

—También quiero agradecerte que nos hayas animado a hablar del pasado. En realidad nunca lo habíamos abordado. Ha estado entre nosotros durante años, nos hemos referido a ello, pero nunca lo hemos hablado. Creo que necesitábamos hacerlo. —Colm la miró—. Ha sido duro.

—¿Te ha ayudado escuchar su versión de la historia?

—Sí, pero a él también le ha ayudado escuchar la mía. —Margot no había pensado en eso—. Es interesante ver cuántas versiones hay de un mismo hecho —continuó—. Todos vemos lo mismo de diferentes maneras. Era importante que mi padre comprendiera que no era solo su drama y el de mi madre, sino también el mío y el de mis hermanas.

Margot tenía ganas de preguntar por qué sus hermanas habían mantenido una buena relación con su padre y Colm no, pero no quería parecer curiosa. Siempre estaba presente en su cabeza el libro que estaba escribiendo. Imaginó que también él lo tenía presente.

Atravesaron una puerta en el muro de piedra y continuaron colina arriba hacia los acantilados. Podía oír el lejano rumor del mar y el afligido graznido de una gaviota. Siguieron un transitado y traicionero camino que serpenteaba por el terreno. Entre las altas hierbas crecían pequeñas flores amarillas, además de ajos silvestres y de brezos, y el sol, cada vez más alto en el cielo, calentaba la tierra a medida que la primavera se acercaba para ahuyentar el invierno. El viento jugueteaba con el pelo de Margot, a la que empezaba a invadirla esa sensación de regocijo que sentía cuando cabalgaba con JP. Se preguntó si esa antigua magia oculta en lo más profundo de la tierra se estaba alzando para embriagarla de nuevo.

—Quiero enseñarte una cosa —dijo Colm.

—¿El qué?

—Es una sorpresa.

—Me encantan los misterios —respondió.

—Pues esto te va a encantar.

Margot rio. Le sentó bien reírse después de los conmovedores acontecimientos de las últimas veinticuatro horas.

—Estoy intrigada.

—Siento que, bajo tu apariencia fría, eres una romántica. —Colm le brindó una sonrisa.

Margot recordó su beso y se sonrojó. No solía hacerlo.

—¿Es un cumplido?

—Desde luego, esa es la intención —respondió.

—Creo que últimos días no he sido nada fría.

Colm clavó los ojos en los de ella y estaban llenos de complicidad.

—Pero has sido romántica.

Ella le devolvió la mirada y se rio. Un mecanismo de defensa que utilizaba para evitar los momentos incómodos.

—Entonces, ¿me vas a enseñar algo romántico?

—Es el lugar más romántico de Ballinakelly.

Margot sintió que se sonrojaba más. Sabía que él también estaba pensando en su beso. ¿Estaba pensando en repetirlo?

Al llegar a la cima de una colina atisbó un círculo de piedras gigantes que se alzaba a lo lejos, como un aquelarre de brujas con capas gris oscuro, encorvadas para protegerse del viento. Más allá, el resplandeciente mar se extendía hacia el horizonte. Margot había visitado el más famoso de los círculos de piedra, Stonehenge, cuando era estudiante y quedó fascinada por el misterio de sus orígenes y de su finalidad, que seguía sin resolverse. Le fascinó descubrir que Ballinakelly tenía su propio círculo de piedra.

—Este es nuestro misterio local. Tenemos unos cuantos, como el de la Virgen que se mece —dijo Colm.

—¿La Madonna que se mece? —Margot nunca había oído hablar de ella.

—Es una famosa estatua junto a la carretera de Ballinakelly que se balancea sola. —Enarcó las cejas.

—¿Alguna vez la has visto hacerlo?

—No.

—¿Se balancea de verdad?

—Parece que sí.

Margot rio.

—¿Y esto? ¿Alguien sabe para qué se construyó?

—No, también es un misterio. Hay diecisiete piedras y se supone que tienen más de mil años. La leyenda dice que son mujeres malditas que viven como piedras durante el día, pero que cobran vida por la noche.

—¡Vaya! ¿Quién las maldijo?

—Un hombre, obviamente. —Sonrió—. Siempre es un hombre, ¿no?

—Tal vez un mago —declaró Margot, intuyendo el comienzo de una buena historia—. Un mago muy posesivo que tenía diecisiete hijas. Temiendo que se casaran y se marcharan, las maldijo para que permanecieran aquí como rocas. Pero su poder no era lo bastante fuerte como para convertirlas en piedra para siempre; solo durante las horas de luz. Por eso, cuando el sol se pone, vuelven a la vida, solo para regresar a su triste formación rocosa al despuntar el alba.

—Deberías ser escritora —bromeó Colm.

Margot exhaló un suspiro.

—Creo que lo tendría más fácil si escribiera *Las hijas malditas de Ballinakelly*. Vayamos a echar un vistazo más de cerca.

Se dirigieron hacia ellas.

—Mi madre me contó que este era el lugar secreto de mi padre y de ella cuando se conocieron —dijo—. Venían aquí a escondidas para estar a solas.

—Seguro que no fueron los primeros ni los últimos.

—Seguro que tienes razón. Es un lugar ideal para robar un beso.

Margot no se atrevió a mirarle. Tampoco se atrevió a mencionar su beso. Había muchas razones para no hacerlo y solo una buena razón para hacerlo.

—Estas piedras guardan muchos secretos —dijo, acercándose a una de ellas para tocarla. Apoyó la mano en la dura y fría roca—. Ojalá pudieran hablar.

El viento soplaba alrededor de las piedras como sin duda había hecho durante cientos de años, jugando con ellas, tratando de despertarlas de su sueño o de su encantamiento. Y, sin embargo, permanecían en silencio, inmóviles y vigilantes, observando los encuentros secretos que tenían lugar en su santuario y escuchando los planes e intrigas que se susurraban a su sombra. Margot imaginó todo lo que habían presenciado a lo largo de siglos de turbulenta historia de Irlanda y lo mucho que podrían contar si fueran capaces de hacerlo. Irlanda era un país empapado de guerras. Como amante de las historias, el círculo de piedras le fascinaba no solo por su romanticismo, sino también por las conspiraciones y maquinaciones que debieron de tener lugar allí.

Se volvió hacia Colm, que estaba apoyado en una de ellas, observándola con una expresión melancólica.

—Esto es precioso —dijo.

—Por eso te he traído. Sabía que te gustaría.

—Y necesitabas un poco de aire.

—Necesitaba estar a solas contigo —la corrigió—. Lejos de la casa. Lejos de todo el mundo. Solo nosotros dos. —Se acercó a ella—. Me gustó besarte anoche —dijo.

Y ahí estaba, al descubierto, expuesto, y Margot no sabía qué hacer al respecto.

—Fue una imprudencia —comenzó.

—Lo sé.

Margot exhaló un profundo suspiro.

—Mira, no soy una buena apuesta y estoy escribiendo un libro sobre tu familia, Colm. Es una mala idea en muchos aspectos.

—Tienes razón. Es una pésima idea. Todavía estoy molesto contigo por escribir ese libro.

—Y yo sigo molesta contigo por pedirme que no lo hiciera.

—Mi madre se pondría furiosa si supiera que estoy hablando contigo.

—Tu padre también se pondría un poco furioso si supiera que me has besado.

—Pero tú me devolviste el beso. —Sonrió.

Margot no pudo evitar sonreír con él.

—Así es.

Sintió la dura piedra contra su espalda. Colm se detuvo frente a ella, clavándole sus ojos azules, como si no estuviera dispuesto a permitir que nada se interpusiera entre ellos, mucho menos la lógica.

—Me gustas, Margot. Que Dios me ayude, pero no puedo evitar que me gustes.

Ella frunció el ceño.

—Tú también me gustas, pero…

Entonces la besó de nuevo. La apretó contra la piedra mientras deslizaba las manos por debajo de su abrigo y le rodeaba la cintura para atraerla y estrecharla con fuerza entre sus brazos. Y ella le devolvió el beso sin inhibiciones, con los ojos cerrados y con todos los nervios de su cuerpo a flor de piel, sucumbiendo al momento sin oponer resistencia. Las piedras mantuvieron su silenciosa vigilia, envolviéndolos en su santuario como lo habían hecho con cientos de amantes antes que ellos. «¡Qué poco cambia el amor! —habrían dicho si pudieran hablar—. Siempre reservado, apremiante, apasionado y temeroso.» En lo alto de la colina, sin un alma en kilómetros a la redonda, el círculo de piedra les regalaba el momento, haciendo que se sumergieran en él por completo.

Al final, se sentaron en la hierba, a resguardo del viento al pie de uno de los megalitos, y hablaron sobre JP.

—Mi padre y yo hemos guardado un secreto durante años —dijo Colm—. Nunca hablamos de ello, pero se interponía entre nosotros como una losa. Tú me has dado el valor para sacarlo a la luz.

—No tienes que decirme de qué se trata, Colm.

—Margot, no puedo estar contigo si no puedo confiar en ti. Así que voy a confiar en ti y espero no ser un idiota por hacerlo.

—No eres un idiota —le aseguró—. Tienes que confiar en que tengo la sensibilidad para saber qué poner en el libro y qué no.

—Te prometo que no volveré a mencionar la confianza. —La atrajo hacia sí y la besó en la sien—. Tenía doce años. Mi madre había salido con mis hermanas y yo andaba por el río con mi amigo Paul. Paul y yo nos peleamos. No recuerdo por qué, pero me marché corriendo y me fui a casa. No me esperaban hasta la cena. Pensé en ir a quejarme de la pelea a Rosie, nuestra institutriz, que para mí no era realmente una institutriz, sino más bien una hermana mayor. Tendría unos veinte años y yo la apreciaba mucho. Era guapa y divertida. Supongo que sentía algo por ella. Fue la primera mujer que despertó sentimientos en mí. —Margot se habría reído de eso si no hubiera intuido ya lo que estaba a punto de contarle—. Fui a su habitación. Recorrí el pasillo sin hacer ruido, ansioso por contarle mis penas. Tenía un dormitorio en el primer piso con una sala de estar al lado. A menudo jugábamos a los juegos de mesa allí porque con la chimenea encendida se estaba caliente. No solo encontré a Rosie. Me encontré a mi padre y a Rosie juntos en la cama.

—¡Dios! Eso es terrible —dijo Margot, imaginando la cara de horror e incredulidad del niño.

—No sabía casi nada de sexo, pero sí sabía lo que hacían.

—¿Qué hiciste?

—Salí corriendo. Me escondí en mi habitación y lloré a mares.

—¡Oh, Colm, qué horror! ¿Y nunca se lo dijiste a nadie?

—A nadie.

—¿Rosie nunca lo mencionó?

—No podía mirarme a los ojos después de eso y mi padre fingió que no había pasado nada.

—¿Cómo se enteró tu madre?

—Empezó a sospechar. Creo que pequeñas cosas al principio, como el olor del perfume de Rosie en la ropa de mi padre. Luego empezó a fijarse, y cuando buscas algo con esa dedicación, sueles encontrarlo. Mamá los pilló besándose. Rosie fue despedida y no se despidió de ninguno de nosotros. Creo que se marchó a vivir a Canadá. Nunca más supimos de ella. Me dolió.

—Así que perdiste a la mujer en la que confiabas, todo por la imprudencia de tu padre.

—Eso por decirlo finamente.

—Y luego el matrimonio se rompió y perdiste a tu familia también.

—Mi madre se fue a vivir a Estados Unidos. Aisling y Cara decidieron irse con ella. Yo me quedé aquí, con mis abuelos. No quería vivir con mi padre. Ya bebía mucho y se volvía mezquino.

—Seguro que era mezquino porque se sentía culpable de que lo vieras así. Eras solo un niño.

—Le culpé de todo. Solo ahora, como adulto, puedo juzgarlo con más perspectiva. Pero la sensación de traición y el dolor permanecen.

—¿Se lo has dicho?

—Sí.

—¿Y qué te ha dicho él?

—Me ha dicho que lo sentía. Que estaba triste y arrepentido. Deberíamos haber hablado de ello antes. Oír esas palabras, sobre todo cuando son sinceras, supone mucho.

—¿Te ha dicho por qué buscó consuelo en Rosie?

—Sí. He aprendido que hay muchas maneras diferentes de ver una misma cosa. Los seres humanos somos muy complicados.

Se giró para mirarle.

—El alcoholismo de tu padre tiene su origen en un profundo odio hacia sí mismo, Colm. Lo más seguro es que ese odio se remonte a ese momento en que lo encontraste con Rosie. JP es un hombre decente y honesto. Tuvo que dolerle mucho quedar expuesto como un hombre inmoral, porque en realidad él no es así. La infelicidad le llevó a ello, pero se defraudó a sí mismo, así como a todos los demás. Estoy segura de que le has puesto en el camino de la recuperación al hablar de ello.

—Colm asintió. Margot le puso la mano en la mejilla y le acarició el hoyuelo de la barbilla con el pulgar—. Y tú también necesitabas hablar de ello, Colm. El niño que hay en ti tenía que contarlo y dejarlo atrás.

—La vida es una batalla y todos quedamos marcados por ella de una forma u otra —declaró, ahuecando los dedos sobre su cuello por debajo del pelo. Inspiró y sus pensamientos volvieron a asuntos más actuales.

—Tú también deberías ser escritor —dijo riendo entre dientes. Notó el cambio en su expresión y sintió de nuevo un revoloteo en el estómago fruto de los nervios y la expectación.

Él inclinó la cabeza, con una expresión resuelta en sus penetrantes ojos azules.

—No estoy seguro de que haya sido muy original, pero ha sonado bien. —Sonrió y volvió a besarla.

Cuando regresaron al pabellón de caza, JP estaba en el jardín, echando estiércol con la pala en el parterre. Tenía las mejillas enrojecidas por el frío y el esfuerzo y parecía trabajar con renovado vigor, como si cada extenuante palada fuera un premeditado paso hacia la recuperación. A Margot se le levantó el ánimo al verlo. Tenía el temple del que había carecido su padre. Una fuerza de voluntad y una determinación para cambiar su vida que Jonathan Hart no pudo encontrar. Con su padre, la sensación de Margot era de impotencia en tanto que con JP era de optimismo. Sabía que la mejor manera de ponerse bien era mantenerse ocupado, preferiblemente al aire libre. Iba a necesitar más su apoyo por las noches, cuando la costumbre de acomodarse en su sillón junto al fuego le hiciera desear echar mano de la botella de *whisky*. Colm y ella tendrían que turnarse para quedarse con él. No sería justo dejarlo solo. Miró a Colm mientras se encaminaban por el césped hacia JP y se imaginó a los tres jugando a las cartas en la biblioteca. Por extraño que pudiera parecer, esa imagen no le desagradó.

—Supongo que será mejor que vuelva al trabajo —dijo Colm, metiendo las manos en los bolsillos y sonriendo a su padre.

JP clavó la pala en la tierra y le devolvió la sonrisa.

—Muy bien, hijo. A lo mejor te veo luego.

—Me verás. Margot y yo vamos a estar mucho por aquí para vigilarte y darte apoyo. Me temo que te vas a hartar de nosotros.

JP se echó a reír.

—Nunca me hartaré de vosotros.

—Voy a trabajar un poco aquí y luego volveré al hotel a la hora del té —añadió Margot—. Tengo que dejarme caer por allí o me enviarán de vuelta a Inglaterra.

Salieron del jardín, dejando a JP que siguiera trabajando. El Land Rover de Colm estaba aparcado en la grava de la parte delantera de la casa. La tomó de la mano y tiró de ella hacia atrás.

—No puede vernos mi padre ni la señora Brogan.

—Ni tu madre —añadió Margot con una sonrisa—. De hecho, no puede vernos nadie.

—¡Por Dios! Es como volver a ser un adolescente. —Le pasó las manos por el cuello, por debajo del pelo.

—Hay algo más en juego que el que nos castiguen —le recordó ella. Colm se rio.

—Más vale que no corramos riesgos. —Posó los labios sobre los de ella y ambos se distrajeron durante un momento. Margot sintió que el calor invadía su cuerpo y deseó que pudieran escabullirse y hacer uso de una de las habitaciones del pabellón.

Colm le leyó el pensamiento.

—Quiero hacerte el amor, Margot —le murmuró al oído.

—Quiero que lo hagas —susurró ella. La sola idea hizo que se le atascara el aliento.

Él dudó un momento mientras pensaba.

—Ven esta noche —dijo—. Podemos cenar con mi padre y luego... No sé, mandarlo a la cama temprano.

—Me parece bien —convino, y lo vio subir al Land Rover y marcharse.

Después de la mañana que había tenido, Margot no estaba segura de poder concentrarse en su trabajo, pero de todos modos fue a la sala

de juegos. La señora Brogan había encendido la chimenea. Fuera, el sol
había salido e inundaba de luz el césped. Oyó el canto de los pájaros e
hizo que pensara en la primavera, en campanillas y narcisos, en tardes
más largas y mañanas más luminosas. Miró los montones de libros de
contabilidad y los papeles apilados en la alfombra y recordó el juego
del *Conejo en la madriguera*. Se imaginó a Colm corriendo alrededor
de la mesa, riendo y con el pelo ondulado cayendo sobre la frente.

Volvió al presente al oír que llamaban a la puerta. Era la señora
Brogan.

—¿Le apetece una taza de té, señorita Hart? —preguntó.

—Me encantaría. Gracias, señora Brogan.

Hubo una pausa mientras la señora Brogan se quedaba en la puerta.

—Es bueno ver al señorito Colm por la casa —dijo al fin—. Es bueno que los dos hablen. —Margot asintió con la cabeza y sonrió—. Eres
una chica atrevida, Margot —añadió de repente la vieja ama de llaves y
sus gentiles ojos se llenaron de gratitud—. Tienes un don poco común.
—Margot no supo qué decir, pero la señora Brogan no necesitaba una
respuesta—. Iré a preparar el té —dijo y cerró la puerta con cuidado.

Margot se puso a trabajar. Abrió la última caja. Era la más pequeña de
todas, por eso la había dejado para el final. Dentro había un cofre
carmesí en miniatura hecho de madera. Parecía antiguo, calculó que
de principios del siglo XIX. Lo sacó con cuidado e intentó abrirlo. Para
su frustración, estaba cerrado. El pequeño ojo de la cerradura pedía
una llave y, sin embargo, al registrar el interior de la caja, no había
ninguna. La agitó. Sonó algo. Había cosas dentro; esperaba que fueran tesoros. La dejó a un lado de mala gana. Le pediría a Colm que la
ayudara más tarde. Era el tipo de cosas que, sin duda, podría hacer
con uno de sus instrumentos veterinarios.

En su lugar, sacó un montón de cartas atadas con una cinta de
seda azul. Ya había revisado un montón de cartas. Algunas eran interesantes, mientras que otras solo satisfacían su curiosidad y no servi-
rían para el libro.

Desató la cinta con cuidado y sacó la primera carta. Estaba escrita con una caligrafía limpia e inclinada; la tinta se había descolorido hasta convertirse en un marrón claro, pero seguía siendo legible. El sobre estaba dirigido a la señora Jane Chadwick, en Lancashire, Inglaterra. Margot se preguntó quién sería esa Jane Chadwick y por qué las cartas dirigidas a ella habían acabado en los archivos de los Deverill. Sacó otra. Para su sorpresa, estaba dirigida a la misma mujer. Al hojear todos los sobres, Margot se dio cuenta de que todos estaban dirigidos a Jane. Despierta ya su curiosidad, abrió la primera carta y ojeó la página hasta encontrar la firma al final. Ahora sí que estaba intrigada. La carta estaba firmada como: «Tu querida hermana, Frances». De forma apresurada y con creciente excitación, le dio la vuelta a la carta en busca de la fecha. «12 de julio de 1821.» Frances no era otra que Frances Wilson, casada con Tarquin Deverill.

Margot se acurrucó en el sillón junto al fuego y comenzó a leer. Además de contener un sinfín de noticias mundanas, las cartas destilaban amor por el pequeño hijo discapacitado de Frances, Gabriel. Frances tenía otros cinco hijos (Peregrine era el mayor y el heredero) que eran robustos y sanos y había perdido a tres en la infancia. Gabriel era el más joven y un motivo de enorme preocupación para ella. Las cartas se referían cada vez más a él. No solo había nacido con la columna vertebral torcida, lo que hacía que una pierna fuera más corta que la otra, sino que además sufría un retraso mental. Frances lo describía como un niño «cariñoso, «risueño», «muy afectuoso» y «lento». «Me temo que siempre será un niño, aunque crezca. Su padre no lo soporta y no permite que le vean, sino que lo tiene escondido en la torre para que no le avergüence. Se me rompe el corazón al ver que le tratan de esta manera. Tarquin es más cariñoso con los perros.» Margot se preguntó si este pobre niño estaba encerrado en su torre. Levantó la vista de la página un momento y se imaginó a Gabriel mirando desde la ventana al jardín, donde sus hermanos jugaban en el césped, tal vez incluso con su padre, mientras él tenía que permanecer aislado y encerrado en su dormitorio. Continuó leyendo, con el corazón acelerado por la indignación.

Tarquin se refería a su hijo como «un monstruo», «un fenómeno de la naturaleza» y «una bestia». Se negó a educarlo con sus otros hijos, por lo que su madre tuvo que enseñarle a leer ella misma, lo que era casi imposible debido a su retraso en el desarrollo mental. La aversión de Tarquin por el niño era tal que en público afirmaba tener solo cinco hijos. Una vez, cuando Frances le recordó el sexto, la golpeó en la cara con el dorso de la mano, desgarrándole la piel con su anillo de sello. Nunca más se atrevió a hacerlo.

La señora Brogan entró con una tetera y un poco de tarta, pero Margot apenas se movió de su sillón, salvo para dar las gracias de forma casi inaudible antes seguir con las cartas. Más de una vez Frances temió por la vida del niño. «Tal es la aversión de mi marido por el niño que me aterra lo que pueda hacer mientras mi hijo duerme. He comenzado a acostarme en la cama con él por la noche para mantenerlo a salvo.» Y entonces las cartas alcanzaron su terrible clímax. La letra de Frances se volvió más errática. Margot percibió su angustia en el golpeteo irregular de la pluma sobre la página. Tarquin había hecho algo extraordinario. Había llevado al niño al jardín el día de su cumpleaños para enseñarle las flores. Esto no lo había hecho nunca. La ansiedad carcomía a Frances. Conocía a su marido y sabía de lo que era capaz. Y entonces sucedió lo impensable. Según Tarquin, el niño estaba tratando de tocar los peces del estanque ornamental y se cayó. Cuando su padre llegó a él, se había ahogado. Desesperada, Frances escribió a su hermana: «No creo ni una sola palabra, Jane. Que Dios me perdone por buscar culpables, pero creo que mi marido quería que mi querido hijo muriera de esta manera, este día, para aliviarle la carga de tener un hijo imperfecto. Aunque mi hermoso niño no era una carga para nadie. Solo una fuente de luz y de amor de Dios encarnada en un niño inocente y lisiado. Él descansa en paz, pero yo vivo en un infierno eterno, querida Jane. No alcanzo a ver la liberación para mí».

Margot se secó una lágrima y tomó aire. Dejó la carta sobre su regazo. Sabía lo que ocurriría más tarde. Poco después, la pobre Frances Deverill murió de tristeza, en opinión de Margot.

Suponía que las cartas estaban en el archivo familiar porque la hermana de Frances quería que Tarquin rindiera cuentas por su crimen. Por supuesto, eso nunca sucedió, pero de alguna manera estas cartas llegaron al castillo para que, al menos, la historia constatara la ignominia que había cometido. Margot contempló el fuego, las doradas y danzarinas llamas de luz, y se preguntó qué pasaba con las almas como la de Tarquin, si de verdad había vida después de la muerte. ¿Existía el infierno para personas como él? Si no se hacía justicia en vida, ¿se hacía después?

Margot sintió más que nunca la necesidad de escribir este libro. Era necesario escribirlo por aquellos, como Frances y como Gabriel, cuyas historias nunca habían visto la luz. Apoyó la cabeza en el sillón y cerró los ojos. Pensó en los fantasmas del castillo en los que tanta gente parecía creer y de repente deseó creer también en ellos. Un sinfín de personas malvadas escapaban de la justicia en la tierra. ¡Qué gran consuelo supondría saber que tendrían que rendir cuentas de sus actos en algún lugar oscuro y miserable después de la muerte!

Abrió los ojos y miró el pequeño cofre carmesí que estaba sobre la mesa de billar. Se preguntó qué secreto guardaba en su interior.

14

Margot le contó a JP lo de las cartas durante el almuerzo.

—Me temo que algunos de mis antepasados no eran gente muy agradable —dijo, con expresión avergonzada—. De hecho, cuando Alana me acusa de tener mala sangre, creo que es probable que tenga razón.

—Eso no es cierto —repuso Margot—. Sus pecados no son los tuyos y, además, si te acusa de tener mala sangre, también acusa a sus hijos, cosa que dudo que quiera hacer. Es solo una forma de hacerte sentir culpable. Pero toda historia tiene dos caras. y, por lo que veo, ella tiene tanto por lo que sentirse culpable como tú.

JP la miró con ternura.

—Eres demasiado leal conmigo, teniendo en cuenta que no nos conocemos desde hace mucho tiempo, Margot. ¿Acaso te recuerdo a tu padre?

Margot frunció el ceño.

—Hay similitudes. Pero, para ser sincera, me gustas por cómo eres. Mi padre era un caso perdido. En cambio, tú me llenas de esperanza. Sé que puedes ponerte bien. Cuento con ello.

JP alargó la mano y le dio una palmadita.

—Te agradezco que hayas creído en mí. No te defraudaré. —Luego sonrió—. Estoy deseando enseñarle a mi exmujer un nuevo yo sobrio. Eso le dará que pensar.

Margot sonrió con sorpresa. ¿Quién iba a pensar que la persona que inspiraría a JP a mejorar sería la misma que le había causado el malestar?

Margot regresó al hotel a tiempo para tomar el té. Se sorprendió al ver a la condesa sentada en una mesa redonda en el centro del comedor, hablando sin parar con un grupo de seis embelesados turistas estadounidenses. Elegante, con una blusa con lazo, el pelo recogido de forma sofisticada y unos grandes y brillantes pendientes de diamantes, era la perfecta encarnación de la condesa de sangre azul, al menos para los turistas que no conocían nada mejor, pensó Margot.

—Verán, cuando mi marido, el conde, vivía en este lugar, era aquí donde la familia comía, en una larga mesa, servida por lacayos —estaba diciendo con su marcado acento austriaco—. Había un sirviente por cada persona en posición de firmes detrás de las sillas, ya saben. Así era entonces. Vivir así era lo normal. Por supuesto, los sirvientes tenían que fingir que no oían las conversaciones, pero ya se pueden imaginar que debían de oírlo todo. Los invitados eran gente importante, aristócratas, políticos... —La condesa tomó aire y esbozó una pequeña sonrisa de satisfacción—. Incluso la realeza.

Margot puso los ojos en blanco. Dudaba mucho que la pobre Bridie hubiera respirado el mismo aire que un miembro de la familia real. Cuando cruzó el vestíbulo en dirección a las escaleras, se encontró con el señor Dukelow, que se encaminaba hacia ella con una sonrisa de satisfacción similar a la de la condesa.

—Hola, señorita Hart —dijo, frotándose las manos—. Tengo noticias. —Margot esperó que le dijera en el acto que estaban siendo agraciados con la distinguida presencia de la condesa, pero no la mencionó—. He estado hablando con su amigo, el señor Chambers —declaró.

—¡Ah! —respondió Margot, sorprendida.

—Le he reservado para la primera semana de mayo. No he pedido referencias. Su recomendación es cuanto necesito. Estoy seguro de que será muy entretenido. —Levantó la barbilla—. Aunque, como no me canso de decir, este castillo no está encantado, ni mucho menos.

—No creo que vaya a contactar con los fantasmas del castillo.

El señor Dukelow frunció el ceño.

—Entonces, ¿con qué fantasmas contactará?

—Con los seres queridos difuntos de la gente del público. —El señor Dukelow parecía horrorizado—. ¿Nunca ha visto trabajar a un médium?

—No, nunca. Y no se me habría ocurrido invitar a uno al hotel si la jefa no hubiera insistido. —Se encogió de hombros—. La señora De Lisle siempre consigue lo que quiere.

—Creo que se sorprenderá de la cantidad de gente que se interesa por lo sobrenatural.

—Bien. La señora De Lisle también mencionó algo de pedirle a lord Deverill que fuera el orador de la sobremesa.

A Margot se le revolvió el estómago.

—No creo que él quiera hacerlo.

El señor Dukelow se frotó el pulgar con el índice.

—Puede que lo haga cuando se entere de lo mucho que le pagará. Sería una gran atracción. Lord Deverill en persona, hablando de la historia de su familia en el mismo castillo donde todo tuvo lugar.

—Puede preguntárselo a él. —Margot se recordó que JP no era su responsabilidad. ¿Quién era ella para decir si aceptaría o no trabajar para la señora De Lisle?

—Lo haré. La señora De Lisle me ha pedido que lo haga.

—Y si rehúsa, siempre puede invitar a la condesa. —Sonrió de forma pícara.

—La condesa ya está dando discursos gratis.

—¿Quizás para conseguir un trabajo?

El señor Dukelow no parecía divertido.

—Por supuesto que no. Eso sería indigno de ella —respondió.

—Al menos parece auténtica, aunque en realidad no lo sea.

—Se la mencioné a la señora De Lisle, pero lo rechazó de plano —dijo el señor Dukelow.

—No me cabe duda. Por lo que sé de la formidable señora De Lisle, le gusta que las cosas sean auténticas. Leopoldo no es un Deverill y solo vivió en el castillo durante catorce años. Me temo que sus invitados se sentirían defraudados si él o su esposa dieran discursos después de la cena. Si alguien va a hacerlo, tiene que ser un Deverill.

—O usted —añadió, enarcando las cejas como si se le acabara de ocurrir.

—Puede que conozca bien la historia de la familia, pero si hay que elegir, me decantaría por lord Deverill. Creo que sería una gran atracción.

—Por cierto, ¿cómo va su libro?

—Casi he terminado mi investigación.

El señor Dukelow se frotó la barbilla durante un momento.

—Tal vez, ya que es usted tan buena amiga de lord Deverill, podría preguntarle si quiere ser orador después de la cena, señorita Hart.

Margot se echó a reír.

—Me temo que no, señor Dukelow. Si quiere que trabaje para ustedes, tendrá que pedírselo usted mismo.

Margot se disponía a subir las escaleras para ir a su dormitorio, cuando cambió de opinión y se dirigió al salón. Atraída por el oscuro magnetismo de Tarquin Deverill, se situó bajo el retrato y lo contempló con macabra fascinación. Ahora que había leído las cartas de su esposa, el hombre ya no era una insustancial interpretación al óleo, sino una persona de carne y hueso, con sangre corriendo por sus venas y poseedor de una energía que se propagaba por la habitación, haciendo que tuviera una clara idea de su amenazante personalidad. A medida que se adentraba en el cuadro, él parecía girar lentamente el rostro y mirarla a los ojos. La mirada fría y resentida de un hombre al que no le gusta que le miren. Margot recuperó el aliento y le devolvió la mirada, sorprendida. Parpadeó. Luego volvió a parpadear. Daba miedo lo poderosa que podía ser la imaginación, pensó mientras el retrato volvía a su estado original. Ahora ya no la miraba a ella, sino que tenía la vista fija en algún objeto más allá del

SANTA MONTEFIORE

marco o tal vez estuviera sumido en algún pensamiento desagradable. Porque allí estaba, lleno de arrogancia y fachada, con el pecho hinchado, la cabeza erguida y en los labios una mueca, como si nada le complaciera. Se preguntaba cómo una persona podía estar tan insatisfecha con la vida como para caer en la crueldad, pues una persona satisfecha nunca podría ser cruel. Las personas felices son amables y de espíritu generoso por naturaleza. Pensó en Frances y en Gabriel y pensó de nuevo en la justicia. Tarquin Deverill había muerto plácidamente en su cama a la edad de setenta y ocho años. No parecía justo.

Subió a su dormitorio y miró por la ventana. Apoyó las manos en el alféizar de piedra y se preguntó si Gabriel también habría puesto sus manitas allí y habría observado el cambio de las estaciones a través del cristal. ¿Qué habría pensado él de todo esto?

Ya era tarde cuando Margot regresó al pabellón de caza y casi había oscurecido. Aparcó el coche y entró por su cuenta. Enseguida le llamó la atención un cambio radical en el ambiente. La casa parecía más cálida, no solo en cuanto a la temperatura, sino en cuanto a la energía. En el pasillo flotaba música clásica, como si la sangre corriera por las venas, devolviendo la vida al lugar. JP y Colm no estaban en la biblioteca, sino sentados en el salón, con ropa de montar. El fuego ardía en la chimenea y las cortinas estaban corridas. Tenían el rostro enrojecido por el viento y estaban de muy buen humor.

—¡Margot! —exclamó JP—. Ven y acompáñanos.

—Hemos pasado una tarde estupenda cabalgando por las colinas —dijo Colm, recordándole el beso en el círculo de piedras con su sonrisa cómplice.

—Y aquí estáis, haciendo uso de esta preciosa habitación —dijo Margot, disfrutando de la música que salía de los altavoces de la librería. Supuso que había un tocadiscos escondido en el armario de abajo.

—Era la habitación favorita de mis abuelos —declaró Colm—. Se pasaban la vida aquí, jugando a las cartas y entreteniendo a los amigos. Ya era hora de que recuperara su antiguo esplendor.

—Una habitación más que limpiar para la pobre señora Brogan —repuso JP.

—No me importa —intervino la señora Brogan al entrar. La casa es feliz cuando todas las habitaciones están en uso, ¿no es así? Ninguna casa quiere languidecer en silencio y bajo guardapolvos. ¿No le parece magnífica la música, señorita Hart? Me encanta escuchar música. —Se detuvo un momento y sonrió—. Simplemente magnífica.

Margot se sentó en uno de los sofás.

—He estado revisando mis viejos discos —dijo JP—. Tengo una gran colección. Esto es Richard Strauss. —Levantó la mano y la movió al ritmo, como si dirigiera una pequeña orquesta—. ¿No te hace sentir bien?

—¿Qué tal la tarde? —preguntó Colm.

Colm miró a Margot de forma íntima, recordándole la pasión de su beso y el tacto de su mano. ¡Qué rápido cambia la energía entre dos personas cuya atracción mutua ha quedado al descubierto!, pensó Margot, y apartó la vista por miedo a revelar sus sentimientos delante de JP.

—Quiero enseñaros una cosa —anunció, levantándose. Salió de la habitación y regresó un momento después con el cofre cerrado—. Estaba mañana he abierto la última caja y he encontrado esto.

Colm extendió la mano.

—¿Qué es?

Margot se lo entregó.

—Está cerrado.

—¡Ah! Y no hay llave.

—¿Puedes abrirlo?

Se rio.

—¿Por quién me tomas? Soy veterinario, no ladrón.

—Seguro que tienes algo en ese maletín veterinario que lo desbloquee.

—Me temo que no tengo aquí mi maletín. Pero creo que puedo hacer algo mejor. —Sacó una navaja del bolsillo—. Los buenos *boy scouts* llevan una de estas.

—¿Eres un buen *boy scout*, Colm? —preguntó ella.

—Nunca lo fui, pero esta navaja me ha sido útil en muchas ocasiones.

—¿A quién pertenecía ese cofre? —preguntó JP—. ¿Tienes alguna idea?

—Creo que pudo pertenecer a Frances Deverill, la esposa de Tarquin. Estaba en la misma caja que las cartas que le escribió a su hermana —respondió Margot.

Colm utilizó las pequeñas tijeras para forzar la cerradura.

—¿Son interesantes las cartas?

—Muy interesantes. Su hijo discapacitado murió ahogado y ella culpó a su marido.

Colm levantó la vista de su trabajo, horrorizado.

—¿De verdad?

—Se ahogó en el estanque ornamental cuando cumplió diez años. Su padre hizo la vista gorda. Tarquin era un hombre brutal.

—Es una historia terrible, Margot —declaró Colm, moviendo las tijeras con cuidado con la esperanza de girar la cerradura.

—Me temo que sí. Espero que este cofre contenga algo interesante.

—Tantos tesoros encerrados durante más de cien años y nunca se me ocurrió echar un vistazo —dijo JP con asombro.

—¿Por qué tendrías curiosidad por tus propios antepasados? —preguntó Margot.

—No lo sé —respondió JP, encogiéndose de hombros—. Supongo que es lo mismo que vivir en una ciudad llena de cultura; no te molestas en visitar los museos porque los das por sentado. Nunca me había interesado por la historia de mi familia, hasta ahora.

—Me alegro de haberte inspirado.

—¡Ah! —dijo Colm—. ¡Lo he conseguido! —Margot se apresuró a colocarse a su lado. Él le entregó el cofre—. Vamos, mira lo que hay dentro.

Ella contuvo la respiración. Levantó la tapa con cuidado. Dentro había una sencilla cruz de madera y un objeto ovalado. Sacó el objeto ovalado y le dio la vuelta. Cuando vio lo que era, se sintió emocionada. Era un retrato en miniatura de una madre y su hijo, colocada en un estuche de oro y cristal.

—Deben de ser Frances y Gabriel —susurró—. ¡Menudo hallazgo! —El rostro de la mujer rebosaba ternura y amor mientras estrechaba a su hijo contra su pecho—. ¡Qué guapa era! —exclamó Margot, contemplando su larga melena rubia y su dulce mirada castaña—. Y fijaos en el pequeño Gabriel. Rubio, como su madre, con unos grandes y curiosos ojos castaños. ¡Qué pena morir como lo hizo! —Le entregó la miniatura a JP—. Tenéis que leer las cartas —les dijo a los dos hombres—. Así conoceréis toda la historia. Imagino que se las enviaron a alguien en el castillo para que la verdad saliera a la luz. Pero creo que nunca se supo porque a Tarquin jamás le acusaron de actuar de forma negligente con su hijo.

—Es un milagro que no las destruyeran —dijo Colm.

—Por eso dudo que Tarquin llegara a leerlas —respondió Margot.

—Entonces, ¿quién lo hizo? —preguntó JP.

—Ese es un misterio que nunca resolveremos —repuso Margot—. Pero alguien las metió en esta caja para ponerlas a buen recaudo. Se suponía que debían leerlas y que el crimen de Tarquin saldría a la luz. Bueno, pues ahora lo hará. Con ciento sesenta años de retraso.

Mientras JP estudiaba el retrato, Colm deslizó los dedos por la piel del antebrazo de Margot. Ella se mantuvo quieta durante un momento, pues no deseaba que se detuviera y al mismo tiempo era consciente de que no estaban solos.

—Un hallazgo fascinante —comentó JP, tendiéndoles la miniatura.

Colm retiró la mano. Margot tomó el retrato y lo volvió a meter en el cofre.

Acto seguido se levantó.

—Voy a por las cartas, JP. Son una lectura desgarradora —dijo y salió de la habitación.

Volvió a la sala de juegos sintiéndose excitada. Se llevó una mano a la mejilla. El tacto de Colm había bastado para hacer que se sonrojara. Respiró y se dijo que debía serenarse. Solo le había tocado el brazo. Se apoyó en la mesa de billar y esperó a que su corazón latiera más despacio. El fuego casi se había apagado, dejando solo ceniza gris y calor residual. Las cortinas estaban cerradas y su investigación estaba apilada en el suelo. Había terminado de revisar las cajas. Era el momento de empezar a escribir el libro.

Colm entró en la habitación de repente. Cerró la puerta con suavidad. Acto seguido se acercó a ella con expresión resuelta, la estrechó entre sus brazos y la besó. Ella le devolvió el beso con urgencia, enroscando los dedos en su pelo, que olía a polvo, a caballo y a viento salobre.

—Mi padre ha subido a bañarse y a cambiarse de ropa —le informó, respondiendo a su pregunta tácita, antes de apoderarse de sus labios y besarla de nuevo.

Introdujo las manos debajo del jersey y de la camisa y buscó la suave piel de su espalda. Margot sintió que la invadía el calor. Todo su ser se moría de ganas de él. Colm la colocó sobre la mesa.

—Hagamos el amor, Colm —murmuró.

—¿Y que nos pille la señora Brogan? No es una buena idea, Margot.
—Rio.

Ella le sujetó la cara y le sostuvo la mirada.

—Esto me está volviendo loca, Colm. Somos adultos.

—Que tenemos una obligación con mi padre —le recordó.

Margot apoyó la frente en la suya y suspiró.

—Pues más tarde, cuando se haya ido a la cama.

—Te gusta correr riesgos, ¿verdad?

—Simplemente sé qué es lo que quiero, Colm.

—Yo también —respondió con seriedad—. Y eres tú, tan pronto como sea posible.

Después de la cena, la señora Brogan recogió la mesa, fregó los platos y subió a su dormitorio. Se llevó la radio porque le gustaba escuchar música mientras leía en la cama antes de dormir. Siempre había algo agradable que escuchar. Ahora que lord Deverill ponía sus viejos discos, la casa se había librado por fin de su manto de silencio y volvía a vibrar de vida. Incluso el reloj de pie parecía dar las horas con alegría. Parecía que todo en la casa hubiera cambiado de color, pasando de un gris apagado a una vibrante paleta de bonitas tonalidades. De hecho, cuando el sol entró ese día por las ventanas del salón, un hermoso resplandor rosado y ambarino bañó toda la habitación.

Estaba agradecida al señorito Colm y a Margot. Los dos habían animado a lord Deverill a cambiar y, para reconocerle el mérito, ya que era muy difícil cambiar las costumbres propias como lo estaba haciendo, él se había mostrado dispuesto y con ganas, que es la mitad de la batalla, o eso le habían dicho. Sin embargo, percibió que algo se estaba gestando entre los dos jóvenes. No es que lord Deverill se hubiera dado cuenta, pues estaba demasiado ocupado luchando contra sus apetitos como para captar las sutiles señales que se dirigían el uno al otro, pero ella sí lo había notado. En su opinión, las mujeres tendían a ser más observadoras. Se veía en la forma en que se miraban y se hablaban. Había una intimidad que antes no existía, aunque, benditos fueran ambos, se esforzaban por ocultarla. Se preguntó cómo se sentiría Lord Deverill si también se diera cuenta, pues sabía que sentía debilidad por Margot.

La señora Brogan prendió una cerilla y encendió las pequeñas velas votivas colocadas delante de las fotografías de sus padres, de su marido y de su hermano Rafferty. Susurró su oración y, al contemplar el rostro serio de su hermano, sintió que la ternura fluía hacia las heridas de su corazón, donde su pérdida nunca sanaría. Sin embargo, le sobrevino una sensación positiva y optimista que no había sentido en mucho tiempo y que, sin duda, la ayudó a salir de su dolor. La pena no era algo que se superara, sino que se aprendía a vivir con ella. La música y las risas que resonaban en la casa la ayudaban a vivir con la suya.

Se bañó, se puso el camisón y se arrodilló junto a la cama. Día a día, pensó con un suspiro, juntando las palmas de las manos y cerrando los ojos. Murmuró una oración por lord Deverill, por el señorito

Colm y por Margot, por la señora Alana y por las niñas. Rezó para que se reunieran en familia porque sabía que así serían más felices.

Luego se metió en la cama, bajó el volumen de la radio, abrió su libro y se puso a leer.

JP se retiró a su dormitorio. No era fácil abstenerse del alcohol, pero lo hacía mucho más fácil con Colm y Margot para distraerle. Le hacían sentir apreciado y hacía mucho tiempo que no se sentía así. Se puso el pijama y fue al baño. Se miró en el espejo. Solo habían pasado un par de días, pero ya sentía que tenía mejor aspecto. Más saludable. ¿Era eso posible? Seguramente no.

Estaba decidido a cambiar. Aquella noche en la biblioteca había sido una horrible llamada de atención. Esperaba que Margot no hubiera visto lo peor. Se estremecía solo de pensar que pudiera haberlo hecho. Encauzó sus pensamientos hacia el hecho de que Colm estuviera quedándose en la casa. Era agradable tenerlo aquí. No estar solo. Por supuesto, la señora Brogan estaba arriba en el ático, pero no era lo mismo que tener a su hijo cerca. ¡Cuánto se arrepentía del pasado! Se arrepentía amargamente. Sin embargo, arrojar luz sobre él había disipado parte del miedo. Hablar de ello con Colm había iniciado un poderoso proceso de curación. Hablar de algo era una idea simple en realidad y, sin embargo, difícil de realizar en la práctica. Había sido duro encontrar las palabras, doloroso, como si estuvieran cubiertas de espinas, pero en cuanto las pronunció en voz alta, las espinas se desprendieron. Cuanto más hablaban Colm y él, más lo hacían.

Las palabras más poderosas de cuantas había dicho fueron «Lo siento». ¡Qué palabras tan simples!, pensó. Lo siento. Ocho letras. Aun así, ¡qué difíciles de decir con sinceridad! Pero las dijo en serio. Sintió que le salían del corazón y, para su sorpresa, el hecho de pronunciarlas había aliviado parte del dolor, tanto a él como a Colm.

JP sintió que una sensación de ligereza y de felicidad se propagaba por su pecho mientras se metía en la cama. Tampoco había sentido eso en mucho tiempo.

En la sala de juegos, Margot propuso que jugaran una partida de *Conejo en la madriguera.*

—A la manera tradicional —dijo con una sonrisa.

—Sabes que no puedes ganarme —respondió Colm—. Estarás desnuda antes de que me desabroche la camisa.

—Ya veremos. —Rio, agarrando la bola negra con la mano y colocándose en un extremo de la mesa—. Yo tiro primero —dijo.

Colocó la bola blanca en el centro de la mesa.

—Cuando quieras —dijo.

Apuntó y empujó la bola despacio sobre el terciopelo. Hizo rodar la blanca hacia la izquierda. Colm agarró rápidamente la negra y la soltó con suavidad para que rozara el lado de la blanca. Margot alcanzó la bola negra y corrió hacia el extremo de la mesa, donde Colm le impedía deliberadamente apuntar. Se produjo un forcejeo.

—¡Eso es obstrucción! —exclamó cuando la bola blanca se detuvo.

—Eso será una prenda de vestir, señorita Hart.

—Muy bien —respondió—. Yo también puedo jugar sucio. Se desabrochó la blusa despacio mientras Colm la observaba entre divertido y excitado.

—Sabes que podrías quitarte un zapato o un calcetín —dijo.

—Nunca he sido tímida. —Se desabrochó el último botón y dejó que la blusa cayera al suelo.

—Eso me gusta —dijo, y se acercó a ella.

Ella extendió la mano.

—No toques. Va contra las reglas. Puedes mirar, pero no puedes tocar, y el ganador se lo lleva todo.

—¿El qué? —preguntó.

—Al perdedor.

—Me gusta mucho cómo suena eso.

—A mí también. —Rio—. Esta noche me siento especialmente glotona.

—Muy bien. Como has perdido, me toca a mí. —Soltó la bola negra.

Un momento después, Margot estaba tumbada sobre la mesa, tapándole la vista a Colm, y rozando la bola blanca con la negra con suavidad.

—¡Ah, qué vergüenza que te gane una mujer en sujetador! —alardeó mientras la bola blanca rodaba hasta detenerse.

—La vista distrae un poco —replicó.

—Como he dicho, yo también puedo jugar sucio. Así que, ¿cómo de tímido vas a ser, Colm?

—Igualdad de condiciones —respondió, desabrochándose la camisa. Un momento después estaba desnudo de cintura para arriba. Margot deseó no haber impuesto la regla de no tocar. Tenía un cuerpo corpulento y musculoso. Deseaba pasar los dedos por el vello del pecho y del vientre.

—Me toca empezar a mí —dijo.

Esta vez perdió. Sin desperdiciar tiempo, se quitó los pantalones, los calcetines y los zapatos.

—Cada vez eres menos tímida. —Se rio—. Son unos cinco puntos perdidos de una sola vez.

—No sé si podré aguantar mucho más —dijo de pie ante él, en bragas y en sujetador. El cabello le caía en mechones sobre sus hombros, su pálida piel resplandecía con suavidad bajo la luz eléctrica. Colm ardía de deseo y una vez más dio un paso hacia ella.

—¿Estás segura de la regla de no tocar? —preguntó, recorriendo con mirada anhelante los contornos de su cuerpo.

Margot se acercó a él y se situó a un par de centímetros.

—Si yo puedo contenerme, tú también puedes —replicó, pero le costó la vida misma no alargar la mano y tocarlo.

Se movieron alrededor de la mesa. Margot tenía la bola negra. La lanzó para que acariciara con ligereza la blanca. Colm la agarró, pero cuando apuntaba, Margot se puso en medio con una sonrisa triunfal. La bola blanca se detuvo detrás de ella. Se rio con la garganta.

—Igualdad de condiciones —repuso, enarcando una ceja.

Colm se deshizo de la bola y se subió a la mesa.

—Ya estoy harto de este juego —murmuró, asiéndole las muñecas e inmovilizándola—. Dejémoslo en un empate —declaró, apoderándose de sus labios.

Kitty

Una oscura presencia ha empezado a entrar y salir del pabellón de caza. Mientras que la casa parece más luminosa y brillante para los que están en el plano terrestre, para mí, en el plano intermedio, esta odiosa criatura es demasiado evidente. No se queda mucho tiempo. Tengo la sensación de que es masculina y de una vibración más baja que la mía, tal vez procedente de algún plano inferior, pero no sé por qué. Estoy acostumbrada al ir y venir de otros espíritus, pero este ente es distinto. Insatisfecho, furioso y resentido, su forma sombría persiste en el salón, bajando la temperatura y la energía, así como mi estado de ánimo, cada vez más impaciente. Me siento sola aquí, en este limbo, sin nadie con quien hablar, excepto la señora Carbery.

Nunca me había sentido sola. La furia me dominaba, pero esa furia va disminuyendo poco a poco. Supongo que no se puede estar furioso para siempre. Hasta los espíritus se quedan sin energía. La señora Carbery me ha desconcertado, lo admito. Pensé que una vez que tomara conciencia de que está muerta encontraría la luz y se dirigiría a casa. No hizo ninguna de las dos cosas. Su mundo ilusorio se derrumbó y ahora sabe dónde se encuentra y no está nada contenta. Tal vez debería haberla dejado donde estaba, en la feliz ignorancia.

Por ella, hay una pregunta incómoda que no deja de rondarme la cabeza. Si la luz no le llegó a ella, ¿significa que no me llegará a mí? ¿Voy a quedarme aquí igual que ella? Y ¿durante cuánto tiempo? Cuando esté preparada para irme, ¿descubriré que no puedo?

La señora Brogan y JP no son conscientes de la presencia. Excepto por el descenso de la temperatura, que atribuyen a la corriente de aire que se cuela por las viejas y desvencijadas ventanas o por la chimenea. Encienden el fuego, amontonan los troncos, pero mientras la presencia permanezca, la habitación no se calentará. Aun así, a JP le gusta usar esa habitación. Creo que es por la música, ahora que ha redescubierto sus viejos discos. Quizás a la presencia también le guste la música, aunque sospecho que es demasiado mezquina como para que la belleza tenga cabida en su corazón.

JP está mejorando cada día. Puede que las incontrolables pasiones de los Deverill no les faciliten la vida, pero tienen una voluntad de hierro. Una vez que JP decidió que se abstendría de beber alcohol, se acabó lo que se daba. Margot y Colm le pusieron un espejo para que se viera a sí mismo y en lo que se había convertido y JP tomó la decisión consciente de cambiar. Le admiro por ello. Tal vez, cuando se haya recuperado del todo, pueda trabajar para recuperar el castillo, aunque no sé cómo podría hacerlo ahora que está en manos de la ambiciosa y avariciosa señora De Lisle. No me gusta nada esa mujer.

Han decidido contratar a un médium para entretener a sus clientes. Cuando mi abuela Adeline vivía, ella y sus dos hermanas, Hazel y Laurel, solían celebrar sesiones de espiritismo para contactar con los muertos. Recuerdo que la mesa temblaba porque Barton Deverill, el viejo cascarrabias, solía sabotear sus esfuerzos con picardía. Creo que puedo hacer una pequeña travesura por mi cuenta. Puede que mi furia haya perdido su fuerza, pero no hace falta mucha fuerza para ser travieso y estoy más aburrida que una ostra.

Colm está enamorado de Margot. Debería haberlo visto venir. Tiene la pasión de los Deverill y de los O'Leary, y yo debería saberlo. Creen que el círculo de piedras es su lugar especial, pero fue el mío y el de Jack, el de Alana y el de JP y el de muchas otras almas enamoradas antes de que ellos lo reclamaran para sí. La tierra en la que se colocaron esas piedras hace cinco mil años posee una energía muy especial oculta en sus profundidades desde que se creó la Tierra. Los historiadores y los arqueólogos debaten acerca del misterio, afirmando que las piedras se colocaron para ver el sol y la luna o los planetas y las estrellas, para homenajear a los muertos o sacrificar a los vivos, pero nunca miran hacia abajo. En las entrañas de la tierra, bajo sus pies, existe una fuerza magnética. Una energía sobrenatural que afecta a la superficie que está por encima y a todo aquel que la pisa. Me siento atraído por ella aun estando muerta. Me baño en su resplandor y siento la profunda conexión de mi alma con su fuente, en algún lugar, más allá del lejano horizonte.

Jack se siente atraído hacia ella por los recuerdos. A menudo lo encuentro entre esas piedras con su perro, mirando el horizonte como si yo me encontrara allí, en la niebla. Es allí donde lo encuentro ahora. Percibo la pesadumbre en su corazón, el peso de un amor que no tiene adónde ir. Su tristeza es mi consuelo. Su pesar también es el mío. Mientras esté aquí, dentro del círculo de piedras, me pertenece. Él recuerda la pasión y el dolor, y yo cobro vida en su memoria. Si supiera que aún estoy con él... Me busca en el lugar donde el mar se une con el cielo y, sin embargo, estoy aquí, a su lado, evocando también los recuerdos.

Entonces, para mi sorpresa, aparece su mujer. Entra en el círculo y le saca de su ensueño. Me siento afligida. Este es nuestro lugar. No tiene derecho a estar aquí.

—¿Qué haces aquí, Emer? —pregunta. Yo haría la misma pregunta, si pudiera.

Ella sonríe de esa manera tan serena que tiene. Siempre ha sonreído así, sin vanidad ni pasión, y siento que me enfurezco porque ella es como el fondo del mar, tranquilo y calmado, mientras que yo siempre he sido como las olas, cambiante, temperamental y errática.

—He venido a buscarte —responde.

—¿Va todo bien?

—Alana está haciendo las maletas. Pronto querrá marcharse.

—Sí, soy consciente de qué día es.

Emer se pone a su lado y giran hacia el viento, disfrutando de las salobres y húmedas ráfagas que soplan del agua. Ella suspira y mete las manos en los bolsillos del abrigo.

—Me gustaría que no tuviera que irse.

—A mí también —conviene—. Pero ya ha hecho su vida en Estados Unidos.

—No debería quejarme. Yo nací allí. Es donde tú y yo nos conocimos. Estados Unidos es un buen país para vivir.

—Ella pertenece a este lugar, al igual que nosotros. Me establecí en Estados Unidos cuando era joven, pero añoraba mi hogar.

Emer le toma de la mano.

—Me siento agradecida por la vida que construimos juntos aquí. He sido muy feliz, Jack.

Él posa sus ojos azules en su rostro y no puede evitar devolverle la sonrisa con ternura. Construyeron su vida juntos, pero fue ella la que impidió que se desmoronara cuando descubrió nuestra relación amorosa. Una palabra suya y yo habría dejado a Robert y me hubiera ido a cualquier parte del mundo. Estaba dispuesta a dejarlo todo. Sin embargo, no llegó ninguna palabra, nada. Llegué demasiado tarde. Jack fue más sabio que yo. No puedes construir la felicidad sobre la infelicidad de aquellos a los que amas. Simplemente no puedes.

—Sé que lloras a Kitty —dice ella de repente.

—Sé que lo sabes —responde.

—Lo entiendo. Ella fue tu gran amor. No quiero que te sientas culpable por ello. Es posible amar a dos mujeres al mismo tiempo, de diferentes maneras. —Él frunce el ceño y la mira como si se esforzara por entender a esa criatura tan serena como el fondo del mar. Ella suspira, no de forma cansada, sino suave, consoladora—. Sé que has luchado con esto durante toda nuestra vida de casados —asegura.

—No toda —la corrige.

—La mayor parte.

—Me enamoré de ti en Estados Unidos —dice Jack con firmeza, y sé que dice la verdad. Yo me había negado a dejar Irlanda; supongo que sus recuerdos de mí no eran tan tiernos por entonces.

—Pero al final vinimos aquí y, bueno, ahí estaba ella. Nadie podría rivalizar con Kitty Deverill ni en aspecto ni en carácter. Con su pelo rojo fuego y esos turbulentos ojos grises, no había nadie igual. Y ella era parte de tu infancia. Crecisteis juntos. No podía competir con su belleza ni con las raíces que os unían.

—No tenías que hacerlo, Emer. Siempre fuiste mía. —Jack frunce el ceño de nuevo y le aprieta la mano—. ¿A qué viene todo esto?

Ella se encoge de hombros y se muestra melancólica.

—La vida es corta. Somos viejos. Hay cosas que hay que decir. Hay cosas que tengo que decir.

—¿Alana ha dicho algo?

—Todavía ama a JP, ya sabes.

—Sospecho que sí.

—No estaría tan dolida si no le importara.

—JP es un desastre. No la merece.

—No, no la merece. Pero hubo un tiempo en que sí y crearon una hermosa familia juntos. Me entristece pensar en lo que podría haber sido. Me entristece pensar ahora que vaya a marcharse.

—¿Por eso sales con todas estas tonterías?

Ella se ríe.

—Solo quiero que sepas que no te juzgo, Jack. También quiero que sepas que entiendo por qué eres desdichado a veces. Puedes llorarla sin sentirte culpable. No estoy celosa. No estaba celosa cuando estaba viva y no estoy celosa ahora que está muerta. Y puedes hablar conmigo de ella.

Jack la mira con desconcierto.

—Eres mejor persona de lo que yo podría ser —dice, con la voz cargada de pesar.

—Nunca debes culparte por amar, Jack.

—Me culpo por faltarte al respeto.

—Déjalo ya. Celebremos tu amor y a Kitty. Estamos entre sus cenizas. No nos lamentemos por el pasado, honrémoslo en su lugar. Al fin y al cabo, el pasado, pasado está y nada puede cambiarlo. Te quiero. Eres mi marido y mi amigo, y el viaje que nos ha llevado a este punto nos ha convertido en las personas que somos hoy. Lo hemos hecho bien, ¿no crees? Hemos sobrevivido.

—Solo gracias a ti, Emer. —Jack la atrae hacia sus brazos y la abraza con fuerza—. Siento si alguna vez te hice daño, si no te comprendí o te di por sentado. Tienes razón, ya somos viejos. Hay cosas que hay que decir.

—Te perdono, Jack —susurra, y me conmueve profundamente. Me hago a un lado mientras estas dos personas hacen las paces entre sí, y me doy cuenta, para mi vergüenza, de que hace falta valor para pedir perdón y hace falta valor para perdonar. Luché en la Guerra de la Independencia; seguí adelante después de que Michael Doyle me violara en su granja; dejé a un lado mis propios deseos para criar a JP como si fuera mío; pensé que yo, más que nadie, tenía valor, pero me equivoqué. Se necesita valor para perdonar y yo no lo tengo.

Me siento atraída por el pabellón de caza. JP está en el salón con Colm y con Margot. Han terminado de cenar y están en la mesa, jugando al *Monopoly*. Siento la presencia de inmediato. El fuego está encendido y, sin embargo, siento el frío. Margot se ha colocado un chal sobre los hombros, Colm lleva un chaleco encima del jersey y JP se abriga con una chaqueta de terciopelo a pesar de que estamos a principios de marzo y el terciopelo es tradicionalmente un tejido de invierno. En el tocadiscos del armario suena música clásica. Es un sonido edificante. La presencia se mantiene cerca; una figura sombría que, cuando me concentro en ella, se vuelve más definida. No puedo distinguir su ropa, ya que está oscuro y borroso, pero puedo distinguir su tamaño. Es un hombre grande, con el pelo largo y algún tipo de chaqueta, pues los botones brillan. Su energía es tan densa y pesada que me resulta difícil llegar a él. Pero, a pesar de todo, le hablo y espero que me escuche. Hablar con los espíritus nunca me ha asustado. Para eso sí tengo suficiente valor.

—Hola —digo. Y vuelvo a intentarlo al ver que no ocurre nada—. Hola. —La presencia no se mueve. Permanece junto al armario como si bebiera de la música. ¿En realidad puede estar aquí por la música?, me pregunto—. ¿Te gusta lo que oyes? — pregunto—. Es bonito, ¿verdad? —Siento un cosquilleo cuando desvía su atención de la música hacia mí. Continúo con valentía—: Creo que es de Richard Strauss. ¿Te gusta Strauss? Siempre me ha gustado la música. Es un bálsamo para el alma. —Tengo la sensación de que la presencia me ve ahora y se sorprende al darse cuenta de que no está sola. Me pregunto si puede ver a JP, a Margot y a Colm. Creo que no. Viene hacia mí y es un hombre imponente con una energía temible, tan oscura y densa como el barro.

—¿Me ves? —Le oigo decir. Tiene una voz grave y áspera, como el rechinar de los guijarros en una playa desolada.

—Claro que te veo —respondo con confianza—. Eres un espíritu como yo. ¿Por qué no iba a verte?

—¿También estás aquí por la música?

—No. Estoy aquí porque solía vivir aquí. ¿Tú estás aquí por la música?

—Sí, estaba en un lugar triste y oscuro y de repente me vi aquí. Es obra de la música. Ya lo he comprendido. Estoy aquí por la música. Luego vuelvo a mi casucha y la música ha parado. No hay música donde vivo.

—¿Dónde vives?

—En un lugar horrible. Solía vivir en un castillo.

—¿El castillo Deverill? —pregunto.

—El mismo —responde.

—Yo también vivía allí —digo.

Se acerca y siento el escozor de su mirada.

—No te reconozco.

—Ni yo a ti —respondo, irguiendo la cabeza y manteniéndome firme—. Soy Kitty Deverill. ¿Quién eres tú?

—No conozco a ninguna Kitty Deverill —gruñe, con voz acusadora, como si me tomara por una mentirosa.

—Entonces no puedes haber vivido en el castillo.

—No solo viví en el castillo. Era su dueño.

Eso despierta mi curiosidad.

—Tú no eres Barton Deverill ni Egerton Deverill porque me he encontrado con ambos. Tampoco eres mi abuelo Hubert ni mi padre Bertie.

Suspira como si el que le enumerara nombres fuera un aburrimiento.

—Soy Tarquin Deverill —afirma con impaciencia—. Por lo que tú… naciste muchas generaciones después, demasiadas como para contarlas.

15

La primavera trajo consigo una renovada sensación de optimismo. Bajo el cálido sol, el paisaje se transformó en un derroche de tonos púrpuras y amarillos del brezo y del tojo. Las orquídeas silvestres y el tomillo florecían entre las altas hierbas y la propia tierra desprendía el dulce aroma de la regeneración. El clamor de los pájaros anunciaba el amanecer en las primeras horas de la mañana, llenando el aire con sus edificantes trinos mientras el cielo se resquebrajaba y poco a poco se iba filtrando el oro líquido en el horizonte.

La sensación de renovación era contagiosa. JP se afanaba en el jardín, con el corazón embargado de admiración ante el impresionante espectáculo de la naturaleza y de su milagrosa recuperación, porque sin duda era un milagro. Había dejado la bebida y en su lugar había descubierto un nuevo vigor y una estimulante motivación. Con la mente despejada y una férrea determinación se había dado cuenta de lo que quería o, más bien, a quién quería. Era un deseo escandaloso, pero ¿acaso no era cierto que las únicas limitaciones en la vida son las que nosotros mismos nos imponemos? En realidad nuestras vidas están llenas de potencial a la espera de que lo desarrollemos. La clave era tener el valor de manifestarlo. Sin embargo, JP se guardó su secreto. No quería que Colm le desanimara y tampoco deseaba arruinar la frágil relación que estaban reconstruyendo poco a poco. La señora Brogan se limitaría a negar con la cabeza y a decirle que ese tipo de sueños no pueden expresarse, por mucho que el corazón los anhele. La única persona que lo entendería sería Margot. La amable, compasiva y dulce Margot, que le había encaminado hacia la recuperación.

Pero no estaba preparado para contárselo. Todavía no. Quería que fuera una sorpresa y quería volver a ser él mismo. Por supuesto, Alana era la persona a la que más temía decírselo. Pero ella había vuelto a Estados Unidos y pasaría un tiempo antes de que regresara. Eso le daba tiempo. Tiempo para encontrar al viejo JP.

Todas las mañanas salía a cabalgar por las colinas, a veces solo, pero a menudo con Colm o con Margot. Con cada paseo a caballo comenzó a sentirse él mismo de nuevo. Cuando galopaba por los pastos, su mente dejaba atrás el pasado y se plantaba en el presente con firmeza. En el presente era donde encontraba, aunque de forma fugaz, al joven que una vez fue, al que ni el tiempo ni la experiencia habían moldeado aún, y que solo se guiaba por un corazón repleto de entusiasmo y de vitalidad.

Poco a poco, la imagen que le devolvía el espejo del cuarto de baño comenzó a cambiar. Primero le mejoró la piel, que pasó de estar llena de manchas a tener un tono más uniforme, luego el blanco de los ojos, que pasó de tener el color de un pergamino viejo a un blanco brillante y saludable, y por último la grasa de la mandíbula y la hinchazón de las mejillas desaparecieron, haciendo que pareciera años más joven e incluso guapo. Esta transformación le dio ánimos y le acercó a su objetivo. Era posible que, a pesar de todo, su viejo y maltrecho corazón se llenara de nuevo de amor. La sensación resultaba embriagadora. Se preguntó cómo había sobrevivido a tantos años de amargura y resentimiento, cuando el amor siempre había estado ahí, aguardando de manera paciente a que lo redescubrieran.

Margot había empezado a escribir el libro. Sentía una inmensa gratitud hacia JP por permitirle el acceso a aquellas cajas de documentos familiares. Mientras tecleaba en su máquina de escribir eléctrica se dio cuenta de que no habría podido dar vida a los personajes de los Deverill si no hubiera sido por las cartas, los diarios y los libros de contabilidad escondidos en esas cajas que a primera vista parecían aburridas. Estaba emocionada. Poco a poco se iba desarrollando una historia apasionante, ya que sin duda esta familia estaba perseguida por la tragedia, el drama, el escándalo y el éxito. En el mismo momento en que Barton Deverill construyó su castillo en las tierras robadas a la familia O'Leary, se sembró una terrible semilla de la que brotó la planta de judías que engendró generaciones de titanes y un sufrimiento eterno. JP tenía razón: él era el Jack del cuento que la cortó y puso fin al legado de los Deverill. Si su teoría era cierta (que la obsesión por el castillo solo había traído infelicidad a los herederos Deverill), liberarse de sus vínculos debería haberle otorgado la liberación a JP, pero no fue así. Le había traído dolor, vergüenza y una traumática sensación de pérdida. El dolor de JP socavaba todo su argumento.

Sin embargo, Margot no se centró en el final, sino que se concentró en lo que estaba escribiendo. Las palabras fluían con facilidad, nunca había tenido un bloqueo de escritor, pero estaba distraída. Cada vez que levantaba la vista de la página veía a Colm.

A nivel práctico, era difícil mantener su relación en secreto. Pasaban mucho tiempo en compañía de JP y era complicado no acercarse y tocarse, evitar bromas que solo los dos entendían, e imposible ocultar la intimidad en la forma en que se miraban. Pero para Margot el hecho de que nadie lo supiera era un balón de oxígeno. Para una mujer que rehuía el compromiso, el secreto impedía que se sintiera acorralada. Para Colm, el carácter secreto de su relación resultaba frustrante. Se estaba enamorando y quería contarlo a los cuatro vientos.

Los momentos que pasaban juntos eran robados. A última hora de la noche, después de que JP se hubiera ido a la cama. Por las tardes, cuando Colm podía tomarse un rato libre en el trabajo y llevarla a su casa en las afueras del pueblo, y en el círculo de piedras, cuando salían juntos a cabalgar y se robaban besos detrás de las piedras gigantes donde estaban seguros de que nadie los encontraría. Ballinakelly era una comunidad pequeña. Las habladurías corrían como la pólvora. No podían permitirse el lujo de que JP se enterara o, para el caso, los abuelos de Colm, Jack y Emer, porque se lo dirían a Alana. Margot dejó de ir a O'Donovan's. No quería encontrarse con

Seamus y tener que explicar su ausencia. No se sentía bien por la forma en que le había tratado, pero había dejado a su paso infinidad de corazones decepcionados a lo largo de los años. El de Seamus era uno más.

¿Y qué pasaba con el corazón de Colm? Margot sabía que él era diferente. Lo sabía por lo que sentía cuando estaba a su lado y lo sabía por lo que sentía cuando estaban separados. Simplemente lo sabía, y esa certeza la asustaba. Al despuntar el día, cuando el coro del amanecer la despertaba del sueño y abría los ojos y descubría que él no estaba allí, la invadía una sensación de soledad que nunca había experimentado hasta entonces. Era esa sensación la que más la asustaba; la sensación de pérdida antes de haber perdido.

—Quiero despertarme contigo por la mañana, Colm —le dijo una noche en la que estaban entrelazados en el sillón de la biblioteca, mucho después de que JP se hubiera retirado a la cama. El reloj antiguo de la repisa de la chimenea marcaba las dos de la madrugada—. Quiero abrir los ojos y que lo primero que vea sea tu cara.

Colm le sonrió con ternura. Aquello era lo más romántico que había dicho. Su corazón se hinchó de afecto.

—Y yo también quiero que tu cara sea lo primero que vea todas las mañanas —dijo, colocándole el pelo detrás de la oreja—. No quiero tener que esconderme así.

—¿Cuánto tiempo vas a quedarte a dormir aquí, en casa de tu padre?

—Tanto como mi padre me necesite.

—Pero lo está haciendo bien, ¿no?

—Nunca creí que recuperaría a mi padre, pero así es. Los milagros a veces ocurren.

—¿No crees que ya se le puede dejar solo? Tiene a la señora Brogan para que lo cuide.

—No me preocupa que vuelva a beber si no estoy aquí. Lo que me preocupa es que se sienta solo. Ahora está acostumbrado a tenerme a mí.

—Yo también quiero acostumbrarme a tenerte a ti, Colm. —Margot le sonrió y dibujó el contorno de su mandíbula con los dedos—. Quiero tenerte toda la noche, no solo al principio. No quiero escabullirme de madrugada como una ladrona. —«Ya lo he hecho lo bastante en mi vida como para saber que ya no deseo seguir haciéndolo», pensó para sus adentros. Ojalá Colm supiera lo trascendental que era para ella querer que su amante se quedara.

—Pronto —dijo él—. Pronto tendremos toda la noche para nosotros.

La señora Brogan también se sentía revitalizada. Recogió unos narcisos y los puso en una jarra sobre la mesa de la cocina. Embellecían la habitación y le alegraban mientras cocinaba. La música que sonaba en la radio le levantaba el ánimo y la hacía sonreír. De hecho, de vez en cuando se sorprendía con la mirada perdida y una pequeña sonrisa en los labios mientras la música la transportaba a una época feliz de su infancia, antes de que la guerra civil le arrebatara la alegría. Pero no era solo la música y la llegada de la primavera lo que la había animado, sino el ambiente de la casa. También ella se había sacudido el frío invernal; un frío que la había cubierto con una capa de hielo invisible durante casi nueve años. Lord Deverill era un hombre diferente. La señora Brogan se había acostumbrado tanto al alma taciturna y sombría que acechaba en la tierra de las sombras de su desdicha que había olvidado lo jovial y encantador que solía ser. Ahora lo recordaba porque le tenía delante una vez más, no tan joven ni tan guapo como antes, pero con aquel antiguo brillo en los ojos y sus comentarios traviesos e ingeniosos. Volvía a ser afable, reía con ganas, veía la belleza del mundo y la valoraba con una alegría con superlativos. El señorito Colm parecía haber vuelto a instalarse en la casa y Margot era una visita habitual. Los tres eran como una familia feliz. Sin embargo, a la señora Brogan le preocupaba el creciente apego del señorito Colm a Margot. Se preguntaba cómo se sentiría lord Deverill si se enterara. La señora Brogan sabía que era lo bastante mayor como para ser su padre, lord Deverill también lo sabía, pero el corazón siente lo que siente y no hay forma de evitarlo.

Solo esperaba que lord Deverill no saliera mal parado si decidían hacer pública su relación.

El mes de abril trajo consigo la floración de los cerezos a los terrenos del castillo, violetas de monte a los prados, el canto del cuco y a la condesa Di Marcantonio. A Margot le parecía que estaba en el castillo la mayoría de las tardes, vestida con sus mejores galas, agasajando a la gente y hablando del «hogar ancestral» de su marido. Margot procuraba evitarla, pero el señor Dukelow insistía en que pasara el tiempo a la vista de los invitados porque, según le recordaba, ¿de qué servía tener una escritora residente si nadie la veía nunca? No le faltaba razón. Al fin y al cabo, ella no pagaba nada y, como dice el refrán, en esta vida nada es gratis.

Por lo tanto, era inevitable que se encontrara con la condesa en algún momento. Ese momento llegó una tarde lluviosa en la que Margot se había instalado en el escritorio junto a la ventana del salón. El fuego ardía en la chimenea, las luces estaban encendidas y afuera unos grises nubarrones oscurecían el césped.

—¡Mi querida señorita Hart! —exclamó la condesa al entrar en el salón con una chaqueta rojo chillón encima del vestido negro de lunares que llevaba el día que Margot la conoció. Grandes joyas de oro brillaban en todos los lugares posibles, desde los lóbulos de las orejas hasta los dedos, y tenía las uñas pintadas de un vivo color carmesí. Sonrió con entusiasmo, como si Margot fuera una amiga muy apreciada—. He pensado mucho en usted —continuó con su marcado acento austriaco—. Me pregunto qué tal va con el libro. No se ha puesto en contacto conmigo, así que supongo que ha terminado su investigación.

Margot se levantó y estrechó la huesuda mano de la condesa.

—Estoy escribiendo el libro —dijo—. Ya terminé de documentarme.

La condesa enarcó una ceja.

—Espero que haya tenido en cuenta lo que hablamos y que les dé a los Di Marcantonio la importancia que les corresponde. Es justo que se reconozca al conde. A fin de cuentas tuvo que hacerse a un lado y ver cómo su hermanastro le robaba la herencia. —Se rio, una de esas risas carentes de humor que tienen como fin atenuar su intimidación. Hizo una pequeña inhalación—. Pero la historiadora es usted, no yo. ¡Dios me libre de decirle cómo escribir su libro!

—Incluiré todos los hechos relevantes —replicó Margot con indiferencia.

La condesa rio entre dientes, envolviendo una vez más su amenaza en una falsa risa.

—No se deje ningún escándalo, ¿quiere? Esas son las mejores partes. Los Deverill son un perfecto ejemplo de indiscreciones y escándalos.

—Créame, los Deverill que siguen vivos no tienen nada que ver con sus antepasados. —Margot desvió la mirada al retrato de Tarquin Deverill—. Para serle sincera, me interesan menos las travesuras del actual lord Deverill. Es demasiado bondadoso como para resultar interesante.

La sonrisa de la condesa tembló y sus ojos adquirieron una intensidad acerada.

—No menosprecie el dolor de mi marido —siseó—. Si supiera cuánto le dolió la traición, no utilizaría la palabra «bondadoso» para referirse a JP Deverill, pero... —hizo una pausa, componiendo su sonrisa— usted es la historiadora. De usted depende qué tipo de historiadora quiere ser: una que dice la verdad o una que no lo hace. Es muy sencillo.

Margot podría haberle dicho un par de cosas sobre la verdad, pero se abstuvo. Siempre era más prudente controlar la situación y no dejarse arrastrar por gente sin escrúpulos. Fingió que las palabras de la condesa no la habían impresionado lo más mínimo y volvió a su trabajo en cuanto se marchó de la habitación, pero estaba furiosa. ¿Cómo se atrevía esa mujer a amenazarla de esa forma?, pensó con enfado. Antes la consideraba simplemente pretenciosa y narcisista, pero ahora estaba segura: la condesa era despreciable.

A finales de abril, Margot y Colm se escaparon a Dublín en el Land Rover de él para pasar un fin de semana juntos. El viaje fue precioso, ya que hacía buen tiempo, el sol brillaba y las colinas eran de un verde intenso después de tanta lluvia. Margot se sentía como una colegiala haciendo novillos, nerviosa al principio por si les pillaban y luego eufórica al ver que no lo hacían. Llegaron a Dublín y la encontraron repleta de flores rosas y blancas, de narcisos y de tulipanes. Dondequiera que Margot mirara había cestas colgantes y jardineras cuajadas de flores. Después de la desolación del invierno, resultaba sorprendente ver tanto color.

Se alojaron en un pequeño hotel de una calle poco elegante. Almorzaron en un pequeño restaurante del centro de la ciudad, compartiendo una botella de vino y tomándose su tiempo, tomados de la mano por encima de la mesa, disfrutando de la sensación de poder mostrar su afecto mutuo de manera libre y abierta, sin tener que andar con cuidado. Se acabaron los momentos robados, los besos secretos y tener que vigilar con nerviosismo, al menos durante ese fin de semana. Después de comer, fueron a pasear por St. Stephen's Green como hacen los amantes normales y nadie les prestó atención, salvo algún anciano nostálgico que recordaba su juventud y la fugacidad de un amor tan apasionado.

Esa noche cenaron cerca del hotel y luego volvieron a su habitación. Hicieron el amor de forma pausada y sensual. Esa noche no había prisa. Nada de escabullirse de madrugada como un ladrón, nada de anhelos. Cuando Margot alargó la mano al amanecer, Colm estaba a su lado. Se apretó contra su cuerpo, pegando el estómago a su espalda, y deslizó su brazo bajo el de Colm. No se sintió sola ni la invadió una sensación de pérdida. Cerró los ojos y se quedó dormida, sabiendo que cuando se despertara por la mañana él seguiría allí. Era la primera vez que deseaba que eso ocurriera.

Margot siempre había sido madrugadora. Colm seguía durmiendo cuando los primeros rayos de sol se colaron por el hueco de las cortinas. Se levantó y se dio una ducha. Cuando salió del baño, él aún no se había movido. Decidió salir a comprar unos pastelillos para comerlos en la habitación. No era el tipo de hotel que ofrecía servicio de habitaciones.

Dejó una nota en la almohada para informarle de adónde había ido y luego salió sin hacer ruido. El día anterior habían pasado por una cafetería con un delicioso surtido de pastelillos y bollos en el escaparate y allí fue. El olor a pan recién horneado y a café molido se apropió de sus sentidos al abrir la puerta. Inspiró hondo y con satisfacción, disfrutando del hecho de que estaba aquí, en Dublín, con Colm. Ellos dos solos. En cuanto volviera al hotel le despertaría y le haría el amor durante toda la mañana.

Un hombre de pelo blanco y esponjado le sonrió desde detrás del mostrador y le dio los buenos días con un marcado acento dublinés. Una camarera con uniforme blanco y rosa rellenaba la taza de café de un anciano en un rincón. Este leía de forma plácida *The Irish Times* en solitario. Aparte de él, no había más clientes. Margot se acercó al mostrador para elegir algunas cosas para comer.

—Esto huele a recién hecho —dijo, recorriendo con la mirada las hileras de rebanadas de pan irlandés con mantequilla, bollos y panecillos de pasas.

—Todo recién hecho al amanecer —le confirmó.

—¡Delicioso! ¡Qué tranquilo está esto! —comentó, mirando al anciano. Tenía un aspecto desaliñado y delgado, como si no hubiera comido bien en mucho tiempo.

—Es uno de nuestros clientes habituales —respondió el hombre en voz baja—. Esto se llenará en breve y me tocará correr de un lado para otro. Todos duermen hasta tarde, ya que es sábado y los beatos están todavía en la misa de primera hora, pero el diablo no descansa —añadió con una sonrisa.

Margot eligió un bollito de pasas para ella y un bollo y una rebanada de pan irlandés para Colm. Dudó antes de pagar. Imaginaba que

Colm no se levantaría hasta dentro de un rato y el olor a café recién molido era demasiado bueno como para ignorarlo. Se pidió una taza y se sentó en una pequeña mesa redonda a comerse el bollo. Al poco rato, el anciano del rincón dobló el periódico y se levantó con dificultad. Se despidió del hombre del mostrador agitando el periódico antes de marcharse arrastrando los pies. Margot se dio cuenta de que iba encorvado y que los pantalones le colgaban de las caderas. Podría haber sido un espectáculo lamentable de no ser por su sonrisa, que era la sonrisa de un hombre que no necesita mucho en la vida para estar satisfecho, pensó Margot.

—Seguro que lleva años viniendo aquí —dijo Margot.

—Bien sabe Dios que lleva viniendo aquí tanto tiempo como yo —respondió el hombre—. Es decir, desde que era un crío con pantalones cortos. Por su aspecto nunca dirías que es conde, ¿verdad? Y un conde famoso.

Margot se quedó paralizada, con la taza de café a medio camino entre la mesa y sus labios. No creía que hubiera muchos condes en Dublín.

—Y ahora me dirá que es el conde Leopoldo Di Marcantonio —dijo.

—El mismo —respondió y frunció el ceño—. En nombre de Dios, ¿cómo sabe quién es?

—Estoy escribiendo un libro sobre los Deverill de Ballinakelly —repuso—. Leopoldo creció en el castillo Deverill.

El hombre parecía impresionado. Puso los brazos en jarra y se rio.

—¡Vaya! Esta sí que es buena, señorita. Dos personas famosas en mi cafetería en una sola mañana. Ya verá cuando se lo cuente a la parienta. Me refiero a mi mujer.

—Conozco a su esposa, la condesa —dijo Margot, esperando obtener más información.

El hombre no parecía tener reparo en compartir el cotilleo.

—Conque sí, ¿eh? Nunca pisa por aquí —dijo y puso cara de circunstancias—. No somos lo bastante elegantes para ella.

—Creo que podría ser una esnob —coincidió Margot.

—Pero él es todo un caballero. No se da aires de grandeza. No, señorita.

—Creía que se pasaban la mayor parte del año viajando entre sus casas de lujo.

Sacudió la cabeza, como si la idea fuera absurda.

—El conde viene aquí todas las mañanas, llueva o truene. Viene desde hace años. Tienen una casa a la vuelta de la esquina. No es nada del otro mundo. Una vez tuve que hacer una entrega allí. Nada especial.

En ese momento se abrió la puerta y entraron un par de señoras mayores. Margot apuró su taza de café y se levantó.

—Gracias por el café. Creo que es el mejor café de Dublín —dijo.

El hombre esbozó una amplia sonrisa.

—¡Ya verá cuando pruebe mi pan irlandés!

Margot volvió al hotel y encontró las cortinas de la habitación descorridas y la cama vacía. El sonido de la ducha y de alguien cantando llegaba de la puerta del baño, que habían dejado entreabierta. Sonrió y dejó la bolsa de manjares sobre la mesa. Se quitó la ropa a toda prisa y se coló desnuda en el baño. Colm estaba en la ducha, cantando una balada irlandesa que Margot había oído tocar a la banda en O'Donovan's. Cuando la vio, dejó de cantar y sonrió.

—Buenos días —dijo, recorriéndola con la mirada y una expresión de admiración—. ¡Qué magnífico espectáculo a primera hora de la mañana!

Ella rio.

—¿Hay sitio para dos?

—Desde luego que sí.

Abrió la puerta de cristal y entró.

Kitty

Me siento atraída por Tarquin Deverill. Su oscuridad encierra un dolor que me llega al corazón y siento que puedo ayudarle a pesar de su hosquedad. No puedo ayudar a la señora Carbery. Pensé que podría, pero no puedo. Tal vez soy tonta al pensar que puedo ayudar a Tarquin. Tonta al pensar que estoy en posición de ayudar a alguien, pues ni siquiera estoy segura de poder ayudarme a mí misma, pero soy incapaz de resistirme. Es un impulso tan profundo e insistente que es imposible de ignorar. Me sorprendo en el pabellón de caza más a menudo que en el castillo, esperando que la música le haga salir de las sombras.

Va y viene y ninguno de los dos sabe cómo lo hace. Él no controla su paradero como yo. Es como si una fuerza invisible le guiara, le trajera a este lugar y le diera un breve respiro del lúgubre paisaje en el que habita. Me dice que es una casucha. La gente es desagradable. No hay color, afecto, naturaleza ni luz. Dice que es oscuro. «Tan oscuro y yermo que cuesta imaginarlo.»

Pero a lo largo de las semanas que lleva viniendo empiezo a notar un cambio gradual. Al principio se mostraba resentido y mezquino, indignado por mi presencia, como si fuera una intrusa y no tuviera nada que hacer allí. Luego empezó a hablar de la música. De que el lugar en el que habitaba carecía por completo de belleza. De que su alma anhelaba la belleza como un hombre sediento anhela el agua. Se quedaba junto al armario, absorbiendo las notas, con todo su ser temblando de emoción cuando la música alcanzaba algo dentro de él; ese lugar sensible en lo más hondo de su corazón al que no había llegado la oscuridad. Y ese sensible lugar empezó a crecer. Lo mismo que ocurre con una semilla, empezó a germinar un tallo de luz. Al principio de forma lenta y tímida, pero luego creció con más ímpetu. La luz se propagó y entonces, en un momento de inspiración, me di cuenta de que Dios es amor y el amor es belleza, y a medida que la belleza conmovía su alma, empezaba a despertar con suavidad el amor que ya existía en su interior. ¿Acaso no somos todos chispas de Dios?

Entonces, para mi sorpresa, muestra las primeras señales de arrepentimiento.

—Supongo que podría haber vivido mejor mi vida —me dice.

—¿Cómo podrías haberlo hecho? —pregunto.

Hay una larga pausa mientras da vueltas a la verdad, temeroso de dar un paso adelante y enfrentarse al monstruo que es.

—Tenía un hijo. Se llamaba Gabriel. Estaba lisiado.

—¿Qué le pasó? —pregunto.

—Se ahogó.

—Lo siento.

—Se ahogó en su décimo cumpleaños.

—Es horrible. Eso debió de destrozarte.

Su energía se contrae. Se convierte en un caparazón compacto a su alrededor, duro e impenetrable.

—Podría haberme portado mejor con mi mujer —dice a regañadientes—. No fui muy bueno con ella.

La siguiente vez que vino, había narcisos en la habitación. Narcisos de un amarillo vibrante que la señora Brogan había recogido y puesto en un jarrón de cristal.

—No hay flores donde vivo. No crece nada —refunfuña.

—Son preciosos, ¿verdad? —replico—. Siempre me han gustado los narcisos. Son una señal de que ha llegado la primavera.

—¡Ah, la primavera! —Suspira—. ¡Qué no daría yo por estar en un prado en primavera! —Vuelve a suspirar y noto que ese brote de luz que crece en su corazón se hace más fuerte—. Nunca aprecié las flores cuando estaba vivo.

—¿Qué apreciabas? —pregunto.

Busca la respuesta. Cuando la encuentra, no le satisface. Lo medita durante un rato, pensando si debe o no divulgarlo. Siento su vergüenza. A los espíritus les cuesta ocultar sus sentimientos porque no tienen cuerpos con los que ocultarlos.

—Es una habitación preciosa, ¿verdad? —dice, como si la viera por primera vez—. Los colores son una maravilla. —Exhala de nuevo un suspiro profundo, lleno de anhelo—. Sería agradable tener algo de color donde vivo. No tendría por qué ser mucho. Solo un jarrón con flores, como estos narcisos. O algo de color en las paredes. Mi alma se cansa de la oscuridad.

—Háblame de Gabriel —le animo. Sé que Gabriel es donde radica su dolor.

—Estaba lisiado —me dice de nuevo.

—Y eso ¿cómo hacía que te sintieras?

Entonces se vuelve hacia mí.

—¿Cómo crees que me hacía sentir? —gruñe—. Era antinatural.

—¿Antinatural? —replico—. Nada de lo que Dios crea es antinatural.

—Tiñó de vergüenza el nombre de mi familia —gruñe, y me doy cuenta de que aún no está preparado para ver el error de sus actos.

—¿Le gustaban las flores? —pregunto.

Tarquin fija la mirada en los narcisos y el pequeño brote de luz titila con ligereza.

—Le encantaban las flores —dice en voz baja—. Amaba la naturaleza. —A continuación se gira de nuevo y la luz se apaga—. Pero metió la mano en el estanque para acariciar a los peces y se ahogó. ¡El muy idiota!

Cuando se acerca de nuevo, decido ser un poco más dura con él.

—¿Por qué crees que moras en un lugar triste, sin luz ni color? —pregunto—. ¿Por qué no estás en el Cielo?

—No lo sé —responde—. ¿No crees que haría algo al respecto si lo supiera?

—¿No tendrá algo que ver con la vida que has llevado?

Desvía su atención de la música y me mira fijamente.

—Vivía en un buen castillo. Gozaba de una gran riqueza y poder. Tenía gente que trabajaba para mí, gente que dependía de mí. Mis ropas eran de la más fina seda y del mejor terciopelo. Mis caballos eran los mejores animales del país.

—Pero tenías un hijo lisiado —le recuerdo—. ¿Cómo encajaba él en tu mundo de ropa fina y buenos caballos?

—¿Por qué le mencionas de nuevo?

—Supongo que tuviste más hijos. ¿También te avergonzaban?

—Por supuesto que no.

—Tu hijo mayor, Peregrine, heredó el castillo. Apuesto a que era un perfecto reflejo de ti.

—Era todo lo que un hijo debe ser —responde.

—Imagino que tenía un físico perfecto, igual que tus sementales.

—Sé lo que estás haciendo, Kitty Deverill. Estás tratando de avergonzarme para que admita que me equivoqué al tratar mal al lisiado.

—¿Le tratabas mal?

Él mira hacia otro lado.

—No quería verle.

—Porque era una vergüenza.

—No estaba en condiciones de que nadie lo viera.

—Por supuesto que no. No en tu lujosa casa, con tu lujoso mobiliario y tus importantes amigos.

Sabe cómo le hace quedar eso y no le gusta.

—Era lento. Lento de mente —añade, para excusarse—. Su madre era la única que podía soportarlo. Pasaban todo el tiempo en la torre, leyendo, o paseando por el jardín. Siempre estaban juntos.

—¿Estabas resentido con ella por esa causa?

Hace una pausa mientras busca de nuevo una respuesta que, cuando la encuentra, no le satisface.

—No era una esposa para mí —responde al final—. Era demasiado compasiva. Solo tenía ojos para el niño.

—Amaba a Gabriel —digo.

—Sí, le amaba —admite.

—Y tú estabas molesto con ella porque no le querías.

Se da la vuelta.

—Yo no fui capaz. —Y ahí está, el dolor de la culpa que se filtra ahora en su corazón. Su conciencia se despierta poco a poco.

—¿Alguna vez le miraste a los ojos, Tarquin?

—¿De qué habría servido? —pregunta.

—¿Lo hiciste?

—No.

—Si miras a los ojos a una persona, ves su alma, más allá del cuerpo. Ves a la persona que es en realidad. Gabriel era un alma hermosa, Tarquin. Tu esposa lo sabía.

—No podía mirarle.

La música alcanza un clímax sublime. Tarquin se emociona con ella. Aprovecho el momento.

—Era solo un niño —digo—. Un niño inocente que solo deseaba que lo quisieran.

No puede hablar. Continúa escuchando la música. Pero noto que su energía se suaviza. Percibo arrepentimiento. Se lleva una mano al corazón. Sé que no tengo nada más que decir. Le dejo allí, intentando extinguir con la mano la luz que ahora inunda su corazón, porque esa luz es dolorosa. Trae consigo la comprensión. No se puede evitar. Sus malas acciones están emergiendo poco a poco en su conciencia en toda su horrible verdad.

Tal vez se esté dando cuenta de que el infierno en el que vive es obra suya.

16

En mayo, Dan Chambers llegó al hotel con Dorothy, que casualmente había tomado el mismo vuelo desde Londres. Margot se alegró mucho de verlos y les dio un caluroso abrazo.

—Hemos tenido una conversación muy interesante en el taxi —dijo Dorothy mientras esperaban en la recepción—. Dan ve gente muerta todo el tiempo, ¿te imaginas?

—No todo el tiempo —la corrigió él con una sonrisa—. Soy capaz de darle al botón de apagado cuando lo necesito.

—Como un televisor —dijo Dorothy—. ¡Qué listo!

Dan era alto y elegante, con una espesa cabellera canosa, ojos inteligentes de color gris perla y un rostro amable y noble. Vestía con elegancia, con un impecable traje gris claro, una corbata de Hermès a rayas rosas y grises y unos zapatos negros con cordones que relucían como espejos. Con un carisma sereno y un carácter afable, era el tipo de hombre que encandilaba a todos los que conocía y Dorothy no era una excepción.

—Es guapo, ¿verdad? —le susurró a Margot—. Aunque ya tengo edad para ser su madre.

—Por poco —respondió Margot. Su mirada y la de Dan se cruzaron y ambos sonrieron.

—¿Ya ves a alguien? —preguntó Dorothy con entusiasmo.

Margot frunció el ceño.

—Creía que te daban miedo los fantasmas —dijo.

—Dan me ha asegurado que son amigos, no enemigos. Sin embargo, sigo sin querer ver alguno en medio de la noche.

—Este lugar está lleno de energía espiritual —le dijo a Margot—. Voy a tener que trabajar mucho aquí.

—Bueno, también tendrás que lidiar con mucha gente. Parece que todos los lugareños creen que ven fantasmas. Nunca he conocido a tanta gente supersticiosa en un mismo lugar —repuso Margot.

—No se equivocan. Está lleno de gente —dijo Dan, recorriendo el vestíbulo con la mirada—. Pero es un lugar hermoso, ¿no?

—Muy bonito —convino Margot—. He disfrutado viviendo aquí desde enero.

—Menuda suerte tienes, ¿no? —dijo Dan con una risita.

—No siempre es así de estupendo.

—Por supuesto que no. Mi filosofía es aprovechar mientras brilla el sol.

—La mía también —declaró Dorothy—. Es genial estar de vuelta. Simplemente genial.

Margot siguió a Dorothy hasta su habitación en el primer piso, cerca de las escaleras que llevaban a la torre de Margot. Tenía una cama con dosel, papel pintado de flores azules y cortinas a juego. Había asientos en los huecos de las ventanas y desde ellas se veía el jardín de bojes, cultivado como un laberinto.

—Dime, querida, ¿cómo va el libro?

Margot se sentó en la cama mientras Dorothy deshacía el equipaje.

—Va a ser muy bueno —dijo—. Gracias a las cajas de registros de JP he podido dar vida a todos sus antepasados.

—Son una familia extraordinaria —dijo Dorothy, colgando su abrigo en el armario.

—Creo que le vendrá muy bien al hotel.

—La señora De Lisle no es tonta. Por eso me invitó a venir.

—Por supuesto. «Astuta» es la palabra que yo utilizaría.

—Y por eso me presentó a la condesa Di Marcantonio.

—Supongo que quiere que el libro sea lo más picante posible. Al fin y al cabo, el escándalo vende. Solo hay que echar un vistazo a nuestros periódicos sensacionalistas.

—En ese caso, no creo que consiga lo que quiere. No va a ser ese tipo de libro.

—Tienes razón, Margot. Sin embargo, la gente acudirá en masa al hotel, sobre todo los estadounidenses. Adoran a los irlandeses y sospecho que también les encantan los títulos nobiliarios ingleses.

—Quieren que JP dé charlas aquí.

—Y él ¿qué dice?

—No se lo he mencionado.

—¿Está bien como para hacerlo?

—Si te refieres a si ha recaído, no, no lo ha hecho. No le reconocerías, Dorothy. Es un hombre nuevo.

Dorothy se sorprendió.

—¡Qué maravilla! El mérito es tuyo y de Colm por apoyarlo en todo esto.

—Colm y su padre se llevan muy bien.

Dorothy parecía preocupada.

—¿Lo sabe su madre?

—Creo que no. ¿Por qué? ¿No crees que se alegraría?

—Creo que le gustó bastante que Colm la apoyara a ella.

—Colm también es hijo de JP. Es hijo de los dos. Es estupendo que se haya reconciliado con su padre y que le haya animado a reformarse. Se sorprenderá mucho cuando vuelva a ver a JP. Ha necesitado mucha fuerza de voluntad para hacer lo que ha hecho. Ella debería celebrarlo y también fomentar la reconciliación. Colm los quiere a los dos. Sería bueno que todos se llevaran bien.

Dorothy cerró su maleta vacía.

—Así que sigues viendo mucho a Colm, ¿no?

—Un poco —respondió Margot con despreocupación.

Dorothy no se dejó engañar.

—Siempre supe que os gustaríais. Es guapo, ¿verdad?

—¿Qué? ¿Como Dan? —replicó Margot con una sonrisa.

—Dan batea para el otro bando —respondió Dorothy, con una mirada cómplice—. En cambio, tú eres muy del tipo de Colm.

—¿Cómo sabes cuál es el tipo de Colm? ¿Cómo sabes que él es mi tipo?

—Porque tienes demasiado buen aspecto para alguien que ha estado encerrado escribiendo un libro.

—He estado yendo a cabalgar con JP.

—También has salido con Colm.

Margot suspiró.

—Vale, Dorothy. Tú ganas. Me gusta Colm. Me gusta mucho. Pero no puedo dejar que nadie sepa que me gusta.

Dorothy se acomodó en el asiento de la ventana y cruzó las manos sobre su regazo.

—Entiendo.

—Es complicado, como bien sabes, Dorothy.

Dorothy asintió de manera comprensiva.

—Entiendo lo complicado que es.

—Eres la única persona con la que puedo hablar.

—Me halaga que sientas que puedes hablar conmigo y compartir estas cosas, Margot. Pero ¿qué pasa con tu madre? ¿Le cuentas tus cosas?

—Mi madre y yo hace años que no hablamos. Seguro que no me reconocería si entrara por la puerta de su casa. Nunca se ha interesado por mí. De hecho, me atrevería a decir que soy un inconveniente. La última vez que la vi, que fue hace unos seis años, estaba deseando que me fuera. Tiene un amante joven, así que sospecho que tener una hija de mi edad revelaría su propia edad, que sin duda se esfuerza por ocultar. —Margot se encogió de hombros y luego bajó la mirada porque la compasión en los de Dorothy era demasiado sincera.

—Siento oír eso —dijo Dorothy en voz queda.

—Lo he superado. Me cuido yo solita.

Dorothy suspiró.

—¿Sabes? Eres mucho más complicada de lo que pareces —dijo.

—Lo sé, pero intento que mi pasado y la gente que me trajo al mundo no me definan. Y, ¿sabes qué?, me va bien.

—Desde luego que sí.

—¿Bajamos a tomar un té?

—¡Qué buena idea!

—Si tienes suerte, verás a la condesa ahí, soltando mentiras sobre la casa solariega de su marido.

—Eso espero —repuso Dorothy con una sonrisa—. Parece muy entretenida.

Margot suspiró y se levantó.

—¡No te haces una idea!

No encontraron a la condesa en el comedor, lo cual fue decepcionante, pero sí encontraron a Dan. Estaba en la entrada, esperando que le dieran una mesa.

—¿Te importa si nos unimos a ti? —dijo Margot.

Dan sonrió, contento de verla.

—¡Qué oportuno! —respondió.

—Dan, ¿cuándo es tu primera sesión? —preguntó Margot cuando se sentaron y disfrutaron del té.

—Mañana —respondió.

—¿Qué pasará? —preguntó Dorothy un poco ansiosa—. ¿Vamos a ver algo?

—Es poco probable —contestó Dan—. Yo me encargo de ver por ti.

—¿Y verás fantasmas?

—Espíritus, espíritus en tránsito y fantasmas. Estoy seguro de que veré un poco de todo.

Margot parecía desconcertada.

—¿En qué se diferencian unos de otros? Creía que todos los fantasmas eran iguales.

—Existen diferencias muy importantes —dijo él—. La mayoría de la gente no sabe en qué se diferencian, pero deja que te lo cuente.

—Fijó sus ojos grises en Dorothy, que los miró con avidez—. Lo que viste en tu habitación es probablemente un espíritu en tránsito.

—¿El fantasma de la limpieza? —dijo Margot, sonriendo a Dorothy.

—No es un fantasma —la corrigió Dan—. Los fantasmas no son más que energía atrapada aquí, en el plano terrestre. Es como una película bidimensional de una persona o de un acontecimiento que ha sucedido en el pasado. Por ejemplo, la Ana Bolena que se aparece en el pasillo de la Torre de Londres no es ella. Hace tiempo que ella se fue. Es su energía la que está atrapada debido al trauma, repitiéndose una y otra vez. Con el tiempo se desvanecerá. Se oyen historias de personas que escuchan el ruido de la batalla en lugares donde antes hubo un cruento conflicto. La batalla de Somme y la batalla de Hastings son solo dos ejemplos. Los soldados no siguen allí, luchando como espíritus. Es el trauma el que se ha quedado y de alguna manera se repite en un bucle.

—Entonces, si no es un fantasma, ¿qué es la criada fantasma? —preguntó Dorothy.

—Es un espíritu en tránsito. Una persona que ha muerto, pero que no ha pasado a la luz.

—¿Por qué no sigue adelante?

—Hay muchas razones: miedo a lo desconocido, un fuerte deseo de permanecer donde está. A veces, la gente no se da cuenta de que está muerta. Habitan en un extraño estado onírico en el que no existe el tiempo.

—¿Cómo encuentran el camino al Cielo? —preguntó Dorothy con inquietud, esperando que ella no terminara como uno de esos.

—Al final lo encuentran. Los médiums como yo intervienen y les ayudan a avanzar. Tienen espíritus guías que acaban comunicándose con ellos. Algunos espíritus se contentan con quedarse, creyendo que lo que ya tienen es suficiente para ellos. Si supieran lo que les espera en la próxima vida no estarían tan dispuestos a quedarse aquí.

—¿Y los espíritus? —preguntó Margot, sorprendida por su propio y genuino interés en un tema que antes la aburría.

—Son las personas que amamos y que han pasado a lo que tú llamarías «el Cielo», que regresan para estar cerca de nosotros. Para guiarnos, ayudarnos en nuestro día a día o simplemente para disfrutar con nosotros. Los que amas nunca te abandonan. Todos estamos conectados por el amor.

—¿Significa eso que mis seres queridos están conmigo a veces? —preguntó Dorothy con una tierna sonrisa.

—Desde luego que lo están, Dorothy —aseguró Dan, y la certeza con la que lo dijo resultaba muy tranquilizadora.

—Es muy bonito —dijo Dorothy—. Me gusta pensar que me visitan de vez en cuando. —Su sonrisa tembló de repente. Se mordió el labio y sus ojos delataron una vieja pena del pasado—. Es agradable pensar que aquellos a los que amamos y perdemos en realidad nunca los perdemos.

Margot esperaba que fuera cierto. A ella también le gustaba pensar que su padre la apoyaba en espíritu, aunque nunca la hubiera apoyado en vida. Quería preguntarle a Dan por qué iba a ser diferente allí arriba. Si no se había preocupado por ella en vida, ¿por qué iba a hacerlo ahora que estaba muerto? Pero no lo hizo. Tal vez no la había querido. Tal vez era así.

—Cuando has mencionado el Cielo, has dicho: «Lo que tú llamarías "el Cielo"». ¿Cómo lo llamas tú? —preguntó Margot.

—Hay que pasar por muchos niveles antes de llegar al Nirvana —respondió Dan—. El Cielo es un lugar alegre, lleno de amor, luz y belleza, pero no es el final del viaje. Es solo un paso más en el camino.

—Creo que estaré cansada cuando llegue —dijo Dorothy, tomando aire y apartando la emoción que, sin previo aviso, se había apoderado de ella—. Creo que me quedaré en ese nivel una temporada. No me preocupa llegar al final de mi viaje. Si es un lugar agradable y estoy con la gente a la que quiero, ¿qué hay de malo en quedarse allí toda la eternidad?

Dan se rio.

—Sospecho que el alma anhela más —declaró.

—En mi opinión, parece agotador. —Alcanzó un sándwich—. Espero que mi alma no anhele más y me dé un descanso. Me conformaré con un lugar de amor, luz y belleza.

Margot se alegró de que Dan y Dorothy hubieran venido. Sentía que ahora tenía aliados en el hotel y no solo en el pabellón de caza. Esperaba que los eventos de Dan tuvieran éxito para que le pidieran que volviera. Le había recomendado ella y, si no era bueno, el señor Dukelow estaría muy descontento.

Margot se reunió con Colm más tarde en su casa, que en realidad era una pequeña cabaña a las afueras de la localidad, situada en un corto camino de entrada y oculta tras un espeso seto de hayas. Por fin había vuelto a instalarse allí, lo que les daba la libertad de verse cuando les apeteciera. A Margot le gustaba lo acogedora que era su sala de estar y su dormitorio del ático. Le gustaba que estuvieran los dos solos. En Ballinakelly, parecía que tenían mucho tiempo. No importaba que ella volviera al hotel por las mañanas. Era libre de ir y venir cuando quisiera. Ni siquiera la expresión inquisitiva del señor Dukelow la perturbaba.

Se estaba enamorando. Nunca había permitido que eso sucediera.

Al día siguiente, Colm se fue a trabajar y Margot fue al pabellón de caza a ver a JP. Lo encontró en la mesa redonda del rincón del salón, arreglando lo que parecía una vieja maqueta de un barco. La música sonaba en el armario y, por primera vez desde el invierno, el fuego no estaba encendido. La cálida y brillante luz del sol entraba por los cristales de las ventanas con el entusiasmo del comienzo del verano, calentando la habitación y llenándola de una edificante sensación de optimismo.

JP levantó la vista de su trabajo cuando la vio.

—Buenos días, Margot —saludó con una sonrisa—. Hice esto cuando era un niño. Con la ayuda de mi padre, claro. Se me ha ocurrido retomarlo.

—¿Lo has hecho tú? —preguntó ella, mirándolo de cerca—. Es impresionante.

—Bueno, yo no diría tanto. En realidad es bastante *amateur*, pero me divertí haciéndolo. De pequeño me gustaban los barcos. Solía salir a navegar con mi padre en su pequeño velero y pescar. También navegábamos por la costa en busca de cuevas. Me encantaba escuchar historias de contrabandistas.

—No sabía que navegabas.

—Lo hacía, pero ahora ya no. Hace años que no lo hago. Supongo que desde que Colm y mis hijas eran pequeñas.

—Tal vez eso es otra cosa que deberías retomar.

JP desenroscó la tapa del frasco de pegamento y lo aplicó sobre el modelo.

—No sé yo. He sido capaz de volver a la práctica con el caballo, pero no estoy seguro de que pueda hacerlo con el barco.

La señora Brogan entró, con el plumero en la mano.

—Buenos días, señorita Hart.

—¿Ha visto esto, señora Brogan? —preguntó Margot, señalando la maqueta del barco.

—¡Oh, sí! Es una maravilla, ¿verdad? Lord Deverill siempre ha tenido mucho talento.

JP se rio.

—¿Qué haría yo sin usted, señora Brogan, que siempre me echa flores?

La señora Brogan se rio y puso los brazos en jarra.

—¡Qué cosas tiene, señor! —dijo.

Margot se sentó en el sofá mientras JP pegaba piezas en el barco con manos firmes. No hacía tanto tiempo que esas manos temblaban, pensó, mientras lo observaba concentrado en su trabajo.

—Mi amiga Dorothy Walbridge ha vuelto al hotel —comentó.

—¿La señora Walbridge? Es amiga de Emer O'Leary —dijo JP.

—¿La conoces?

—No muy bien. Una buena mujer, si no recuerdo mal. Inglesa. Lleva zapatos marrones con cordones como la señorita Marple.

Margot se rio.

—Sí, así es.

—Su marido murió en un accidente de coche.

Margot se sorprendió.

—¡Es terrible! ¿Tenían hijos?

—Tuvieron una hija que murió. Creo que fue de leucemia. Cuando era joven. ¿Sabes que vivió en Buenos Aires?

—Sí, me lo dijo.

—Creo que tiene un hijo que se casó con una chica inglesa, por eso regresó a Reino Unido. Ella es una de esas mujeres estoicas que no se lamentan ni se compadecen de sí mismas, simplemente siguen adelante. Fueron mujeres así las que construyeron el imperio. —Se rio—. No sabía que era amiga tuya.

—La conocí el día que llegué al hotel. Me presentó a Emer. Eso fue antes de que descubrieran por qué estaba yo aquí. No soy precisamente la persona favorita en casa de los O'Leary.

—Ya somos dos.

—Si supieran que Colm también es amigo mío, seríamos tres.

JP dejó lo que estaba haciendo y la miró.

—Si supieran lo buena persona que eres, verían más allá del libro, Margot.

—Igual que Dorothy; ella nunca me ha juzgado. —Margot suspiró, sintiendo una creciente gratitud por su nueva amiga—. Supongo que los O'Leary tendrán que leerlo para verme como una buena persona.

—Estoy deseando leerlo —dijo él.

—Tú serás el primero, JP.

Él esbozó una sonrisa.

—Gracias.

La señora Brogan entró con una bandeja de té y pastel.

—Otro amigo mío ha llegado al hotel —continuó Margot—. Se llama Dan Chambers y es un conocido médium. Se quedará toda la semana y hará muchos eventos y talleres. Es la forma que tiene la señora De Lisle de sacar provecho de los fantasmas del castillo —añadió con una risa cínica.

La señora Brogan dejó la bandeja y empezó a servir el té.

—Encontrará un montón de fantasmas allí, tan seguro como que hay un Dios —dijo con pesimismo—. ¡Que Dios nos ayude! Yo podía sentirlos a mi alrededor mientras limpiaba. No me preocupaba en absoluto porque siempre llevaba una medalla milagrosa prendida al delantal y una botellita de agua de Lourdes en el bolsillo. Seguro que las pobres almas son igual que nosotros; algunas están felices y contentas y otras están atribuladas e inquietas. Algunas podrían causar problemas en una casa vacía. Todos somos uno, los vivos y los muertos, con solo un fino velo entre nosotros.

—Tendrías que haber oído a Kitty hablar de espíritus —dijo JP, poniendo los ojos en blanco—. ¡Santo Dios! Siempre estaba hablando de ellos, como si tuviera una línea directa con el más allá. Aun así, si tu amigo es un buen médium, ha venido al lugar adecuado. La señora Brogan tiene razón: el castillo está plagado.

—Su primer evento es esta noche —informó Margot—. Me preguntaba si vendrías conmigo.

JP frunció el ceño.

—¿Para ver a un médium?

—A ver el hotel —respondió ella con énfasis.

—¡Ah!

No he vuelto desde el día en que me mudé.

Margot se sorprendió.

—¿De verdad? ¿Desde entonces?

JP se encogió de hombros.

—No tenía motivos para hacerlo.

La señora Brogan colocó su taza de té en la mesa a su lado. Lo miró con la cara seria por la preocupación. Ella, más que nadie, sabía cuánto le había dolido la venta de ese lugar.

—Yo dejaría las cosas como están —dijo en voz baja.

—¿A qué cosas se refiere, señora Brogan? —preguntó JP.

—A sus propios fantasmas, señor. Para empezar, los que le sacaron del castillo.

Margot tomó la taza que le ofrecía la señora Brogan.

—No estoy de acuerdo —dijo—. Creo que volver podría resultarte muy terapéutico. Solo si dejas que la luz entre en los lugares oscuros podrás desterrar el miedo.

—No tengo miedo al castillo —declaró JP alegremente—. Por supuesto que iré contigo.

La señora Brogan cortó despacio la tarta de cerveza. A ella también le hubiera gustado ir al hotel, pero estaba inquieta. No creía que le gustara ver la casa de los Deverill convertida en hotel, por muy suntuosa que fuera. Sin embargo, si el propio lord Deverill no veía nada malo en visitarla, entonces ella tampoco debería. Esperaría a ver qué le parecía a él y tal vez entonces se dejaría convencer para ir allí. Siempre había sentido curiosidad por los que decían comunicarse con los muertos. El rostro de su hermano apareció entonces en su mente y sintió que su corazón se llenaba de ternura y calidez. Se preguntó si el médium sería capaz de contactar con él.

Aquella noche, Colm y JP se detuvieron frente al hotel en el Land Rover de Colm. Estaban en silencio. Ver aquellos muros de piedra y las altas torres les provocaba una fuerte congoja en el pecho y eran incapaces de encontrar las palabras para expresarla. El lema de la familia, tallado en la piedra sobre la puerta principal, era ahora una ofensa porque el castillo ya no era el reino de los Deverill, sino su vergüenza. Se burló de JP cuando se bajó del coche y pisó la grava que los pies de los Deverill habían pisado durante más de trescientos años. Vaciló un momento y apoyó la mano en el vehículo para tranquilizarse. Recorrió con la mirada el castillo, donde los recuerdos brillaban en cada ventana de cristal como reflejos en el agua. Imágenes de su pasado, tanto tristes como alegres, y cada una de ellas le llegaba al corazón. Podía oír la voz de Kitty rogándole que no lo vendiera. Podía oír su propia respuesta de que no tenía elección. Incluso escuchó a Alana: «¿Cómo has podido? ¿Cómo has podido, JP?».

Margot estaba esperando en el vestíbulo. Se apresuró a salir cuando los vio llegar. El rostro de JP estaba lívido. Colm también estaba serio. Se veía que tenían dudas. Por un momento se preguntó si había hecho lo correcto al hacer venir a JP.

—Esto no va a ser fácil —dijo, asiendo la mano de JP—, pero estamos aquí contigo.

Él apartó la vista de las ventanas y consiguió dedicarle una pequeña sonrisa de agradecimiento.

—No voy a dejarme vencer por esto —respondió, irguiendo los hombros—. Voy a enfrentarme a ello con firmeza.

—¿Estás bien, papá? —preguntó Colm.

—Muy bien, hijo —respondió JP—. ¡A ver qué fantasmas salen de las sombras para vernos!

El portero, con abrigo largo y sombrero de copa, saludó a los estimados invitados con una sonrisa y una inclinación de cabeza y abrió la puerta con una mano enguantada de blanco. JP entró en el vestíbulo, donde el señor Dukelow le estaba esperando. Era sin duda una ocasión trascendental para el director del hotel. Aguardaba erguido con su mejor traje azul marino, la cara sonrosada, los ojos muy abiertos y su sonrisa más encantadora en los labios. Lord Deverill no dejó entrever ninguna de las dudas que lo asaltaban por dentro y le tendió la mano como un príncipe, con confianza y amabilidad. No tenía nada de la ostentación de la condesa, sino que hablaba de forma serena y educada y elogió al señor Dukelow por el maravilloso trabajo que estaba haciendo, pues ¿acaso no tenía el hotel un aspecto espléndido? Luego presentó a su hijo y el señor Dukelow estrechó la mano de Colm con vigor. Margot observó mientras el gerente adulaba a JP, frotándose las manos y agradeciéndole que les honrara con su presencia. Para el ojo clínico de Margot, aquello era demasiado. El señor Dukelow era incapaz de contener su emoción y utilizaba el título de JP en su discurso tanto como hacía con el de la condesa. Sin embargo, Margot se equivocó al pensar que la adulación era excesiva, pues JP parecía hacerse más alto con cada cumplido, como si la mal disimulada admiración del señor Dukelow le devolviera un poco de su dañado prestigio. No había salido mucho a lo largo de los años y, según suponía Margot, lo más probable era que se hubiera imaginado un público hostil de gente chismosa y llena de desaprobación. Pero aquí estaba el señor Dukelow diciéndole lo honrados que se sentían de que hubiera acudido a su pequeño evento. Que le habían reservado tres asientos en la primera fila y que, si su señoría lo deseaba, estaría encantado de mostrarle después el hotel para que pudiera ver con sus propios ojos el respeto con el que la señora De Lisle había tratado su antigua casa.

—Ella quería que conservara ese ambiente de hogar y no que tuviera el de un hotel estéril —le dijo el señor Dukelow—. Se anuncia como la residencia de la familia Deverill. Espero que, cuando mire a su alrededor, esté de acuerdo en que ha hecho un trabajo estupendo.

—Estoy seguro de que lo haré —dijo JP.

—Esto es muy bueno para mi padre —le dijo Colm a Margot mientras seguían al señor Dukelow por el castillo hasta el salón de baile donde en el pasado los bailes de verano de los Deverill eran el punto culminante del calendario anglo-irlandés.

—Me preocupaba haberme equivocado al convencerle de que viniera —repuso—. Pero ¿a que está muy guapo con traje? Parece todo un lord Deverill de Ballinakelly.

—Estoy orgulloso de él —dijo Colm—. Jamás pensé que diría esas palabras, pero estoy muy orgulloso de él.

Margot quería tomarle de la mano. Quería darle un apretón para demostrarle que estaba a su lado en cada paso que daban los dos, pero no lo hizo.

El salón de baile estaba repleto de gente. Margot se quedó sin aliento cuando lo vio. Hileras e hileras de sillas y apenas una vacía en toda la casa. Parecía un teatro, ya que se había montado un escenario en un extremo. El señor Dukelow les indicó sus asientos en el centro de la primera fila. Margot y Colm se sentaron uno al lado del otro. Cuando JP estaba a punto de sentarse, una mujer de la fila de atrás se levantó para saludarle. Era Dorothy.

—Lord Deverill —dijo—. Es probable que no me recuerde, pero…

—Señora Walbridge —repuso con una sonrisa, estrechando las manos de ella entre las suyas—. Es un placer volver a verla.

Dorothy se quedó sorprendida. No se había imaginado que tuviera tan buen aspecto ni que pareciera tan lúcido. Por lo que Emer le había dicho, JP era un borracho patético, que se regodeaba en la autocompasión. Pero ante sí tenía a un hombre en pleno dominio de todas sus facultades. Un hombre con carisma y confianza y unos preciosos ojos azules llenos de vida. Incluso olía a colonia de limón. Estaba deseando contárselo a Emer.

Margot sintió que algo le tocaba la mano. Miró hacia abajo y vio el dedo meñique de Colm rozando el suyo. Era un gesto minúsculo, a escondidas, pero que significaba mucho para Margot. Dirigió su atención al escenario y sonrió. Cuando el público recibió al médium con fuertes aplausos, Colm supo que su sonrisa era para él.

Kitty

Me sorprende y, me atrevo a admitirlo, me conmueve ver a JP en el castillo de nuevo. Me embarga la emoción al ver a mi hermanastro, al que crie como si fuera mi propio hijo y al que quise tanto como cualquier madre que ha llevado a su hijo en el vientre durante nueve meses, sentado en la primera fila del salón de baile en el que una vez bailamos a la luz de relucientes candelabros al compás de las mejores orquestas del país. Mi hogar, mi querido hogar, vuelve a ser de un Deverill, aunque solo sea por una noche. Pero me siento bien al verle allí. Es como si todo lo que no estaba bien en este castillo volviera a estar en equilibrio. Claro que sigue siendo un hotel, pero con JP sentado en la primera fila del gran salón de baile siento que la pieza que faltaba se ha colocado en su lugar. Con Colm a su lado, siento que el universo me está enviando una señal. El legado de los Deverill seguirá vivo. Continuará después de JP con Colm y, con el tiempo, con el hijo de este. El castillo les será devuelto, sé que así será. La única pregunta es cómo. Eso lo ignoro.

Estoy en el escenario mientras Dan Chambers saluda a su público. Es un hombre elegante de naturaleza amable y con un espíritu generoso. Sin embargo, no puedo decir si es o no médium. Espero con emoción y, me avergüenza admitirlo, con cinismo porque en vida fui una médium dotada y también muy orgullosa de ello. Dudo que alguien sea tan bueno comunicándose con los muertos como lo éramos mi abuela Adeline y yo.

Una parte de mí quiere apropiarse de esta reunión. ¡Oh! La de fechorías que podría hacer si él pudiera hablar de verdad con los espíritus. Podría darle nombres equivocados y hacerle quedar como un tonto. A fin de cuentas, donde estoy todo es aburrido. Claro que hay periodos de interés, como hablar con Tarquin Deverill o ver la señora Carbery asustar a los vivos, pero en su mayor parte no ocurre nada, es como ver a unos actores en una obra aburrida que nunca termina. La ira me mantenía ocupada en un principio, mis apariciones me entretenían y la novedad de estar al tanto de los secretos de la gente era emocionante. Pero ahora me he acostumbrado a existir sin un cuerpo que limite mis movimientos y mi ira ha disminuido un poco. A decir verdad, estoy cansada de estar furiosa. Es una emoción que se alimenta de sí misma, como una serpiente que se come su propia cola. La única persona a la que perjudica es a mí. No sé por qué no me he dado cuenta antes.

El médium se queda en silencio y se toma un momento para establecer conexión. Sé cómo es eso. Yo también solía sintonizar cuando estaba viva. Es como girar el dial de una radio para encontrar la frecuencia adecuada. Me pongo a su lado y le susurro al oído: «Papá Noel». Veo la expresión de su cara. Es de incredulidad y espanto. Así que en verdad es un médium. La sensación de júbilo da paso al sentimiento de culpa. ¿Cómo puedo yo, una mujer que ha dado tanto consuelo a los afligidos por mi don de transmitir mensajes de los difuntos, jugar con un hombre que solo intenta hacer el bien? De repente me invade la vergüenza.

Estoy a punto de corregirlo susurrando mi nombre, pero entonces noto una luz brillante a mi izquierda. Me giro y veo a una niña. Una niña radiante. Resplandece. Sus cabellos son dorados y la envuelve un halo de luz. Irradia un amor tan poderoso que me hace sentir humilde. Retrocedo, mi vergüenza me cubre de sombras, y veo que su energía flota junto a la señora Walbridge. La anciana no percibe nada. Está observando y esperando como el resto del público, un poco inquieta porque el médium lleva un rato en el escenario y no ha dicho nada.

Mira a la señora Walbridge y sonríe.

—¿Perdió usted a una niña? —le pregunta.

El rostro de la señora Walbridge se sonroja. Mira hacia atrás, sin saber si el médium le está hablando a ella. Luego, al darse cuenta de que sí es ella, mira de nuevo al frente y asiente con la cabeza.

—Me está mostrando un lirio —dice el médium.

La señora Walbridge se lleva una mano a la boca.

—Se llamaba Lillie —declara con voz ahogada.

—Murió cuando tenía trece años —continúa—. ¿Fue de leucemia? —La señora Walbridge vuelve a asentir—. Me está enseñando una casa en un país cálido con un jardín lleno de flores. Entiendo que es Sudamérica. Argentina. Me enseña un club donde mucha gente elegante juega al golf. Me dice que le encantaba recoger las pelotas porque estaban escondidas en el alto césped de todo el campo. —Luego se ríe—. ¿Había un avestruz que se las comía?

La señora Walbridge tiene los ojos anegados de lágrimas. Asiente con la cabeza y después ríe con él. Siento el amor que fluye entre este espíritu brillante y su madre y me asombra su poder. Me asombra que un espíritu aparentemente tan joven pueda tener un brillo tan intenso.

—Ella quiere que deje de sentirse culpable por dejar sus restos en Argentina —dice—. Porque ella no está allí. Está donde usted esté. —Se oye un suspiro del público, que está tan conmovido por lo que dice como yo—. Sepa que cada vez que vean a un petirrojo comportarse de forma extraña, su hija les está enviando un mensaje para recordarles que está con ustedes. —La señora Walbridge se enjuga los ojos con un pañuelo. Le tiembla la mano. Su hija se inclina y le besa la cabeza. Noto que la madre se estremece—. La acaba de besar —dice el médium.

Ahora me doy cuenta de que la habitación está llena de cientos de espíritus. No son aburridos como la señora Carbery y yo, que estamos en tránsito. Vienen del Espíritu y están hechos de luz. De pura luz blanca. Todos están ansiosos por comunicarse con sus seres queridos. Sé lo que quieren decir. Los espíritus son todos iguales en ese sentido. Solo quieren asegurarles que no están muertos, que siguen vivos y que los aman. En realidad es muy sencillo. Con la sala llena de almas como esta, cuesta creer que haya gente que crea que la muerte es el final de la vida. Si pudieran ver lo que yo veo... ¡Cuánto más fácil sería la vida si la gente pudiera tener la certeza de que aquellos a los que aman y pierden tan solo pasan a otra dimensión, a otro estado de existencia, ¡y nunca los abandonan! Que ese es el destino de la mayoría de las personas, al menos de las que albergan amor en su corazón. Los que son crueles deben temer mucho a la muerte.

El médium tiene que concentrarse mucho para distinguir cada espíritu. Lo hace muy bien. Cada persona que recibe un mensaje se anima. Los que no lo hacen se emocionan, llevados por esta enorme ola de amor que inunda la sala. Y eso es lo que más me impresiona: el amor que estas personas sienten por los que se han ido y el amor que los espíritus sienten por los que aún viven. El amor es un vínculo irrompible que los une. Miro a JP, sentado en silencio, sumido en sus pensamientos. ¿Está pensando en mí? ¿O tal vez en nuestro padre, Bertie? Su rostro está muy serio. Tiene el ceño fruncido. Pero no puedo leer sus pensamientos; solo puedo leer su energía y hay demasiada en esta habitación ahora mismo como para captar otra cosa que no sea amor.

Las dos horas pasan muy rápido. El médium no puede transmitir todos los mensajes, pero asegura a los asistentes que tenían la esperanza de comunicarse que celebrará más eventos de este tipo durante la semana. Los espíritus se desvanecen, la gente se levanta y habla entre sí de forma animada. Margot abraza a la señora Walbridge, que llora sobre su hombro. Dudo que siga teniendo miedo de los fantasmas.

Y entonces veo a la «criada fantasma», la señora Carbery. Está en el escenario, con expresión de desconcierto. Una pequeña y apagada sombra, como un ratón, observando con asombro mientras la sala se vacía despacio de gente.

Luego solo quedamos una joven que camina entre las sillas, recogiendo folletos y ordenando, ella y yo.

—¡Jesús todopoderoso! ¿Qué ha sido esa actuación? —me pregunta.

—Es un médium. Habla con los muertos como nosotros y transmite mensajes a los que aún viven.

—¿Como un adivino? —dice.

—Más o menos, pero no exactamente.

—El cura nos decía que ese tipo de personas son colaboradores del diablo y que nos alejáramos de ellos. ¡Dios nos libre!

—No —la tranquilizo—. Lo que pasa es que tienen dotes especiales.

—Bueno, en ese caso y estando yo muerta, ¿crees que llevaría mensajes míos?

—¿Con quién querrías ponerte en contacto? —pregunto.

—Creo que tengo una hija aún viva.

Por supuesto que la tiene.

—Bessie —digo.

—Bessie. Mi pequeña, a la que tuve que dejar. Bessie, que me cuidó y me arrancó de las fauces de la muerte después de que mataran a Rafferty. Cuando no volvió a casa, me sumí en la oscuridad más profunda. En todos los años transcurridos desde entonces, nunca he vuelto a vestir una prenda de color. ¡Que Dios me ayude! Mi pobre corazón se me había roto en tantos pedazos que solo el mismo san Antonio sería capaz de encontrarlos y unirlos. Después de eso, mi vida fue un calvario. ¿Dónde está Bessie ahora?

—Está en el pabellón de caza. Todavía trabaja para lord Deverill.

—¿Y Rafferty? ¿Está en el Cielo?

—No lo sé —digo.

La señora Carbery empieza a llorar.

—Creía que una vez que muriera volvería a ver a mi hijo. Fue una de las razones por las que di la bienvenida a la muerte y salí a su encuentro. ¿Qué he hecho para merecer este purgatorio? Iba a misa todas las mañanas y comulgaba a diario. Nunca comí un solo bocado de carne un viernes e iba al lago Derg y al santuario de Knock cada dos años. ¿Qué hice para merecer esto? ¿Qué más podría hacer un alma cristiana? Es todo un engaño, sí señor. Te dicen que irás al Cielo si llevas una vida humilde y devota, pero es una flagrante mentira para evitar que nos descarriemos. No existe el Cielo, solo esta vieja existencia nebulosa. ¡Dios todopoderoso! No soy ni un pez, ni un ave ni un arenque rojo. ¡Soy algo ensamblado a toda prisa!

No sé qué decirle. Solo puedo mirar con impotencia mientras se marcha a vagar sin rumbo por los pasillos del castillo y a asustar a los que la perciben allí.

Entonces me siento atraída hacia el pabellón de caza, donde JP, Colm y Margot están cenando en el comedor. La señora Brogan les ha preparado un festín. Me doy cuenta de que se entretiene, ansiosa por saber cómo era el médium. Parece un poco estresada, como si le costara tomar una decisión sobre algo importante. Me gustaría poder decirle que su madre está en el castillo y desea comunicarse con ella. Para mí es fácil asustar a la gente, pero imposible brindar consuelo.

—¡Qué noche tan extraordinaria! —exclama JP. Está alegre, pues la amabilidad del hotel le ha levantado el ánimo. Creyó que era un paria, pero se equivocaba. Es lord Deverill de Ballinakelly, cuya familia ha vivido en el castillo durante más de trescientos años. Se ha dado cuenta de que eso es algo de lo que hay que estar orgulloso—. Su amigo Dan Chambers posee un verdadero don.

—Yo soy una escéptica —aduce Margot—, pero debo reconocer que esta noche me ha dejado con la duda.

—Supone un gran consuelo saber que los seres queridos que han muerto nunca te abandonan. Solo había que ver la cara de la señora Walbridge para ver lo feliz que le hacía comunicarse con su hija —dice Colm.

—Es terrible perder a un hijo —declara Margot con tristeza—. Nunca me ha hablado de Lillie ni de la muerte de su marido en un accidente de tráfico. Ha sufrido mucho en la vida y, sin embargo, jamás lo adivinarías. Es una persona tan alegre y llena de vida…

—Es un regalo —dice JP. Él también ha tenido su dosis de dolor y poco a poco está aprendiendo a dejarlo atrás.

—Dan diría que así es la vida —interviene Margot—. Que estamos aquí para crecer por medio de nuestro sufrimiento. Si la vida fuera un lecho de rosas, todos seríamos egoístas y complacientes. El sufrimiento nos enseña la compasión y el aprecio. Creo que es muy posible que tenga razón.

—¿Cuándo es su próxima reunión? —pregunta JP—. Me gustaría ir a verlo de nuevo.

—Mañana por la tarde —responde Margot. La señora Brogan no puede quedarse más tiempo. Se va en silencio, con las manos llenas de platos.

—¿Con quién te gustaría comunicarte, papá? —pregunta Colm con una risita—. ¿Con Kitty?

JP hace una mueca.

—¡Por Dios, no! Está furiosa conmigo por haber vendido el castillo. Creo que si viniera, todos sentiríamos el frío. —Se ríen.

Pero tiene razón, estoy furioso con él por haber vendido el castillo. Sin embargo, me siento abrumada por el amor que han transmitido los espíritus en el salón de baile esta noche. Ninguno vino con un corazón de piedra. Ninguno habló con ira. Solo había amor. ¿Significa eso que cuando siga adelante dejaré atrás mi resentimiento? ¿Querré hacerlo? ¿Es tan malo amar tanto el castillo?

Después de cenar pasan al salón y JP pone un disco. La habitación se llena de una música sublime y, como anticipo, Tarquin Deverill sale de su oscuro reino. Me doy cuenta enseguida de que está diferente. Ha cambiado. Está amedrentado. Su energía es menos densa, con una textura más suave, y está desesperado. Percibo su desolación en una pesada nube que se extiende por la sala y siento una inmensa lástima por esta alma torturada.

Esta vez no busca la música. Me busca a mí.

—Necesito confesarme —dice en cuanto me ve—. Mi alma está angustiada y no puedo soportarlo por más tiempo.

—¿Qué te ha inspirado, Tarquin? —pregunto.

—Me siento confuso. No puedo soportar ni un minuto más estar allí abajo, en ese horrible lugar. No puedo. No hay color, ni luz, ni bondad, ni música ni flores… —Ahoga un grito y se aprieta el pecho—. Pero no es más que lo que merezco. Si no vuelvo a ver ni una sola cosa bella es lo que me he ganado, pero rezo para conseguir el perdón.

—¿El perdón de quién?

—De mi hijo. De Gabriel.

—Dime, Tarquin, ¿qué hiciste?

En verdad no deseo escuchar aquello tan terrible que hizo, pero sé que debo empujarle a ver el error de su proceder y permitir que la luz entre en la oscuridad de su alma. Solo así podrá redimirse.

Cae de rodillas y apoya la barbilla contra el pecho.

—Yo maté a mi hijo —susurra. Me quedo sin aliento. No me lo esperaba.

—¿Qué hiciste?

—Le atraje al estanque el día de su décimo cumpleaños. Le dije a su madre que le llevaría al jardín a ver las flores. Nunca lo había llevado a pasear. Le enseñé los peces. Se tumbó boca abajo y metió la mano en el agua para tocarlos. —Hace una pausa. Percibo su arrepentimiento. Se retuerce dentro de su corazón como un fragmento de cristal. Sacude la cabeza, pero no puede disipar el recuerdo de lo que hizo—. Le metí la cabeza en el agua. Se la sujeté hasta que la vida le abandonó. —Se levanta de repente—. Me he equivocado al pedir perdón —dice—. ¿Cómo puedo esperar que mi hijo perdone a su padre por un crimen tan atroz? No puedo. Sobrepasa la capacidad de cualquier ser humano. Primero le robé la alegría y luego la vida. Es imperdonable y debo sufrir en el infierno durante toda la eternidad. Es lo que merezco. Y ahora te dejo, Kitty, y regresaré al lugar que creé para mí. Al final tenías razón. La vida que viví en la tierra dio forma a la vida que vivo ahora. Uno no puede escapar de la justicia. Yo soy el único culpable.

Mi corazón se llena de compasión. Quiero tender la mano a esta criatura atormentada que por fin ha visto la luz. Comienza a retirarse.

La habitación se llena de inmediato de un resplandor cegador. Me tapo los ojos, porque es demasiado brillante para mí. Siento que Tarquin retrocede. Él también aparta la mirada. Es demasiado intenso para los dos. Poco a poco se va atenuando y por fin podemos ver al ser sobrenatural que está ante nosotros. Al principio pienso que es un ángel, pero no tardo en darme cuenta de que no es un ser angélico, sino una hermosa alma de un amor y una pureza inconmensurables.

Mira con compasión a la angustiada criatura que tiembla ante él.

—Padre —dice.

Estoy atónita. ¿Es este magnífico ser el espíritu del niño lisiado?

—¿Gabriel? —dice Tarquin con voz ronca.

Él tampoco puede creerlo. Pero yo sé que es verdad. Si hubiera mirado a los ojos del niño habría visto lo mismo que su madre: un alma hermosa, perfecta, sin mácula.

—Siempre he estado contigo, padre —dice. Su sonrisa está llena de alegría, sus ojos rebosan amor—. Nunca te he abandonado.

—Pero yo…, yo… —Tarquin lucha contra sus emociones. No puede articular las palabras. Está demasiado lleno de vergüenza.

—He estado a tu lado incluso en el oscuro lugar donde has estado habitando, solo que no podías verme. Ahora que has reconocido que infligiste un terrible daño a la gente, has permitido que la luz entre en tu corazón y puedo llegar a ti. Estoy aquí para llevarte a casa.

—¿A casa? —jadea Tarquin—. Pero ¿por qué te importa? No, mejor déjame con mi vergüenza.

—Ven. —Su hijo extiende sus manos—. Te perdono. Ahora debes perdonarte a ti mismo.

Tarquin está temblando. Toda su energía oscila con una luz tenue, pero inconfundible. Se propaga por todo su ser, como una llama creciente. Se toman de las manos y observo con asombro y humildad mientras esta alma superior conduce a su padre al otro mundo. La luz desaparece y la habitación recupera su tono habitual. JP, Margot y Colm están sentados alrededor de la mesa, jugando a las cartas. No tienen ni idea del extraordinario acontecimiento que acaba de tener lugar entre ellos.

Me doy cuenta entonces de que es realmente cierto. La forma en que elegimos vivir en la tierra crea la vida a la que vamos cuando morimos. Y es una elección. ¡Cuántos de nosotros elegimos de forma imprudente!

17

Dorothy se sentía como si se hubiera quitado un gran peso de encima. Lillie seguía con ella. Esta noche lo había confirmado. ¿Cómo podía Dan Chambers saber lo de los petirrojos? ¿Cómo podría haber conseguido el nombre de Lillie y la causa de su muerte si ella no hubiera estado allí y se lo hubiera dicho? Lillie no era un fantasma. Ahora lo sabía, después de haber hablado con Dan. Lillie era un espíritu vibrante. La misma persona cariñosa que fue en vida, solo que sin su cuerpo enfermo. No había cambiado, no le habían salido alas ni se había vuelto piadosa. Era libre, feliz y llena de picardía. Esos petirrojos sí que eran extraordinarios. Nunca más temería a los espíritus, aunque preferiría no volver a ver a la criada fantasma. Despertar en mitad de la noche y sentir que hay alguien en la habitación resultaba muy desconcertante. Prefería que eso no sucediera.

Dorothy estaba en camisón y bata a punto de meterse en la cama, cuando llamaron a la puerta.

—¡¿Quién es?! —gritó con cierta inquietud, preguntándose quién podía ser a esas horas de la noche

—Soy yo, Margot —fue la respuesta.

Dorothy supuso que algo debía de ocurrir para que Margot la necesitara a las once de la noche y abrió la puerta. Pero Margot no parecía una mujer en apuros.

—Siento que sea tan tarde —dijo—, pero quería venir a ver cómo estabas. Ha sido una noche extraordinaria, ¿verdad?

Dorothy abrió la puerta de par en par, con unas repentinas ganas de hablar de ello.

—Pasa —dijo con entusiasmo, haciéndose a un lado.

Margot entró en la habitación.

—Siempre he sido un poco escéptica —repuso, sentándose en la cama—, pero esta noche Dan ha dado un golpe de efecto.

Dorothy se sentó en el pequeño sofá junto a la ventana y cruzó las manos en su regazo.

—Es un hombre con un gran don. ¿Cómo podía saber lo de los petirrojos?

—Exactamente. Ha sido alucinante.

Dorothy sonrió.

—Había mucha gente en la sala, pero mi Lillie contactó conmigo. Siempre fue una pequeña muy decidida.

—Es maravilloso saber que está contigo.

—Lo ha cambiado todo —declaró Dorothy—. Lo único que me preocupaba era dejarla sola en Buenos Aires. Por eso me quedé tanto tiempo, mucho más del que quería. Porque ella estaba allí. ¡Qué tontería! Por supuesto que sabía que no estaba en su tumba. Creía que estaba en el Cielo, pero aun así, su parcela con su nombre en la placa era lo único que me quedaba de ella. Fue un quebradero de cabeza dejarlo. Todavía me duele a veces pensar en ella allí sin que nadie la visite.

—Ya no tienes que sentirte así. Ella no está allí en realidad. Está aquí. —Margot sonrió con afecto—. Es muy probable que esté aquí ahora mismo.

—Es un pensamiento muy reconfortante —declaró Dorothy—. También resulta alentador saber dónde voy a terminar cuando muera. Ya sabes, cuando llegas a mi edad, piensas mucho en la muerte.

Margot parecía horrorizada.

—¡Oh, Dorothy! Todavía no vas a irte a ninguna parte.

—Espero que no, pero de todas formas me estoy acercando al final de mi vida, ¿no es así? —Se rio—. Nadie sale vivo de aquí.

—Te quedan muchos años y, además, te necesito.

—Bueno, me quedaré todo el tiempo que pueda —dijo Dorothy. Hacía poco que conocía a Margot, pero era agradable sentir que la necesitaban. Y sentaba bien apoyar a Margot, que no tenía una madre con la que pudiera contar—. Puedes contar conmigo —declaró, y se sintió conmovida al ver que sus palabras significaban algo para Margot.

—Gracias —dijo Margot, con las mejillas sonrosadas—. Es una de las cosas más bonitas que me han dicho nunca. —En el pasado, la única persona con la que Margot había podido contar era ella misma.

Cuando Margot se fue, Dorothy se tumbó en la cama y rezó. Dio las gracias a Lillie por haberse comunicado con ella y a cualquier poder que lo hubiera hecho posible. También rezó por Margot. Si no hubiera sido por ella, Dan nunca habría venido al castillo. Era estupendo que estuviera aquí. Proporcionaría alivio a muchas personas afligidas. Era imposible evitar la muerte. A todo el mundo le afectaría en algún momento de la vida y al final la muerte los recibiría a todos. ¿Cuánto más fácil sería si pudieran estar seguros de que no era un final, sino una transición?

A la mañana siguiente fue a visitar a Emer O'Leary en su casa junto al mar. El día era ventoso, pero soleado. Unas esponjosas nubes surcaban el cielo azul y debajo las olas subían y bajaban con violencia, desafiando a los pescadores que salían en sus barcas en busca de la pesca diaria. Tomó un taxi, que el hotel le reservó, y se detuvo frente a la casa de los O'Leary a las diez. Emer le dio un caluroso recibimiento en la puerta. Jack estaba en la cama con un fuerte resfriado, le dijo.

—Espero que no sea nada grave —dijo Dorothy.

—Ha sido un invierno duro —repuso Emer, cerrando la puerta y acompañándola al salón—. Jack sale todos los días con el perro, llueva o nieve, y ya no es tan joven.

—Ninguno lo somos —repuso Dorothy—. Supongo que ya tenemos un pie en la tumba.

Se sentaron y compartieron sus noticias. Entonces Dorothy le contó a Emer lo de JP.

—Debe de haber dejado la bebida —dijo—. Tiene muy buen aspecto. Mi padre habría dicho que tenía las pilas bien cargadas.

—¿Qué le ha pasado? —preguntó Emer, pensativa.— ¿Crees que está enamorado?

—Es posible. No creo que una transformación ocurra así sin una razón.

—Pero ¿de quién? ¿A quién ve además de a Margot Hart?

—Sinceramente, no lo sé. Tal vez Colm lo haya convencido para que se reforme.

Emer se encogió de hombros.

—No nos ha comentado al respecto. —Frunció el ceño—. ¿Él también estuvo allí anoche?

—Sí, fueron JP, Colm y Margot. Los tres.

Emer lo pensó por un momento.

—Margot es lo bastante joven como para ser su hija —replicó, con una nota de desaprobación en su voz.

—No creo que esté enamorado de ella.

—¿Por qué no?

—Porque no es tonto.

—Es muy hermosa. Los hombres se comportan como tontos cuando se trata de mujeres hermosas.

—No creo que esté enamorado de ella. Son amigos —dijo Dorothy con firmeza. No podía decirle que Colm y ella eran amantes. No podía traicionar la confianza de Margot.

—Margot no es amiga de JP. Le está utilizando. Seguro que él se da cuenta de eso.

—En realidad no lo creo.

—Eres muy ingenua, Dorothy.

—¿De veras?

—¡Oh, sí! Margot es una joven sofisticada, astuta y ambiciosa. Es periodista y escritora, y ya sabes cómo son, ¿no? No tienen escrúpulos. Te digo que está jugando con JP como un gato con un ratón. En cuanto haya terminado el libro, se irá y no volverá a verla por aquí.

—¿De verdad lo crees? Yo no estoy tan segura. Tiene buen corazón.

Emer sacudió la cabeza. Dorothy estaba confusa. No era propio de ella hablar mal de alguien.

—Tal vez se están utilizando el uno al otro —dijo Emer—. JP la ayuda con el libro para hacer daño a Alana y Margot le utiliza para conseguir toda la información que necesita para hacer que el libro sea lo más jugoso posible.

—Creo que tendrá tacto —replicó Dorothy en defensa de Margot.

—¡Oh! ¿De verdad crees eso?

—He llegado a conocerla un poco y mi instinto me dice que se puede confiar en ella.

Emer se echó a reír.

—Entonces tú también has sucumbido a sus encantos.

—Espero que te equivoques —dijo Dorothy en voz baja.

—Yo también, por el bien de Alana.

Entonces Dorothy comprendió por qué Emer se había puesto en contra de ella con tanta vehemencia. Era como una leona que protege a su cachorro. Pero ¿y si Emer tenía razón? ¿Y si Margot estaba jugando con todos ellos? ¿Y si estaba jugando con Colm? La anciana miró su taza de té y frunció el ceño, con una sensación de malestar en el vientre. No era posible que Margot fuera tan insensible.

Margot estuvo escribiendo en su mesa durante todo el día. Su lema era: «Escríbelo y luego púlelo». Una vez escrita la historia, podía volver al principio y pulirla a su gusto. El trabajo duro era plasmar los hechos en la página. Por muy entretenido que fuera escribir sobre Barton Deverill, seguía requiriendo disciplina, esfuerzo y una gran concentración. A la hora del té se dio cuenta de que necesitaba salir. Pasear por el jardín, tomar aire fresco y estirar las piernas. Dejó la creciente pila de folios junto a su máquina de escribir y se dirigió abajo. No le sorprendió ver al señor Dukelow acompañando a la condesa al vestíbulo. Se frotaba las manos y sonreía mientras lanzaba cumplidos en extravagantes superlativos. Margot se escondió detrás de una columna para evitarlos.

—¿Puedo ofrecerle el salón de la señora De Lisle para que tenga un poco de intimidad? —le decía a la condesa cuando pasaron por su lado

Margot notó que la condesa le ponía la mano en el antebrazo.

—Es usted muy amable, señor Dukelow. Piensa en todo. No me extraña que sea usted el director del hotel.

—Hago todo lo que puedo para asegurarme de que los huéspedes importantes como usted estén bien atendidos.

—Sin duda lo hace. —Exhaló un suspiro—. ¿Qué haría la señora De Lisle sin usted?

Margot los vio marcharse del vestíbulo y luego salió de detrás de la columna. Había algo bastante raro en la forma en que la condesa le había puesto la mano en el brazo. Las sospechas de Margot se dispararon. Sabía cuándo pasaba algo. Cuanto mayor se hacía, más aguda era su intuición.

Se dirigió afuera. Róisín la saludó desde la recepción y el portero la recibió en la puerta. A estas alturas ya todo el mundo en el hotel la conocía bien. El sol brillaba y el canto de los pájaros llenaba el aire. Aspiró el fértil aroma de la tierra y se alegró de estar al aire libre después de todo un día con la máquina de escribir. Estiró las piernas, dando largas zancadas sobre el césped. Luego miró el castillo. Gracias a que había mirado por la ventana del salón privado de la señora De Lisle, sabía dónde se encontraba esa habitación. Se mordió el labio. Sabía que era una imprudencia, ya que había muchas posibilidades de los jardineros la descubrieran, pero sintió un fuerte deseo de espiarlos a través de la ventana.

Miró a su alrededor. No parecía haber nadie. El jardín estaba en calma, con los arriates silenciosos y tranquilos. Desde el tejado del castillo se oía el arrullo de una paloma solitaria. Esperaba que los jardineros estuvieran ocupados en el huerto y en los invernaderos. Se encaminó hacia el castillo, procurando adoptar un aire despreocupado. Fingió que miraba los parterres, que olía alguna planta y contemplaba las vistas. Luego se acercó a la ventana del salón de la señora De Lisle. Volvió a mirar a su alrededor. No quería que la pillaran fisgoneando. Se apoyó en la piedra y miró por la esquina inferior de la ventana.

La vista le quemó los ojos. Se quedó boquiabierta. La condesa y el director del hotel estaban fundidos en un apasionado abrazo contra la librería. Se besaban mientras sus cuerpos se movían a la vez de manera fogosa. Margot apartó la vista y se apresuró a volver al césped, con el corazón acelerado. En el momento en que enfiló hacia los árboles, uno de los jardineros salió en un quad, tirando de un carro con turba. La saludó con la mano. Margot le devolvió el saludo. Suspiró aliviada. Si hubiera permanecido un momento más en la ventana la habrían pillado.

Se metió las manos en los bolsillos del abrigo y procesó lo que acababa de presenciar. ¿La condesa buscaba al señor Dukelow por su cuerpo o por algo más? Claro que su marido era viejo y decrépito, y Margot sabía que las mujeres tenían sus necesidades, pero ¿el señor Dukelow? No tenía sentido. Por muy absurda que fuera la condesa, ¡estaba unos cuantos peldaños por encima del señor Dukelow en la pirámide alimentaria! Margot apretó el paso. Estaba deseando contárselo a Colm.

La señora Brogan tomó asiento al fondo del salón de baile y se puso el bolso sobre las rodillas. La sala estaba llena de gente. Lord Deverill, Margot y Colm estaban en primera fila, pero ella había querido acudir sola, así que no les había dicho que iba a asistir. Se alegró de haber llegado pronto porque si hubiera llegado más tarde no habría encontrado asiento. La gente estaba de pie detrás de ella y seguían llegando más. Se había corrido la voz sobre el extraordinario don de Dan Chambers y querían presenciarlo con sus propios ojos. La señora Brogan miró a su alrededor de forma tímida. Imaginaba que todos los presentes habían perdido a alguien. Era imposible pasar por la vida sin perder a algún ser querido. «Todos acabamos muriendo», pensó.

Dan Chambers entró en el escenario. Se sorprendió al verle. Pensó que sería más extravagante, más bien un mago, pero era un hombre alto y delgado; «esbelto» pensó que sería la palabra correcta, con un rostro apuesto. Sí, en efecto, era apuesto; gentil, inteligente y modesto. El rostro de alguien con un gran corazón y mucho amor que dar. Se animó. Si Rafferty se presentaba con un mensaje, se alegraba de que se lo diera un hombre como Dan Chambers. Sentía que podía confiar en que él diría la verdad. Irguió la espalda cuando él empezó a hablar. Su corazón comenzó a latir un poco más rápido, un poco más fuerte, y las palmas de las manos comenzaron a sudarle. Se dijo que no debía ponerse nerviosa, pero fue inútil. No estaba nerviosa porque existiera la posibilidad de tener noticias de su hermano; estaba nerviosa porque no iba a tenerlas.

Los espíritus fueron llegando uno a uno y el destinatario lloraba de emoción todas las veces. El sentimiento de amor en la sala era abrumador. La señora Brogan estaba conmovida. Los espíritus primero aportaban pruebas de que eran de verdad ellos; pruebas que satisfacían a los afligidos de la audiencia y les hacían jadear de asombro. Luego les enviaban su amor. Eso fue todo en realidad.

Esperó a Rafferty, pero no se presentó.

Al final de las dos horas, que habían parecido diez minutos, Dan bebió un trago de agua.

—Siento que algunos de ustedes estén decepcionados. Hay tantos espíritus en la sala que no puedo canalizarlos a todos. Estaré aquí mañana por la tarde, así que vuelvan. Estos espíritus son muy persistentes y todos quieren transmitirles su amor. Haré todo lo posible para responderles a todos durante la semana que voy a estar aquí. Pero para aquellos que no reciban ningún mensaje, no desesperen. Les prometo que sus seres queridos están con ustedes. El amor les une a ellos y ese es un vínculo que jamás podrá romperse.

La señora Brogan se secó los ojos y guardó el pañuelo en su bolso, luego se levantó y volvió al pabellón de caza, con el corazón un poco más pesado y su pena más profunda. «Sé que estás conmigo e intentaré no sentirme decepcionada, Rafferty. Volveré mañana. Estoy segura de que entonces vendrás a verme.»

A la mañana siguiente, Dorothy se unió a Margot en la mesa del desayuno. Estaba un poco pálida.

—¿Estás bien, Dorothy? —preguntó Margot, sirviendo una taza de té para cada una.

Dorothy suspiró.

—Estoy bien, gracias, querida. Pero tengo algo en mente de lo que necesito hablar contigo.

—Por supuesto. Adelante. —Por la expresión preocupada de Dorothy, Margot supo que no era nada bueno.

—Es sobre el libro que estás escribiendo. Me preocupa que pueda hacer daño a la gente —dijo.

Margot se sintió aliviada de que solo fuera eso. Confiaba en que estaba escribiendo el libro con el suficiente tacto como para no herir a nadie.

—De verdad que no tienes de qué preocuparte —dijo.

—¿No tengo de qué preocuparme? —Dorothy la miró con expresión inquisitiva—. ¿Estás segura?

—Sabes que puedes confiar en mí.

—En realidad no lo sé. A fin de cuentas, no hace tanto que somos amigas.

—Pero ¿qué te dice tu instinto?

—Que confíe en ti —repuso Dorothy con firmeza.

Margot reflexionó durante un momento. Imaginó que su amiga había estado hablando con Emer O'Leary.

—Mira, si te hace sentir mejor, puedes leer el primer borrador —le ofreció—. Antes de que se lo dé a nadie. Para ser sincera, me gustaría saber tu opinión.

A Dorothy se le iluminaron los ojos porque si no se pudiera confiar en ella, sin duda Margot nunca le habría permitido un adelanto.

—Eso me tranquilizaría —respondió agradecida.

—Es un libro sobre la familia, Dorothy. El pasado reciente es solo una pequeña parte. Decidiré qué incluyo y qué excluyo con suma delicadeza. No es un reportaje.

—Lo sé. Tienes razón. Eres dueña de lo que escribes. Estoy segura de que tendrás tacto. —Dorothy se animó. El color volvió a sus mejillas y estaba tan alegre como un pinzón. Recorrió la habitación con la mirada—. Este lugar está muy concurrido, ¿no es así?

—Nos guste o no, la señora De Lisle ha hecho un buen trabajo.

—Un trabajo espléndido. Dime, ¿qué le pareció a JP? ¿Era la primera vez que volvía?

—Era la primera vez que él y Colm volvían. Ambos estaban impresionados. Creo que JP se sorprendió de lo amables que fueron todos con él. Me parece que tenía la impresión de que el mundo estaba en su contra.

—El mundo, no. Solo su exmujer —dijo Dorothy con una sonrisa apenada—. Me alegro de que se haya reconciliado con su hijo. No hay nada tan importante como la familia.

Margot reflexionó sobre el hecho de que no tenía familia.

—Yo diría que no hay nada más importante que los amigos —dijo con énfasis y le brindó una sonrisa a Dorothy.

Dorothy le devolvió la sonrisa. ¿Cómo pudo Emer insinuar que Margot los estaba engañando a todos? Si conociera a Margot como ella, se daría cuenta de lo dulce que era.

Margot estaba hablando con Róisín en el mostrador de recepción, cuando la condesa apareció en el vestíbulo. La recibió el señor Dukelow, que le estrechó la mano en un saludo formal. Margot buscó un indicio de la intimidad que había presenciado en el salón de la señora De Lisle, pero no lo encontró. La condesa se dirigió con elegancia al comedor, donde se sentó en una mesa con seis turistas estadounidenses. Estos se pusieron de pie cuando ella entró y les estrechó la mano a todos, sonriendo con amabilidad y repitiendo sus nombres al presentarse para no olvidarlos. Parecían emocionados al verla, entusiasmados, como si fuera de la realeza.

—Parece que la condesa pasa cada vez más tiempo aquí —le dijo Margot a Róisín.

Róisín sonrió.

—Supongo que es mucho dinero —respondió, encogiéndose de hombros.

Margot se quedó atónita.

—¿Le pagan?

—Sí —dijo Róisín, bajando la voz—. El señor Dukelow le paga por entretener a los invitados. Como es natural, están encantados de estar en presencia de alguien relacionado con el castillo.

—¡Quién iba a imaginar que necesitaba el dinero! —dijo Margot, sabiendo, por la lamentable imagen de su pobre marido, que sí lo necesitaba.

—Yo no. Puede que el que la alaben los turistas sea más bien para satisfacer su ego. Puede fingir que es la reina del castillo. Eso le gustaría. —Róisín soltó un pequeño bufido—. Reconozco, y solo a ti, que no me gusta nada.

—Creo que estoy de acuerdo contigo —dijo Margot—. Pero el señor Dukelow está bastante enamorado de ella —añadió, lanzando un sedal al agua con la esperanza de pescar un salmón.

—Está deslumbrado por ella. Pero eso es típico del señor Dukelow; se entusiasma demasiado con la gente importante. El problema es que a veces no sabe distinguir entre la gente que de verdad es importante y la que está fingiendo. —Róisín soltó otro bufido—. ¡Pero no debo hablar mal de mi jefe o iré al infierno! —Se rio—. Sería mejor invitar a lord Deverill a hablar con los invitados. Él es el auténtico, ¿no es así? Eso pondría a la tonta de la condesa en su lugar.

Esa noche, la señora Brogan tomó asiento en el salón de baile y se colocó su bolso de mano sobre las rodillas. Una vez más, la sala estaba llena y una vez más, en silencio, le tendió la mano a Rafferty y le pidió que se manifestara. Dan subió al escenario y se hizo el silencio en la sala. El aire pareció tornarse más denso y aquietarse. El ritmo cardíaco de la señora Brogan se aceleró de nuevo. Casi se olvidó de respirar. ¿Podría su querido hermano manifestarse esta noche?

Kitty

Me coloco detrás del médium y observo la sala que tiene delante, llena de personas vivas y difuntas. Veo espíritus que brillan de amor y me percato de algunos sombríos espíritus en tránsito que se han visto atraídos a la habitación para ver el espectáculo. Entre ellos está la señora Carbery. Parpadea con desconcierto ante un espectáculo como jamás había visto. En comparación con los espíritus, es como una pequeña gallina marrón. Pasea la mirada por encima de la gente, pues no estoy segura de que pueda ver a los espíritus como yo. Su luz es demasiado brillante para ella. Imagino que no podría soportarlo.

Se queda atónita cuando reconoce a su hija, Bessie. En su pequeño rostro se dibuja una hermosa sonrisa. Nunca la había visto sonreír. Siempre ha sido desdichada, con las comisuras de su boca apuntando hacia abajo y los ojos apagados y tristes. Pero ahora adquieren una luz propia y brillan.

—¡Mi Bessie! —exclama—. ¡Mi pequeña Bessie! —exclama.

Intenta llamar su atención, pero sus esfuerzos son infructuosos. Bessie está sentada con el bolso sobre las rodillas, secándose los ojos con un pañuelo con mano temblorosa. Está esperanzada, aunque espera la decepción.

La señora Carbery está desesperada. Ahora está de pie en el escenario, justo al lado del médium, pero me doy cuenta de que él no la oye. Entonces me percato de que tengo el poder de hacer algo y debo hacerlo. Debo atraer la atención del médium. Si no puedo ayudarla a encontrar la luz, al menos puedo ayudarla a comunicarse con su hija.

Con toda la voluntad que puedo reunir, lanzo una onda y el pañuelo de la mano de Bessie sale volando y flota como una paloma. Las personas sentadas a su lado también ahogan un grito y un murmullo de voces interrumpe la concentración del médium. Lanzo otra onda y la jarra que está en la mesa junto al médium se cae, derramando agua sobre el escenario. El murmullo se hace más fuerte. El médium entrecierra los ojos.

—Creo que alguien está tratando de llamar mi atención —dice. Levanta la mano—. No temáis —añade—. Es un espíritu amistoso. Me parece que es un espíritu desesperado por comunicarse.

La señora Carbery habla.

—Quiero hablar con Bessie —dice. Pero el médium sigue sin oírla.

Ahora estoy furiosa. No es justo que la pobre señora Carbery, un espíritu perdido y atado a la tierra, no pueda transmitir un mensaje a su hija. Envío un pensamiento a los seres superiores que sé que deben de estar ahí para pedirles ayuda. La luz de la señora Carbery se apaga y se retira a un rincón de la habitación. Es tan pequeña ahora y está tan apagada que es casi imposible distinguirla entre las sombras.

Bessie sigue con la boca abierta. Está alerta, sus ojos saltan por la habitación, a la espera de algo. Sabe que el pañuelo no ha salido volando de su mano por sí solo. Tal vez siente que algún espíritu quiere comunicarse con ella. O tal vez solo está esperanzada. No puedo soportar que se lleve una decepción. Su dolor es visible en el aura que rodea su cuerpo. Puedo verlo y deseo sanarlo con todas mis fuerzas. Envío otra petición de ayuda. «Por el amor de Dios, si hay alguien por ahí que pueda ayudar, que haga algo.»

Y entonces mi oración es respondida.

En el escenario aparece una luz más brillante que todas las luces de la sala. Es el resplandor del niño lisiado que bajó a rescatar a su padre, Tarquin Deverill. Con él hay un chico guapo. Debe de tener unos diecisiete años. Tiene el pelo rubio y sus ojos son de un vívido azul. Tiene una expresión dulce en su rostro. El médium deja de hablar. No puede ignorar ni dejar de percibir a esta alma superior que ahora está ante él.

El silencio se apodera de la sala. No hay movimiento. Ni siquiera una tos o un resuello. Nada. Es como si todos los presentes sintieran la presencia de esta hermosa alma.

El médium entrecierra los ojos. Se sintoniza.

—Tengo aquí a un joven llamado Rafe o Rafferty —dice el médium.

Bessie deja escapar un gemido. El nombre le llega al corazón. Se lleva una mano allí. Está demasiado estupefacta para hablar.

—¿Hay alguien aquí que haya perdido a un joven llamado Rafe o Rafferty? Era un joven tranquilo, reflexivo. Le gustaba cantar baladas. Tenía una hermana pequeña llamada Bessie o Bess.

La señora Brogan deja escapar otro gemido. La mujer que tiene al lado levanta la mano.

—Creo que es esta señora —dice, señalando a Bessie—. Es usted, ¿verdad, querida?

La señora Brogan asiente.

El médium mira a Bessie con compasión.

—Dice que lo mataron en la guerra civil. Pero ha perdonado al hombre que lo mató porque no le dio ningún placer.

Bessie está llorando. Los lagrimones resbalan por su rostro. Está demasiado aturdida por lo que dice el médium como para limpiárselos.

—Dice que encienda una vela por él y por sus padres cada noche y que rece una oración: «Hasta que nos volvamos a encontrar, que Dios te sostenga en la palma de su mano».

Me conmueve ver la alegría que ahora brilla en el pecho de Bessie. Es como una llama que está consumiendo el dolor, purificándolo, restaurando su corazón roto con amor. Asiente con la cabeza, pero sigue sin poder hablar.

—Quiere que lleve su amor durante el resto de su vida, no el recuerdo de su muerte ni el dolor de su ausencia. Me dice que la vida es para vivirla y no quiere que se pierda ni un solo momento. Él estará con usted cuando fallezca. La tomará de la mano y la guiará hacia la luz.

Bessie ya no puede ver por culpa de las lágrimas. Está abrumada, pero henchida de felicidad.

Y entonces ocurre algo extraordinario. La señora Carbery sale de las sombras. Su hijo Rafferty le tiende la mano. Ella le ve, a esta alma resplandeciente, y su rostro se ilumina de amor. Yo también estoy abrumada. Observo, embelesada, mientras ella pone su mano en la de él y los tres, el niño lisiado, la señora Carbery y su hijo, desaparecen en la luz.

Por fin lo ha encontrado. El Cielo.

Ha encontrado el camino a casa.

18

A medida que se acercaba el verano, el control de Colm y de Margot sobre su relación secreta se relajó y se volvieron complacientes. Salían a cabalgar por las colinas después del trabajo, se tumbaban contra las piedras del círculo y se sentaban en la playa, protegidos del viento por las rocas, disfrutando de las bebidas que se llevaban en petacas. Hicieron suyos estos lugares, sin darse cuenta de que otros innumerables amantes en el pasado ya los habían reclamado.

JP ya no necesitaba una supervisión constante. Era feliz y estaba ocupado; en el jardín, montando a caballo y, según parecía, conversando con el señor Dukelow sobre la posibilidad de dar charlas sobre su pasado a los huéspedes del hotel después de la cena. Contrariamente a lo que Margot había pensado, esta idea no le inquietaba lo más mínimo, y sin duda el dinero era una tentación. La señora De Lisle pagaría muy bien por un Deverill, ¡mucho más de lo que pagaba por la condesa!

Hacía semanas que Margot no se aventuraba a entrar en O'Donovan's. No había visto a Seamus y suponía que este no tenía ni idea de su floreciente relación con Colm. Por lo general, dejaba a los hombres a su paso y nunca miraba atrás, pero como todavía estaba en Ballinakelly, eso no era posible. Esperaba que Seamus fuera el tipo de hombre que tampoco miraba atrás.

El *pub* estaba lleno ese sábado por la noche. Tocaba un grupo. Había un gran ambiente. Colm y ella encontraron una pequeña mesa en el rincón y Colm fue a la barra a por bebidas. Habló con Seamus, que miró a Margot. Ella le dedicó una sonrisa. Él le devolvió la sonrisa y Margot leyó de inmediato la confusión que denotaba. Sabía lo que estaba pensando. No era tonto. Pudo ver su mente atando cabos. Entonces se volvió de nuevo hacia Colm y empezó a servir las bebidas. Los dos charlaron, en apariencia de forma trivial, pero el rostro de Colm se ensombreció de repente y lanzó una mirada a Margot. Margot sintió que se le ponía la piel de gallina a causa de la inquietud. Se preguntó qué le habría dicho Seamus, pero no tuvo que preguntárselo durante mucho tiempo, porque Colm volvió a la mesa, dejó las bebidas y se sentó en la silla de enfrente.

—¿Cuándo pensabas contarme que te habías acostado con Seamus O'Donovan?

El instinto de Margot fue la autodefensa.

—No pensaba hacerlo. Es irrelevante, ¿no?

Colm se llevó el vaso de cerveza a los labios y frunció el ceño.

—¡Oh! Así que no ibas a decírmelo, ¿verdad?

—No era necesario, ¿o sí?

—Preferiría que me lo hubieras dicho tú en vez de Seamus.

Margot se encogió de hombros.

—Fue a principios de enero, Colm. De eso hace ya cuatro meses. Me acosté con él alguna que otra vez. No significó nada. —Exhaló un suspiró—. No ha sido muy caballeroso por su parte decírtelo.

Colm la miró con preocupación.

—¿Es esto lo que haces, Margot? ¿Acostarte con la gente y luego desecharla?

—Es lo que hacen la mayoría de los hombres, si no me equivoco. ¿Por qué las mujeres deberían ser diferentes? Claro, yo he disfrutado de breves encuentros, ¿tú no? —Sabía que a él no le gustaría eso, ya que a la mayoría de los hombres no les gustaba, pero no iba a ocultar quién era.

Colm no sabía muy bien cómo responderle. Era consciente de que su alegato era sólido; tenía todo el derecho a acostarse con todos los hombres que quisiera, pero se le revolvía el estómago al pensarlo.

—Seamus no está muy contento —dijo, intentando centrarse en este amante en particular y no en otros que pudiera haber tenido.

—Disfrutamos de una breve aventura y fue divertido. Pero jamás iba a pasar de ahí.

Volvió a fruncir el ceño.

—¿Es eso lo que soy yo, Margot?

—Sabes que significas más que eso para mí, Colm.

—Por lo que sé, te irás cuando termines el libro y no volveré a verte.

Alargó la mano y le tocó la suya.

—Quiero estar contigo. Lo sabes.

Él miró a izquierda y a derecha, luego tomó su mano y la apretó.

—Me gustaría hacerlo público —dijo—. Tener que andar escondiéndonos me disgusta.

—A mí también.

—Pues hagámoslo.

—¿Tenemos que preocuparnos por tu padre?

Colm suspiró.

—No lo sé. No quiero provocar una recaída.

Margot puso los ojos en blanco.

—Le gusto, pero no me quiere, Colm. Es la señora Brogan la que interpreta las cosas. Le hago reír y somos buenos amigos, pero te aseguro que yo no le intereso de esa manera.

—¿No has visto cómo te mira?

—Con afecto.

—No, mantengamos el secreto por el momento —sugirió él, soltando su mano.

—Seamus lo sabe —dijo, viendo que Seamus los miraba—. Nos está observando.

—Eso es porque no has sido muy amable, Margot —replicó Colm en tono de reproche—. Deberías habérselo dicho.

—¿Lo nuestro?

—No, que ya no querías acostarte con él.

—No suelo hacerlo—dijo ella con desdén—. Es incómodo.

—Cuando decidas que ya no quieres acostarte conmigo, te agradeceré que me avises.

—¡Colm, eso es ridículo!

—¿De veras?

—Sí. —Sonrió—. Creo que voy a querer acostarme contigo para siempre.

Por fin, él también sonrió.

—¿Eso crees?

Ella asintió.

—Vamos. Volvamos a tu casa para que te demuestre lo segura que estoy de ello.

Eran más de las tres de la madrugada cuando el señor Dukelow hizo entrar a la condesa al castillo por la antigua entrada de los sirvientes en la parte trasera. Esta entrada no se utilizaba nunca y tuvo que apartar la hiedra que la ocultaba. Era una noche oscura. No había luna, solo la pequeña luz de la antorcha que llevaba para ver el camino. Los dos se escabulleron por el pasillo y subieron la vieja escalera de servicio. Esa parte del hotel no se había decorado con el suntuoso estilo de las zonas públicas. Los suelos eran de linóleo, las paredes blancas y del techo colgaban bombillas desnudas. Había una gruesa capa de polvo y montones de hojas marrones crujientes que en su día el viento empujó adentro y que se habían marchitado. También hacía frío. Pero esto no les disuadió. No hablaron, sino que avanzaron en silencio y sin hacer ruido hacia el interior del castillo como un par de ladrones, hasta que llegaron al final de la escalera que conducía al pequeño conjunto de habitaciones situado en la parte superior de la torre occidental.

Llegados allí les asaltaron las dudas durante un fugaz instante.

—¿Estás seguro de que no está arriba? —susurró la condesa.

—Muy seguro. Como te he dicho, está en casa de Colm Deverill.

La condesa compuso una mueca de desagrado.

—Se está acostando con él, ¿verdad?

—Así es —confirmó el señor Dukelow—. Cree que nadie lo sabe.

La condesa sonrió y sus finos labios desaparecieron.

—¡Qué gratificante!

Se aseguraron de pisar con delicadeza. Al llegar arriba, el señor Dukelow levantó el pestillo y empujó la puerta con suavidad. El interior estaba muy oscuro. Alumbró con la linterna la sala de estar. Las cortinas no estaban corridas, lo que indicaba de forma clara que el ocupante no estaba en casa. Entró con confianza, seguido por la condesa, que se subió la capucha de la capa y suspiró. El señor Dukelow entró en el dormitorio y alumbró la cama con la linterna. No la habían tocado desde la mañana, cuando la hizo el servicio de limpieza. El haz de luz reveló lo que estaban buscando. El montón de folios apilados con esmero en el escritorio junto a la máquina de escribir.

La condesa se abalanzó sobre él con un grito ahogado. Dio la vuelta al montón de folios y agarró la última hoja. Le hizo un gesto para que se acercara.

—Alumbra aquí —le pidió.

Él hizo lo que le decía. Sus ojos escudriñaron las líneas con avidez.

—¿Qué dice? —preguntó el señor Dukelow.

La condesa soltó un grito de frustración.

—Está escribiendo sobre el tonto de Hubert y sobre Adeline. Bueno, tendremos que volver dentro de unas semanas, cuando haya escrito más.

La señora Brogan no era la misma mujer que estaba sentada en el salón de baile, con el bolso sobre las rodillas y una mezcla de expectación, esperanza y temor. Se había quitado un peso de encima y, lo más sorprendente de todo, se la veía alegre. Esa era una palabra que nadie habría utilizado nunca para describir a Bessie Brogan, pero estaba alegre. Jovial y llena de alegría.

Lord Deverill lo notó de inmediato. Cuando la señora Brogan regresó al pabellón de caza aquella tarde, con los ojos húmedos, una expresión distraída y el corazón rebosante de emoción, la sentó en la biblioteca y la escuchó con atención. La señora Brogan volvió a llorar durante el relato, pero después no volvió a sacar sus pañuelos de papel; ni una sola vez.

Siguió encendiendo las velas votivas en su dormitorio y repitiendo la oración, como todas las noches, pero ahora cerraba los ojos y sentía a su querido hermano a su lado. Sabía que estaba allí. Él lo había dicho, ¿no es así? Estaba a su lado y lo estaría hasta que su tiempo se agotara y ella también fuera llamada.

La señora Brogan bailaba al ritmo de la música de su radio. Seguía el ritmo con los pies, contoneaba las caderas y movía los hombros mientras cocinaba y preparaba las comidas y cuando se lavaba. También tarareaba. Además escuchaba baladas y cantaba al son con entusiasmo. Su corazón rebosaba y necesitaba expresarlo. La música le permitía hacerlo sin inhibiciones, pues ahora que el señorito Colm había vuelto a su propia casa, nadie entraba en la cocina. El pabellón de caza había emergido a la luz desde las sombras, al igual que la tierra había salido del frío glacial y de la humedad del invierno hacia la primavera. Sentía el calor del lugar, no solo porque estaban a comienzos del verano, sino porque era feliz. La señora Brogan sabía que eso era lo que ocurría. La casa era feliz y lord Deverill y ella eran felices en la casa.

Una noche, a principios de junio, Margot, Colm y JP estaban sentados en la terraza, disfrutando de una bebida antes de la cena. El aire era templado y cálido y el sol arrojaba una suave luz ambarina mientras se ocultaba despacio tras los castaños de Indias. Era una tarde de verano perfecta, el tipo de tarde que uno recordaría con nostalgia cuando los fríos vientos del otoño llegaran en octubre para ahuyentar el verano. El jardín estaba en su mejor momento, las plantas aún eran jóvenes y tiernas, los arbustos estaba bien podados y las rosas del Himalaya en plena floración trepaban con brío hasta la misma copa del sicomoro. Había un sentimiento de optimismo, una sensación de que las cosas estaban cambiando a mejor. La señora Brogan observó a los tres riendo y charlando mientras las palomas arrullaban desde el tejado y el cielo adquiría una tonalidad rosada. Acababa de sacar otra jarra de limonada, cuando JP anunció que tenía noticias que compartir.

—Por tu cara diría que son buenas noticias —dijo Colm.

—Espero que lo sean —respondió JP, poniendo su vaso en la mesa junto al banco—. Al menos, espero que pienses que son buenas noticias. Tengo un trabajo.

—Vas a ser orador en el castillo —intervino Margot—. ¡Me parece genial!

—Sí, he hablado con la señora De Lisle. Está muy interesada y me va a pagar muy bien. Excesivamente bien, diría yo.

—Creo que es una grandísima idea —añadió Colm.

JP miró a Margot.

—Pero hay más. Veréis, se me ha ocurrido una idea.

—¿Y cuál es? —dijo Margot.

—¿Qué te parece si tú y yo actuamos juntos? Tú cuentas algunas historias de los Deverill del pasado y lo que hacían y yo hablo de cómo era vivir en el castillo. Creo que juntos formaríamos un dúo divertido. ¿Qué te parece?

Colm miró a Margot. Margot lo había previsto. Lo pensó por un momento. ¿Qué podía perder? JP tenía razón. Serían una pareja magnífica, se complementarían con una combinación de historia y experiencias personal; justo la clase de pareja que le gustaría a la señora De Lisle.

—¿Lo has propuesto tú? —preguntó Margot.

—Todavía no. Quería preguntarte a ti primero.

—Creo que sería divertido hacer algo juntos. ¿Por qué no hablo con el señor Dukelow para ver qué dice?

La señora Brogan sintió una punzada de preocupación. Lord Deverill aún no sabía que Margot y su hijo tenían una relación. Sabía el cariño que le tenía a la joven, un cariño que sospechaba que se haría más profundo si empezaban a trabajar juntos, y le preocupaba que cuando se enterara de la verdad se sintiera dolido. Claro que era lo bastante mayor como para ser su padre, pero eso nunca impedía que el corazón sintiera lo que sentía. Eso no se podía controlar. Se preguntó cuándo iban a dejar de esconderse los dos jóvenes. No podían mantener su relación en secreto para siempre, ¿verdad?

El señor Dukelow se estremeció visiblemente de emoción cuando
Margot propuso que lord Deverill y ella conversaran juntos después
de la cena. Llamó de inmediato por teléfono a la señora De Lisle.

—Se me ha ocurrido una idea brillante —comenzó. Cuando se lo
contó a la señora De Lisle, esta se sintió eufórica.

—Verá, por eso contrato a gente como usted, señor Dukelow
—dijo con entusiasmo—. Sabe con exactitud lo que estamos haciendo
aquí. Es una idea muy potente, me gusta mucho. Siempre pensé que
la condesa era más bien un engaño, aunque los turistas se lo creyeron.
Aun así, puedes decirle que ya no vamos a requerir más sus servicios.
Un auténtico Deverill es justo lo que necesitamos. Lo que siempre
hemos necesitado, y usted lo ha conseguido, señor Dukelow. Margot
y lord Deverill serán un éxito rotundo. Pondré al equipo de *marketing*
a trabajar en ello de inmediato.

Al señor Dukelow no le gustaba tener que decepcionar a la condesa. No iba a tomárselo nada bien.

—¿Seguro que no deberíamos mantener a la condesa para las me-
riendas? Ya sabe que son muy populares.

—Nunca me ha caído bien, señor Dukelow, y ya no es buena para
los negocios. Así que haga lo que le digo, ¿entendido?

—Por supuesto, señora De Lisle. —Apretó los dientes para con-
tenerse. Le hubiera gustado luchar más por la condesa, pero la señora
De Lisle era una mujer a la que no le gustaba que la contradijeran—.
Habrá que pagarle algo a la señorita Hart —añadió.

—Por supuesto que sí. Le pagaremos bien. Al fin y al cabo nos
proporcionó a Dan Chambers y ¡menudo éxito ha tenido! Esa joven es
pura dinamita, y espere a que salga el libro; hará que la gente acuda en
masa al hotel. ¡Y pensar que podrán estrechar la mano del mismísimo
lord Deverill! ¡Dinamita, sí, señor! —La señora De Lisle suspiró con
satisfacción—. Siempre supe que el castillo sería la joya de mi corona.

El señor Dukelow esperó a que la condesa diera su última merienda
antes de comunicarle la mala noticia. Ella le miró con horror.

—No lo entiendo —respondió—. ¿Me estás despidiendo? —Su rostro pálido lo miraba con incredulidad.

—Me temo que la señora De Lisle ya no cree que sea...

—¡Angela de Lisle! No puede tratarme así. ¡Es repugnante! Fue ella quien me rogó que diera a probar a sus invitados una muestra de la aristocracia y de la historia. No puedo creerlo. No puede ser verdad.

—Me temo que lo es, condesa. He hablado con ella esta mañana.

Se alisó la falda y se cruzó de brazos.

—Jamás en toda mi vida me han tratado con semejante falta de respeto. Espere a que mi marido, el conde, se entere de esto. Se pondrá furioso. No se sabe lo que podría hacer.

—Te prometo que he luchado por ti. Pero no va a cambiar de opinión.

—¿Acaso olvida quién soy? Mi esposo creció en este castillo. Debería ser mío por derecho. Debería estar celebrando cenas privadas, almuerzos y fiestas en el jardín y... —Tomó aire, abrumada de repente por la emoción—. Debería ser yo quien despidiera a Angela de Lisle y no al revés. —Miró fijamente al señor Dukelow—. Soy la persona más cercana a la historia de este lugar que va a encontrar. Si no voy a dar a los huéspedes del hotel una muestra de la historia, ¿quién lo hará? —Esbozó una sonrisa triunfal.

El señor Dukelow se frotó la barbilla. Bueno, al final acabaría por descubrirlo.

—Lord Deverill —respondió.

—¿Lord Deverill? Ese viejo borracho. —Rio con desprecio—. Ya no me falta nada más por oír.

—En realidad, ahora está sobrio —dijo el señor Dukelow, viendo que se le demudaba el rostro—. Va a dar charlas con Margot Hart.

La condesa no sabía qué decir.

—Bueno, no vengas llorando a mí cuando todo salga mal. ¡No pienso volver! —Hizo un mohín con los labios y suspiró como una niña caprichosa.

—Lo siento, condesa. Lo siento de verdad. Si por mí fuera, serías la anfitriona de la cena todas las noches.

—No podrías permitírtelo —dijo entre dientes. Luego, recordando de repente que todavía necesitaba al señor Dukelow para el otro pequeño asunto del libro de Margot Hart, le pasó una uña carmesí por la mejilla—. No debería culparte a ti, Terrence —repuso en voz baja—. Sé que esto debe de haber sido muy duro también para ti.

Aliviado por el hecho de que no fuera a salir de su vida hecha una furia, el señor Dukelow encorvó los hombros y le asió la mano.

—Sabes cuánto te adoro, condesa. —Le plantó un beso en su pálida piel—. Si hay algo que pueda hacer para compensarte...

Ella sonrió.

—Hay un pequeño asunto que está por resolver —contestó sin dudar.

Margot y JP idearon un formato para su charla según el cual ella presentaría a la familia con la historia de Barton Deverill y la construcción del castillo, además de alguna anécdota divertida sobre los descendientes posteriores, y luego daría la palabra a JP. Él contaría a los invitados la historia de sus abuelos Hubert y Adeline Deverill y cómo llegó a heredar el castillo de su madre, Bridie, condesa Di Marcantonio, que había empezado como criada. Era una gran historia.

El primer evento estaba previsto para finales de junio. En el período previo practicaron en la terraza, perfeccionando sus discursos hasta que fueron capaces de pronunciarlos con seguridad y sin titubeos. Margot estaba acostumbrada a hablar en público, pero JP era un novato. Sin embargo, la preparación dio sus frutos, ya que el ensayo general delante de Colm y la señora Brogan transcurrió sin problemas. Incluso respondieron a las preguntas más impertinentes que se les ocurrieron a Colm y a la señora Brogan sin detenerse ni un momento.

Pero una cosa era dar una charla a los amigos y a la familia y otra muy distinta estar delante de una sala llena de desconocidos.

Cuando llegó el día, JP estaba nervioso, lo cual era comprensible. Se mantuvo ocupado en el jardín, tratando de no mirar su reloj mientras el tiempo avanzaba como de costumbre, acercándolo al evento que ahora comenzaba a temer.

—¿Qué opina, señora Brogan? ¿He sido un poco temerario al aceptar hacer esto? —preguntó cuando fue a almorzar.

—¡Por Dios, señor! En todo Cork no hay un hombre, mujer o niño que conozca el castillo como usted. Nunca verá el día en que recupere el castillo. Para bien o para mal, esos días se han ido para siempre, pero eso no quiere decir que no pueda divertirse un poco pavoneándose por allí de vez en cuando. ¡Por la gloria del Señor! ¿Qué hay de malo en ello?

JP se sentó y se puso la servilleta en las rodillas.

—No creo que quisiera recuperar el castillo aunque pudiera —dijo de forma pensativa—. La falta de responsabilidad y la libertad es algo que me atrae ahora que me hago mayor. Me gusta estar aquí, en esta casa, señora Brogan. Me conviene. —Le brindó una sonrisa mientras ella le ponía delante una rebanada de pan de molde—. Gracias por cuidar de mí todos estos años, señora Brogan. Sepa que la aprecio.

—Gracias, milord —repuso en voz baja, con las mejillas teñidas de rosa. Alcanzó el plato de sopa de puerros y patatas del aparador y se lo acercó—. Nunca se le ha ocurrido pensar que también usted ha cuidado de mí —añadió—. Soy una mujer muy afortunada por formar parte de su familia.

La sonrisa en los ojos de JP se profundizó con ternura.

—Se podría decir que nos hemos rescatado el uno al otro —dijo JP, y la señora Brogan asintió.

—Dios actúa de forma misteriosa —respondió, observando mientras él se servía sopa en su cuenco—. Siempre hay un plan, pero la mayoría de las veces no lo vemos. Como solía decir mi pobre madre, siempre hay un roto para un descosido. Ahora empiezo a verlo claro.

—Yo también —convino JP.

—Adelante, señor, y salga esta noche a divertirse. Se lo ha ganado.

Con esa intención, JP se plantó en el comedor del castillo delante de cien invitados y se presentó como Jack Patrick Deverill, el octavo lord Deverill de Ballinakelly, el que perdió el castillo que su gran antepasado, Barton, construyó en 1662.

—El rey robó tierras que pertenecían a la familia O'Leary y se las dio a los Deverill. Casi trescientos años después, me casé con Alana O'Leary y me instalé en el castillo, devolviéndoselo así, en cierto modo, a la familia O'Leary. Me gusta pensar que con esa unión se corrigió una tremenda injusticia. Quizás fuera el karma lo que nos hizo perder nuestro hogar, ¿quién sabe?, pero —declaró mientras recorría la sala con sus ojos azules— resulta muy satisfactorio ver a tanta buena gente compartiendo la historia y la magia del castillo de Deverill. —El público estaba embelesado y JP pronunció un discurso fascinante y lleno de humor, impulsado por una oleada de buena voluntad. Margot observó con orgullo a este hombre roto al que había ayudado a recomponer. Llamó la atención de Colm y vio que el orgullo también brillaba en su rostro. Cuando llegó en enero, nunca hubiera podido predecir que su vida llegaría a esto.

Al final de la charla hubo preguntas. Nada que JP y Margot no pudieran manejar.

Entonces la condesa, que estaba sentada en la mesa del otro extremo de la sala, pasando desapercibida, algo poco habitual en ella, levantó la mano. JP la reconoció de inmediato y se erizó.

—Lord Deverill —dijo—, usted insinúa que perdió el castillo por culpa del karma. Robaron la tierra, de modo que al final, como pago por ese delito, se la arrebataron a usted. No cabe duda de que en parte es justicia poética. Sin embargo, mi marido, el conde Leopoldo Di Marcantonio, diría que el castillo debería haberlo heredado él, como hijo único de su madre, Bridie, y del conde Cesare Di Marcantonio. ¿No ve que perdió el castillo por ese agravio más reciente? ¿Tiene usted algún remordimiento o lamenta la injusticia cometida con mi marido?

JP irguió la cabeza.

—Condesa, le doy las gracias por venir esta noche. Es un placer verla aquí en el castillo Deverill. En respuesta a su pregunta, comprendo la situación de su marido. Él esperaba heredar el castillo, pero me lo legaron a mí. No se puede deshacer lo que se hizo en el pasado, solo podemos dejarlo atrás. Después de muchas horas de introspección, he aprendido que la satisfacción radica en superar las viejas heridas. El castillo es ahora un hermoso hotel y lo celebro. Hacer lo contrario sería perjudicial para mi salud y mi tranquilidad. Le sugiero que usted y su marido hagan lo mismo. El resentimiento solo produce infelicidad.

El rostro de la condesa palideció cuando el público estalló en un caluroso aplauso.

Margot la observó con cautela, rodeada de un oscuro miasma que la distinguía de todos los demás en la sala. Algo hizo que se le encogiera el estómago. Una sensación de malestar que, mientras recibía de forma amable los elogios y las felicitaciones de las personas sentadas a su mesa, no desaparecía.

Kitty

Estoy junto a la cama de Jack. Está enfermo y se debilita con rapidez. Alana ha volado desde Estados Unidos con sus hijas, Aisling y Cara, y sus hermanos, Liam y Aileen, han venido desde Connemara y el condado de Wexford para estar con su padre en sus últimos momentos. Llega Colm. Se reúnen con Emer en el dormitorio de Jack, alrededor de su cama, mientras Jack permanece inmóvil con los ojos cerrados y las mejillas hundidas, esperando la muerte. En mi opinión, ya parece muerto, pero su pecho sube y baja con suavidad en señal de desafío. «No me iré hasta que esté listo», le oigo susurrar sin articular palabra. Siempre fue un hombre obstinado.

Al caer la noche, extiende su mano izquierda. Emer la toma. Abre los ojos, que están llenos de paz y de aceptación. Son los ojos de un alma que ya está a medio camino del Cielo.

—Perdóname por todos los males que te he causado, mi querida Emer —dice.

A Emer le brillan los ojos.

—No hay nada que perdonar, querido —responde ella en voz queda, posando los labios sobre la piel diáfana y moteada del dorso de su mano—. Hace ya mucho que nos perdonamos, ¿no es así?

—Alana —gira la cabeza despacio y la encuentra, rondando al otro lado de la cama. Le da su mano derecha—, haz las paces con JP —le pide. Su voz es ahora un susurro.

Alana parpadea y se le escapan las lágrimas. Asiente con la cabeza. No es momento de negarle a un hombre su último deseo.

Tiene unas palabras que decir a cada uno de sus hijos y ellos las reciben con gratitud y respeto. Jack ya está más cerca de Dios que ellos.

Se dirige a Colm.

—Has sido un buen nieto, Colm —dice. Logra esbozar una pequeña sonrisa. Luego murmura algo en voz tan baja que Colm tiene que arrimarse para escucharle. Tiene que acercar la oreja a los labios de su abuelo para poder oír las palabras, pero eso es exactamente lo que quiere Jack, que Colm se acerque tanto que nadie más que él pueda oír lo que tiene que decir—. No dejes que se escape —susurra Jack.

Me embarga la emoción. En su lecho de muerte, Jack está pensando en mí.

No tarda en exhalar su último aliento. Se marcha de forma tranquila, con su familia junto a la cama. No hay estertores, ni lucha, solo paz. Veo el espíritu de su madre. Un ser de luz y de amor. Ella extiende la mano y él la toma. Se levanta, dejando el cuerpo que ya no necesita tirado como un abrigo viejo en la cama, y juntos se van. Él no me ve.

Es entonces cuando me invade un anhelo urgente y apasionado. Quiero ir a casa.

Quiero ir a casa ya.

Pero no hay nadie que me lleve.

19

JP se apenó al enterarse del fallecimiento de Jack. Colm vino por la mañana para decírselo. Había estado despierto toda la noche, velando a su abuelo, como era tradición. El velatorio duraría todo el día. Los amigos irían a presentar sus respetos, beberían cerveza y comerían bocadillos en habitaciones oscuras a la luz de las velas. El perro de Jack yacía a su lado y se negaba a moverse.

JP abrazó a su hijo y le estrechó durante mucho rato. Sabía la estrecha relación que había mantenido con su abuelo.

—Vamos a dar un paseo por el jardín —sugirió—. El aire fresco te hará bien. —Los dos hombres salieron a pasear por el césped.

Era una mañana preciosa. El canto de los pájaros llenaba el aire, soplaba una agradable brisa cálida y el sol brillaba como si no se hubiera dado cuenta de que Jack O'Leary había muerto.

—Papá, tengo que contarte una cosa —dijo Colm, metiendo las manos en los bolsillos.

—Está bien, adelante —respondió JP.

—Es sobre Margot.

JP parecía alarmado.

—¿Qué pasa con Margot?

Colm dudó.

—Estoy enamorado de ella —dijo por fin, y luego hizo una mueca, esperando que la cara de su padre delatara su dolor.

—Yo también —dijo riendo—. Creo que todo el mundo está un poco enamorado de Margot Hart.

—No me has entendido. Ella también está enamorada de mí. Tenemos una relación.

JP se detuvo y miró a su hijo con otros ojos.

—¿De verdad? ¿Desde cuándo?

—Queríamos decírtelo, pero no deseábamos alterar tu recuperación.

—¿Por qué tan buena noticia iba a alterar mi recuperación?

—Bueno, pensé que podrías estar un poco enamorado de ella. Como acabas de decir…

—Mi querido muchacho, no quiero decir que la quiera de esa forma. —JP se rio de lo absurdo de la idea—. Soy lo bastante mayor como para ser su padre.

—Lo sé, y por eso…

—Siento un grandísimo afecto por Margot —le interrumpió JP—. Somos amigos. Buenos amigos. De no ser por ella, no creo que hubiera tenido el valor o la voluntad de ponerme bien. Me ha salvado y siempre le estaré agradecido por ello, pero no estoy enamorado de ella. En absoluto. —Le dio una palmadita en la espalda a su hijo y siguieron caminando—. Me alegro de que os hayáis encontrado, Colm. Es una buena chica. He de reconocer que nunca sospeché nada. Lo habéis disimulado muy bien.

Colm se sintió aliviado.

—No ha sido fácil.

—Supongo que no se lo vas a contar a tu madre.

—Esa es la otra cosa de la que quiero hablarte. Quiero que vayas a hablar con mamá. No me refiero a una pelea, sino a que hables con ella de forma amable. Está muy afectada por lo del abuelo.

—Colm, soy la última persona a la que quiere ver.

—No estoy de acuerdo. ¿Qué es lo opuesto al amor?

—El odio.

—No, no lo es. La indiferencia es lo contrario del amor. No preocuparse en absoluto. Los dos debéis preocuparos un poco por el otro si todavía tenéis suficiente energía para odiar.

—Odiar es una palabra muy fuerte, Colm. Yo nunca he odiado a tu madre.

—Pues habla con ella, papá. Por mí. Por los tres.

Dorothy se encontraba en un estado lamentable cuando llegó a Ballinakelly. Había venido tan rápido como pudo, dejando todo y tomando el primer vuelo al aeropuerto de Shannon. Jack había muerto. Jack O'Leary, el hombre al que había admirado por encima de todos los demás, se había ido. Era inconcebible. Por supuesto, nunca había dejado entrever que lo amaba en secreto. Emer era su amiga y, además, Jack nunca la había animado, ni por un instante. Seguramente nunca llegó a saber lo que ella sentía. A fin de cuentas no lo había mostrado ni compartido con nadie. Había sido su secreto y lo había guardado de manera celosa.

Incluso a los ochenta y ocho años había mantenido su corazón cautivo. ¡Imagínate! Un anciano que todavía tenía el poder de hacer que una mujer de ochenta años se acalorara. Pero así era Jack O'Leary. Siempre había tenido aquella chispa en los ojos y el tipo de carisma que no se atenúa con la edad, sino que brilla a pesar de todo. Y, por supuesto, le había conocido cuando era un hombre joven, lleno de energía. ¡Qué elegante era! Tan lleno de magnetismo y de vigor. Y ahora se había ido.

Últimamente Dorothy pensaba a menudo en la muerte. Los años que le quedaban eran muchos menos que los que ya había vivido. ¿Habrá realmente una vida después?, se preguntaba. Tenía fe, ya que la habían educado en el protestantismo, pero ahora que se acercaba el final tenía dudas. Dudaba por miedo. Casi sonaba demasiado bueno para ser verdad, y la experiencia le había enseñado que las cosas que eran demasiado buenas para ser verdad a menudo lo eran. Los eventos de Dan Chambers permanecían frescos en su memoria y, sin embargo, también dudaba de eso. ¿De vedad había contactado su hija? ¿Habría sacado Dan un nombre de su mente y simplemente había tenido suerte? A fin de cuentas, Lillie era un nombre bastante común.

En aquel momento le había parecido muy real, pero ahora se preguntaba si había creído porque quería creer. ¿Acaso su anhelo le había nublado el juicio?

¿Dónde estaba Jack ahora? ¿Dónde estaba su conciencia? Era extraño pensar que él sabía la respuesta. Por supuesto, si ya no existía, Jack ni siquiera sería consciente de la pregunta. Ese pensamiento fue el que más la estremeció.

Tras una breve parada en el hotel, Dorothy tomó un taxi para ir al velatorio de la casa de Emer y Jack. La gente estaba amontonada en el pequeño espacio y no había lugar para sentarse. Emer la abrazó con fuerza, agradecida de que hubiera venido.

—No voy a saber qué hacer ahora que Jack se ha ido —dijo con voz ronca—. Seré como un diente de león al viento.

—Me quedaré contigo todo el tiempo que quieras —la tranquilizó Dorothy.

Las lágrimas anegaron los ojos de Emer.

—¿Lo dices en serio, Dorothy?

—Por supuesto que sí. Me quedaré en el hotel hasta que Alana y las chicas se hayan ido y entonces me mudaré y te haré compañía por un tiempo. Ahora que Jack se ha ido, me quedaré tanto como quieras.

Emer rio con tristeza.

—¡Oh! Eres muy graciosa, Dorothy. Pero ahora puedo decirte que tenías razón; a Jack realmente no le gustaba que la gente se quedara.

—¡Lo sabía!

—No era un hombre sociable. La mayor parte del tiempo estábamos los dos solos. Me gustaba así.

Emer se distrajo de repente. Miró hacia la puerta. Para su sorpresa, JP estaba allí, sin saber si sería bienvenido o no. Llevaba una chaqueta de *tweed* y tenía el sombrero en las manos, con una expresión preocupada en el rostro.

—Mira quién ha venido —dijo Emer a su amiga.

—No hay nada como la muerte para sacar lo mejor de la gente —respondió Dorothy, sorprendida también de verle allí.

—Será mejor que vaya a recibirle. Al fin y al cabo, es muy amable al venir.

—Y valiente —añadió Dorothy.

Emer sonrió con cautela cuando saludó a JP. A fin de cuentas había hecho daño a su hija y ella todavía estaba triste por eso. Pero era una mujer amable a la que no le gustaban los enfrentamientos ni los resentimientos y le resultaba imposible no ser educada.

—Gracias por venir, JP —dijo, sorprendida de verle con los ojos tan llenos de vida y la piel tan radiante. Parecía una versión más joven y en forma de sí mismo. Más parecido al hombre elegante y despreocupado del que Alana se había enamorado y con el que se había casado hacía años. Le dio el pésame con unas pocas palabras elegidas con cuidado y Emer las recibió con gratitud.

—¿Por qué no entras y presentas tus respetos? —Imaginaba que su hija no querría verle y esperaba que entrara y se marchara antes de que se percatara de que estaba allí.

Los dolientes hablaban en voz baja en la habitación donde el cuerpo de Jack descansaba bajo una sábana blanca. Estaba a oscuras, salvo por el dorado resplandor de las velas en la mesilla de noche y en la cómoda. Jack parecía tranquilo, como si estuviera durmiendo. A JP le entristecía no haber hecho las paces con él. Las dos familias habían dejado de hablarse después del divorcio. JP estaba seguro de que Jack le habría culpado de que Alana se fuera de Irlanda. En cierto modo, Jack también la había perdido. La vida era complicada. Resultaba difícil aceptar este distanciamiento cuando uno miraba atrás a los primeros días de su matrimonio, en los que eran felices y no tenían preocupaciones.

Sintió una mano en su brazo. Al girarse vio a Alana de pie a su lado. Ella le brindó una sonrisa llorosa.

—Gracias, JP. Significa mucho para mí que hayas venido.

Él agradeció sus palabras con una inclinación de cabeza. Miraron a Jack con ternura, luchando por aceptar que ya no estaba presente. Parecía que fuera a abrir los ojos en cualquier momento y despertar.

Salieron al pasillo.

—¿Quieres quedarte a tomar algo? —preguntó ella.

—No, gracias. Creo que voy a volver. Solo quería despedirme. Tu padre era un buen hombre. Sabio, valiente y fuerte. Fuimos amigos una vez. —Dudó y luego se interrumpió, llevado por un gran sentimentalismo—. Se merece descansar en paz. —Sintió que estaba emprendiendo el espinoso camino de la nostalgia y el arrepentimiento y que ahora no era el momento ni el lugar para hacerlo.

—En efecto, se lo merece —convino Alana y le miró mientras se marchaba. Debe de haber una mujer, pensó con una punzada de celos. Si no fuera por una mujer, no tendría tan buen aspecto ni habría recuperado la sobriedad con tanta rapidez. Se preguntó quién era esa persona que le había animado a rehabilitarse. No podía ser otra que Margot Hart.

El funeral se celebró al día siguiente en la iglesia católica de Todos los Santos de Ballinakelly y Jack fue enterrado en el cementerio, donde generaciones de O'Leary habían sido enterrados antes que él. Todo el pueblo acudió a presentar sus respetos, ya que había sido un miembro muy querido, aunque esquivo, de la comunidad.

A Colm se le rompió el corazón. Quería a su abuelo y ahora se había ido. Era un sentimiento de pérdida visceral, como si le hubieran fileteado igual que a un pez. Entonces recordó algo que la señora Brogan le había dicho en una ocasión: «El dolor es solo amor que no tiene adónde ir».

Aquella noche, mientras Margot dormía en brazos de Colm, la condesa volvió a entrar al castillo por la puerta trasera y a seguir al señor Dukelow, que iluminó el camino con una linterna. De nuevo subieron por la vieja escalera del servicio, hasta la torre occidental, donde la habitación de Margot estaba a oscuras y en silencio. La condesa se bajó la capucha de la capa y fue derecha al escritorio. Asió con las manos el manuscrito y le dio la vuelta. Agarró la primera página y, para su alegría, vio que Margot casi había terminado el libro. El señor Dukelow iluminó las palabras con la linterna para que ella pudiera leerlas.

Sus ojos recorrieron de manera frenética las líneas en busca del nombre de Leopoldo. Pasó la página con impaciencia y siguió con la siguiente. Las hojeó una tras otra, pero había muy poco, aparte de alguna mención ocasional a su marido.

—Debe de haber algún error —murmuró. Volvió a empezar, esta vez más despacio.

—Deja las páginas y leámoslas juntos —sugirió el señor Dukelow con calma.

—Apenas ha mencionado a Leopoldo —repuso—. ¡Esto es absurdo y ella se denomina «historiadora»! —Rio con amargura—. Pero ha escrito sobre el asesinato de Cesare. Claro que ha escrito sobre eso. Ha escrito que huyó con el dinero de su esposa y con una joven de la ciudad a la que había seducido. ¡Qué ultraje! —exclamó—. ¡Me dan ganas de quemarlo todo!

—No sería una buena idea —dijo el señor Dukelow—. Venga, salgamos de aquí.

Las fosas nasales de la condesa se dilataron a causa de la ira.

—Me tomé el tiempo y la molestia de venir a verla y ayudarla en su investigación. Y así me lo paga. ¡No debería haber malgastado mi tiempo!

—Este es un libro sobre los Deverill, condesa. Tal vez ella no quiera marear la perdiz.

—¡Como una idiota se ha tragado todas las mentiras que JP le ha contado! —continuó, ignorando las patéticas excusas del señor Dukelow—. Debería haber sabido que eso pasaría. Y se acuesta con su hijo. Bueno, no cabe duda de que ya tiene toda la información que necesitaba. Me da a mí que, en cuanto termine, regresará a Inglaterra sin mirar atrás. ¡Qué tonta he sido al creer que escribiría un relato veraz! No hay verdad en esto. ¡Leopoldo no es más que una nota a pie de página! ¡Una nota a pie de página! ¿Cómo se atreve?

El señor Dukelow no entendía por qué tanto alboroto. ¿Por qué la señorita Hart iba a escribir sobre Leopoldo si solo había vivido en el castillo durante catorce años? En realidad era irrelevante para la historia de la familia Deverill. El señor Dukelow se preguntó si la condesa no estaría un poco desquiciada. Sin duda, los años de resentimiento habían desbocado la situación. Ahora que ya no tenía un papel que desempeñar en el entretenimiento del hotel y que había leído el manuscrito casi terminado, ¿le exigiría que la colara de nuevo en el castillo? Si no lo hacía, ¿querría seguir viéndolo?

—Ya he visto todo lo que tenía que ver —dijo, ahora más serena, como la calma después de una tormenta.

—Será mejor que te asegures de que el papel está colocado igual que lo encontraste —advirtió el señor Dukelow.

Ella dio unos golpecitos con sus dedos de manicura perfecta a la pila de papel para que quedara ordenada.

—Ya está —dijo—. Nunca lo sabrá.

El señor Dukelow la condujo escaleras abajo y salieron a la noche. Las estrellas centelleaban y la luna creciente se alzaba sobre ellos como una hoz. Recorrieron a toda prisa el sendero del jardín, se adentraron en la arboleda y salieron de la finca por una puerta en la muralla del castillo. El señor Dukelow había aparcado su coche en un área de descanso. Se montaron y él la llevó de vuelta a su casa en Dublín. Era un trayecto largo, pero él estaba contento de hacerlo, encantado de pasar un poco más de tiempo con ella. Preocupado de que esa pudiera ser la última vez.

—¿Cuándo te volveré a ver? —preguntó cuando se detuvo frente a su edificio.

La condesa se volvió hacia él y le brindó una dulce sonrisa.

—No creo que vuelva al castillo.

—Podemos vernos en otro lugar, donde quieras. Solo tienes que decirlo y allí estaré.

—Eres muy dulce —dijo, rozando con ligereza su mejilla—, pero creo que ha llegado el momento de que también nosotros nos despidamos. —Prorrumpió en una risa nasal, amarga y sin alegría—. No estés tan triste, Terrence. Ha sido divertido. Andar a escondidas como un par de ladrones. Parecía que estábamos viviendo dentro de una novela, ¿no? Una novela romántica. Dos amantes merodeando entre las sombras, arrebatando momentos robados, pero ese tipo de cosas no pueden durar. Sin duda lo sabes. Es una fantasía y las fantasías solo funcionan durante un corto período de tiempo porque la realidad acaba por imponerse y arruinarlas.

—Podemos andar a escondidas por Dublín —sugirió esperanzado, aunque intuía que era inútil albergar cualquier esperanza.

La condesa abrió la puerta.

—No, no podemos —respondió—. Se acabó. Adiós, Terrence.

La vio abrir la puerta del edificio y entrar. Se quedó mirando durante un rato, esperando que cambiara de opinión y saliera, pero no lo hizo. La calle estaba vacía y silenciosa. La condesa se había ido. Volvió a Ballinakelly con el corazón encogido, pensando en la forma de recuperarla. Tenía que haber algo que pudiera ofrecerle.

Al día siguiente del funeral de Jack, Margot encontró a Dorothy desayunando en el comedor. Llevaba puesta una blusa de seda de color marfil y una chaqueta de punto, con un par de zapatos marrones con cordones en los pies.

—Me voy a la ciudad —le dijo a Margot—. He pensado en ir andando. Es bueno tomar el aire. Hace un día precioso, ¿verdad? —Margot se sentó y puso un paquete marrón sobre la mesa—. ¿Es eso lo que creo que es? —dijo Dorothy con entusiasmo.

—Mi libro —respondió Margot—. El primer borrador.

—¡Dios mío, sí que eres rápida!

—No es difícil una vez que tienes toda la documentación delante de ti.

—Eres una chica inteligente. ¡Vaya si lo eres! —Dorothy lo recogió—. Pesa lo suyo.

—No tienes que leerlo todo. Solo las últimas cien páginas.

—Voy a leerlo entero. Hasta la última palabra.

—Estoy abierta a los consejos. Como he dicho, no quiero ofender a JP ni a su familia.

—Estoy segura de que has sido muy prudente.

—Eso espero —respondió Margot.

—Empezaré a leerlo ahora mismo.

—Bueno, después de tu paseo.

—Sí, después de mi paseo. Gracias por confiar en mí, Margot. ¿Necesitas que te lo devuelva?

—Solo cuando lo hayas terminado. No quiero que caiga en las manos equivocadas.

—No es tu única copia, ¿verdad?

—No. Róisín me hizo otra en la fotocopiadora del hotel.

Dorothy suspiró.

—Pensar que Jack se ha ido… Ahora el mundo parece incompleto. Falto de equilibrio. No puedo imaginar lo que estará pasando Emer. Le haré una visita esta tarde. En cuanto Alana y las niñas se vayan, me mudaré y le haré compañía una temporada. Es duro ser viuda, pero al final una se acostumbra.

Margot condujo hasta una playa aislada y se fue a dar un paseo. Necesitaba pensar. El libro estaba escrito. Claro que tenía que pulirlo, pero la historia estaba plasmada en papel. Esperaría a conocer la opinión de Dorothy antes de enviarlo a su editor. Era delicado dar con el equilibrio entre mantener la integridad como historiadora y la lealtad como amiga. Esperaba haber satisfecho tanto a la historia como a los Deverill. Habría sido más fácil si no hubiera cultivado una estrecha relación con JP y con Colm, pero lo había hecho, y lo último que quería era disgustarlos.

Caminó por la arena. Unas nubes grises surcaban el cielo, soplaba un fuerte aunque cálido viento y un dulce aroma a sal y turba impregnaba el aire. Irlanda era un país realmente hermoso, pensó, pero ¿querría quedarse aquí? Pronto terminaría su contrato con el hotel y sería libre de ir adonde quisiera. Había pasado la última década vagando por el mundo y la idea de quedarse en un solo lugar la hacía sentir muy incómoda. Sin embargo, cada vez quería más a Colm. Hacía ya un tiempo que estaba enamorada de él, pero no era lo mismo que amar de verdad a alguien. «Estar enamorado» es la atracción sexual de dos personas que se sienten atraídas la una por la otra porque les gusta lo que ven. Amar es lo que ocurre cuando dejas de estar enamorado, cuando que te das cuenta de que quieres a la persona con todos sus defectos, por dentro y por fuera, en los buenos y en los malos momentos. El instante en que te das cuenta de que no puedes estar sin la otra persona. ¿Había alcanzado ese momento con Colm? ¿Podría soportar estar sin él? Se metió las manos en los bolsillos de la chaqueta y siguió caminando. No lo sabía.

Kitty

Estoy sola y me siento muy triste en el plano intermedio.

La señora Carbery se ha marchado, y aunque no buscaba mucho su compañía, me tranquilizaba saber que estaba aquí. Por supuesto soy consciente de los otros espíritus en tránsito que deambulan por los pasillos del castillo, pero no son conscientes de mí. Los que están atrapados a menudo no se dan cuenta de que están muertos. Existen en un extraño estado onírico, hasta que alguien viene a rescatarlos. ¿Quién va a rescatarme a mí?

Solía ser divertido rondar por el hotel, pero ya estoy cansada de ello. Antes era entretenido ver a los vivos en su vida cotidiana, pero ahora me aburre. Antes resultaba emocionante viajar con el pensamiento, pero eso también me sume en el desencanto. Pero ¿qué puedo hacer? Estoy atrapada de verdad. Atrapada por mi propia voluntad. Incluso el castillo, que me mantenía ligada a la tierra por mi amor obsesivo, está perdiendo el control sobre mi corazón. Y Jack se ha ido. Quizás no era el castillo lo que me retenía aquí, sino Jack; quizás siempre fue Jack.

Al fin y al cabo, el castillo no es más que ladrillos y cemento.

Me siento atraída hacia el círculo de piedras. Ha pasado una semana desde que enterraron a Jack. Deberían haber esparcido sus cenizas aquí, conmigo, pero le enterraron en la tierra. Pero ¿qué importa? Su cuerpo ya no le sirve ni a él ni a nadie. Solo a mí y a mi corazón romántico les gusta la idea de que nuestros restos mortales sean libres en el mismo viento, en el lugar que una vez hicimos nuestro.

Pero no es solo nuestro lugar. También lo es de Colm y de Margot, y por la expresión de Alana, que ahora se pasea por la hierba mientras espera a JP, también es el suyo. O más bien, lo era. Ella le espera nerviosa e impaciente, y mientras mira hacia el mar, su mirada se ve atraída hacia el lejano horizonte. El lugar donde se pueden hallar todas nuestras verdades. Cuanto más contempla esa niebla misteriosa, más se comprende a sí misma y sus anhelos. Y la respiración se le atasca en el pecho cuando su verdad se revela ante ella de forma súbita.

Se gira y ahí está JP, encaminándose hacia ella con su chaqueta de *tweed* y su sombrero. Camina con paso firme y seguro. Su rostro es atractivo. No está acostumbrada a verlo así.

Levanta la cabeza, yergue los hombros y la suavidad de su rostro se endurece de nuevo. No quiere mostrar su vulnerabilidad.

—Gracias por quedar aquí conmigo —le dice. Él la saluda con una sonrisa cautelosa. Siente curiosidad. Se pregunta por qué le ha invitado a este lugar en particular—. ¿Recuerdas cuando subíamos aquí? —rememora, mirando de nuevo al mar—. Era nuestro lugar especial. Esto no ha cambiado, pero nosotros sí.

—Se ha mantenido imperturbable durante miles de años —responde—. Imagina la de cosas que habrán presenciado estas piedras.

—Lo que daría por poder hablar con ellas. —Alana esboza una sonrisa.

—Puedes hablar con ellas todo lo que quieras.

—Ya sabes lo que quiero decir, tonto. —Sonríe a su pesar. JP solía tener la capacidad de hacerla reír como nadie.

—¿Cómo lo llevas? —pregunta.

Ella se encoge de hombros.

—Más o menos. Todavía no lo he asimilado. Aún espero que mi padre esté allí, en la casa. Se hace raro sin él. —Mira a JP y frunce el ceño con perplejidad—. Se te ve bien. Te has recuperado. Tengo que admitir que nunca pensé que lo harías. ¿Qué ha pasado?

—He tocado fondo. Solo había un camino para ir y era hacia arriba. El otro camino no era una opción.

Alana frunce el ceño.

—Pero ¿quién te ha ayudado?

—Colm y Margot.

Ella se pone rígida.

—Me lo imaginaba. —Se ríe con amargura—. Tenía que haber una mujer detrás de una transformación tan drástica. Quiero decir que es lo bastante joven como para ser tu hija, pero no es mi problema.

—Mantiene una relación con Colm —replica.

Ahora Alana se siente tonta. Parpadea desconcertada, como un topo que sale a la luz.

—¿Colm y ella están saliendo?

—Creo que ya ha pasado la etapa de las citas.

—Pero yo creía que tú…

—Pues no sé por qué.

—Bueno, asumí que no podías tener tan buen aspecto sin…, bueno…, sin una mujer que te animara a recuperarte.

—No te equivocas. Una mujer me animó a mejorar, pero no la que tú crees.

Su decepción es palpable.

—Entonces, tengo razón. Bueno, ya me parecía a mí. Me alegro por ti, JP. Me alegro por ti. De verdad —dice con tristeza—. Supongo que ambos deberíamos haber seguido adelante. —Apenas puede mirarle—. ¿Quién es ella? —pregunta.

—Tú —responde JP.

Alana se siente confusa. No quiere creer lo que está oyendo.

—¿Perdona? ¿Yo? No lo entiendo.

—Claro que no. ¿Podemos dar un paseo? Creo que a los dos nos resultará más fácil hablar si caminamos. Y no queremos que esas piedras sepan de nuestros asuntos, ¿verdad?

Los veo pasear por la cima del acantilado. Las olas se elevan y hacen espuma debajo y las gaviotas graznan mientras se lanzan en picado en busca de una presa.

—En realidad tú y yo nunca hablamos. Ambos atendimos nuestras heridas en nuestras propias islas, resentidos el uno con el otro. Y la voluntad de comunicarnos se fue debilitando a medida que nos distanciábamos, hasta que dejamos de hablar por completo. Margot me animó a hablar de mis sentimientos. Que volviera a ese lugar oscuro y dejara entrar la luz, fue lo que me dijo. Una vez que entró la luz, me di cuenta de los terribles errores que había cometido y los asumí. No debería haber buscado consuelo en Rosie. No debería haberme enfadado contigo por querer otro hijo. Debería haberte apoyado más cuando perdiste al bebé. Alana, hay muchas cosas que no debería haber hecho, pero sobre todo, no debería haberte dejado ir. Deberíamos haber encontrado una forma de comunicarnos.

A Alana se le anegan los ojos de lágrimas. Tiene un nudo en el pecho que apenas le permite respirar. Pone una mano allí e inspira con dificultad.

—Siento haberte empujado a los brazos de Rosie, JP. Yo también tengo cosas de las que responsabilizarme. No es fácil reconocer las cosas, ¿verdad? Pero la muerte de mi padre me ha hecho pensar y no quiero irme a Estados Unidos sin hablar contigo con franqueza. No todo fue culpa tuya. Yo también tuve parte de culpa. Te alejé después de perder al bebé. Estaba tan furiosa contigo por no querer otro hijo que cuando lo perdí te culpé por haberlo gafado de alguna manera, y por conseguir lo que querías. Nunca debí engañarte. Ya teníamos tres hijos. Debería haber estado agradecida por lo que tenía y no anhelar más.

—Éramos felices antes de mudarnos al castillo, ¿no? —dice con nostalgia.

—Nunca me di cuenta de la carga que supuso la herencia para ti. De la carga en que se convirtió el castillo. Deberías habérmelo dicho. Podría haberte apoyado.

JP la mira con el ceño fruncido.

—¿Has hablado con Colm?

—No. —Se apresura a responder, pero parece esquiva—. Lo que ocurre es que me he pasado la semana pensando.

—No quiero recuperar el castillo —confiesa JP—. Sin duda Kitty me maldecirá por decirlo, pero me alegro de que sea un hotel. Me gusta vivir en el pabellón de caza. Allí soy feliz. Me he liberado de la carga de tener que dirigir el castillo, de tener que pagar por él. Los buenos tiempos del dominio ya han pasado. Nadie vive así hoy en día. Estaba bien para mis abuelos, pero Margot tiene una teoría...

—Que el castillo solo ha traído dolor y tragedia a sus habitantes.

—¡Has estado hablando con Colm! —exclama.

—Puede que haya algo de verdad en eso —continúa, sin responder a su pregunta—. Tal vez esté maldito. Al fin y al cabo, Barton Deverill lo construyó en un terreno robado a otra persona. Eso es mala energía, ¿no? Uno recoge lo que siembra. Me alegro de que lo hayas perdido. Solo desearía que no te hubiera hecho tanto daño.

—Ya lo he superado.

—Estupendo.

—Pero me falta una cosa. Me faltas tú. —JP se detiene y la mira, con el rostro lleno de afecto—. Todavía te quiero, Alana. Creo que nunca he dejado de hacerlo. No te pido que correspondas a mi amor, solo que seamos amigos. Sería maravilloso para toda la familia que pudiéramos serlo.

Ella toma su mano.

—Creo que podríamos llegar a ser más que amigos —declara, con una sonrisa titubeante en los labios—. Pero tenemos que ir despacio.

—Por supuesto.

No le suelta la mano. Siguen caminando. Todo se torna más luminoso, más despejado. El sol se refleja en el agua en forma de destellos de luz.

¿Cuándo vuelves a Estados Unidos?

—No me voy.

—¿No? Creía que...

—Iba a hacerlo, pero ya no.

—Bien.

Alana le sonríe. Hace mucho tiempo que no sonreía así.

—A fin de cuentas, este es mi hogar, ¿no?

Y siento una pena en el alma porque esta tierra también fue una vez mi hogar, pero ya no lo es. Sé dónde está mi verdadero hogar y, sin embargo, no tengo forma de llegar a él. ¿Cuánto tiempo permaneceré apartada de la luz?

20

Margot estaba tumbada en su cama de la torre mirando al techo. La tenue luz de la luna atravesaba la oscuridad, haciendo posible distinguir las vigas y bañando la habitación de un pálido y acuoso resplandor. No podía dormir. Su mente estaba inquieta. Había abandonado la cama de Colm para irse a la suya, pues necesitaba estar sola para intentar dar sentido a la creciente sensación de claustrofobia que había empezado como una punzada en el plexo solar, pero que ahora se estaba convirtiendo en un calambre. ¿Por qué tenía ese miedo a sentar la cabeza? Confiaba en Colm. Nunca había podido confiar en su padre, pero sabía que Colm no se parecía en nada a él. Si este miedo provenía del problema de confianza que había tenido con el primer hombre al que había querido, entonces su padre tenía mucho de lo que responder.

Deseaba comprometerse, de verdad lo deseaba, pero cuando pensaba en quedarse en Ballinakelly, todo su cuerpo se estremecía de espanto. Durante años había sido una nómada que viajaba de ciudad en ciudad, adondequiera que la llevara su trabajo. No tenía miedo de estar sola, estaba acostumbrada, y cuando la soledad la invadía, se disipaba gracias a la gente que había conocido a lo largo del camino. Amigos, amantes, desconocidos con los que había hablado en bares o a los que había conocido por medio de sus investigaciones. Por supuesto que podía alegar que esas personas no eran verdaderos amigos; no estarían a su lado si los necesitara. No como Colm. Entonces, ¿por qué se le formaba ese horrible nudo en el estómago cuando se imaginaba viviendo en Ballinakelly? ¿Por qué no podía ser como otras mujeres? ¿Por qué no podía enamorarse, casarse, establecerse y formar una familia? ¿Cómo podía resultarle más atractivo vagar por el mundo sin rumbo fijo?

Frustrada, fue al cuarto de baño y rebuscó en su neceser las pastillas para dormir. Por norma general no las necesitaba, pero esa noche solo quería dormir como un tronco. El libro estaba terminado. La presión había desaparecido. Debería sentirse satisfecha, pero no lo estaba; se sentía inquieta y confusa.

Los somníferos hicieron efecto enseguida. La oscuridad opacó la luz mientras los negros nubarrones tapaban la luna. El viento comenzó a aullar y el sonido de la lluvia golpeando los cristales de las ventanas la acompañó mientras el sueño se apoderaba de ella. Oyó que algo se arrastraba, pero Margot no creía en los fantasmas. Se sumió en un profundo sueño.

La despertó el olor a humo y una insoportable sensación de calor. Margot abrió los ojos despacio, aturdida por las pastillas. Al principio pensó que estaba soñando, pero cuando empezó a ahogarse se dio cuenta, con una punzada de pánico, de que no era así. Era real. El castillo estaba en llamas.

Al tratarse de una torre antigua, ardía como una caja de cerillas. El crepitar de la madera quemada la hizo volver en sí bruscamente. Margot saltó de la cama y miró horrorizada a su alrededor. Lo primero en lo que pensó fue en el manuscrito. No había trabajado tanto todos estos meses para que lo consumiera el fuego. Intentó entrar en el salón, pero el calor la obligó a retroceder. No pudo ver su máquina de escribir, sus notas ni su manuscrito por culpa del humo, pero la visión de las furiosas llamas le dijo que era demasiado tarde; todo su trabajo había desaparecido.

No había tiempo para la autocompasión. El fuego avanzaba con rapidez. El instinto de supervivencia se impuso. Se apresuró a entrar en el cuarto de baño, jadeando por el miedo y con una aterradora sensación de impotencia. Arrojó una toalla y una bata a la bañera y abrió los grifos. Luego se puso a toda prisa la bata empapada y agarró la toalla. El dormitorio también estaba ardiendo y las llamas se acercaban, devorando todo lo que encontraban a su paso. Con el corazón acelerado y el pecho congestionado por el humo, Margot sostuvo la toalla empapada al frente y se abrió paso hasta la ventana. La abrió de golpe y tomó una bocanada de aire. Llovía a cántaros. Esperaba que la lluvia apagara el fuego. Miró hacia abajo. Había una terraza un poco más abajo de su ventana, una estrecha pasarela bordeada por un muro almenado. Era la única salida. No había otra forma de escapar. Sin embargo, estaba demasiado lejos para que pudiera saltar con seguridad. Simplemente no podía. Se rompería todos los huesos del cuerpo.

Se dio la vuelta. Debía de haber alguna otra salida aparte de la ventana, pero era inútil. Con el fuego a su espalda y la caída frente a ella, solo tenía una opción si quería tener una oportunidad de sobrevivir.

A Margot le temblaban las piernas de forma tan violenta que a duras penas fue capaz de subirse al alféizar de la ventana. Sentía que había perdido el control de su cuerpo. Sus entrañas se habían convertido en gelatina. ¿Dónde estaba su valor? Siempre se había enorgullecido de ser fuerte, independiente e intrépida, pero ahora se sentía pequeña y asustada. Se sentó, con las piernas colgando en el aire, con la aterradora imagen de la estrecha terraza bajo sus pies. Fue entonces cuando el miedo se apoderó de verdad de ella. Comenzó a sollozar. Sollozos desconsolados y primitivos que brotaban de lo más profundo de su ser.

—Te ruego que no permitas que muera, Señor —se lamentó. La lluvia le golpeaba la cara, la bata empapada la ceñía como si fuera una camisa de fuerza.

Entonces pensó en Colm. ¿Cómo podía dudar de que lo amaba? Pensó en su madre, pero la imagen se desvaneció con celeridad y Dorothy apareció en su mente. Su habitación no estaba lejos de la de Margot. Esperaba que hubiera conseguido salir. Rezó para que estuviera bien.

Los gritos de los huéspedes del hotel se elevaron mientras se diseminaban por el césped. Margot miró a la izquierda y a la derecha y vio que el fuego se propagaba con rapidez hacia el resto del castillo. Gritó, pero su voz se perdió en el rugido del fuego. ¿La vería alguien a través del humo?

Las llamas estaban consumiendo la torre. Podía sentirlas casi lamiendo su nuca. Olió a algo podrido, como a un animal muerto, y entonces, mientras un dolor le atravesaba la nuca, se dio cuenta de repente que le estaba ardiendo el pelo. No tenía otra opción. Saltó.

JP había visto el fuego desde la ventana de su dormitorio. Algo había hecho que se agitara mientras dormía y se había despertado con el puño frío del miedo atenazando su estómago. Había llamado a Colm inmediatamente. Colm había salido corriendo hacia su coche en pijama, pero no estaba solo en la carretera. A esas alturas todo el pueblo lo sabía. Todo el mundo corría hacia el castillo tan rápido como se atrevía a conducir bajo la lluvia, en mitad de la noche. Colm apenas podía respirar. Justo la noche que Margot decidía dormir en su habitación del hotel, sucedía esto. Maldijo en voz alta, vociferó al coche que tenía delante y golpeó el volante con la mano, presa de la impaciencia.

Empezó a llover con fuerza. Enormes goterones caían de forma torrencial, como una tormenta tropical, sobre la tierra. Colm nunca había visto llover así. Si esto no apaga el fuego, nada lo hará, pensó.

Dorothy se sentó en la cama. Su habitación estaba llena de humo y las llamas danzaban a su alrededor. Su primer impulso fue entrar en pánico. Y se asustó, pero solo un momento. Al cabo de unos segundos se dio cuenta de que no era necesario entrar en pánico, porque no sentía el calor ni, de hecho, sentía el sabor del humo, que seguramente estaba inhalando. Las llamas estaban consumiendo su cama y no podía ver nada en la habitación, excepto el humo gris y ondulante, y sin embargo no podía olerlo. No olía nada. Esto era muy extraño. La calma se apoderó de ella. Se levantó de la cama sin la rigidez habitual. Ni siquiera gimió. Se miró los pies, sus pies descalzos, y se sorprendió al no sentir la más mínima molestia por la madera ardiente sobre la que estaba. Entonces volvió los ojos y vio la horrible imagen de sí misma. Sí, allí estaba Dorothy Walbridge, tumbada en la cama dormida mientras el fuego se la llevaba.

Debería haber entrado en pánico en ese momento, pero la calma que se había apoderado de ella era total. La imagen de sí misma resultaba bastante hipnótica y la habría observado durante más tiempo si no hubiera sido entonces consciente de una luz mucho mayor que el fuego. Apartó la atención de su cuerpo en llamas y vio a su hija, Lillie, rodeada de un aura de color blanco brillante. Estaba sonriendo, así que era evidente que no le preocupaba lo más mínimo el fuego. La niña le tendió la mano.

Dorothy supo entonces que estaba muerta. Un estremecimiento de emoción la recorrió. Dan siempre tuvo razón. Lillie había contactado aquella tarde y ahí estaba ahora, tendiéndole la mano. Acercó la suya y notó que su hija la tomaba. Al instante sintió un amor tremendo, un amor mayor que el que había sentido en vida. Estaba a punto de estallar.

«No he podido decirle a Margot lo bueno que es su libro», pensó, y con ese pequeño pesar, siguió a su hija hacia la luz.

Los bomberos estaban apagando el fuego cuando Colm llegó al castillo. La lluvia estaba ayudando. De hecho, la lluvia era una bendición. Un gran número de personas se había congregado en el jardín, con expresión horrorizada mientras miraban con incredulidad el castillo en llamas. El señor Dukelow corría entre ellas con nerviosismo, frotándose las manos, gritando órdenes, pero sin conseguir nada. Los coches llegaban en tropel y los lugareños se agolpaban en el patio. Todos querían ayudar, pero no podían hacer nada más que esperar. En la mente de todos estaba la misma pregunta: ¿cómo era posible que el castillo se hubiera incendiado por segunda vez?

SANTA MONTEFIORE

Colm llamó a gritos a Margot. Corrió entre la multitud, gritando con desesperación su nombre. El miedo le atenazaba el pecho. Cuanto más buscaba, más temía que ella no estuviera allí, que no hubiera salido, que todavía estuviera en el castillo.

—Comenzó en esa torre —dijo alguien, señalando la habitación de Margot—. Creo que es la parte más antigua del hotel, así que puedes imaginar lo rápido que debió de arder.

Colm encontró al señor Dukelow.

—¿Ha visto a Margot? —preguntó.

El señor Dukelow tenía el rostro ceniciento.

—No —respondió. Luego levantó la vista hacia la torre occidental.

Colm también la miró. El techo de madera se había derrumbado, pero los gruesos muros de piedra seguían en pie. La lluvia estaba apagando las llamas que quedaban. Sin embargo, si Margot estaba allí dentro, no habría sobrevivido.

Los bomberos y la lluvia estaban haciendo un buen trabajo para apagar el fuego, pero Colm no iba a quedarse allí impasible. Tenía que hacer algo.

—¡Quizás haya saltado por la ventana! —exclamó—. Tenemos que subir a esa terraza —dijo, señalándola.

—¿Tenemos?

—Sí, usted y yo. Vamos, Terrence. Necesito que me ayude.

—Es peligroso. Los bomberos…

—No voy a esperar a los bomberos.

Agarró al señor Dukelow de la manga y le arrastró hacia la parte trasera del castillo, donde las llamas no habían llegado. El señor Dukelow se armó de valor, impulsado por la culpa, porque sabía, más bien temía saber, quién había encendido la cerilla. Colm conocía bien la antigua entrada de los sirvientes de cuando era niño y jugaba en el castillo con sus hermanas. El señor Dukelow sintió náuseas al abrir la puerta, por la que solo una semana antes se habían colado la condesa y él.

Los dos hombres se apresuraron a subir la escalera. Colm subió los escalones de tres en tres con las prisas de llegar hasta Margot. El señor Dukelow se esforzaba por seguirle el ritmo. Al final de la escalera, el pasillo estaba lleno de un humo espeso y gris. El señor Dukelow se llevó la mano a la garganta y empezó a toser.

—No puedo… —se lamentó, volviéndose hacia atrás—. Mi asma.

—¡Vamos, Terrence! ¡No me defraude! —gritó, agarrándolo por el brazo. Si no lo hubiera necesitado tanto, le habría propinado un puñetazo en la cara.

El señor Dukelow le miró fijamente durante un largo rato, antes de apartar el brazo y desaparecer de nuevo por el pasillo.

Colm se quitó la camiseta y se tapó boca con ella y luego, con los ojos llorosos y el pecho lleno de humo, se adentró en el hotel. Cuanto más se acercaba a la torre occidental, más denso era el humo. Llegó un momento en que no estaba seguro de poder encontrar la puerta, pero no tenía por qué preocuparse. Cuando llegó a ella, vio que la puerta ya no existía. La pared se había derrumbado y el techo se había hundido, dejando vigas y escombros humeantes. El dormitorio de Margot situado en la parte superior de la torre había quedado completamente destruido. Una voz de hombre le gritó a través del agujero del techo: «¡Oye, tú…!», pero Colm lo ignoró y se abrió paso hacia el exterior.

La vio enseguida, tendida como una muñeca rota sobre las piedras. La sangre manchaba de rojo su bata empapada. Su corazón se detuvo. Corrió hacia ella y se arrodilló a su lado, un sollozo se desgarró de su pecho. Le agarró la muñeca y le buscó el pulso. Creyó sentir un débil latido, como el de un pájaro, en las yemas de sus dedos. Entonces se vio rodeado por los bomberos. Le ordenaron que se hiciera a un lado. Después de eso, pareció que todo se aceleraba. Empezó a ver borroso. Nada era nítido. Llegaron las ambulancias, depositaron a Margot en una camilla. Colm exigió ir con ella al hospital.

—¿Es usted pariente? —le preguntó un funcionario.

—Soy su marido —mintió.

—Muy bien. Sígame.

Kitty

Fui yo quien provocó la lluvia. No estoy segura de cómo lo logré, pero lo hice. Ahora me sorprenden las cosas que somos capaces hacer los espíritus cuando nos lo proponemos. ¡Ah, cuánto poder tiene la mente para obrar milagros! Pero por desgracia la torre occidental ya no existe.

Una vez me hubiera importado. Me habría desesperado. Esa era la parte más antigua del castillo, la única que sobrevivió al incendio de 1921, pero ahora me siento impasible. El castillo sigue siendo un hotel. Seguro que la señora De Lisle tardará mucho en reparar los daños, pero deduzco que ya está haciendo planes para la nueva torre. La bautizará con el nombre de «*suite* Margot Hart».

JP seguirá dando charlas; creo que esto le ha dado ganas renovadas de vivir. Alana y él están volviendo a acercarse. De las cenizas de su matrimonio están creciendo nuevos brotes. Es prometedor. Ahora me doy cuenta de que el hogar es donde se encuentra el amor. El castillo dejó de ser mi hogar hace mucho tiempo, pero nunca lo entendí. Ahora lo entiendo. Todo muere en el mundo material. Pero las almas somos eternas y perduramos, con el corazón rebosante de amor porque ese es el sentido de la vida.

Yo amo a JP. Lo amo de forma plena e incondicional. Amo a Colm, a Alana y a todos los que he visto en estos últimos años. Mi espíritu está tan lleno de amor que ya no me importa el castillo y lo que pase con él. Me trae sin cuidado quién lo incendió. No buscaré venganza, pues mi corazón solo siente compasión por un alma tan perdida y llena de resentimiento. ¿Qué lugar han creado para ellos en la otra vida? Solo puedo rezar para que encuentren su camino.

Mis recuerdos no están en el castillo, sino que los llevo dentro de mí. Me elevo sobre las colinas, las magníficas colinas en las que crecen las aliagas amarillas y los brezos púrpuras entre pequeñas orquídeas blancas y ajos silvestres. Me elevo con las gaviotas, los grajos y las silenciosas lechuzas, y soy libre. Ya no volveré al castillo. Me he liberado de la obsesión que confundí con el amor. Por fin me he liberado y, al hacerlo, me he librado de mis cadenas.

Y asciendo hacia el lejano horizonte donde yacen todas mis verdades, esperando a que las reconozca. En esa luz serena y dorada veo a Jack. No es el anciano que acaba de exhalar su último aliento en la casa junto al mar, sino el joven del que me enamoré, metido hasta las rodillas en el barranco en busca de ranas. Su pelo es negro y cae sobre unos ojos de color azul añil. Luce una amplia sonrisa llena de picardía y de placer. Su corazón está desbordado, y al tomar su mano sé algo que siempre he sabido, solo que había olvidado. Nuestras vidas en la tierra son como las vidas de los personajes de una obra de teatro cuyo amor se limita al escenario. En cuanto cae el telón, nuestro amor se libera. Se hace grande, como una luz poderosa que no conoce límites. Jack me quiere, pero también quiere a Emer, y cuando llegue su hora de volver a casa, le tenderá la mano con todo el cariño con el que ahora me la tiende a mí. Y yo también quiero a Emer. ¿Por qué pensé que no era así?

21

Margot recobraba la consciencia y volvía a perderla. Era consciente de que había gente yendo y viniendo, pero no podía distinguir sus rasgos. No sabía dónde estaba y, para ser del todo sincera, no le importaba. Se encontraba en un extraño limbo onírico, dentro de su cuerpo, pero sin estar especialmente unida a él. No sentía dolor. De hecho, no sentía sus extremidades. Tampoco era consciente de su respiración, pero sabía que no estaba muerta. Al menos, esperaba no estarlo, porque, aunque no era desagradable, no era como se había imaginado la otra vida.

El tiempo parecía no existir. Claro que era consciente de que recuperaba el conocimiento y volvía a perderlo, pero carecía de la percepción del día o de la noche, de las horas o de los minutos. Sin embargo, sí percibía una presencia oscura a su lado. Oscura y sólida y en cierto modo tranquilizadora. No era un ángel (si bien no creía ellos, ahora mismo estaba dispuesta a creer en cualquier cosa) porque los ángeles están hechos de luz y esta presencia era oscura y sólida. Como una roca. Sí, como uno de esos megalitos del círculo de piedras. Parecía estar a su lado cada vez que volvía en sí. Pensó en el círculo de piedras y luego pensó en Colm. Cuando por fin abrió los ojos, vio que la presencia oscura, sólida y tranquilizadora era él. Entonces sintió su mano, cálida y segura, en la de él.

Colm había estado junto a la cama de Margot desde que salió de cuidados intensivos. Se había roto la mayoría de los huesos de las piernas, las caderas, las costillas, un brazo, el pómulo y la mandíbula. Se le había quemado el pelo casi por completo, por lo que la enfermera se lo había cortado, dejándoselo lleno de trasquilones. Tenía suerte de estar viva. Colm había acudido a Dios y había rezado, suplicándole lo mismo una y otra vez: «Por favor, deja que viva. Por favor, te lo ruego, no permitas que muera». Su fe era fuerte, pero se había puesto a prueba durante la última semana, en la que las probabilidades de que no sobreviviera eran muchas. Mientras la contemplaba, inmóvil y en silencio en la cama del hospital, con la piel pálida y el pelo corto y lleno de trasquilones, se dio cuenta de que la amaba con todo su corazón.

Pero entonces Margot abrió los ojos y los clavó en los suyos y Colm supo que saldría adelante. Le sostuvo la mirada y sonrió, revelando su pena y su dolor solo en las lágrimas que hacían brillar sus ojos.

—Hola —dijo en voz queda. Ella parpadeó, sabiendo de manera instintiva que no podía hablar—. No intentes hablar. Deja que yo hable por ti. —Le acarició la mano con el pulgar. Margot notó la suave y rítmica caricia y se sintió reconfortada—. Me has dado un buen susto, ¿sabes? ¡Vaya si lo has hecho! Pero te vas a recuperar. Estás en el hospital de Dublín y pronto te pondrás bien. Los médicos se han portado muy bien. Te vas a recuperar por completo. Y no me pienso mover de tu lado. Ni un solo instante.

Margot cerró los ojos y la envolvió una sensación cálida y dulce como la miel. Se sumió en la inconsciencia una vez más. El sueño profundo y plácido que permite que el cuerpo sane y el espíritu descanse, sabiéndose amado. De alguna manera, eso importaba; importaba mucho.

La condesa Di Marcantonio estaba en su tocador, con una bata de seda rosa, cuando llamaron a la puerta del apartamento.

—¡Querido, ¿vas a abrir?! —gritó. No hubo respuesta. Suspiró. No quería que nadie la viera así, sin maquillaje y con los rulos puestos—. ¡Cariño! ¡La puerta! —Frunció el ceño. ¿Dónde estaba el conde? Sacudió la cabeza y dejó la brocha de maquillaje. Salió al pasillo y pulsó el botón del interfono—. ¿Quién es? —preguntó.

—Soy yo, Terrence.

—No puedes subir aquí —repuso entre dientes, de pronto asustada—. ¡Tienes que irte de inmediato!

—Estoy aquí con el inspector Coyle. Quiere hablar con usted.

Hubo una larga pausa. ¿El inspector Coyle? ¿Qué diablos podría querer la Garda de ella?

—¿No puede volver en otro momento? No estoy preparada para recibir visitas.

—Esto no puede esperar, condesa Di Marcantonio —respondió el inspector.

La condesa se estremeció un poco al oír su voz en lugar de la de Terrence. No quería que ninguno de los dos la viera así, pero no podía evitarlo.

—Muy bien. Suban, por favor. —Pulsó el botón del telefonillo y esperó.

El conde entró arrastrando los pies en el vestíbulo con una camisa arrugada y un jersey manchado, con aspecto frágil.

—¿Dónde has estado? —espetó—. ¿No has oído el timbre?

—¿Quién es? —preguntó.

—La Garda.

El conde frunció el ceño.

—¿La Garda? ¿Qué quieren?

—No lo sé. Está subiendo con el señor Dukelow, del castillo.

—De lo que queda de él —apostilló Leopoldo. Sacudió la cabeza y se puso una mano en el corazón—. Una gran tragedia, pero por suerte no es problema mío.

—Quieren hablar conmigo.

El conde volvió a fruncir el ceño.

—¿Por qué? ¿Qué has hecho?

—No he hecho nada —respondió—. No se me ocurre de qué quieren hablar conmigo.

Llamaron a la puerta. La condesa inspiró hondo y abrió. Estrechó la mano del señor Dukelow y luego la del inspector, que era un hombrecillo corpulento, con un grueso bigote y unas mejillas regordetas del color de las grosellas. Tenía unos ojos grandes y serios detrás de sus gafas. Les hizo pasar al salón, pero no les ofreció asiento. No esperaba que se quedaran mucho tiempo.

—¿De qué quiere hablarme? —le preguntó al inspector con altivez—. No sé por qué no podría esperar.

—No le haré perder el tiempo, condesa. El inspector sacó un pequeño cuaderno del bolsillo del pecho y puso la pluma sobre el papel—. ¿Dónde estaba usted la noche que se incendió el castillo?

—Bueno, estaba aquí, por supuesto. —Sacudió la cabeza con irritación—. No entiendo. ¿Insinúa que fue un incendio provocado? ¿Alguien le prendió fuego a propósito?

—El señor Dukelow ha confesado que la dejaba entrar en el castillo de noche por la antigua entrada de los sirvientes, situada en la parte trasera, y subir a la torre occidental, que es donde se inició el fuego. —La condesa se cuidó de no mirar al señor Dukelow y mantuvo la cabeza alta y los ojos impasibles para no revelar nada. Tampoco miró a su marido—. Me ha dicho que usted no estaba contenta con el libro que la señorita Hart estaba escribiendo y que estaba decidida a impedir que lo publicara.

—No sé de qué está hablando, señor Dukelow. No sé por qué miente.

—Tenemos un testigo que los vio a usted y al señor Dukelow en más de una ocasión —prosiguió el inspector.

—¿Un testigo? ¿Quién? —exigió la condesa.

—Una de las criadas.

—Tonterías. Debe de haberlo soñado. Usted sabe que ese castillo está plagado de fantasmas.

Esto no impresionó al inspector.

—¿Usted sabe que la señorita Hart se encuentra en estado crítico en el hospital y que la señora Walbridge falleció, condesa?

La condesa palideció. Se llevó una mano a la boca.

—Eso es terrible. Realmente terrible. Pero yo no he tenido nada que ver. —Se volvió hacia su marido y entrecerró los ojos. ¿Dónde estaba el conde cuando se incendió el castillo? Apretó los dientes y miró a su marido con expresión férrea—. Querido, dile al inspector dónde estaba yo la noche en que ardió el castillo.

Leopoldo miró a su mujer; la mujer que odiaba con todas sus fuerzas. Ahora era su oportunidad de librarse de ella para siempre.

—Me temo que no puedo mentir —dijo, apretando el puño contra el pecho y con aspecto cabizbajo—. No estabas conmigo, mi amor. Al menos no durante la mayor parte de la noche. Me temo que debo decir la verdad. Con Dios de testigo, debo hacerlo.

—¡Mentiroso! Leopoldo, ¿cómo has podido? —Se volvió hacia el inspector Coyle, con las mejillas enrojecidas como si la hubieran abofeteado—. Debería preguntarle al conde dónde estaba la noche en que se incendió el castillo. Yo estaba en la cama, tan inocente como un cordero, y él estaba fuera. ¡Terrence, yo no lo hice! Nunca haría algo así. Admito que no quería que el libro se publicara. No hacía justicia a mi marido y a su familia, pero nunca habría tomado medidas tan drásticas para evitarlo. —Miró a su marido con desconcierto—. ¿Por qué lo hiciste, Leopoldo? La casa de tu familia… No lo entiendo.

—Condesa Amelie Di Marcantonio, queda usted detenida como sospechosa de incendio y homicidio. No está obligada a decir nada, pero podrá ser utilizado en su contra si no contesta cuando se le pregunte algo que luego pueda alegar en el juicio. Todo lo que diga podrá ser usado como prueba.

La condesa se llevó la mano a los ojos y se desmayó. Fue el señor Dukelow quien se acercó para sujetarla cuando sus piernas cedieron. Leopoldo observó con cierta satisfacción mientras el director del hotel la levantaba en brazos, confirmando que sus sospechas no eran erradas. En efecto habían tenido una aventura.

—Yo no lo hice, Terrence —murmuró—. No fui yo. De verdad no fui yo. Luego miró a su marido y siseó como una serpiente—: No dejaré que te salgas con la tuya.

Margot gritó al ver el estado en que se encontraba. ¿Cómo podía Colm amarla con ese aspecto? Se pasó la mano ilesa por los cortos mechones de pelo y por la cara hinchada y sollozó ante la fealdad de su reflejo en el espejo que le había dado una de las enfermeras. Colm vino a visitarla, como hacía a diario, pero esta vez ella se apartó.

—¡No entres! —exclamó.

—¿Por qué no? —preguntó, entrando de todos modos.

—Soy repugnante.

—¿De qué estás hablando?

—No tengo pelo —jadeó ella—. Mi cara es un horror. Soy fea.

—Estás diciendo tonterías, Margot. Eres hermosa.

—Es mentira. ¿Cómo puedes decir eso cuando me veo así? Soy monstruosa. No tienes por qué estar aquí. No tienes ninguna obligación. Eres libre. De verdad, lo entiendo. Yo tampoco querría estar conmigo.

Se sentó y le tomó la mano. Ella intentó zafarse, pero Colm la sujetó con fuerza.

—Margot, casi te mueres —dijo con seriedad—. Te han cortado el pelo y estás vendada, pero te volverá a crecer el pelo y, con fisioterapia, aprenderás de nuevo a caminar. ¿Crees que te quiero solo por tu belleza física? Te quiero a ti, Margot. —Sus hombros empezaron a temblar mientras se derrumbaba otra vez—. Me encanta cómo te brillan los ojos cuando te enfadas. Me encanta tu labio superior más fino y que tu sonrisa se vuelva dulce cuando tienes dudas. Has conseguido engañarte a ti misma diciendo que no te sientes sola vagando por el mundo y, sin embargo, a veces, cuando te observo y no sabes que te están observando, todo tu ser es la viva imagen de la soledad. Pero ¿sabes qué? Estamos bien juntos. De hecho, me gusta quién soy cuando estoy contigo y me gusta quién eres tú cuando estás conmigo. No quiero estar con nadie más y creo que tú tampoco.

—Debería haberme muerto —se lamentó—. ¡Menudo desastre! ¿Cómo voy a recuperarme?

—Pero no has muerto, ¿verdad? Estás viva y eso es un regalo.

—Para mí no. —Se sentía derrotada ante los retos que tenía por delante. ¿Cómo iba a curarse su cuerpo roto? ¿Y si seguía siendo fea para siempre?—. Mi vida nunca será la misma. Básicamente se acabó, ¿no es así?

—No es propio de ti ser tan derrotista.

—Nunca he estado en esta situación antes —espetó.

Nunca iba a ser un buen momento para contarle a Margot lo de Dorothy Walbridge, pero Colm pensó que la triste noticia podría centrar su mente en su suerte y no en su desgracia.

—Margot, me temo que Dorothy no ha sobrevivido.

Margot le miró fijamente.

—¿Qué? ¿Dorothy ha muerto?

Él asintió con seriedad.

—Murió en el incendio.

Las lágrimas ya no eran por ella, sino por la mujer que había sido más una madre que la suya propia.

Colm le agarró la mano con más fuerza. Le hubiera gustado abrazarla, pero estaba demasiado frágil.

—La torre donde estaban tus habitaciones estaba totalmente destruida, al igual que una gran parte del castillo que estaba debajo, donde estaba la habitación de Dorothy. Ella no tenía ninguna posibilidad. Hiciste lo correcto al saltar. Si hubieras permanecido ahí arriba en tu torre, habrías muerto también. Sé que es duro, Margot, pero al menos aún estás con vida.

—¡Pobre Dorothy! —sollozó—. No se lo merecía. ¡Dios! Espero que no haya sufrido. Espero que haya muerto rápido. No puedo creerlo. No puedo creer que se haya ido. —Margot respiró de forma entrecortada y comenzó a sollozar de nuevo. Colm le acarició la mano hasta que se le pasó la pena—. ¿La han enterrado ya? —preguntó al final.

—Sí, la llevaron en avión a Inglaterra y la enterraron en su pueblo natal.

—Cuando esté mejor, quiero ir allí y despedirme.

—Por supuesto. En cuanto estés mejor, iremos juntos.

Margot miró a Colm con ojos brillantes y llenos de incertidumbre.

—¿Estás seguro de que aún quieres estar conmigo?

—Nunca he dudado de que te quiero, Margot. Ni un momento. Esto solo va a hacer que te ame más.

—¿Por qué? ¿Cómo?

—Porque el amor no se trata solo de los buenos momentos. De hecho, se trata más de los malos momentos. Eso es el amor, estar ahí para levantarnos el uno al otro cuando estamos deprimidos.

—No te merezco, Colm. —Le sonrió entre lágrimas.

—Pues deja que te enseñe a quererte a ti misma, así te darás cuenta de tu valor y de que te mereces lo mejor. —Sonrió con picardía.

Margot soltó una pequeña risa.

—¿Me estás diciendo que eres lo mejor?

—Lo soy, Margot. No te mereces menos que yo.

Ella rio y luego sintió una punzada de culpabilidad.

—Dorothy no querría que estuviéramos tristes, ¿verdad?

—No, ella querría que rieras.

—Supongo que mi manuscrito también se destruyó. —Suspiró. Habida cuenta de la muerte de Dorothy, la pérdida de su libro no parecía una tragedia demasiado grande. Solo una gran decepción—. Nunca sabré qué le pareció —añadió con tristeza.

—Pero fíjate en lo bueno que salió de él. Si no fuera por tu libro, nunca nos habríamos conocido. Yo nunca me habría reconciliado con mi padre, él nunca se habría recuperado y mi madre tampoco se habría reconciliado con él.

—¿Se han reconciliado?

—Es pronto, pero son amigos de nuevo, lo que es sorprendente. Todo porque tú le salvaste.

—Es bonito —dijo Margot, agradecida de que hubiera salido algo positivo—. Y yo nunca habría conocido a Dorothy —añadió, con los ojos llenos de lágrimas—. La quería de verdad, ¿sabes?

—Sé que la querías —respondió Colm, que se inclinó hacia ella y le posó con suavidad los labios en la sien—. Tienes que ponerte bien por ella, Margot.

Margot asintió.

—Lo haré, Colm, me pondré bien por las dos.

22

Tras seis semanas en el hospital, Margot aceptó visitas. JP fue el primero. Llegó con la señora Brogan, provisto de una tarta de cerveza en un recipiente metálico.

—Enciendo una vela por usted todos los días frente a la estatua de san Finbar, señorita Hart —dijo la señora Brogan, poniendo una mano en su brazo con suavidad—. ¡Que Dios nos ayude! Mis pobres y viejas rodillas están desgastadas de rezar y de dar las gracias a Jesús y a su Santísima Madre por haberle salvado la vida y por que el fuego no se la llevara como hizo con la pobre señora Walbridge, que ahora está con su pequeña en el Cielo y es feliz. Pero no era su hora, gracias a Dios. Como mi pobre madre siempre decía, si estás destinado a que te fusilen, no te ahorcarán. Sé que no lo valora mucho, pero le he traído una botella de agua de Lourdes. ¿Qué daño puede hacer?

JP acercó una silla, se sentó junto a su cama y le contó cómo se iba a reconstruir el castillo.

—La señora De Lisle insiste en que el trabajo continúe como siempre. Ha concedido entrevistas en todos los periódicos y han puesto el foco sobre la historia de mi familia y el incendio de 1921. Creo que será ventajoso para el hotel. A la gente le gusta una buena historia.

Margot pensó en su manuscrito y la pérdida le provocó una dolorosa punzada. Pero entonces se acordó de Dorothy y se recordó que tenía suerte de estar viva, tal y como le había dicho Colm.

La siguiente visita fue la de Seamus O'Donovan. Vino con un ramo de flores y una bolsa de papel marrón con naranjas.

—¿Quién te has creído que eres, una supermujer? —dijo con una sonrisa a la vez que tomaba asiento.

Margot se rio.

—Te aseguro que no pienso lanzarme por ninguna ventana en una temporada —respondió, contenta de verle.

Él la miró con seriedad.

—Has sido la comidilla del pueblo. Nos has dado un buen susto a todos, ¿sabes?

—Yo también me he asustado un poco.

—Bueno, me alegro de que no hayas muerto. Sé que Colm y tú estáis juntos, así que no voy a reclamarte, pero te diré una cosa, por si sirve de algo: me llegaste al corazón, Margot, y nadie más lo ha hecho desde entonces.

—¡Oh, qué bonito, Seamus! —dijo, conmovida. Luego sus ojos se llenaron de arrepentimiento—. Siento haberte tratado como lo hice. No te lo merecías.

—Es agua pasada —respondió, con una sonrisa tímida.

—Por si te sirve de algo, nos divertimos, ¿verdad?

—Ya lo creo.

Margot puso la mano sobre la suya.

—Eres un buen amigo por venir a visitarme. Gracias.

—De hecho, me gustaría ser tu amigo —dijo él—. ¿Te apetece una naranja?

A partir de ese momento, las visitas a Margot fueron constantes. Se sorprendió de la cantidad de lugareños, algunos de los cuales solo había visto una vez, que le llevaban fruta y flores o simplemente palabras amables y de ánimo. La señora De Lisle quería saber cuándo volvería a dar charlas.

—Tienes que volver a escribir el libro —insistió con firmeza—. Y punto. Vas a pasar mucho tiempo en cama, así pues ¿qué mejor manera de hacerlo? Ya has hecho la investigación, así que no será demasiado difícil. Incluso podría ser mejor la segunda vez.

Margot le siguió la corriente con palabras y promesas vacías, pero en su corazón sabía que nunca podría reescribirlo.

Después de tres meses en el hospital, Margot recibió por fin el alta. El verano había pasado al otro lado de su ventana mientras ella estaba metida entre cuatro paredes. Ahora las hojas estaban empezando a cambiar y un frío otoñal soplaba sobre el mar, trayendo consigo una sensación de melancolía. Se alegraba de estar al aire libre y no encerrada en una habitación de hospital. Miraba a su alrededor con ojos nuevos, valorando las cosas más pequeñas e insignificantes, como si viera el mundo a través de los ojos de un niño, con asombro y curiosidad. Todo parecía muy hermoso.

JP había insistido en que se instalara en el pabellón de caza hasta que fuera capaz de cuidarse sola, ya que Colm tenía que trabajar. La señora Brogan siempre tenía a punto la tetera y la tarta de cerveza y le había preparado un dormitorio temporal en la planta baja. JP estaba deseando corresponder a Margot por haberle ayudado a recomponerse; ella le había curado y ahora le tocaba a él curarla a ella.

En el castillo, el hotel había vuelto a abrir sus puertas, aunque la torre oeste y los muros circundantes seguían bajo andamiaje. Había un nuevo gerente, el señor Cavendish, que habían contratado en Claridge's, en Londres, y estaba muy interesado en que JP reanudara sus charlas después de las cenas. Había dicho que era una pena que el libro de la señorita Hart se hubiera perdido en el incendio. Habría sido maravilloso tener el libro con la historia de la familia Deverill en la biblioteca para que lo leyeran los invitados y que la autora hablara con lord Deverill en un acto doble. No se le ocurría ningún otro hotel en todo el mundo que pudiera presumir de un dúo tan convincente.

Los periódicos se habían hecho eco de la historia del incendio y de que la condesa Di Marcantonio había sido detenida como sospechosa de haberlo provocado. Sin embargo, algunos decían que había sido el conde quien había cometido el delito y que había culpado a su esposa, que al parecer había tenido una aventura con el gerente del hotel. Una empleada del hogar, que fue despedida a posteriori, vendió su historia a un periódico. Afirmó que la noche del incendio había visto a alguien colarse por la antigua entrada de la servidumbre en la parte trasera del castillo, pero que no podía decir si era un hombre o una mujer. Todo era muy sórdido y JP no sabía qué creer. Pero el incendio le había enseñado una lección muy valiosa: el hogar está donde se encuentra el amor y no deseaba estar en ningún otro sitio que no fuera el pabellón de caza, adonde su hijo iba a visitarle, al igual que hacían sus hijas y también Alana, cada vez con más frecuencia, cuando venían a Irlanda. Descubrió, para su alegría, que Colm estaba en lo cierto: lo contrario del amor no era el odio, sino la indiferencia. En el fondo, la chispa que había provocado la ira y el dolor de ambos era amor. Con un poco de cariño había empezado a crecer.

Margot se sentó en el jardín del pabellón de caza, saboreando el trino de los pájaros y la tibieza del sol en su rostro, y pensó en Dorothy. No la conocía desde hacía mucho tiempo, pero había sentido un profundo e indeleble afecto por su nueva amiga. La echaba de menos a todas horas. Si bien las heridas externas sanaban poco a poco, las de dentro estaban tardando más en repararse. Sufría pesadillas sobre el incendio, sobre el salto desde la ventana y sobre la pérdida de su trabajo. Sabía que no era correcto lamentarse de su suerte cuando Dorothy había perdido la vida, pero le dolía pensar que toda esa investigación y ese trabajo desaparecieran entre las llamas. Le estaba costando superar el trauma.

Se sorprendió cuando una tarde templada de finales de septiembre Emer O'Leary fue a visitarla. No había ido a verla en el hospital ni se había pasado por el pabellón de caza. En cualquier caso, se sentaron en la terraza tomar el té y a charlar sobre la recuperación de Margot. Luego hablaron de Dorothy.

—La echo mucho de menos —dijo Emer con tristeza y con los ojos brillantes—. Fue un *shock*. Un *shock* terrible. Acababa de perder a Jack y luego, en cuestión de semanas, Dorothy también se fue. Confieso que no he pasado por un buen momento. Siento haber tardado tanto en venir a verte.

—Dorothy era una persona muy especial —repuso Margot, compartiendo la pena de Emer.

—Cuando yo dudaba de ti, ella te defendía. —Bajó la mirada—. Ahora me avergüenzo de ello. Debería haberlo sabido.

—No pasa nada. Solo protegías a tu familia.

—Debería haber confiado en ella y en Colm, que intentó convencerme de que te diera una oportunidad. No sé por qué reaccioné con tanta desconfianza. A fin de cuentas solo era un libro de historia. ¿Qué daño podría hacer realmente?

—Bueno, ya no está. No voy a reescribirlo. —Margot suspiró con resignación y se encogió de hombros—. Tal vez no estaba destinado a que lo publicaran. Quizás el destino quiso que nunca viera la luz.

—Te lo estás tomando con mucha filosofía —dijo Emer.

—Es la única forma de tomárselo. Hay que aceptar las cosas que no se pueden cambiar, ¿no es así?

—Así es en teoría, pero es difícil de llevar a la práctica.

—Hago lo que puedo.

—Lo estás haciendo muy bien, Margot.

—Me habría gustado saber qué le pareció a Dorothy. Fue la única persona que lo leyó. Le di el manuscrito una semana antes del incendio e iba a darme su opinión. Ahora nunca la sabré. Lo extraño es que su opinión me importaba mucho.

—Hay que buscarle el lado positivo. Si no hubieras venido al hotel, nunca los habrías conocido ni a ella ni a Colm. Él te quiere mucho, Margot, y es probable que ya te hayas percatado de que no es un hombre fácil de complacer en ese aspecto.

Margot rio y se le iluminaron los ojos.

—Se ha portado de forma maravillosa. No ha podido ser más atento. Cuando perdí las ganas de mejorar, fue lo bastante fuerte por los dos. Si no fuera por él, creo que me habría rendido.

—Y tú también has sido buena para él, Margot. No pases eso por alto. No me duelen prendas en reconocer cuando me equivoco, y ahora es lo que hago. Lamento haber dudado de ti. Colm y tú sois buenos el uno para el otro. Me alegro de que os hayáis encontrado.

Margot sabía que tenía razón. Colm le había demostrado con muchos pequeños actos de bondad que le importaba. Si su padre le había enseñado a dudar de su valor, Colm le había demostrado lo mucho que valía.

—No creo que a Alana le haga mucha gracia que estemos juntos —aventuró. Si bien no era antipática, Alana parecía incapaz de mirarla a los ojos—. Es su madre, así que tal vez piense que no soy lo bastante buena para él.

—¡Oh! Eso no es cierto —se apresuró a decir Emer—. ¿Por qué iba a pensar que no eres lo bastante buena para él? No es un príncipe, ¿verdad? —Rio de esa forma amable y comprensiva típica en ella—. Creo que le costará aceptar que ahora hay una mujer en su vida. Siempre ha sido un poco solitario en ese sentido. Ella siempre quiso que sentara la cabeza…, todas las madres quieren que sus hijos encuentren una buena chica que los cuiden…, pero ahora que él ha encontrado a alguien, tal vez se esté tomando su tiempo en aceptarlo.

—Tal vez —admitió Margot—, pero ahora que ya no existe no puede tratarse del libro, ¿verdad?

—Dale tiempo para que se acostumbre a ti. No hace mucho estaba molesta porque lo escribiste. Desconfiaba de ti y ahora tienes una relación con su hijo. Llevará tiempo. Eso es todo. No te preocupes.

Pero Margot sí se preocupaba. Era imposible que Alana siguiera dando por hecho que había engatusado a Colm para ganarse su corazón a fin de investigar el libro. De modo que, si no era eso, ¿qué podía ser?

Los días fueron haciéndose más cortos poco a poco y los árboles empezaron a perder sus hojas. Un frío y húmedo viento borrascoso soplaba entre las ramas y la primera helada tiñó de blanco el jardín en octubre. El fuego ardía de nuevo en la chimenea del salón y de la biblioteca y el olor a humo impregnaba de nuevo el lugar. Sin embargo, el desolador vacío de antaño ya no resonaba en la casa. JP invitaba a sus amigos a cenar y la casa rebosaba con las voces alegres y risas mientras cenaban y jugaban a las cartas. Era igual que en los viejos tiempos, cuando Bertie y Maud Deverill recibían a la gente del condado. JP contrató a un par de jóvenes de la zona para que ayudaran a la señora Brogan con el *catering*, pero la señora Brogan no pensaba jubilarse. El pabellón de caza era su hogar y lord Deverill su señor, y solo se iría con los pies por delante. Lo había dejado muy claro.

Margot trabajó duro en la fisioterapia, decidida a devolver a su cuerpo la fuerza y la agilidad de antaño, y Colm estaba atento para darle ánimos cada vez que su determinación flaqueaba. Caminaba con muletas y disfrutaba de los sencillos placeres de la lectura, los juegos de cartas y de mesa y la música de JP. Lo que más le gustaba era estar al aire libre, en la naturaleza, viendo el paisaje cambiar despacio con el transcurso de los días. Colm la llevaba al *pub* por las tardes y de vez en cuando, si hacía buen tiempo, a la playa. Se sentaban entre las dunas, a resguardo del viento, hablaban de todo y de nada, se besaban, reían y bromeaban. Cuando el día comenzaba a despuntar, Margot contemplaba el lejano horizonte y pensaba en Dorothy, y luego pensaba en su libro perdido y se esforzaba por no sentir más que gratitud por estar viva y junto a Colm.

Una tarde lluviosa entró cojeando en la sala de juegos. Hacía frío. No habían encendido la chimenea desde hacía meses. Hacía mucho tiempo que nadie jugaba al billar. Se sorprendió al ver las cajas con la documentación apiladas aún al fondo de la habitación y le asaltó la familiar punzada de tristeza. ¡Cuántas horas de trabajo en esos diarios, cartas y libros de contabilidad que nunca recuperaría! ¡Cuántas páginas de notas escritas y organizadas en cajas destruidas por las llamas! ¡Cuánto tiempo dedicado a pensar en la forma de redactar las cosas con tacto para no herir a los miembros de la familia que aún vivían, sobre todo a JP y a Alana! Había hecho un buen trabajo, pero ahora ella nunca lo sabría, pensó. No estaba segura de poder reunir las energías necesarias para escribir otro libro. Tal vez estaba volcando toda su fuerza de voluntad en recuperarse y esa era la razón por la que se sentía tan poco inspirada. Tal vez, cuando sus huesos se hubieran curado, se le ocurriría otra cosa sobre la que escribir, pero no se le ocurría otro tema que la inspirara como lo habían hecho los Deverill. Su mente era tan infecunda como los matorrales yermos en los que solo crecía alguna que otra mala hierba intrépida.

A principios de diciembre, Margot se mudó a casa de Colm. Puso sus artículos de aseo en el baño y su ropa en el armario y no le causó ansiedad ver sus zapatos colocados junto a los de él. De hecho, le produjo una cálida sensación de pertenencia. Hacía mucho tiempo que no sentía eso.

Para mantenerla ocupada, Colm empezó a llevársela a las visitas a domicilio para ver a los pacientes que eran demasiado grandes o estaban demasiado enfermos como para llevarlos a su consulta veterinaria. A Margot le encantaban los animales y disfrutaba viendo a Colm atenderlos. Era sensible y sensato, y cuanto más lo veía trabajar, más atractivo le parecía. También disfrutaba conociendo a los habitantes de la zona y se dio cuenta de que se había equivocado al haber calificado Ballinakelly como una pequeña ciudad de provincias de escaso interés. Era una comunidad vibrante, llena de gente buena que se cuidaban unos a otros. Después de que Colm curara a un cerdo enfermo, la dueña, una excéntrica anciana aficionada al poitín, le llevó un plato de budín de pan irlandés para agradecérselo. Cuando Margot lo degustó a la hora del té, se dio cuenta de que nunca había formado parte de una comunidad, y por primera vez en su vida, quería serlo. Decidió entonces que se involucraría más. Lo único que se le daba bien era escribir, así que ofreció sus servicios al periódico local y empezó a buscar historias. Desde el incendio no había sentido ni una chispa de inspiración, pero la expectativa de volver a escribir prendió una pequeña llama en el lugar donde habitaban su determinación y su creatividad. Compró una máquina de escribir y se instaló en la mesa de la cocina. Luego se sirvió una copa de vino, se recostó en su silla y se preguntó sobre qué iba a escribir.

Colm estaba encantado de que sus padres volvieran a llevarse bien. Se sorprendió de que, después de años de amargura y de no hablarse, se hubieran perdonado con tanta facilidad. Se preguntaba si la muerte de Jack había provocado un cambio en el corazón de su madre, haciendo que se ablandara y que llegara a un entendimiento que antes le había parecido imposible de alcanzar, pues la brecha parecía demasiado grande como para salvarla.

Margot quería tener una buena relación con Alana pero, como no tenía relación alguna con su propia madre, pensaba que tal vez no se le daban bien las madres en general. Colm no se había dado cuenta de que había un problema, pues cuando Margot mencionaba su frialdad, este le decía que eran imaginaciones suyas.

—Seguro que todavía está triste por lo de mi abuelo —dijo, sin darle más importancia al problema que una mirada de pasada.

Pero Margot era una mujer perspicaz. Sabía que no era eso. Se trataba de otra cosa, pero no alcanzaba a imaginar de cuál.

Alana debería estar feliz. Había vuelto a Ballinakelly para vivir con su madre, a la que adoraba, en la casa en la que había crecido. Su padre se había ido, pero ella se había reconciliado con su dolor. Era mayor, razonó; había tenido una buena vida. Se centró en los recuerdos felices y agradeció que los dos hubieran disfrutado de una relación tan abierta y repleta de amor. JP y ella estaban pasando tiempo juntos y los viejos sentimientos de amor y atracción estaban floreciendo de nuevo, ya que nunca habían muerto realmente, solo habían hibernado durante un largo y duro invierno. En realidad nunca había habido nadie más para ella aparte de JP Deverill. Veía mucho a su hijo, que se había quedado en Irlanda después del divorcio, y estaba orgullosa de que se hubiera convertido en un hombre tan atractivo y digno de admiración. Había desafiado el fuego para salvar a Margot, incluso había arriesgado su propia vida, lo que demostraba lo que sentía por ella. Si no la hubiera encontrado, lo más probable es que hubiera perecido junto con Dorothy Walbridge. Mantenían una relación romántica. Él la amaba, y ver ese amor, que se manifestaba con tanta claridad en la luz de sus ojos, resultaba conmovedor. Alana debería haber sido feliz, pero había hecho algo terrible.

Al principio pensó que podría superar su sentimiento de culpa. Había hecho algo malo, pero, en términos relativos, no era tan terrible. Podría olvidarse de ello y seguir con su vida. Pero el problema de las personas buenas es que tienen conciencia, y la de Alana era demasiado fuerte para permitirle seguir adelante como si no hubiera hecho nada. Cada vez que veía a Margot, la culpa le clavaba un poco más las garras en la parte externa de su corazón. Y a medida que las semanas se convertían en meses, esas garras empezaron a hacerlo trizas. ¿Qué diría Dorothy?, se preguntaba. ¿Qué pensaría su padre? Si su madre lo supiera, ¿qué le aconsejaría que hiciera? Pero Alana sabía lo que era correcto, solo que lo había pospuesto tanto tiempo, que no estaba segura de cómo remediarlo. Así que no hizo nada y mantuvo las distancias. Si no veía a Margot, tal vez podría olvidar lo que había hecho. O tal vez el sentimiento de culpa desapareciera y con el tiempo el asunto dejara de ser relevante.

La Navidad fue la que hizo que cambiara de opinión. Margot, que seguía caminando con muletas, se unió a las dos hermanas de Colm, que habían volado desde Estados Unidos con sus maridos e hijos, y colocaron un abeto en el salón del pabellón de caza, decorándolo con espumillones, adornos y luces de colores. Los hijos pequeños de Cara hicieron la estrella dorada y su marido, Declan, la sujetó a la copa del árbol entre grandes aplausos. Margot se había tomado muchas molestias para comprar regalos a todos, incluso a los hijos de Aisling y de Cara, a quienes acababa de conocer, envolviendo cada regalo en papel plateado con una cinta verde y metiendo un pequeño trozo de muérdago en el nudo del lazo. A Alana le enterneció el esfuerzo que había realizado. Margot también había organizado la comida de Navidad y había invitado a la señora Brogan a sentarse con ellos a la mesa y a disfrutar de las celebraciones posteriores, ya que no tenía familia propia con la que celebrarlo. Incluso le había traído un regalo. La señora Brogan se sintió conmovida. Se puso una blusa blanca nueva y se prendió en el cuello el broche de oro y diamantes que había pertenecido a su bisabuela. Solo se lo había puesto una vez y fue en el decimoséptimo cumpleaños de su hermano, unos meses antes de que muriera. Ahora lo llevaba de nuevo y sabía que él estaría con ella en espíritu en este día tan especial.

Después de la comida, hubo música y juegos en el salón y mucho más vino. Fue la mejor Navidad que habían vivido. Eran felices. Todos ellos. Alana bebió demasiado. Se recostó contra el respaldo del sofá y observó a JP con la mirada dispersa, disfrutando de la sensación de ternura que la invadió, provocada por oleadas de nostalgia y gratitud. Observó a sus hijos y a sus nietos y pensó en lo increíblemente afortunada que era por haber tenido una segunda oportunidad en la vida familiar. Estaba en casa, donde debía estar, con la gente a la que amaba.

Abrumada una vez más por el sentimiento de culpa, que ahora empañaba la alegría, se echó a llorar. Margot, que había tenido cuidado de no acercarse demasiado, la miró con angustia. JP fue a sentarse con ella en el sofá.

—Es bonito, ¿verdad? —dijo, asiéndole la mano—. Estar juntos.

Alana asintió. Luego se secó los ojos con la manga.

—Margot —dijo—, ¿puedo hablar contigo?

Margot miró a Colm en busca de apoyo, pero él se limitó a encogerse de hombros.

—Claro —respondió.

Alana se levantó y se encaminó con dificultad hacia la sala de juegos. Esa tarde habían encendido un fuego para jugar al billar, así que hacía calor, aunque las brasas se habían apagado en el hogar, dejando solo el calor residual en la placa de hierro. Estaba nerviosa. Se apoyó en la mesa de billar, tanto para tranquilizarse como para colocarse en algún lugar. Margot se puso de pie frente a la chimenea con aprensión y se preguntó de qué necesitaba hablar Alana con ella.

—Tengo que confesarte una cosa —comenzó Alana. Margot escuchó, sin saber bien qué decir. Alana se tomó su tiempo. Era evidente que le costaba articular aquello que quería confesar, y a juzgar por el color carmesí de su rostro, Margot intuía que sin duda se trataba de algo terrible. Alana tomó aliento y se decidió a entrar en materia—. Tengo el manuscrito de tu libro —dijo.

Margot se quedó atónita. Abrió la boca, pero no pudo encontrar las palabras. ¿Era posible que al final no se hubiera perdido? Apenas se atrevía a albergar esa esperanza.

—Verás, Dorothy me lo dio para que lo leyera. Me dijo que tenía que verlo. Yo no estaba segura de lo que quería decir hasta que lo leí. —Alana juntó las manos. Miró a Margot con ojos vidriosos y la expresión de súplica hizo más pronunciadas las arrugas de su frente—. Lo siento mucho, Margot. Por favor, perdóname. Fue un error no decírtelo. No haberte dicho nada. Lo siento mucho. Soy una idiota. O una egoísta. O lo que quieras llamarme. Lisa y llanamente, soy malísima. Todo ese trabajo, todas esas palabras, perdidas. Pero no se ha perdido. Lo tengo yo.

Margot sacudió la cabeza.

—No puedo creerlo. Pensé que se había perdido para siempre.

—No. No se ha perdido. Está en el cajón de mi habitación, para ser exactos.

Se miraron fijamente. Alana, horrorizada por lo que había hecho, pues decir las palabras en voz alta había hecho que sus actos parecieran aún más retorcidos; y Margot, atónita por la maravillosa sorpresa. Tenía ganas de rodear a Alana con los brazos en señal de agradecimiento, pero las muletas le impedían un gesto tan espontáneo.

—¿Y bien? ¿Qué te ha parecido?

Margot imaginó que no debía de estar nada contenta, pues de lo contrario, ¿por qué no había confesado que lo tenía en su poder? Contuvo la respiración, temerosa de su respuesta.

Alana sonrió.

—Es brillante —dijo—. Es apasionante, divertido, fascinante y, bueno, con mucho tacto. Como es natural, me costó leer algunas partes, pero no había visto la situación desde el punto de vista de JP y tú me diste eso, su punto de vista. Me permitió entenderle y... —suspiró con pesar— ver cuánto daño le había hecho. —Levantó una mano—. ¡Oh, no! No creas que estoy ofendida, porque no lo estoy. De hecho, te estoy agradecida. Has hecho un relato muy ecuánime. —Margot sonrió con tristeza al acordarse de Dorothy—. Has sido imparcial —continuó Alana—, lo cual, teniendo en cuenta tu amistad con JP, es un milagro o simplemente eres muy buena historiadora. No has tomado partido y no has contado demasiado. Nos has permitido conservar nuestra dignidad.

—Entonces, ¿por qué te lo quedaste?

Alana tragó saliva.

—Porque no estaba segura de querer que el mundo lo leyera.

—¿Y ahora?

—Me parece bien. No me importa. Mi familia ha vuelto a reunirse gracias a ti. Debería habértelo dicho antes, pero no sabía cómo hacerlo. Había dejado pasar demasiado tiempo. Cuanto más lo dejaba, más difícil se volvía. Estuve a punto de tirar el manuscrito —Margot ahogó un grito—, pero no lo hice —se apresuró a añadir Alana—. Algo hizo que me aferrara a él. Dorothy había escrito unas notas en los márgenes con mano temblorosa.

Margot no daba crédito.

—¿Qué decía?

—Que le encantaba; por eso me lo dio. Quería que lo leyera porque sabía que era bueno, pero también sabía que me ayudaría. El libro que todos pensábamos que nos iba a separar nos ha unido.

A Margot se le formó un nudo en la garganta.

—Me alegra mucho oír eso —dijo. Se enjugó una lágrima—. Me has alegrado la Navidad, Alana. Gracias.

Alana rio.

—¡También me la he alegrado a mí misma! Me sentía muy culpable y ha sido espantoso. Así que, ¿somos amigas?

—Lo somos —dijo Margot.

Alana la abrazó.

—Estoy un poco piripi —dijo—. No creo que hubiera podido confesártelo de no haber sido por el vino. Creo que he bebido demasiado.

—Es un vino muy bueno —repuso Margot.

—¿Bebemos más?

—Creo que es una buena idea.

—Genial —dijo Alana—. Eso es lo que diría JP. Una idea genial. —Su sonrisa tembló—. Le quiero, ya sabes.

—Lo sé.

—Y tú quieres a Colm, ¿verdad?

—Sí —dijo Margot. Y rio porque Alana estaba de verdad muy borracha.

—Bien, porque él te quiere mucho. Hay tanto amor en esta casa que apenas puedo soportarlo.

23

Era un espléndido día de julio en Ballinakelly. El cielo era de un vívido azul cerúleo y las blancas y esponjosas nubes, como barbas de diente de león, lo recorrían con suavidad. Soplaba un viento cálido y salado procedente del mar y todo estaba en calma y sereno, imbuido del espíritu alegre del verano. Una brisa con aroma a miel susurraba de forma queda entre los castaños de indias y sobre las hojas de los arbustos y las flores que bordeaban el impecable césped del castillo Deverill. Siempre había sido tradición que lord y lady Deverill organizaran en el mes de julio una fastuosa fiesta en el jardín para los cientos de arrendatarios y trabajadores empleados en la finca de los Deverill. Durante los trescientos años que el castillo había presidido la ciudad, esta fiesta había sido el plato fuerte del año para los lugareños. Hoy, la fiesta no era para los arrendatarios y los trabajadores, sino para la presentación del libro de Margot Hart, *El castillo de un Deverill es su reino. Una biografía*, y era mucho más fastuosa. La señora De Lisle no había escatimado en gastos. A fin de cuentas, el castillo era la joya de su corona y quería conseguir la mayor publicidad posible para que el mundo viera que el Hotel Castillo Deverill era un lugar único y maravilloso.

El castillo no podía tener un aspecto más magnífico. Sus grises muros de piedra se alzaban orgullosos y desafiantes tras haber sobrevivido al incendio. Las torres y los torreones, que durante siglos habían dominado el horizonte y habían proporcionado seguridad a los pescadores en el mar, resplandecían ahora bajo el sol. Los grajos graznaban desde los tejados y las gaviotas revoloteaban en lo alto, con la mirada fija en las mesas repletas de sándwiches y pasteles de abajo. Habían reconstruido la torre occidental y el conjunto de habitaciones se llamaba ahora «*suite* Margot Hart». Los huéspedes hacían sus reservas con meses de antelación, ya que era el conjunto de habitaciones más popular del castillo.

La señora Brogan estaba cerca de la mesa del té, ataviada con un sombrero de paja, una blusa blanca fresca y una falda negra larga, a pesar de que era verano y hacía casi treinta grados. Al principio no quería asistir, pues le daban un poco de miedo las grandes multitudes, pero Margot le insistió y ella cedió, siempre y cuando no tuviera que quedarse toda la tarde. Bebió un sorbo de una bonita taza de té de porcelana y dejó que su mirada se paseara sin rumbo por los rostros. Reconoció a algunas personas, ya que se había criado en Ballinakelly y asistía a misa todas las semanas. La señora De Lisle parecía haber invitado a todos los habitantes del pueblo, lo cual era todo un detalle, pensó la señora Brogan. El castillo siempre había sido el centro de la comunidad.

—¿Cómo estás, Bessie?

La señora Brogan se volvió y vio a Neil O'Rourke, el abuelo de Tomas y Aidan, de pie junto a ella con un vaso de cerveza en la mano.

—¡Vaya, pero si es Neil O'Rourke en persona! No te veo nunca en misa. —Siempre había sido alto y esbelto, con ojos castaños del color de la turba, pero ahora estaba encorvado y tenía un aspecto demacrado. Sonrió y la señora Brogan recordó al joven juguetón que era antaño. Era jardinero cuando ella empezó a trabajar para Celia Deverill y solía llevarle a escondidas trozos de pastel en el jardín del laberinto—. Hace años que no te veo —dijo.

—Ya no voy a misa, Bessie —dijo.

La señora Brogan le miró con desaprobación.

—¡Dios todopoderoso! ¿Por qué no, Neil? Solías comulgar a diario y eras la espina dorsal de la Sociedad de San Vicente de Paúl.

—Tengo a Dios en mi jardín, Bessie. Ahí es donde está Dios. En mi jardín con los pajaritos de monaguillos y el viejo zorro de sacristán.

Su rostro se suavizó.

—Bien sabe Dios que podrías tener razón en eso. Seguro que la belleza de Dios no está en todas partes.

Volvió los ojos hacia el castillo.

—¿Recuerdas aquellos días de hace mucho tiempo? —dijo.

Ella sonrió con nostalgia.

—¡Oh, sí, Neil! Los recuerdo con cariño por haberlos vivido y con tristeza por haberlos perdido. Eran buenos tiempos, ¿verdad?

—Solías traerme un poco de pastel y una taza de té y los tomábamos juntos en el jardín del laberinto.

La señora Brogan se rio.

—¿También te acuerdas de eso?

—Eras toda una señorita, Bessie.

—No lo era.

—¡Oh! Sí lo eras. Siempre hacías algunas travesuras.

—No creo que lo fuera.

Él le sonrió.

—¡Dios, qué alegría verte de nuevo, Bessie! No debes esconderte.

—Ya no lo haré —respondió, y el afecto de su sonrisa le hizo preguntarse por qué no había sido un poco más valiente al buscar la compañía de viejos amigos.

—¿Te apetece dar un paseo conmigo por los jardines? Me gustaría volver a verlos contigo.

—Sería estupendo. —Dejó su taza de té sobre la mesa—. ¿Empezamos por el huerto? Esos invernaderos estaban llenos de cannabis en la época de lady Deverill, de Adeline Deverill, claro.

Él se echó a reír.

—Tal y como están las cosas ahora, sería millonaria o estaría en la cárcel de Limerick, pero no creas que fue la única que hacía té con aquello. —La miró con picardía—. Todavía crecía en esos invernaderos en la época de Celia Deverill.

—¡No es posible! Neil O'Rourke, ¡qué vergüenza! ¡¿Fuiste tú quien se lo dio a la pobre Eily Sullivan, la criada más joven?! —exclamó—. ¡Compartíamos habitación y una noche me despertó, gritando que en lugar de la estatua de la virgen, había visto un gato!

—¡Oh! Ya lo creo que fui yo. Culpable de los cargos, su señoría.

—¡Menudo granuja estás hecho! —Rio entre dientes mientras se agarraba de su brazo.

—¡Cómo han cambiado las cosas! Pero no para nosotros, Bessie. Antes el señor tardaba seis horas en ir de Ballinakelly a Dublín. Ahora van hasta Estados Unidos en el mismo tiempo. Es difícil encontrarle sentido a todo esto.

Al otro lado del césped, sentados en un banco bajo un arco de rosas, se encontraban JP y Alana.

—¿Te da pena que sea un hotel? —preguntó Alana.

JP recorrió con la mirada la casa de su familia; el lugar que le había causado tanto dolor.

—No —respondió con firmeza—. Solo me ha traído desdicha.

—Según el libro de Margot, tampoco trajo felicidad a muchos de tus familiares.

—No, no se la trajo. —¡Qué interesante comentario por su parte!, pensó—. No se equivocaba; estábamos demasiado preocupados por nuestra posición como una de las familias anglo-irlandesas más importantes del país, viviendo en este espléndido castillo, que nos regaló el rey Carlos II. Lo cierto es que Barton Deverill era el único Deverill que tenía derecho a sentirse así. Se lo ganó. El resto lo heredamos sin mover un dedo. Vivimos del prestigio de Barton. Durante cientos de años, los Deverill antepusieron el castillo a las necesidades de la gente que vivía en él. Ese fue su error. Ese fue mi error. —Le sonrió con cariño—. Ahora soy feliz, Alana. Soy feliz de verdad. No tengo que preocuparme de pagar las facturas, de gestionar la finca, de mantener contentos a los arrendatarios ni de encontrar el dinero para mantenerlo todo a flote.

—Y vas a dar charlas después de la cena con Margot —añadió con una sonrisa—. Se podría decir que el castillo te mantiene a flote.

JP rio.

—Sí, se podría decir. Incluso estamos hablando de hacer un libro juntos. Un flamante libro ilustrado sobre el castillo en sí. Hay muchas fotografías que podemos incluir y yo puedo aportar anécdotas.

—Es una gran idea —dijo entusiasmada.

—Deberíamos cambiar el lema.

—¿Por cuál?

—La familia de un Deverill es su reino.

Le asió la mano y le sonrió con afecto.

—Estoy de acuerdo. A fin de cuentas, la sangre es más espesa que el agua.

—Lo es —dijo, devolviéndole la sonrisa con un brillo en los ojos—. Y más importante que la piedra.

—Ven a dar un paseo conmigo —propuso Colm, extendiendo la mano.

Margot la aceptó y con la otra mano agarró su bastón. Se levantó de la silla donde estaba sentada firmando libros. Había firmado tantos que le dolía la muñeca. Emprendieron el camino a paso lento a lo largo de los herbáceos parterres en los que las espuelas de caballero moradas y lilas se erguían altos y brillantes entre las hortensias y las peonías. Pasearon tomados de la mano, lejos de la fiesta en la que la señora De Lisle hacía de anfitriona para los periodistas que había traído en avión desde Londres y los invitados influyentes a los que había invitado de manera personal a alojarse en el hotel. Colm y Margot se alegraban de poder alejarse, de estar los dos solos. Resultaba agotador hablar con la gente, aunque todos se deshacían en elogios con el libro. Se detuvieron un momento para contemplar el castillo. Margot dirigió la mirada hacia la torre. De algún modo parecía que el incendio había tenido lugar en otra vida.

—Fuiste un verdadero héroe, Colm —dijo en voz baja.

—No fui un héroe —respondió—. Hice lo que cualquier hombre haría por la mujer a la que ama.

Ella le sonrió con ternura.

—¡Qué bonito!

—Tengo facilidad de palabra —respondió con ligereza.

—¿Sabes? Creo que no te he dado las gracias.

—No lo has hecho —dijo.

—¿De veras que no?

—No, solo diste por sentado mi heroísmo.

Margot rio.

—Bueno, pues te doy las gracias ahora.

—Me debes una —repuso Colm.

—Creo que nunca podré pagarte por haberme salvado la vida, Colm.

—No lo harás —sonrió—, pero vas a pasar el resto de tu vida intentándolo. —La sonrisa de Margot flaqueó. Colm se volvió hacia ella—. Quiero que pases el resto de tu vida conmigo —dijo con seriedad.

—¿Me estás pidiendo lo que creo?

—Sí, te pido que te cases conmigo, Margot. Y antes de que te pongas en plan chistoso, quiero añadir que una vez casados, podríamos viajar por todo el mundo o irnos a vivir a otro sitio, no sé; a Francia, a España o a Italia. Puedes elegir el sitio que quieras. Sé que no te gusta quedarte mucho tiempo en el mismo lugar; solo tienes que decirme dónde quieres colgar tu sombrero.

Margot entrecerró los ojos.

—Quiero estar aquí —respondió con un suspiro de satisfacción—. Contigo.

Colm sonrió.

—¿De verdad? ¿Aquí? ¿En la vieja y aburrida Ballinakelly?

La rodeó con el brazo y ella se acurrucó en él.

—El hogar es donde se encuentra el amor, Colm —declaró—. No me había dado cuenta de eso. He pasado años huyendo de las ataduras, del compromiso, de cualquiera que pudiera querer más de lo que yo estaba dispuesta a dar. Ahora que te he encontrado, quiero estar bien atada. Colm Deverill, me gustaría colgar mi sombrero en tu salón.

—Eso es magnífico —dijo.

—Entonces, es un sí. Me casaré contigo, Colm. —Él se inclinó y la besó. Un beso largo y sensual que hizo que su piel se estremeciera de placer—. Si el matrimonio es así, creo que me va a gustar.

—Es así —dijo Colm con una risita y la besó de nuevo.

Kitty

Veo a Colm y a Margot cruzar otra vez el césped para unirse a la fiesta. El sol brilla y entre los brillantes rayos de luz veo que no estoy sola. Dorothy también está aquí.

—No llegué a decirle a Margot lo mucho que me gustó su libro —dice, sonriendo con nostalgia—. Lo disfruté mucho, ¿sabes? Espero que haya leído las alabanzas que anoté en los márgenes.

—Es frustrante no poder comunicarse, ¿verdad? Hay tantas cosas que queremos decirles… Que la muerte no existe. Que el alma sigue viva. Que el amor nos conecta para siempre. Que nunca estamos lejos, sino que observamos sus vidas en espíritu. Y qué hermoso lugar es este, ¿no? Me gustaría decirles eso.

—A mí también me gustaría decírselo —dice Dorothy.

—Hay maneras.

—¡Cómo no! —responde Dorothy, recordando el pequeño petirrojo que le envió su hija—. Y supongo que tú sabes cómo hacerlo, ¿verdad, Kitty?

—¡Oh, sí! —digo—. Soy una veterana en eso.

—¿Te importaría?

—Ven, tengo lo que necesitas.

Es última hora de la tarde y los invitados más rezagados se han ido. Colm y Margot se quedan en el césped con un par de chicas del hotel, guardando los libros en cajas. Margot toma uno de los libros y lo mira con orgullo.

—Ojalá Dorothy estuviera aquí —le dice a Colm—. Me gustaría que supiera que le he dedicado el libro. Le habría encantado. Me gustaría que supiera que también ha tenido muy buenas críticas y que JP y Emer creen que he hecho un buen trabajo. Se tomó un gran interés por él y escribió sus pensamientos en el margen con su enmarañada letra. Más que nada me gustaría decirle que estoy comprometida. Me gustaría decirle que me voy a quedar aquí en Ballinakelly. Que soy feliz. ¡Oh, Colm! ¡Hay tantas cosas que me gustaría decirle! —Y entonces un pequeño petirrojo vuela y se posa en la hierba delante de ella. Margot lo ve y sonríe maravillada—. ¡Mira! ¡Es un petirrojo! —susurra para no asustarlo. Luego su expresión cambia y jadea—. ¿No creerás que...? —El petirrojo recorre el suelo dando saltitos hacia ella, agita las alas y salta sobre el libro. Margot contiene la respiración. No se atreve a hacer ningún ruido. El petirrojo se queda muy quieto. La mira durante largo rato. Margot le devuelve la mirada hasta que sus ojos se llenan de lágrimas y solo puede ver un borrón rojo—. Gracias, Dorothy —dice.

El petirrojo inclina la cabeza hacia un lado como si dijera: «Vamos, esas lágrimas no serán por mí, ¿verdad, querida?». Y acto seguido se aleja volando.

Agradecimientos

Con este libro doy por finalizada la serie Deverill. Bueno, eso es lo que dije después del número cuatro, así que no voy a hacer promesas que no pueda cumplir. Hay una pequeña posibilidad de que me aventure en el pasado lejano de los Deverill y escriba sobre sus antepasados en los siglos XVIII o XIX. Al fin y al cabo, aún queda mucho de su historia por crear. Pero por ahora, aquí está la parte final.

Una vez más, recurrí a mi querido amigo y cómplice, Tim Kelly, para que me ayudara a desarrollar mis personajes irlandeses. Le estoy enormemente agradecida por toda su ayuda y sus consejos. En realidad no podría haberme embarcado en esta serie sin él.

Mi interés por lo esotérico me ha llevado a algunas personas maravillosas a las que me gustaría dar las gracias. Simon y Lisa Jacobs, Susan Dabbs, Robin Lown y Avril Price. En este mundo hay mucho más que aquello que vemos con los ojos físicos y me lo estoy pasando muy bien aprendiendo sobre ello.

También quiero dar las gracias a mi agente, Sheila Crowley, y a mi editora, Suzanne Baboneau, que son las dos personas más importantes de mi vida laboral. No creo que tuviera una carrera de escritora si no fuera por ellas. No se trata solo de los contratos y las cifras de ventas, sino de cuidar, tutelar, aconsejar y dar apoyo, y estas dos magníficas mujeres hacen todo eso y más. Gracias.

También estoy agradecida a mi agente cinematográfico, Luke Speed, y a todos los que trabajan en Curtis Brown en mi nombre: Alice Lutyens, Sophia MacAskill, Katie McGowan, Callum Mollison, Emily Harris y Sabhbh Curran. Un enorme agradecimiento a Ian Chapman, mi jefe en Simon & Schuster, y a su brillante equipo que con tanta diligencia y sensibilidad trabaja en mis manuscritos: Sara-Jade Virtue, Gill Richardson, Dominic Brendon, Polly Osborn, Rich Vlietstra y Alice Rodgers.

Todo mi amor y mi gratitud para mi marido, Simon Sebag-Montefiore; nuestros hijos, Lily y Sasha; y mis padres, Charles y Patty Palmer-Tomkinson.

¿TE GUSTÓ
ESTE LIBRO?

**escríbenos y
cuéntanos tu opinión en**

 /Sellotitania   /@Titania_ed

 /titania.ed

#SíSoyRomántica